PAGNY PAR FLORENT

Florent Pagny
avec Emmanuelle Cosso

Pagny par Florent

Fayard

Couverture : Le Petit Atelier

ISBN : 978-2-213-72106-4

Dépôt légal : mars 2023.

Quiconque est entré dans mon intimité durant les quarante dernières années m'a forcément vu comme vous me voyez sur la photo que j'ai choisie pour la couverture de ce livre. Ce n'est donc ni une provocation, ni une revendication, mais un acte de sincérité. Cette photo, c'est la plus grande partie de ma vie. Elle appartient au passé désormais. En 2021, durant le temps d'écriture de ce livre, il m'est arrivé quelque chose. Une page s'est tournée. Plus jamais personne ne me verra faire ce geste.

Introduction

Paris, janvier 2022

Le soleil a du mal à percer ce matin. Les nuages étirent sur mon jardin et mon humeur des ombres grises. Debout dans mon salon, je jette un œil à ce livre qu'il faut que je relise. Je ne m'attendais pas à ce qu'il soit aussi dense. Je ne m'attendais pas à ce qu'il me demande autant de temps et d'énergie. Je ne m'attendais pas à ce qu'il remue en moi tant de sentiments. Je ne m'attendais pas à ce que ce soit lui qui me cueille à la fin.

Il y a un an, presque jour pour jour déjà, je me demandais si me lancer dans l'écriture de mon autobiographie n'était pas une fausse bonne idée. Ce n'était pas alors le livre de ma vie que j'observais du coin de l'œil, mais le contrat que je venais de recevoir des mains de mon éditrice.

Il ne faisait que quelques pages, avait l'air bien inoffensif. Je pressentais pourtant que le fin dossier était tout sauf une mince affaire. Avais-je envie au fond de m'attaquer à ma propre vie ?

Personne ne m'y obligeait. C'est moi qui avais déclenché le processus. Il faut dire que durant les quinze dernières années, j'ai été régulièrement sollicité : on voulait que j'écrive mes Mémoires. Laissez-moi tranquille, je suis trop jeune, répondais-je à chaque fois. Et puis voilà, l'année dernière, celle de mes soixante ans, je me suis dit qu'il était peut-être temps de raconter ma version de ma vie, de mes vies. Ces « sept vies » comme je dis, que j'ai vécues avec passion.

Dans mon esprit, il ne s'agissait pas seulement de retracer mon parcours, livrer quelques analyses, révéler de drôles ou émouvantes anecdotes, c'était aussi une manière de réagir face à ces nombreuses biographies qui ont été écrites sur moi. Je n'en ai lu aucune, mais je n'ai jamais manqué, en prenant une page au hasard, de tomber sur un passage délivrant une fausse information. Pas grand-chose, mais suffisamment pour que je ne me sente plus concerné. Je ne jette aucunement la pierre à ces biographes, ils ont fourni un travail d'enquête sérieux, sûrement interrogé beaucoup de monde. Beaucoup de monde, mais pas moi, qui n'ai jamais accepté leurs demandes d'interviews. Et l'on sait bien qu'un événement n'est jamais vécu de la même façon par ses différents protagonistes.

Alors oui, pourquoi pas… Écrire mon autobiographie. Soit. Mais, me suis-je demandé, *quid* de ma femme, de mes enfants ? Seraient-ils contents de plonger dans l'enfance, l'adolescence de cet homme, de ce père qu'ils n'ont connu que depuis sa trentaine ? Ma famille ne serait-elle pas gênée par une part d'intimité forcément dévoilée ? Si je racontais, je racontais, je n'allais pas le faire à moitié.

Tout était-il racontable d'ailleurs ? Il devait être agréable de rouvrir le robinet des joies passées et de voir couler les jours heureux… Mais les moments durs ? Beaucoup de choses ne sont pas belles, certaines m'attristent encore aujourd'hui. Faire revivre mes amours de jeunesse, ce serait facile… Les années folles… Mais toutes, vraiment ? Raconter les amis, les collaborations, les belles, les foireuses ? Bonheurs, déceptions, trahisons, faudrait-il tout dire ? tout écrire ? Et ces êtres chers que j'ai perdus ? Ceux qui ont disparu dans des disputes, ceux qui sont partis prématurément, ceux que je n'ai jamais revus…

Non, non. En ce matin de doutes, j'y ai vu soudain clair. C'était décidé, je n'allais pas faire ce livre. Trop compliqué. Trop de travail. Trop de terreau à remuer. Qui sait ce que je pourrais découvrir en dessous ?

Ma décision était prise.

Mais c'était compter sans la machine à se souvenir qui s'était mise en marche. Des images se mirent à m'habiter… Notamment celle d'un petit garçon en pyjama squattant la chambre de ses sœurs.

***

1972. J'ai onze ans. C'est un après-midi d'automne et j'ai l'appartement pour moi tout seul. Ce matin, ma mère a posé sa main sur mon front, peut-être m'a-t-elle tendu un thermomètre pour que le mercure décide de ma journée. Qui aurait pu imaginer qu'il déciderait de ce que serait ma vie ?

Sûrement a-t-il dépassé les 38 degrés. Les dés en étaient jetés. « Pas d'école aujourd'hui Florent. Tu restes au chaud. »

J'ai dormi et maintenant je joue avec mes petites voitures, dans le grand lit de mes sœurs que nous occupons, ma maladie et moi. Si j'ai dans un premier temps été ravi de l'aubaine, bientôt l'ennui arrive avec son cortège de bêtises à faire, toutes plus tentantes les unes que les autres. Est-ce la fatigue qui m'ordonne de ne rien entreprendre d'idiot ou d'interdit ? Ou le calme dans l'appartement qu'il me paraît urgent de briser ? Avec mes trois frère et sœurs à l'école, mon père à son établi dans la petite menuiserie où il travaille, ma mère à son poste chez l'huissier dont elle assure le secrétariat, le silence n'est pas drôle. Je sais comment le dissiper. Je me lève et, pieds nus sur le carrelage, je vais chercher ce qu'il faut, l'électrophone familial, quelques 45 tours. De retour sous les couvertures, j'écoute…

Il habite dans le froid
Il n'a plus ni père, ni mère
Il habite dans les bois
Il ne connaît que l'hiver

Il a treize ans aujourd'hui
Il n'a plus un seul ami, je crois
Parfois il rêve la nuit
Parfois il coupe son bois

Oui mais il parle aux oiseaux
Au soleil et aux forêts

Oui mais il parle aux ruisseaux, parfois
Quand le temps n'est pas trop froid...

La chanson[1] court sur les ondes en cette année 1972. J'arrête le disque. À mon tour. Je prends le lead, remplace Gérard Lenorman. Je chante. Doucement d'abord, le temps d'apprivoiser les notes, les paroles... J'imagine ce « Il ». « Il » est un copain. Ce pourrait être mon double. Petit à petit, cette chanson devient la mienne. Ma voix s'éclaircit, se découvre un muscle, et je prends un plaisir grandissant à projeter de plus en plus, de mieux en mieux. Je chante, je chante, je m'enflamme ! Je ne fais pas que chanter, je suis la chanson. Je deviens ses mots, ses notes.

Soudain quelque chose se passe. Quelque chose se casse. Je ne sais pas vraiment l'expliquer. Une mue légère dans ma gorge... Une membrane qui se déchire, une porte qui s'ouvre et laisse passer la lumière, un flow, un flux d'émotion, un son nouveau, plein, d'une couleur brillante, que je ne m'étais jamais entendu jusqu'ici. Je ne sais pas exactement ce qui m'arrive, mais c'est magique et j'en veux encore. Cette note surtout, à aller choper tout là-haut, je l'adore. Je l'atteins, et la sensation qu'elle me procure lorsque je m'empare d'elle est extraordinaire. Ou c'est elle qui s'empare de moi d'ailleurs, je ne sais pas trop, la tête me tourne un peu.

Je sors de ce moment avec un pouvoir que je ne me connaissais pas. Avec du recul, je dirais que je suis né une seconde fois ce jour-là. Et comme pour ma pre-

1. « Il » : interprète Gérard Lenorman ; paroles et musique de Guy Skornik.

mière naissance, elle a d'abord lieu dans les yeux de ma mère.

Elle est rentrée sans que je l'entende, se tient en silence dans l'encadrement de la porte. J'ai dû sentir sa présence : je lève les yeux vers elle, tout heureux de ce que je suis en train de vivre. Et là, je vois son regard… J'y lis que ma vie ne sera plus jamais la même. Que la sienne non plus. Ce n'est pas de la fierté. C'est autre chose… Une joie sauvage, profonde. La même joie que j'éprouve dans l'acte de chanter. Cette joie, ma mère en reconnaît le tissu, le motif, le coloris pour s'en être déjà drapée. Pour en avoir rêvé. Voilà qu'elle se tient devant elle. Son petit garçon de dix ans a réussi à la faire naître, presque par hasard, un après-midi de fièvre. Ce que je lis dans ses yeux, tandis que je continue à envoyer haut, clair et fort les notes, c'est aussi de l'incrédulité. Comment ce petit gabarit assis droit dans son lit près de l'électrophone, comment ce corps de gamin de dix ans, sec comme un jeune cep de vigne, est-il capable de produire un son pareil ? Comment cette canaille qui ne pense qu'à faire des bêtises, qui n'a eu jusque-là que le pouvoir de rendre chèvre son père, sa mère, ses frère et sœurs, est-il capable d'un tel prodige ?

« Mais… Mais c'est toi qui chantes comme ça ?

— Ben, oui maman… »

Je suis heureux, tellement heureux ! De découvrir ma voix et de percevoir ce que ce chant provoque chez ma mère. Dès lors, je sais que ce sera ma vie, ma voie. Chanter. Chanter et chercher à retrouver dans les yeux des gens cette flamme que j'ai vue étinceler dans ceux de ma mère.

***

Bien sûr, l'enfance fait des promesses que la vie ne peut pas toujours tenir. Bien sûr, l'existence est une succession de paroles non tenues. Bien sûr aussi qu'elle apporte son lot de belles surprises.

Sans compter que les promesses engendrent l'espoir. Et que l'espoir est un mécanisme ingénieux qui n'a besoin que de lui-même pour vous emmener loin, très loin dans des contrées où vous n'auriez même pas imaginé poser le pied un jour.

Alors, oui, de ce point de vue là, ça valait peut-être le coup… Faire ce livre, avec l'espoir qu'il nous emmène quelque part, sans chercher la précision des dates, des noms, des lieux, mais avec la plus grande exigence quant aux idées et aux sentiments.

Pour cela, il me fallait être accompagné. L'écriture n'est pas un terrain sur lequel j'évolue à mon aise. J'ai proposé le job à mon amie Emmanuelle, parolière (elle m'a écrit plusieurs chansons) et romancière. Ce sera simple, lui ai-je dit : j'ai vécu sept vies, de mon enfance à aujourd'hui, qui sont bien définies. J'achève en ce moment ma septième vie. Elle se termine en beauté avec un vingt et unième album, *L'Avenir*, et une tournée qui débutera le jour de mes soixante ans. Pour mieux souligner cette fin d'étape, il y aura ce livre.

Ma huitième vie commencera dès la dernière date de cette tournée, dès les dernières notes du dernier concert, dès la dernière ligne de ce livre. Une huitième vie dont je ne sais rien encore, et c'est justement ce qui me plaît.

***

Nous avons travaillé pendant un an. À la place où se tenaient l'année dernière trois pages de contrat, il y a maintenant une première version du livre. J'ai beaucoup parlé, raconté. Emmanuelle a écrit. J'ai relu, chapitre après chapitre, vie après vie, corrigé, annoté, précisé, parlé, raconté encore.

Puis j'ai reçu ce manuscrit de presque cinq cents pages à lire.

Puis je me suis fait assommer.

Ça a commencé par une toux qui, sans m'empêcher de chanter, s'est faite de plus en plus régulière, jusqu'à s'installer. J'ai donné vingt-cinq concerts, les vingt-cinq prévus avant Noël 2021. Ensuite j'ai été passer un scanner. Le mot est arrivé. Cancer.

Un coup de massue sur la tête. Et en même temps, au fond de moi je n'étais pas si étonné. Je sentais depuis quelques mois que quelque chose n'allait pas sans pouvoir dire quoi.

Que fallait-il faire ?

Annuler ma tournée bien sûr, chanter deux heures ne serait plus dans mes cordes le temps de vaincre la tumeur. Mais pour le reste, ne rien changer.

Continuer d'être moi.

Tenir mon rôle dans l'émission *The Voice*, achever ce livre, râler parce qu'il est trop long et qu'il me demande trop de travail, mais surtout le finir. Aller au bout de mes projets, ne rien concéder à cette maladie, excepté le fait de la combattre et de la vaincre.

***

Voilà pourquoi vous avez aujourd'hui cet ouvrage entre les mains. Ces pages autobiographiques qui se tiennent à la frontière exacte entre mes vies d'avant et ce que je pressens que sera ma vie d'après. Une vie probablement bien différente des sept premières. Bonne lecture. Nous nous retrouverons à la fin de ce livre après un grand voyage et beaucoup de péripéties.

Chapitre 1

Ma première vie
Thème de l'histoire : Savoir partir

Je nais et manque mourir. Je grandis comme je peux, en électron libre. Je suis celui qu'on vire, qu'on corrige, qui fout le bazar partout où il passe et fait marrer les copains.

À mon arrivée dans la famille Pagny, en troisième position après mon frère Frédéric et ma sœur Marie-Pierre, la seule promesse qui m'est faite, et qui, celle-là, sera toujours tenue, est celle d'une vie simple et gaie et de parents aimants. Bon, je dois faire mes preuves, car je contracte la variole tout bébé et ne passe pas loin de retourner rapidement *ad patres*.

Il paraît que seuls deux échantillons du virus, gardés dans des planques hautement sécurisées, subsisteraient aujourd'hui. C'est mieux ! Subsiste également sur mon corps la signature de la maladie : des trous balèzes, comme des traces de coups de couteau, dans le bide. Lorsque mes enfants étaient petits je leur faisais croire que j'étais un cow-boy qui s'était battu dans sa jeunesse. Plus sympa comme légende que celle de la réaction allergique à un vaccin. Cela dit, on n'était pas loin du Far West, car ma mère, m'a-t-on dit, avait acheté un fusil et était prête à l'utiliser contre le docteur s'il ne me sauvait pas. Il l'a échappé belle. Et moi aussi.

Je grandis dans le fief des familles Pagny et Chambosse. Notre terrain de jeu se situe dans le triangle formé par les villes de Montceau-les-Mines, Le Creusot et Chalon-sur-Saône. Le cœur de ce triangle, c'est Montchanin, le berceau familial. Nous sommes tous d'authentiques Bourguignons, enracinés dans ce morceau de terre qui ne porte pas beaucoup de vignes. Ici, on est loin de Beaune, ce ne sont pas le nuits-saint-georges et autres gevrey-chambertin qui donnent à notre contrée ses lettres de noblesse, mais le marteau-pilon qui a fait la réputation de la région à la fin du XIXe siècle. Moins délicat, n'est-ce pas ? J'ai très peu d'informations sur mes aïeux. Probablement des paysans qui, à l'ouverture des usines, en ont pris le chemin, et des mineurs qui ont risqué leur vie pour extraire du sous-sol le charbon dont avait besoin la révolution industrielle.

L'usine justement, à Chalon. Mon père, ébéniste, y est modeleur sur bois. Il a un vrai talent. Ils sont peu à savoir réaliser ces formes en bois qui servent à fabriquer les moules définitifs, en aluminium, que nécessite la production industrielle. Aujourd'hui, tout est fait à l'ordinateur ; à l'époque, cela demandait un exigeant travail de précision. Ma mère, elle, est secrétaire au Crédit universel. Ça bosse dur. Cependant notre héritage n'est pas seulement de labeur, de charbon, de bois, d'acier. Il est aussi artistique. D'ailleurs, au moment où nous venons au monde, nous les mômes, les mines sont presque toutes fermées et le marteau-pilon n'est plus qu'un emblème à l'entrée de la ville du Creusot.

Du côté de ma mère, avant la guerre, à Montchanin, il y a eu de l'insouciance. Et beaucoup d'humour et de joie de vivre.

Mes grands-parents, Léonide et Marcel, avaient monté une troupe de théâtre dans le village. Léonide venait d'une famille aisée – ils possédaient de nombreuses tricoteries en Bourgogne – que la guerre s'est, par la suite, chargée de ruiner. Je ne les ai pas connus mais je sais que Léonide faisait souffler un vent de fantaisie sur Montchanin. Avec le soutien de mon grand-père, elle avait créé une troupe de théâtre et organisait tous les ans un spectacle où chacun était invité à monter sur scène en jouant le rôle d'une figure notable du village. Le boulanger caricaturait le boucher ; le coiffeur : le maire ; le médecin : le curé, etc. Du Pagnol version bourguignonne ! Ça jouait, ça chantait… Ce devait être une période joyeuse. Puis il y a eu la guerre, la perte des tricoteries, la fin de l'insouciance. Léonide est morte. Ma mère, Odile, avait douze ans.

Odile a hérité de sa mère un solide sens de l'organisation des spectacles et du chant. C'est une soprano à la voix ample et à la technique vocale très tôt affirmée. Elle aurait pu faire une carrière ; il aurait fallu pour cela un événement, quelque chose qui fasse basculer son destin… Mais la seule chose qui ait changé le cours de sa vie, c'est ce drame, le décès de ma grand-mère ; ma mère a alors été élevée par sa sœur qui l'a accueillie dans sa famille comme un enfant de plus. Elle serait bien partie pour devenir chanteuse, mais comment ?

Seule à Paris, sans aucune connaissance ? Au milieu des années cinquante ? Non, ça ne se faisait pas. Il est probable que ça ne se rêvait même pas…

Qu'importe, je sais, moi, que dans l'univers des possibles, elle avait le talent pour être une chanteuse. L'opérette était son domaine. Si elle n'a pas eu de carrière d'interprète, le chant ne l'a jamais quittée pour autant. Non contente de me l'avoir transmis, elle a animé des chorales, formé de jeunes chanteurs, partagé avec eux son savoir et sa passion, sans jamais se lasser.

Mais nous n'en sommes pas là. Au début des années cinquante, elle vient juste de rencontrer Jean Pagny, un jeune homme élancé aux épaules solides et aux airs de poète. Elle a tout de suite su que c'était sa moitié. Elle ne s'est pas trompée : cela fait pas loin de soixante-dix ans qu'ils se tiennent la main. Sur leur photo de mariage, ils sont beaux et vont parfaitement ensemble. Ce sont deux êtres très complémentaires. Mon père, bel homme, haute stature et charisme naturel, est aussi taiseux que ma mère est volubile. Elle est l'énergie, il est le calme. Elle est le feu et il est l'eau. Il a le pouvoir de la pondérer. Elle a le pouvoir de l'enflammer… Ils se sont bien trouvés ! Ils ont fait quatre enfants.

Odile nous a tous embarqués dans le tourbillon de ses projets sans cesse renouvelés. Et c'est ainsi que, nous, les quatre mômes, le mari, le chien, les chats, ne sommes jamais restés en place longtemps, il fallait tout le temps déménager ! Je pense avoir connu au moins quatre maisons ou apparts dans les quinze années où j'ai grandi en famille. Ce qui fait un déménagement tous les 3,75 ans ! Ce n'était pas pour me déplaire et j'ai gardé en moi ce désir d'être ailleurs jusqu'à aujourd'hui.

Cette enfance peu enracinée a aussi fait que je ne me sens véritablement de nulle part. Et finalement de partout. Un citoyen du monde, comme on dit, capable de poser ses valises à l'étranger et de s'y sentir chez lui en un rien de temps. Je cherche simplement les endroits où je respire le mieux et je les fais miens le temps d'un passage. On est de passage, n'est-ce pas ?

J'ai longtemps pensé que mon père se taisait parce qu'il était submergé, quasi tétanisé par le caractère impétueux de ma mère, mais je me trompais. Mon père a toujours eu une analyse fine des choses. Il n'en pense pas moins. Simplement il ne l'exprime pas.

Si mon père se tait, c'est peut-être d'avoir été élevé et toujours entouré de femmes à la personnalité très forte – peut-être aussi parce que la figure paternelle était tombée au champ d'honneur et que depuis, il n'y avait plus rien à dire.

Et si moi, je braille si fort depuis tout petit, c'est peut-être pour deux. Pour compenser. Ou pour faire entendre son silence.

Chez nous, c'est très gai. Déjà, on est quatre mômes, et pas vraiment du genre à engendrer la mélancolie. Ajoutons à cela que ma mère nous fait vivre en musique. Elle chante en permanence. Beaucoup d'opéras et d'opérettes, Luis Mariano en guest principal, André Dassary… mais aussi de la chanson française. À toute heure s'invitent chez nous Brel, Sardou, Lenorman, Le Forestier.

De temps en temps, je vais à la pêche avec mon père. Ce sont nos moments de calme. Je suis fait de ça aussi. Si j'ai pu savoir, grâce à lui, comment utiliser une scie à ruban, manier une dégauchisseuse-raboteuse, si je porte toujours un intérêt particulier aux gens qui travaillent le bois, ce sont plutôt ces séances de pêche avec mon père qui me restent comme quelque chose de précieux.

« Allez Nénesse, tu m'accompagnes ? » Allez savoir pourquoi mon père m'appelait « Nénesse ». Ou « Ernest ». Il aime donner des petits noms improbables aux gens qu'il aime. Il appelait ma mère « ma grenouille » ! Ça m'arrive parfois d'ailleurs, dans des moments de relâchement, d'appeler ma femme « ma grenouille ». Ça vient sans y penser, comme remonté d'un coup du fond du puits de l'enfance. Dans ces cas-là, Azu me regarde, interloquée, « mais ça va pas non ? ». Avec sur le visage l'expression de la femme qui va me quitter et pas plus tard que tout de suite. Elle déteste qu'on puisse lui associer l'image d'une petite bestiole visqueuse !

L'argent est pour mes parents un souci récurrent. Ma petite sœur et moi n'étions d'ailleurs pas vraiment prévus au programme… Deux enfants, ça suffit bien quand on n'a pas trop les moyens. Malgré tout, nous avons été tendrement accueillis.

Je me demande tout de même si je n'ai pas fait le coup de l'allergie au vaccin de la variole pour tester la force du lien. Ou pour m'attacher définitivement ma mère. J'aurais inconsciemment senti que j'étais là par accident, je me serais dit : « Si je vois que ça vaut la peine, je reste ! » J'ai vu. Comme je le racontais, elle a failli tuer le médecin responsable… J'étais entre de bonnes mains !

Mes parents ne nous ont jamais spécialement parlé d'argent. Ils nous ont plutôt protégés de leurs inquiétudes. Pour autant, je ne peux pas dire que je ne m'en suis pas rendu compte. Ce n'était pas la misère, loin de là, mais le manque d'argent m'a marqué et il arrive que les sensations me reviennent en boomerang. Il n'y a pas si longtemps, la vision d'un cassoulet m'a replongé en arrière. Frustré de ne jamais en avoir assez à table, j'allais, lorsque j'avais un peu d'argent de poche, à l'épicerie, m'en acheter une boîte, et là, c'était parfait : j'avais mes deux saucisses pour moi tout seul !

Je me souviens d'une torgnole aussi. Une belle. À la fois méritée et totalement injuste. Nous étions en vacances à Crozon. Gros coup de chance pour moi : je trouve une pièce de cinq francs sur le trottoir. Bingo ! Et voilà que, trois mètres plus loin, en rentrant dans la boulangerie, qu'est-ce que je vois par terre ? Un billet de dix francs. Re-bingo ! Je n'en revenais pas. Toute cette chance d'un coup ! Est-ce qu'à cette époque déjà je me tourne vers le ciel et le remercie ? Je n'en suis pas sûr, mais ce que je sais, c'est que je n'ai pas eu cet argent dans les mains bien longtemps. Ma mère a vu le truc, elle me prend les sous.

« Donne mon chou, on en a besoin là.

— Comment ?! Mais pourquoi ?! »

Pas de réponse. Ma propre mère me prive de l'argent de poche du destin sans motif valable. Je ne vais pas me laisser faire. Je commence :

« Je veux mes sous.

— Écoute Florent, on va te les rendre, mais pas tout de suite, d'accord ?

— Nan, c'est mes sous, je veux mes sous. »

J'ai dû prononcer cette phrase six mille fois, si bien qu'à la fin, à bout de nerfs, mon père m'a mis la torgnole. Puis m'a rendu mes sous.

Je ne pouvais pas savoir que mes parents étaient si rincés ce jour-là, que ces quinze francs tombés du ciel allaient les soulager un peu. Ils n'ont pas voulu le dire. J'étais trop petit pour comprendre. Eux trop grands pour expliquer.

Malgré tout, la bonne humeur est toujours au menu à la table familiale, il y en a largement pour tous. Surtout le dimanche lors des repas de famille. Tandis que ma petite sœur est encore dans son berceau, on me pose sur la table à la fin du repas et je fais comme j'ai toujours vu faire ma mère : je chante. Tout le monde s'étonne lorsque j'entonne, juste et en rythme, à cinq ans, des chansons incongrues pour mon âge. Je chante Bécaud…

Quand il est mort le poète
(Quand il est mort le poète)
Tous ses amis
(Tous ses amis)
Tous ses amis pleuraient[1]

… que je connais par cœur encore aujourd'hui. J'attrape des chansons qui traînent par là et les exécute avec une belle énergie. Je me souviens encore de *Ma mère est morte au pied d'une cathédrale*… Je l'interprétais avec tant de conviction que cela faisait frémir Odile.

Parmi mes nombreux cousins – Michel, Maurice (qui est par ailleurs mon parrain et l'humour incarné), Marie-Hélène (par ailleurs ma marraine et la douceur incarnée), Martial –, Marc n'est pas encore, avec ses

1. « Quand il est mort le poète » : paroles de Louis Amade et musique de Gilbert Bécaud.

cinq ans de plus que moi, le talentueux pianiste qu'il va devenir. Nous partageons ces réunions familiales et, plus tard, il sera le premier musicien à m'accompagner en live. En attendant, Martial, son frère, un poil plus vieux que moi, est mon meilleur complice. Martial est un aimable plaisantin, toujours prêt à faire des conneries, comme moi, mais pires… Non, soyons honnête, les pires, c'était toujours moi !

Malgré les difficultés, mes parents nous emmènent en vacances tous les étés, à la mer ou à la montagne, en camping. Notre seule grand-mère, Aline, la mère de mon père, dite Naine, non en raison de sa petite taille mais parce qu'elle est la marraine de mon frère, fait partie du voyage. Nous l'adorons.

À part le manque de sous, cela ressemble plutôt à une enfance de carte postale, n'est-ce pas ? Eh bien non ! Ce n'est pas du tout, mais alors pas du tout, une enfance de carte postale. Si vous le leur demandez, c'est aussi ce que vous confirmeront mes parents, mes sœurs et mon frère. Car je suis infernal. Je ne rate pas une occasion de sottise. C'est plus fort que moi, il faut que je les fasse. Il y a tant de possibilités, j'ai un catalogue entier dans la tête.

Voyons ce que dit ma petite sœur Marie-Pascale à ce propos : « Ce que Florent aimait par-dessus tout quand il était enfant ? Chanter… et faire des bêtises ! »

Elle a raison. Mais je sais aussi qu'à l'époque elle se marrait bien de mes idioties. Et me couvrait souvent.

La raison à ces bêtises quotidiennes ? Je m'ennuie TOUT LE TEMPS.

« Maman ? Je m'ennuiiie…

— Tu as tes Lego Florent…

— Déjà fait… Je m'ennuiiiie.
— Dessine ?
— Déjà fait…
— …
— Maman, je m'ennuiiie tellement…
(Ici, un léger soupir maternel.)
— Je m'ennuie, je m'ennuie, je m'ennuie…
— Trouve autre chose…
— Je m'ennuie trop, il ne se passe rien.
— Florent, c'est toi qui m'ennuies à la fin…
— Je sais, et ça m'ennuie aussi… »

Je pouvais partir en toupie, ça durait des heures. Pauvres Pagny, ils n'en pouvaient plus !

Je veux qu'il se passe quelque chose, chasser cet insupportable ennui qui m'envahit à tout moment et menace mon équilibre, comme une nuit étourdie se tromperait d'horaire et menacerait la lumière d'un bel après-midi.

Il faut que je me fasse remarquer. Je vois bien que je suis plus petit que la moyenne, je n'ai pas pris la haute stature paternelle. Lui est grand et il se tait. Moi, je braille à quinze centimètres en dessous. Pour dire que j'existe ? Ou pour lui dire qu'il n'existe pas assez ?

Ce ne sont jamais des bêtises méchantes, elles sont toujours joyeuses, et à mon sens, plutôt bon esprit. Mais, si on peut les trouver cocasses à présent, je sais qu'elles n'ont pas fait rire mes parents au moment où elles se sont produites. Les fessées pleuvent. Une par jour. Ça fait partie de ma routine quotidienne au même titre que le petit déjeuner ou la vitamine C. Odile et Jean se les répartissent.

Quelquefois j'y échappe pourtant. Dans la maison de Saint-Rémy, je dois avoir neuf ans. Je suis seul à la maison, maman a dû aller faire des courses. Je ne m'ennuie pas ce jour-là, j'ai trouvé une pelote de laine. Comme j'ai aussi en ma possession un rouleau de scotch, j'ai le moyen de fabriquer une baballe. Et même une super baballe. Debout dans le couloir, je l'envoie taper contre la porte du salon. Elle rebondit trop bien, je suis un génie. Elle est si chouette qu'elle réussit même à entrouvrir la porte sur un coup bien envoyé. Il faudrait que j'aille refermer la porte mais… j'ai la flemme.

Je continue mes lancers. Je la jette même un peu plus fort pour voir. La baballe a réussi à ouvrir la porte en entier ! Elle continue sa trajectoire dans le salon et là, *bliiingggg bliiinnnngg*. Merde, deux bling, ça c'est pas bon. Je vais voir et ne peux que constater le décès prématuré de deux petits vases de cristal, posés côte à côte sur une étagère par malheur située sur la trajectoire de ma super baballe. Aïe, je vais me faire gronder fort, c'est certain. Il y a de l'eau partout. Bon, pas de panique, d'abord ramasser les débris de verre, les fleurs. S'en débarrasser. Peut-être que ma mère ne se souviendra pas qu'elle avait deux vases à cet endroit ? Oui, mais le problème c'est que la moquette est trempée à cause de l'eau renversée. Hum, il doit y avoir une solution… Mais oui, je sais comment sécher la moquette ! Quoi de plus approprié qu'une séance de sèche-cheveux ? Je branche l'appareil et mets la puissance au maximum. Ça va marcher… Ouais, mais ça prend du temps et ma mère ne va pas tarder à rentrer. J'appuie fort pour que ça aille plus vite. Zut, voilà que, par la fenêtre, j'aperçois maman qui arrive dans la trois-chevaux. Plus vite ! Plus vite ! Mais… c'est bizarre, ça sent le cramé ! Que se passe-t-il ? Catastrophe, j'ai appuyé trop fort le sèche-cheveux sur la laine de la moquette, et maintenant il y a un rond noir et des petites flammes… Mon Dieu, je suis en train de foutre le feu à la maison !

Ma mère est presque là, dépêchons, il faut éteindre les flammes, puis aller me cacher ! Heureusement pour moi, il y a, collé à la maison, le garage : je m'y faufile. Ouf ! Je me glisse à l'intérieur d'une sorte de tapis enroulé : ça sent la méga planque. J'entends maman :

« Florent ? Florent ? Mais… ça sent le brûlé ! Florent ? Qu'est-ce qu'il se passe ici ? »

S'ensuit un moment de silence.

« Mais… qu'est-ce que… Florent ? Qu'est-ce que tu as fait ? Tu as mis le feu à la moquette ? »

Et là, elle se souvient que ce n'est pas normal d'avoir un fils qui fait une connerie chaque fois qu'elle a le dos tourné et, déjà, elle sait qu'il va falloir m'en mettre une, et ça, ça la met peut-être davantage en colère, car elle n'en a pas envie. Ça va chauffer pour mon matricule !

Du fond de mon tapis enroulé, je me garde bien de me manifester. Sauf que tout à coup, ça me gratte, mais alors ça me gratte ! C'est une horreur, misère, où est-ce que je me suis fourré ? C'est horrible, il faut que je sorte de ce truc. Je suis tout rouge, la peau me cuit. C'est alors que maman débarque dans la remise, prête à me punir. Elle me découvre, les membres dépassant de mon short et de mon t-shirt, tous plus écarlates les uns que les autres.

« Florent ! Mais qu'est-ce que… Mais Florent, dans quoi tu t'es mis ? De la laine de verre ! Mais ça va pas ! »

Je suis en larmes tellement j'ai mal, tellement ça me brûle.

« Allez viens, viens, on va soigner ça. C'est pas possible… comment tu te débrouilles ! »

Elle m'emmène, nous sommes tous deux soulagés. Moi d'avoir échappé à la fessée, et elle, au fait d'avoir à me la donner.

***

Naine

Quand ma grand-mère Aline, dite Naine, ne venait pas en vacances avec nous, c'est nous qui allions chez elle. Elle tenait l'épicerie de Montchanin, ce village où mes parents se sont connus et dont nous avons tous, dans notre famille, une parcelle dans l'âme. J'adorais passer du temps avec elle. C'est en partie grâce à elle que je m'appelle Florent. Après avoir prénommé mon grand frère Frédéric comme Chopin, ma mère avait choisi pour moi le doux prénom de Franz, en hommage à Liszt. Aline, née en 1914, veuve de mon grand-père en 1940 et dont le second mari était un rescapé des camps, ne l'a pas entendu de cette oreille. Un petit-fils avec un prénom allemand ? Zéro chance que ça arrive, fût-ce une référence à un grand compositeur. Ça a donc été Florent. Il fallait un *F* afin que j'aie les mêmes initiales que mon frère et qu'il n'y ait pas à refaire les étiquettes dans la passation des vêtements. Le bon sens près de chez nous.

Mon hyperactivité n'épargnait pas ma grand-mère, et elle a dû quelquefois fermer son épicerie pour m'emmener me faire recoudre ou rattraper quelque bêtise faite en individuel ou avec ma bande de petits potes, les enfants des autres commerçants. Que de bons souvenirs là-bas ! Traîner à pied dans le village, aller à la pêche, ramasser des mûres, faire du vélo… Le soir, tomber de fatigue après un bon repas.

Naine aura été cette personne, aimante, qui m'a accompagné toute ma vie, m'a pris dans ses bras bébé puis enfant, s'est occupée de moi pendant les vacances, m'a vu partir, revenir, tomber, me relever, m'épanouir… L'amour de ma grand-mère a été moteur dans ma construction.

On reconnaît les figures importantes de notre enfance au fait qu'elles ne cessent pas de l'être lorsqu'elles s'en vont. Aline est partie le 2 avril 2005 (le même jour que Jean-Paul II, bien escortée), nous en reparlerons le temps venu. Mais je suis certain qu'elle a trouvé le moyen d'être encore à mes côtés au-delà de sa présence sur Terre. Je la sais qui me protège toujours.

***

Les bêtises

Malgré l'amour de ma famille, j'ai tout de même, enfant, disons-le sans détour, un gros destin de conneries. Je suis un électron libre. Mes réactions ne conviennent pas toujours. Elles sont souvent dictées par la volonté de réparer des injustices. Qu'elles me touchent moi ou les autres. Ce trait-là, je l'aurai presque toute ma vie. Je dis *presque* parce que récemment, je me trouve moins altruiste qu'avant. Je sens bien qu'un certain égoïsme tente de faire son nid en moi au détriment d'une tendance naturelle à la philanthropie.

Autres penchants présents dès l'enfance : vouloir tout faire tout seul et remettre le monde à l'endroit quand il penche. Je ne sais d'où ça vient. Aujourd'hui, je suis un des rares chanteurs à n'avoir aucun entourage pour garde-fou. Ni manager, ni agent, ni avocat particulier. Je traite tout, tout seul, face à la maison de disque, au producteur, à tout le monde. C'est parfois déstabilisant pour mes interlocuteurs, ce qui n'est pas pour me déplaire.

Dès la maternelle, je démontre que je n'ai pas besoin de manager pour régler mes problèmes. Je me fais allumer par une petite bande, quelques mômes et un leader. Je ne me souviens plus du différend. Une histoire de filles ? Je suis déjà très intéressé par le sujet... Ou peut-être ai-je simplement l'air d'une petite tête à claques pour une certaine catégorie de mecs déjà dominants qui aimeraient que je la ramène moins, avec ma voix de trompette et ma prédisposition à faire le mariole. En tout cas, je me fais gauler dans la cour. Ils arrivent à trois ou quatre et me fichent une branlée. Tout en pleurant – verser des larmes ne m'a jamais dérangé – je me promets de ne pas en rester là. En planque dans les toilettes, j'attends le chef de bande, celui qui a organisé l'attaque. Dès qu'il se pointe, je lui saute dessus et lui serre le kiki avec mon écharpe du plus fort que je peux ! Heureusement pour nous deux, un adulte intervient. Résultat : je suis viré de la maternelle... Ce fut le premier renvoi d'une longue série.

Aujourd'hui, je sais que j'étais un enfant hyperactif. Et on sait désormais qu'il n'y a pas de profil type. Chaque cas est différent.

En grandissant, je me mets à mieux choisir mes sujets, à être plus inventif. Mes plans sont de plus en plus élaborés. Il faut que la connerie ait un certain panache, qu'elle soit drôle surtout, voire utile, pour que je décide de m'y employer et parfois même de recruter une équipe pour m'aider à la réaliser. Un jour, au collège, je parviens à mobiliser toute ma classe pour une opération tournevis. On a tellement ri ! J'avais eu cette vision merveilleuse d'une classe entière entrant dans sa salle un matin, chaque élève s'installant sagement à sa place, et de bureaux, comme soudain devenus fous, ne supportant plus leur propre poids, s'écroulant les uns après les autres sur les genoux des collégiens ahuris, dans un fracas épouvantable. Le film étant trop savoureux, je décide d'en parler à mes camarades. Ils apprécient le scénario. Et le jour J :

Pendant un cours de latin, en douce, je fais circuler des tournevis, récupérés le matin même dans l'atelier de mon père. Chaque élève comprend vite la consigne : dévisser sans faire de bruit toutes les vis de son bureau, puis les réserver dans le tiroir sans geste brusque. Pour que ce soit du plus bel effet, les bureaux devront tomber tous au même moment, quand les prochaines victimes du latin s'installeront à leur tour dans la classe… La plus grande méticulosité est donc de mise. Je ne sais même pas comment on a pu réussir ! Chacun s'applique comme jamais sous l'œil du prof qui ne se doute de rien. Tout le monde joue le jeu, complice, et dévisse en déclinant *dominus, domine, dominum, domini, domino, domino*. Les tournevis circulent et reviennent jusqu'à moi, une fois leur mission accomplie. À la fin du cours, nous partons dans un calme impressionnant en laissant les meubles bien d'aplomb pour que personne ne puisse soupçonner que rien ne les tient plus d'une pièce. Nous croisons la classe suivante et ralentissons le pas pour profiter au maximum du rendu final.

Oh le ramdam ! Oh la crise de rire ! Évidemment, on s'est aussitôt fait choper. On a dû tout revisser et on a même été collés le mercredi d'après avec pour punition collective de réparer tous les bureaux de tout le CES. Un immense CES !

C'était idiot, on est d'accord, mais au moins ça mettait de l'ambiance… Et ce jour-là, j'ai appris que j'étais capable de fédérer pas mal de monde autour d'un projet quand il était bon.

Au collège, l'équipe éducative commence à me mettre des claques. Ils voient que je les supporte. Ça les étonne. Ils me disent :

« Ah si vos parents vous en mettaient plus souvent…

— J'en aurais deux par jour alors, parce que j'en ai déjà une tous les jours… »

Ils n'en reviennent pas.

« Ah bon, vous prenez une fessée chaque jour et vous êtes comme ça ? »

Après la classe, on doit se mettre en rang pour se rendre à l'étude. On me fait sortir du rang : « Non Florent, toi, on va te mettre dans une pièce à part. »

Ils avaient compris que s'ils me laissaient avec les autres dans la salle d'étude, elle ne porterait pas longtemps son nom ! Trente minutes plus tard, c'était le bordel. Il y avait toujours une idée à la con qui surgissait. Je repérais les trois, quatre mômes qui avaient le bon esprit comme moi, on trouvait vite une pitrerie à faire, on s'amusait à faire marrer tout le monde. Bah, nous étions juste des gamins qui avions besoin d'exister : ça n'était pas par les notes qu'on allait briller, alors on trouvait d'autres directions.

Tout ça reste bon enfant. Je ne vais jamais chercher la baston. Plutôt la rigolade, la déconnade… et les filles. Je traîne bien plus souvent avec des bandes de filles que de mecs. Je préfère leur compagnie, plus subtile, à celle des garçons, plus sportive. Je n'ai pas un gabarit à déchaîner les stades. Enfin, si, mais je ne le sais pas encore. C'est quelque chose que je saurai faire plus tard, avec un micro et des musiciens !

L'envie de rire, le goût du chant, l'amour des filles… voilà qui va dessiner mon parcours. Il y a des philosophies de vie pires que ça, n'est-ce pas ?

***

Gaston

On n'est pas des culs-bénits dans la famille, mais nos parents nous envoient quand même à la messe. Ils chargent Dieu de notre éducation religieuse, ou peut-être se dégagent-ils ainsi un peu de temps pour eux ? Jésus, Marie, Joseph : un trio bien pratique de baby-sitters !

La messe, le curé en soutane, le Christ en croix… Je sens bien que je suis dans un univers où le sacré prend toute la place. Or même si j'aime bien le lieu, les gens, c'est quand même trop intense et sérieux pour moi. Alors pour ramener tout ça à ma hauteur de p'tit môme, un dimanche je me glisse sous un « Ave Maria » et m'amuse à chanter la chanson qu'on entend tout le temps à la radio à l'époque… « Gaston y a l'téléfon qui son et y a jamais person qui y répond[1]… » Mais le

1. « Le Téléfon » : chanson écrite, composée et interprétée par Nino Ferrer en 1967.

curé a une bonne oreille. Viré. Sans même un mot, il m'attrape, moi et mes sept ans, et me met dehors sous les regards effarés de Marie-Pierre et de Frédéric.

Sans grand suspense, on peut dévoiler que Dieu ne m'en a pas trop voulu. Il m'a même mis entre les mains quelques années plus tard « Oh Happy Day » au bon moment !

Ce qui est drôle, c'est que, par la suite, c'est moi qui demande à intégrer une chorale. J'ai onze ou douze ans et je veux chanter ! Malgré plusieurs essais, on ne m'accepte pas dans celle de l'école… On me dit que ma voix détonne au milieu des gamins qui n'ont pas mué. Elle a trop de médiums, elle brille trop, et ce n'est pas joli au sein de l'ensemble. Je suis consterné, mais je dois me rendre à l'évidence, ils ont raison…

Plus tard, j'ai appris que mon grand-père paternel, Georges Pagny, avait une voix remarquable à l'église. Dans le chœur, il chantait seul avec les femmes. Sa voix était si puissante qu'elle emplissait l'espace. Ce n'est pas mon père qui m'a raconté cette histoire – je ne sais plus qui en fait –, mais je me souviens d'avoir été touché quand j'ai appris ça. Ainsi, je n'aurais donc pas hérité seulement de ma mère. Quant à mon père, on ne le lui dira pas, mais, entre nous, précisons qu'il chante terriblement mal, il ne chante pas d'ailleurs, il fait du bruit et n'apprécie que la musique militaire. Il faudrait peut-être que je fasse un album avec la Garde républicaine pour lui faire vraiment plaisir…

***

La famille Dantec

Les visites aux nombreux pédopsys de l'époque, auprès desquels ma mère tentait de trouver des solutions pour me calmer, ne se sont pas révélées très utiles. Mes parents ont continué à s'arracher les cheveux et les fessées n'ont cessé de pleuvoir sur la partie charnue de mon anatomie. J'étais celui qui foutait la merde. Malgré lui.

À douze ans, hyperactivité exceptée, je suis un gamin normal, avec toutefois une particularité : une grande attirance pour les filles. Surtout pour une, à cette époque-là.

Hélène Dantec est trop jolie. Elle m'a tapé dans l'œil et le cœur à mon arrivée à Bonneville. Je tombe amoureux, raide dingue, pour la vie au moins. Bon, ce ne sera pas pour la vie, mais je le resterai quand même les quatre années de mon parcours de collégien. En vain.

Elle est au même CES que moi. De même que son grand frère Frédéric, mon meilleur pote. Je suis d'ailleurs amoureux de la famille tout entière ; leur mère, Michèle, sera pour moi une personne importante.

Michèle est une très belle femme. Petite, énergique, intelligente, drôle… Sexy ! Une personnalité. Une Mrs Robinson ! Une Mrs Robinson qui aime lire et rêve d'écrire un livre un jour. Elle devient ma confidente. J'adore aller chercher mon pote Fred, arriver chez eux et ne trouver personne à part sa mère. Alors je peux passer du temps en sa compagnie, lui raconter ma vie. Ça lui plaît parce que je suis à livre ouvert. Elle aime plonger dans ma tête, nous avons des conversations géniales. Parfois, elle s'épanche aussi – j'y vois un témoignage de son estime et de sa confiance.

Je vais rester proche de Michèle jusqu'à sa mort en 2011.

Elle déclarera un sale cancer, se battra comme une lionne. Mais ce sera un de ceux que tu ne peux pas vaincre, que tu ne peux que repousser. Ce qu'elle fera, vaillamment, tant qu'elle pourra. On se parlera souvent au téléphone. Et puis un jour je sentirai que quelque chose a changé, elle sera plus fatiguée que d'habitude. Je voudrai faire quelque chose. Je lui dirai : « Tu bouges pas, je vais organiser un concert à côté de chez toi, comme ça tu pourras venir. » Je mobiliserai tout le monde et nous créerons une date dans une petite salle, non loin de chez elle à Annecy. Juste pour elle. Ce sera lors de ma tournée des cinquante ans.

Le concert aura lieu. La petite salle sera comble. Tous ses enfants seront présents. Frédéric, Hélène et Olivier, ainsi que les jumeaux François et Matthieu. Seule Michèle manquera à l'appel. Elle sera déjà partie. N'aura pas voulu que tout le monde la voie, si transformée, si diminuée par la maladie, aura préféré tirer sa révérence avant.

Le concert deviendra un hommage rendu à Michèle. Je ressentirai quand même sa présence, sous une autre forme… Je la sens parfois encore.

***

Géométrie

Mon autre meilleur pote s'appelle Thierry Dronne. Lui et son frère Christian sont les deux fils de Suzy et Marcel Dronne dont je ne vais pas tarder à parler. Thierry, Frédéric et moi avons le même âge et le point commun de n'être pas haut-savoyards. Nous sommes vite inséparables. On traîne dans Bonneville, on skate, on skie. C'est sympa de pouvoir tout faire à pied. Une enfance en liberté. Enfin, en liberté jusqu'à un certain point. Parce que, rapidement, il n'y a plus de solution scolaire pour ma pomme.

Le divorce entre l'école et moi est profond. Ce n'est pas une simple question de bureaux dévissés, de numéros d'équilibriste sur les toits pour récupérer les ballons perchés ou de concours d'éloquence de vannes durant l'étude. C'est un monde qui me rejette et que je rejette. Cette école des années soixante-dix, celle à laquelle j'ai eu affaire, est un univers d'injustices, bâti sur des principes qui sentent la naphtaline, par des personnes qui veulent imposer un pouvoir arbitraire. Il n'y a rien à faire, toute discussion est refusée.

L'épisode qui me conduit au divorce a lieu en sixième. Madame Je-ne-sais-plus-comment est prof de maths. Elle a une longue carrière d'équations et de théorèmes derrière elle et partira à la retraite à la fin de l'année. Je suis plutôt bon en maths. Elle devrait bien m'aimer, mais ce n'est pas le cas. Je ne corresponds pas au profil de l'élève qu'elle chérit. Elle dessine un octogone au tableau, le quadrille, et nous demande d'imaginer une opération qui permette de savoir combien il y a de carrés à l'intérieur de la figure. Trouvant la solution en un rien de temps, je lève la main. Elle fait comme si elle ne me voyait pas. Un peu plus tard, l'un des élèves correspondant au profil chéri lève la main à son tour. Elle l'interroge. Il explique comment il a fait son calcul ; elle le félicite. Et elle ajoute cette petite phrase qui me met le feu au cerveau :

« C'est très bien Jean-Fernand (appelons-le Jean-Fernand), bravo. C'est en effet la méthode la plus rapide. »

Je réagis aussitôt : « Madame, j'ai une méthode plus rapide, j'avais levé la main en premier ! »

La vieille prof – enfin vieille… elle devait avoir soixante ans, ce que je trouve plutôt jeune aujourd'hui – ne veut rien savoir. De toute façon, je ne l'intéresse pas. Toute la classe prend ma défense :

« Mais madame, laissez-le expliquer sa méthode au moins ! »

La prof est en stress, bien obligée de se plier à la volonté collective. Je me lève et fais ma démonstration au tableau. Tout le monde admet que ma méthode est plus rapide. Bien sûr, ça fait un chahut parce que de son côté c'est *niet* ! Il n'est pas dans ses projets que je puisse avoir raison : elle me vire de la classe.

Je me retrouve dans un autre cours, abasourdi par l'événement. Je ne comprends pas trop comment on en est arrivés là. À ce moment, deux pions débarquent dans la classe où je me trouve, façon gendarmes claquant des talonnettes : « Florent Pagny ! Suivez-nous ! »

Me voici dans le bureau du principal, lequel vient de recevoir une vieille prof pas si vieille, en larmes, qui lui a expliqué que j'étais l'ennemi numéro un, le Clyde Barrow du CES, et que je lui ai tenu tête sur un exercice. À mon avis, l'homme doit alors penser à tout un tas de métiers plus agréables que le sien. Toujours est-il qu'il prend le parti d'être pragmatique et de s'en tenir à l'exercice. Madame Quel-est-son-nom-déjà lui a présenté le problème géométrique ainsi que le problème Pagny, lequel prétend, le petit effronté, avoir une méthode plus rapide que la sienne. Le principal s'empare donc d'un chronomètre et me propose de refaire l'exercice en même temps que lui – on verra bien qui finira le premier. J'accepte le deal. Non seulement je termine l'exercice avant lui, mais en plus, je le vois qui se trompe ! Je crois opportun d'intervenir pour le lui faire remarquer. Je lui explique où est son erreur et là, monsieur le Principal devient fou. Il se met à me parler comme si j'étais un voyou des bas-fonds des Batignolles et lui un inspecteur de la crim' qui n'a jamais réussi à passer commissaire, n'y parviendra jamais et en conçoit une aigreur abyssale : « Maintenant tu fermes ta gueule Pagny ! Parce qu'on commence à en avoir ras le bol de toi ici ! »

J'ai quitté son bureau. Je n'ai plus jamais fait de mathématiques.

J'ai redoublé ma sixième.

L'année d'après, parce que je me baladais avec dix-huit de moyenne partout et qu'une prof était super – il y en a quand même eu heureusement –, j'ai finalement récupéré mon dû : ma place en cinquième. Mme Jarre – je me souviens très bien de son nom – a trouvé idiot ce qui m'arrivait. Elle a persuadé le corps enseignant qu'il fallait arrêter de me punir pour des faits passés sans rapport avec mes résultats scolaires et m'a permis de réintégrer après un trimestre ma classe de cinquième.

Mais j'avais bien compris la leçon : je n'étais pas fait pour l'école. L'école ne m'aimait pas. Et il n'était souhaitable, ni pour l'une ni pour l'autre, de continuer à faire route ensemble. C'est ainsi que, le CES et moi, on s'est séparé à l'amiable à la fin de la cinquième.

On m'invite alors à découvrir un nouvel établissement qui vient d'ouvrir à Chamonix. C'est un énorme bahut, flambant neuf. Il a été conçu pour accueillir en priorité des élèves de sports-études, mais il abrite aussi une école hôtelière, une école des métiers liés aux remontées mécaniques, et enfin des classes de collège et lycée classiques, avec internat pour élèves, disons… particuliers. Un petit séjour en pension Florent ? Pourquoi pas, tiens ! Allons voir ce qui se passe à Cham !

Je ne me souviens pas du nom de l'établissement, appelons-le Le Dernier Recours… Ils acceptent tous les gars et les filles de la région qui n'ont plus de solution scolaire. Qu'est-ce qu'on a rigolé ! Tous les cas sociaux réunis ensemble dans la même classe… Franchement, c'était dégaine comme endroit. Patinoire dans la cour, quatre demi-journées de ski par semaine : ils devaient essayer de nous fatiguer le plus possible.

Je suis assez bon en ski, pourtant Le Dernier Recours a, comme les autres établissements avant lui, rapidement l'envie pressante de se passer de moi ; mais ils ne peuvent pas : c'est dans leur cahier des charges de s'occuper de tous ceux dont personne ne veut.

Ils se remuent cependant les méninges et ne tardent pas à trouver leur bonne idée. Celle qui leur permettra de se débarrasser de ma personne en gardant les cuisses propres. Ils me virent de l'internat. Ingénieux de leur part : pour pouvoir suivre les cours, il me faut désormais faire une heure et demie à deux heures de voyage matin et soir.

Je commence ma troisième dans ces conditions. Je prends deux trains tous les matins depuis Bonneville. Je descends d'abord à Saint-Gervais-les-Bains-Le Fayet où j'attends la correspondance pour Chamonix, une micheline qui me fait arriver systématiquement trente minutes après le début des cours. Un prof finit par repérer le problème :

« Ça n'est pas possible Florent, tu ne peux pas fonctionner comme ça, c'est trop lourd pour toi ! Je vais demander à ce que tu ailles dans un autre établissement.

— Je sais, je suis d'accord », ai-je répondu sur un ton un peu las.

Là encore, je n'ai pas attendu qu'on fasse quelque chose pour moi. J'ai pris mon dossier sous le bras et je suis retourné frapper à la porte du CES.

« Je n'ai que quatorze ans, vous ne pouvez pas refuser de me prendre et je n'ai aucun autre collège où aller. »

Ils ont capitulé. J'ai fait ma dernière année scolaire là-bas.

Je n'ai rien dit à mes parents. Je ne leur ai parlé de l'affaire qu'une fois le problème réglé et ma réadmission au collège de Bonneville effective. J'étais conscient de tous les soucis que je leur posais depuis le temps et avais décidé de leur épargner celui-là.

***

« Feu de bois »

Si nous tissons nos vies d'adultes en tirant les fils de notre enfance, on peut imaginer à quel patchwork improbable j'aurais droit aujourd'hui si l'histoire en était restée là. Mais j'ai eu de la chance, car outre tous ces fils à retordre, j'avais aussi quelques cordes à mon arc.

La promesse que m'avaient faite mes dix ans, celle que j'avais lue dans le regard de ma mère, m'avait ouvert un horizon. Et tandis que je me faisais ballotter, malmener d'un établissement scolaire à l'autre, tandis que moi-même, je bousculais profs, surveillants et tous les règlements intérieurs que je pouvais, je savais que je possédais quelque chose qui pourrait bien changer la donne un jour.

Ma voix.

Je la protégeais, la gardais bien au chaud, ne l'exhibais pas. À part en famille, je ne l'utilisais qu'avec parcimonie. Elle était mon trésor. Et un trésor ça ne s'expose pas, ça ne se dilapide pas. Ça s'entretient. On ne fait rien qui puisse lui porter tort. On ne le surestime pas ; on ne le sous-estime pas non plus.

Enfant, c'est d'abord ma mère qui guide mes pas dans la chanson. Elle est à l'affût. Dès qu'elle entend parler d'un radio-crochet, elle nous inscrit, ma petite sœur Marie-Pascale – qui montre aussi des prédispositions et adore chanter et écouter de la musique – et moi.

Nous participons tous deux avec « Feu de bois » à notre premier radio-crochet. C'est ma première scène. Ma petite sœur a cinq ans et une frimousse de poupée. J'en ai dix. Nous gagnons un prix. Je ne sais même pas si ma mère est spécialement fière. Je pense plutôt qu'elle se dit que c'est légitime. Comprenez bien : elle a ça en elle depuis si longtemps. Elle n'a pas eu la chance de pouvoir l'exploiter vu le contexte difficile dans lequel elle a grandi. Le don a glissé chez ses enfants. On nous applaudit ? C'est elle qu'on applaudit à travers nous. Elle attend ce moment depuis un paquet d'années, probablement sans même le savoir.

« Feu de bois, feu qui chante, joli feu de bois, feu qui chante dans le vent qui passe, je te vois et je chante, joli feu de bois et je chante, je chante avec toi[1]… »

***

La fiesta

À ce stade, nous allons avoir la confirmation que cette histoire est une histoire française des années soixante-dix parce qu'il y a un chapitre « Majorettes ». À cette époque, le grand truc dans les villages, ce sont les majorettes. Elles sont partout, les gens adorent : c'est leur apogée. Elles sont nées aux États-Unis et défilent en France depuis les années soixante, jupette et chapeau haut orné d'une plume – inspiré par le shako militaire – dans les rues bordées de spectateurs sous le charme. Ma mère fait partie de l'organisation des défilés, mon père marche fièrement à côté, et nous, les enfants, on n'est pas en reste et ça nous fait bien marrer.

Mes sœurs cartonnent avec leurs bâtons, mon frère tape fort sur la grosse caisse, quant à moi, si je frappe en rythme les cymbales, c'est surtout à la fin de la journée que je m'exprime, en montant sur la scène le temps d'une chanson. Ce sont des rendez-vous récurrents que j'attends avec impatience pour le plaisir de provoquer des réactions dans le public. Un public qui ne m'écoute pas dans un premier temps, car il n'est pas plus excité que ça par le fait de voir un petit môme de dix, onze ans s'emparer du micro. Mais voilà, bientôt

1. Une comptine pour colonies de vacances de Jean-Naty Boyer.

les gens arrêtent de discuter, de boire, de manger. Ils me regardent, attentifs et incrédules, jusqu'à la fin de la chanson, avant de m'applaudir à tout rompre.

Je crée une onde de choc. En voyant un gamin sur scène avec un micro, tu penses qu'il va chanter une chanson de môme, tu t'apprêtes à trouver le numéro au mieux mignon, mais le gamin en question t'envoie « La Fiesta bohémienne » avec une puissance qui te scotche et le *vibrato* qui va bien… Tu n'en crois pas tes oreilles !

Je ne boude pas mon plaisir, ravi de ce qu'il se passe. Je prends conscience très tôt du fait que ce n'est pas seulement ma voix qui les impressionne, mais aussi le décalage entre le répertoire proposé et mon jeune âge. J'ai onze ans et je chante Luis Mariano d'une manière qui n'a rien d'enfantin mais tout d'un véritable chanteur d'opérette. Ça interpelle et fascine. Et moi, j'adore cette attention dont je fais soudain l'objet. Être un sujet d'intérêt n'a jusque-là jamais été très positif, si vous voyez ce que je veux dire…

On a conseillé à ma mère de se rendre dans une boîte de nuit, un dancing qui s'appelle Le Luth. Il y a une scène là-bas, lui a-t-on dit, et sûrement moyen de se produire. Nous y faisons la connaissance des propriétaires, Marcel et Suzy Dronne, qui ne sont autres que les parents de mon super pote Thierry. Marcel est un petit bonhomme qui peut ressembler à Fred Mella des Compagnons de la chanson, ce même genre de gueule. Assez bel homme, pas bien haut. Avec Suzy, ils forment un chouette couple, fusionnel. Marcel est un homme-orchestre, il sait jouer de plein d'instruments, et tous les week-ends, il fait danser les gens dans son club. Il lui arrive de passer des disques, mais la plupart du temps il chante, et il chante vraiment bien. Le Luth est toujours bondé. Suzy et lui nous adoptent, ma mère et moi, et nous invitent souvent à faire partie du spectacle. C'est drôle d'ailleurs, le fait que Marcel soit le père de Thierry. Au collège, Thierry est mon copain, on rigole bien mais on ne parle jamais du Luth. Et au Luth c'est le contraire, je ne vais pas m'amuser avec Thierry alors qu'il habite sur place. Car je suis là pour répéter avec Marcel. Au Luth, je ne suis plus un collégien, je suis un chanteur. J'ai des moments bien particuliers à vivre non pas avec mon pote, mais avec son père. Sur scène, ce sont des soirées géniales. Nous chantons, ma mère, Marcel et moi, ensemble ou séparément. Ma petite sœur est souvent de la partie. Il y a plein d'invités, comme nous, qui interviennent : je me souviens d'un type très drôle, un frontalier, qui faisait des sketchs mettant en scène les Savoyards et les Suisses : il était à mourir de rire !

Ce sont mes premiers pas sur scène. J'ai onze ans et ce tube énorme : « La Fiesta bohémienne ». Je peux chanter du Sardou, du Lenorman, mais Mariano me fait gagner à chaque fois. Parce que ma voix a déjà cette sorte de brillance qui claque.

Cette joie qu'on m'applaudisse, qu'on m'admire ! Du miel pour le préado en échec scolaire et en manque de reconnaissance que je suis. Le scénario est toujours le même. À mon arrivée, personne ne me remarque, personne ne fait attention à moi. Les gens mangent et parlent. Et dès que je commence à chanter, j'entends le silence s'installer, les couverts qu'on pose, les visages qui se relèvent. Ils m'écoutent et frappent dans leurs mains ; leur enthousiasme est à la mesure de la surprise éprouvée : Ils ne m'avaient pas vu venir. J'ai douze ans, puis treize, quatorze : il est de plus en plus certain que je tiens un truc.

Mon grand kif, c'était de voir l'effet que je provoquais. C'est quelque chose que je n'ai jamais cessé de chercher. Faire de l'effet. Ce qui m'a plu à l'époque et qui a motivé toute ma carrière : faire en sorte que les gens arrêtent un peu leur course, qu'ils lèvent un instant les yeux de leur bureau, de leur établi, de leur ordi, de leurs soucis, qu'un frisson naisse… Voilà après quoi je cours. C'est ma définition personnelle d'un interprète. Je fais de la musique pour les autres, plus que pour moi.

Marcel m'a offert l'occasion de faire mes preuves. La possibilité de me faire entendre. Il était un professionnel qui s'intéressait à moi. Il n'a pas fait que m'ouvrir sa scène. Il m'a emmené à Paris, voir une opérette au théâtre du Châtelet. Il avait quelques contacts, un peu de réseau, m'a fait passer une ou deux auditions, fait faire une maquette. Cela n'a rien donné de particulier. Ce n'était pas grave : lui m'a apporté beaucoup. Ce type génial s'intéressait à moi ! C'était quelque chose.

***

Sur la place du village

Jamais je ne mets ma voix en avant. Jamais je ne vais au-devant des gens, des choses. Il faut que je repère une attache à laquelle je pense pouvoir arrimer mon rêve, mon envie. Parfois, je balance une note ou deux au hasard, comme on lance un hameçon, sans objectif de ramener un poisson, juste pour la beauté du geste, appâter la bonne fortune ou titiller le destin.

Ce jour-là, c'est dimanche. Ma famille au grand complet assiste à un déjeuner donné en l'honneur d'éminents citoyens espagnols venus à l'occasion d'un jumelage entre nos petites villes. Je m'ennuie un peu. Des gourdes traînent, je sais qu'il n'y a pas que de l'eau dedans. Je décide d'en découvrir le contenu. Je fais connaissance avec la sangria. Je n'en bois que quelques gorgées. Elles me tournent agréablement la tête.

À la fin du repas, les adultes prennent le café, je sors de la maison, enfourche mon vélo à la recherche d'une aventure digne de mes douze ans. Je pédale autour de la place du village et avise un groupe de personnes sortant d'un restaurant bourgeois, parlant, riant et chantant fort. Ah, ils aiment les chansons ceux-là ! Je leur jette en passant une vocalise, puis je file. Je ne sais pas s'ils y font attention, dans le doute je repasse et j'en projette une autre. Celle-là, je sais qu'ils l'entendent.

« Hey, toi ! Viens par là ! Comment tu chantes toi ? »

Les touristes m'interpellent tout en rejoignant leur car immatriculé – pour mon bonheur, vous allez comprendre pourquoi – en Suisse. Ils m'invitent à monter avec eux et à leur chanter une chanson. La sangria de la gourde espagnole me chauffe un peu la tête. Désinhibé, j'accepte et attrape le micro qu'ils me tendent. Je leur chante mon répertoire, c'est-à-dire les trois chansons de Mariano qui me paraissent être mon tiercé gagnant. Bingo ! Je repars avec une montagne de pièces. J'en ai tant dans les poches, dans les mains que je peux à peine rentrer à vélo ; je zigzague, en joie et épaté par ce que je viens de vivre.

Je n'ai fait que chanter et voilà que je suis couvert d'argent ! Je retourne à la table de mes parents avec mon butin que j'étale devant eux. Ils n'en reviennent pas. Ma mère demande d'une voix tremblante :

« Mais qu'est-ce que tu as fait ?

— J'ai chanté maman, j'ai juste chanté !

— Mais… C'est de l'argent suisse en plus ! »

Ça vaut cinq fois plus que le franc français. Je suis riche ! Je me paie une tenue de ski. C'est mon premier cachet.

J'adore le ski et surtout le ski acrobatique. Avec mes potes, on a envie de briller dans cette nouvelle discipline. Frédéric arrive à faire des 360, Thierry et lui réussissent les sauts périlleux arrière. Moi je n'y arrive pas. Je maîtrise le Daffy, une jambe tendue en avant, l'autre en arrière pour mettre les skis en V, mais c'est tout. Je ne suis pas mauvais en bosses mais pas aussi fort qu'eux. Un groupe s'est constitué – nommé Les Choucas – et comme ils sont bons, Fred et Thierry sont invités à en faire partie. Moi aussi, mais… sans les skis : on me donne le micro pour que j'anime les démonstrations ! Je suis vert. Enfin, si je ne peux pas participer aux shows, je m'entraîne quand même régulièrement avec eux, c'est déjà ça.

Un jour, lors d'un entraînement, le tremplin est prêt et des gens commencent à s'arrêter pour nous regarder. Je vais pour m'élancer mais le leader du groupe – un type très stylé et très doué – me bloque : « Non, n'y va pas ! Il y a trop de gens qui regardent, ça va nous faire de la mauvaise pub ! » Sur ce il passe devant moi, s'élance comme un fou, part en saut périlleux et… se vautre ! Il était trop sûr de lui ! Moi, je vois le truc, je réfléchis et me dis que maintenant qu'il s'est chargé de la mauvaise publicité, je peux bien y aller, ce ne sera pas pire. Alors je me lance… je ne sais pas ce qui me prend, un déclic, l'adrénaline, je prends le tremplin et me jette en l'air… Je suis tout là-haut, je vois toute la vallée, puis je me casse en deux, je tourne sur moi-même et je retombe sur mes skis ! Et tout le monde m'applaudit. Comment j'ai fait ça ? Je n'en sais rien mais voilà, j'ai réussi le saut de l'ange, le saut périlleux avant, celui qui est le plus difficile à faire et le plus dangereux, car tu ne vois pas l'arrivée. Je lâche le micro.

Être le seul à réussir le saut de l'ange change mon statut dans le groupe.

Depuis que je brille un poil dans cette communauté de skieurs de haut niveau, chaque fois que j'ai un peu de sous, je m'achète des tenues de ski. J'accueille même d'assez bonne grâce l'idée de faire ma communion. Car qui dit communion, dit cadeau ! Et qui dit cadeau dit : « Pourquoi ne pas demander des sous plutôt que je ne sais quelle bondieuserie ? » Allez zou, c'est réglé. La tribu est réunie, tout le monde est content, je chante ce qu'il faut, comme il faut ; la photo est parfaite. Et hop, je décroche ma deuxième tenue de ski !

Au passage, je dois dire que j'étais très fort pour faire gonfler ma tirelire en tirant parti de ma famille. Le fait qu'elle soit très nombreuse et très sympa m'a assez tôt fait espérer de juteux bénéfices. Dans les réunions de famille j'étais connu pour avoir le sens du commerce ! On me parle encore de ce mariage : j'avais dix ans et je leur ai vendu à tous des *Shadocks*[1] que j'avais fabriqués en papier. Ma première entreprise !

En 1974, je lis un journal dans lequel il est question d'un radio-crochet. L'événement est organisé à l'occasion du Critérium du Dauphiné libéré, une course cycliste très populaire depuis sa création en 1947, qui se tient tous les ans juste avant le Tour de France. Le parcours est réputé exigeant et permet aux coureurs de s'entraîner avant la Grande Boucle. Le radio-crochet commence dès la première étape, qui a lieu cette année-là, à Annecy, près de chez nous. Ma chance.

Le concours est animé par le célèbre Zappy Max. Je ne sais pas alors exactement qui c'est, mais j'en ai entendu parler. C'est un nom qu'on retient ! Il claque dans l'air du temps ! Zappy Max, mesdames-messieurs ! Je me pointe avec ma mère et il se passe un truc qui m'étonne à l'époque – mais plus du tout aujourd'hui : on me refuse le droit de chanter, car je suis trop jeune, le concours n'étant ouvert qu'aux plus de seize ans. J'en ai seulement treize et ne les parais même pas.

Je ne me démonte pas, m'invente une assurance. Il est hors de question de rater ce coche. J'insiste tant qu'après avoir tout fait pour me décourager, Zappy Max jette l'éponge et s'en remet au public.

« Comment tu t'appelles ?

— Florent.

— Mesdames, mesdemoiselles, messieurs, ce jeune homme n'a que treize ans mais il veut concourir… Tu veux chanter Florent ?

---

1. Personnages de la série télévisée d'animation *Les Shadocks*, créée en 1968 sur la première chaîne de l'ORTF.

— Oui je veux chanter !

— Tu veux chanter quelle chanson Florent ?

— « La Fiesta bohémienne » !

— Mesdames et messieurs, ce jeune homme de treize ans veut nous interpréter une chanson de Luis Mariano… Que fait-on ? Est-ce qu'on l'écoute ? »

Zappy connaît son affaire. Il a le don pour enflammer les foules. Tout le monde crie pour qu'on m'accepte. Et c'est ainsi que je gagne ce jour-là le concours sur la première étape. Le principe du radio-crochet est de remettre son titre en jeu à chaque étape : je vis une folle semaine sur les routes avec eux. Je deviens rapidement la mascotte de l'équipe ! Pendant ce temps Alain Santy enchaîne les victoires sur son vélo. Avignon est notre sacre à tous les deux. Santy à quatre secondes devant… Raymond Poulidor[1] évidemment. Je suis si heureux de ma médaille et de cette aventure qui me valent mes premiers articles de presse…

À Bonneville, ma réputation s'améliore un peu. Et puis je prends une claque. Elle fait un peu mal celle-là, quand elle arrive, surtout que je ne l'ai pas vue venir. Ça s'appelle *prendre une leçon*. J'ai quatorze ans et j'apprends deux choses.

Après le Dauphiné libéré, la même équipe s'occupe d'un autre radio-crochet. J'ai gagné celui du Critérium avec tant de brio qu'ils m'inscrivent d'office au concours de l'Alpe d'Huez et sont tellement certains de ma victoire qu'ils me demandent quelle récompense me ferait

---

1. Raymond Poulidor est un coureur cycliste bien connu du Tour de France. Il ne l'a jamais remporté malgré plusieurs deuxièmes places, ce qui lui a valu son surnom d'« éternel second ».

plaisir. Insensé : c'est moi qui vais décider du prix ! Les yeux brillants, je fais part de mon rêve : posséder une paire de skis acrobatiques. Vendu ! À moi les sauts de l'ange avec mon propre matériel !

Allez savoir pourquoi, le soir du concours, j'abandonne ma chanson fétiche au profit d'une autre de Luis Mariano, je ne sais plus laquelle. Sauf qu'avec cette dernière, je suis moins magique – impossible de savoir pourquoi… Elle me met moins en valeur, je finis deuxième, peut-être même troisième. Et je vois les skis me passer sous le nez pour se retrouver chez un type qui n'en a probablement rien à foutre du ski acrobatique.

Leçon numéro 1 : le choix de la chanson ! Voilà ce que j'ai appris ce soir-là et de la meilleure des manières, à mes dépens. J'ai quatorze ans et prends conscience qu'il ne faut pas se tromper de chanson. Même si tu chantes bien, si tu n'as pas la bonne chanson, tu n'as pas le même pouvoir.

Je suis hyper déçu. Je ne sais pas alors que je suis en train d'apprendre cette autre leçon : rien ne vaut une bonne plantade de temps en temps. Oui, l'échec est constructif. Même plus constructif que la réussite. Tu apprends plus d'un échec que d'un succès. La réussite te donne confiance, tu la savoures, mais très vite le goût s'atténue. Quand tu t'es pris une tôle, tu la mastiques un bon moment. L'échec t'oblige à tout reprendre de l'intérieur. À comprendre comment les choses se sont passées pour ne pas les revivre. L'échec, il faut l'accueillir, le prendre dans ses mains, le faire tourner, le regarder sous toutes ses coutures, comment il est fabriqué, de quoi il s'est nourri pour exister, de quoi il est fait. Il te recadre, te permet de ne pas rester dans les étoiles, de ne pas te la péter tout là-haut sur ton petit nuage et de croire que tu es un autre.

J'ai ainsi découvert un principe de base bien utile pour nous, les chanteurs : il ne faut pas se tromper de chanson. Je ne l'ai jamais oublié. C'est une clef que je donne souvent aux talents avec qui je travaille à *The Voice*. Si tu n'as pas la bonne chanson, ça ne te servira à rien d'être le meilleur chanteur.

***

Juin 1977

Mon frère a vingt ans. Il passe de plus en plus de temps en Angleterre, dans la grande banlieue de Londres. Il travaille dans un pub, peaufine son anglais, écoute de la pop, prend son autonomie. On fête les dix-huit ans de mon adorable grande sœur qui ne va pas tarder à se marier. Marie-Pascale est toujours aussi mignonne, mais va connaître dès cet été-là une vie bien différente et peu à son goût, la pauvre : de benjamine d'une fratrie de quatre, elle va se retrouver fille unique.

L'année de troisième s'achève. Je passe la moitié des épreuves du brevet des collèges. Pourquoi la moitié ? Parce que j'y vais le matin et qu'une fois en salle d'examen, je me sens tellement à côté de la plaque que je ne souhaite pas y retourner. Je ne suis pas mis en valeur, je sais que je vaux mieux que l'image que l'école me renvoie. J'y vais donc au début parce que c'est ce qu'il *faut* faire, mais je ne me présente pas l'après-midi, parce que ce que je *dois* faire pour me sauver la vie, c'est me sauver tout court.

Il faut s'y résoudre, je le sais, ils le savent, nous le savons : l'école ne sera pas ma voie. Je ne sais pas exactement quelle sera ma voie. Juste que ce sera ailleurs. Ici, il n'y a aucun avenir pour moi. C'est une évidence et je remercie tellement mes parents de l'avoir vue, comprise, acceptée.

Je leur serai toujours reconnaissant de leur attitude. Ils auraient pu insister, essayer de me faire rentrer dans un moule qui n'était pas pour moi, auraient pu prendre peur, n'avoir pas confiance… Qui sait alors ce que je serais devenu ?

S'il existe une chance pour que je m'en sorte, elle se trouve loin de Bonneville. À Paris peut-être. Alors je vais faire ce que ma mère aurait rêvé de faire à mon âge : partir. Je n'ai jamais oublié la promesse de mes onze ans lors de cet après-midi de fièvre. Je ne sais pas ce qui m'attend dans cette prochaine vie ni comment je vais m'en sortir, mais je sais qu'au pire je pourrai toujours chanter dans la rue. L'épisode des francs suisses m'a appris ça.

C'est décidé, dès septembre, mon avenir sera parisien. Mais avant cela, quelqu'un va me faire une autre promesse. Une belle personne. Une belle promesse. Elle s'appelle Berthe. Berthe Plasson.

***

Berthe

Une coiffure extraordinaire, un chignon de marquise. Un nez comme un bec d'aigle royal. Un sourire armé de dents en or. L'expression d'un chef sioux sur le visage.

Berthe Plasson me fascine à l'instant où elle pose son regard tendre sur moi.

Ma mère s'était liée d'amitié avec elle, tandis qu'un temps aide-soignante, elle lui avait prodigué des soins. Personnage hors du commun, Berthe l'avait intriguée en lui racontant sa vie. Berthe Plasson tirait les cartes.

La plupart des cartomanciennes vous racontent votre avenir. Celui-ci va être formidable et tout va vous réussir ; ce projet qui vous tient à cœur depuis si longtemps va enfin se réaliser ; cet amour qui vous échappe, vous allez l'apprivoiser. Bien, bien, bien, pourquoi pas… Mais pas de ça avec Berthe ! Elle, elle a commencé par parler à ma mère de son passé, des événements qu'elle avait vécus, des gens qu'elle avait rencontrés. Elle entrait dans des détails dont ma mère n'avait jamais parlé à personne… Elle voyait tout, elle voyait juste ! C'était spectaculaire, si bien que maman, qui n'avait jamais été branchée par la voyance plus que ça, est devenue « croyante ». Elle a cherché auprès d'elle à en savoir un peu plus sur ce qui l'attendait. *Vous avez vu mon passé ? Passons au futur à présent !*

Berthe recevait sa clientèle chez elle, dans un salon aux murs couverts de cartes postales envoyées des quatre coins du monde par des clients reconnaissants. Soit qu'elle leur ait prédit un avenir meilleur, soit qu'elle ait réussi à éclairer quelques ruelles sombres de leur mémoire.

Berthe était une femme généreuse, peu avare de son temps, pleine d'une énergie solaire capable de réchauffer les solitudes les plus glaciales. J'aimais être à portée de cette femme et bientôt, j'ai trouvé naturel de lui rendre visite sans ma mère. Elle me faisait des omelettes au lard.

« Mon Florrrent, tiens, installe-toi là, je vais te fairrre une omelette au larrrd parce que je sais qu't'aimes ça et qu'ça me fait plaisirrr… »

Elle roulait des *r* terribles. Je m'asseyais et la regardais préparer mon omelette. J'étais le plus heureux des petits gars de neuf ans de la région de Chalon.

« Rrrégale-toi mon Florrrent, disait-elle en me mettant sous le nez une assiette avec une énorme part d'omelette, et mange trrranquille surrrtout ! S'il vient un client, je le fais, mais toi, tu ne bouges pas, tu manges et tu prrrends ton temps. »

Les meilleures omelettes au lard de toute ma vie.

Un an plus tard, notre famille déménageait en Haute-Savoie, mais chaque fois que nous revenions en Bourgogne, je ne manquais jamais de rendre visite à Berthe. Alors, quand il fut décidé de m'installer à Paris, je suis allé la voir et lui ai demandé de me tirer les cartes. Elle m'a regardé un moment en silence.

« Norrrmalement je ne fais pas de jeu pourrr les enfants, mais toi Florrrent… c'est differrrent, alorrrs écoute, je vais te fairrre un petit jeu… Mais sache qu'on peut changer le courrrs des choses… »

C'est ainsi que j'ai su précisément comment ça allait se passer pour moi à Paris :

« Tu vas y arrriver, Florrrent. Si êtrrre chanteurrr est ce que tu veux, tu rrréussirrras. Mais ça ne va pas se fairrre comme ça, tu mettrrras du temps. Et puis au bout d'un moment, tu verrras, tu trrraverrrserrras tout le temps les océans… »

Au moment où j'allais la quitter, elle a ajouté quelque chose, une mise en garde :

« Florrrent, il y a un accident… Quelqu'un que tu aimes beaucoup meurrrt. Mais tu peux l'éviter ! Il faut que jamais, jamais, tu ne fasses la courrrse. Tu dois me prrromettrrre, jamais la courrrse… C'est un engin, je vois pas bien ce que c'est, pas exactement une moto et pas vrrraiment une voiturrre… Et toi, tu t'en sorrrs… mais lui, il meurrrt. »

Je n'ai jamais fait la course. Surtout pas en Patagonie, où on utilise beaucoup le quad. Si quelqu'un commence à vouloir rivaliser de vitesse, je le calme direct et réclame toujours trente mètres entre deux quads. C'est la règle.

Berthe Plasson, ça veut sûrement dire « ange gardien » dans le lieu où elle repose désormais.

***

Patriote

Juste avant le grand départ pour Paris, je vais passer l'été avec mon frère en Angleterre.

C'est un bon souvenir, l'Angleterre. Oakley plus précisément, et le Red Lion Inn. Frédéric y travaillait comme serveur. Il y était très apprécié, alors quand il a proposé que son petit frère le rejoigne, on lui a fait confiance.

Le restaurant était chic, réputé pour sa gastronomie française. J'arrive dans cet endroit où tous les serveurs sont français. La femme du patron est elle-même française. Il y a ce vieil acteur qui habite là, Oliver Reed. Au début, on me regarde de travers. Comme toujours, ma dégaine, mon hyperactivité leur donnent à craindre qu'en définitive le très sérieux Frédéric ait pour petit frère un affreux voyou. On me donne tout de même quelques menues tâches dans l'auberge. Je m'en acquitte avec zèle. Agréablement surpris, on charge mon emploi du temps. Je suis ravi et fais le mieux que je peux (tellement bien qu'à la fin ils ne voudront plus que je parte).

Pourtant, un jour, tout bascule. Je suis viré. Pas du restaurant. Non, mieux : d'Angleterre ! J'ai fait la connerie qu'il ne fallait pas. J'ai quinze ans, et me retrouve sous le coup d'une menace d'extradition !

Je ne sais pas pourquoi j'avais un drapeau français. J'avais dû le trouver au cours d'une de mes pérégrinations. Quand je suis parti en Angleterre, je l'ai fourré dans mon bagage, peut-être pour emporter un bout de France avec moi.

Or, un mât flambant neuf avait été installé sur la place du village d'Oakley. C'était l'année du Queen's Silver Jubilee, l'anniversaire des vingt-cinq ans de règne de la reine Élisabeth II. Mais ce jour-là, c'était aussi le 14 juillet.

Ce drapeau qui traînait dans mes affaires, ce mât flambant neuf, étaient faits pour s'entendre. Alors, dans la nuit, je suis allé installer mon drapeau ; je l'ai hissé jusqu'à ce qu'il flotte fièrement.

Le lendemain matin, révolution dans le village. Qui a osé ? Je n'avais pas du tout eu conscience des conséquences potentielles de mon geste. Réunion sur réunion. Le maître du village veut que celui qui a mis le drapeau se dénonce. Au pub, tout le monde se regarde. Je fais un pas en avant :

« Euh… c'est moi. »

Je faisais tellement de conneries. J'avais choisi l'option « faute avouée à moitié pardonnée ». Je me dénonce donc, et j'explique que le 14 juillet est la fête nationale française, que j'ai voulu commémorer à ma manière cette date historique. On me dit : « Il faut que tu partes, il faut que tu rentres en France. C'est trop grave, tu vas être extradé. » Je suis dépassé par les événements.

Et puis, contre toute attente, les choses tournent à mon avantage. Quelqu'un a rapporté les faits au chef du village. Celui-ci comprend que j'ai agi pour une noble cause. Il change d'avis, fait remettre le drapeau pour la journée, me félicite pour mon patriotisme, il n'est plus question de m'expulser. Ouf ! J'ai eu chaud. Cette fois, je ne sais pas si mes parents s'en seraient remis.

Mon frère a continué à travailler là-bas plusieurs années. Quand il est rentré en France, il était bilingue. Si j'avais parlé anglais comme lui, j'aurais peut-être fait une autre carrière. À quinze ans et demi, je commençais à me débrouiller plutôt bien. Mais ensuite je n'ai plus pratiqué la langue pendant plus de dix ans. Quand il a fallu m'y remettre, je n'y suis pas parvenu. J'ai parlé anglais, je ne le parle plus, et je ne le parlerai plus. C'est trop dur pour moi. Dont acte.

Enfin, à l'époque, je savais dire : « *Let's go to Paris.* »

***

Plan A

Je vais débarquer à Paris avec deux trésors en poche. Une prédiction et une carte à jouer. La prédiction vient de Berthe mais la carte est à moi. Je l'appelle mon joker. Si je ne suis pas encore un joueur de poker – ça viendra un peu plus tard et ne durera pas[1] –, je sais déjà qu'on n'abat jamais sa meilleure carte au début du jeu. Il faut être patient. Donner le sentiment qu'on va perdre et ne sortir sa carte maîtresse qu'au moment où on est sûr qu'elle va vous faire gagner.

Je suis un peu triste de laisser ma famille et mes copains – pendant longtemps je reviendrai tous les week-ends pour les revoir et retrouver un peu de mon enfance.

L'excitation liée au départ laisse bientôt place à un sentiment d'inquiétude. Je vais me retrouver seul dans une ville plus grande que je ne peux imaginer, où je ne connais personne. Mais je n'ai pas le choix, je dois être courageux. Il me faut aller chercher mon histoire.

1. Il y a eu une période où je suis tombé dans la marmite de ce jeu. J'en suis ressorti assez vite rincé, vidé. Perdre était pénible, gagner l'était tout autant, car il s'agissait de prendre l'argent de quelqu'un pour qui c'était désagréable de le donner. Sans parler de ce sentiment d'avoir vécu des minutes inutiles…

Chapitre 2

Ma deuxième vie
Thème de l'histoire : Un adolescent à Paris

Je me frotte à Paris. M'y pique.
Cherche et trouve comment me faire moins mal,
me promène fièrement dans le 16ᵉ arrondissement
avec les fringues d'un autre. Inès Gaétan me sauve la vie.
Je chante du lyrique, ne touche pas aux drogues
qui envahissent mon univers.

Paris, pour moi, ressemble d'abord à un vaste dortoir. Celui de l'Armée du salut où j'atterris. Le soir, allongé entre les draps rêches de mon petit lit, je trie mes pensées comme on bat un jeu de cartes. C'est tout de suite un peu dur, cette solitude. Mais je suis prévenu. Berthe Plasson me l'a prédit. OK, Berthe. De toute façon, je suis patient. J'ai tout mon temps.

Par où commencer ? Je n'ai pas seize ans, je viens d'atterrir dans une ville capitale, où je ne connais presque personne. Il y a bien Christian Dronne, le grand frère de mon ami Thierry, qui vit quelque part, mais où ? Et un autre pote aussi, de Bonneville, un gars plus âgé que moi, Bertoni, qui m'a laissé son numéro. Je pourrais essayer de les contacter... Je dois passer une audition au conservatoire de Levallois-Perret. C'est une jeune fille, rencontrée au Luth, qui a pris quelques cours de chant là-bas et m'a dit le plus grand bien de cet endroit et de sa directrice. J'ai rendez-vous mi-octobre.

En attendant, j'ai prévu de m'inscrire au cours Périmony. Mon plan est d'intégrer un cours de théâtre. Si je chante, apprendre à jouer peut être utile. Ne serait-ce que pour devenir un meilleur interprète. L'idée d'être un artiste complet me plaît. Vais-je trouver un espace de liberté où je pourrai m'exprimer ? Je me sens prêt à donner le meilleur de moi-même...

Oui mais non. Cela se passe très mal, très vite, entre ce cours de théâtre et moi. Je ressens toutes ces émotions négatives que je connais bien pour les avoir vécues à l'école. Je n'ai pas quitté une scolarité étriquée pour en retrouver une autre !

On me donne une scène du *Cid* à travailler : c'est surdimensionné pour le gamin déscolarisé que je suis. Je passe ma scène : « Eh ben, y a du travail », entends-je soupirer le prof. Bien sûr qu'il y a du travail, je le sais, sinon je ne serais pas là. Une petite phrase et voilà : je me fais l'effet d'être le provincial attardé qui encombre la place. J'ai besoin d'aide et d'accompagnement, non de jugement et de commentaires sarcastiques. Ce n'est toutefois pas seulement la façon de faire du professeur qui me déplaît. L'ambiance générale vibre de façon négative. Je ne perçois ni bienveillance, ni ouverture d'esprit. Cette sensation d'être différent et de ne pas savoir faire partie d'un groupe n'est pas liée spécialement à ce cours de théâtre. Elle m'accompagnera toute ma vie. Peut-être que je suis un soliste, j'ai du mal à me fondre dans une troupe, je ne me reconnais pas dans une corporation.

Je ne vais pas faire d'efforts pour être ce que je ne suis pas. Le cours Périmony n'est pas pour moi. *Bon, eh bien, ce n'est pas grave, gardez le chèque, je vais faire autrement*. Trouver d'autres maîtres. Apprendre ailleurs.

Dès lors, je suis perdu. Je n'ai pas de repères, pas d'emploi du temps auquel suspendre mes jours, mes heures, mes doutes. Pas de nouvelles connaissances. Je contacte Christian Dronne et Bertoni, nous déjeunons ensemble une ou deux fois, mais ils ont leur vie, on n'a pas le même âge… On est heureux de se voir, mais ça s'arrête là. Faute de mieux, je me crée une routine : MacDo-ciné-ciné-MacDo et retour dodo à l'Armée du salut, jusqu'au moment où je n'ai plus un sou ni pour le ciné ni pour le MacDo. La réalité a eu raison de mes rêves. Je suis désolé, éreinté, déçu. J'ai cru que je saurais m'en sortir seul. J'ai cru qu'il y avait une place pour moi ici. Je me suis fourvoyé. Au bout d'un mois de ce régime, je craque. En larmes, j'appelle mes parents. « Faites-moi revenir, je ne m'en sors pas. »

Le fait de les entendre au téléphone, de sentir leur amour, leur inquiétude et de savoir que je vais retrouver la chaleur de la famille me requinque. Je rentre à la maison. Malgré tout je sais que je n'en ai pas fini avec Paris.

Dans le train qui me ramène à Bonneville, je dessine mon nouveau plan. D'abord reprendre du poil de la bête et pour cela, rien de mieux que de retrouver ma chambre et mes copains. Puis revenir à l'assaut de cette vie parisienne au plus vite. Il est hors de question de renoncer. Ma stratégie n'était pas la bonne : il me faut trouver autre chose. Déjà passer cette audition au conservatoire de Levallois-Perret. Une fois inscrit, je pourrai travailler mon point fort, le chant. Mais ça ne va pas suffire. Je ne veux plus risquer de me retrouver désœuvré. Il me faut un agenda rempli, un cadre. D'autant qu'on sait qu'être chanteur tient davantage du pari que de la profession. L'expérience à Périmony m'a convaincu que je ne serais pas à mon aise dans un cours de théâtre. Le seul métier que je connaisse un peu est celui de mon père. Allez, banco, c'est parti pour une école de menuiserie, en banlieue parisienne. Après tout, je n'ai pas encore seize ans…

Dix jours plus tard, me revoilà donc dans le train pour Paris, flanqué d'un espoir tout beau tout neuf, d'une inscription à l'école de menuiserie de Bezons, d'un rendez-vous avec un conservatoire de musique, bref d'un plan B superbe qui va marcher, j'en suis sûr.

Il a failli foirer direct.

***

Plan B

Le plan B commence par la visite au conservatoire de Levallois. Ma mère m'accompagne. Inès Gaétan, la directrice, nous reçoit et nous écoute avec gentillesse avant de nous montrer la porte.

« Vous êtes beaucoup trop jeune monsieur. La voix d'un homme ne se place pas avant dix-huit, vingt ans, c'est à partir de là qu'on peut commencer à travailler… Revenez d'ici deux, trois ans et nous verrons alors ce que l'on peut faire. »

Un sourire et au revoir.

Je regarde ma mère, son air désemparé. Je vois qu'elle est déçue pour moi. Mon unique perspective d'avenir un peu plaisante vient de s'évaporer sans laisser de trace. Parce que inutile de vous préciser que l'option école de menuiserie n'était pas faite pour m'exciter plus que ça. Alors non, je ne peux pas attendre ! Deux ans ? Autant dire un siècle : ça ne va pas non ?! Peut-être même que je le dis à voix haute :

« Non. Ah non, non, non, non, je ne vais pas repartir comme ça. »

Mme Inès Gaétan, qui repartait déjà vers son bureau, lève un regard étonné vers moi. Les mots se précipitent dans ma bouche, je plaide ma cause.

« On vient de loin, madame. De Haute-Savoie. On ne peut pas avoir fait toute cette route pour que vous ne m'écoutiez même pas ! Laissez-moi une chance au moins ! Écoutez-moi ! »

Inès Gaétan révèle alors la personne magnifique qu'elle est : elle change aussitôt d'avis.

« Vous avez raison. Ce n'est pas juste. Vous êtes venus jusqu'ici. D'accord, je vais vous écouter et comme ça, je pourrai au moins vous donner quelques conseils. »

Je reprends mon souffle, trop content d'avoir été entendu. Si elle ne m'accepte pas, ce n'est pas grave, j'aurais essayé, peut-être même appris quelque chose.

« Suivez-moi. »

J'emboîte son pas. Nous descendons des escaliers, rejoignons ce qui doit être la salle de cours. Inès Gaétan se met au piano et me demande de la suivre dans des vocalises.

« On va chauffer la voix. Allez-y, bouche fermée tout d'abord… »

Je fais ce qu'elle me dit. Je comprends qu'elle vérifie si mon oreille suit comme il faut. Elle continue.

« Bien. Maintenant, la même chose, bouche ouverte… »

C'est là que je commence à lui envoyer mon petit son, dans les médiums… Elle réagit au quart de tour.

« Mais… vous… Attendez… Mais vous… vous chantez ! Élargissez ! C'est tout dans le nez là… Encore… Élargissez encore… Oui, encore… »

Je lui envoie les vocalises les plus larges que je peux. Elle n'en revient pas !

« Mais c'est incroyable cette voix ! Elle est déjà placée ! Comment ça se fait ? Vous avez mué sans vous en rendre compte ? »

Elle se tourne vers ma mère :

« Je le garde votre garçon ! Il est parfait ! Il est mûr ! »

Elle était toute joyeuse. Et moi donc ! Et ma mère donc ! Cette femme m'a sauvé.

Nous sommes repartis, maman et moi, le sourire aux lèvres et au cœur. J'avais bluffé la directrice du conservatoire. J'allais pouvoir prendre mes cours de chant chez elle et suivre ceux de l'école de Bezons. Ça ressemblait bigrement à un nouveau départ. Enfin une arrivée à Paris qui avait un peu de gueule ! On m'a trouvé une minuscule chambre de bonne dans le 16e arrondissement pour compléter le tableau. Ma nouvelle vie pouvait commencer.

J'avais eu chaud aux plumes. Si Inès Gaétan n'avait pas voulu m'écouter, ne serais-je pas reparti à Bonneville ? Il me fallait cet ancrage. Je ne sais pas si je me rends compte à l'époque que c'est à ma détermination que je dois d'avoir changé la donne.

C'est elle qui a réussi à inverser le cours des choses à Levallois, comme elle y était parvenue à Annecy, trois années plus tôt, en convainquant Zappy Max de me laisser monter sur la scène du Dauphiné libéré. Elle sera un élément-clef tout au long de ma carrière. Cette détermination comptera autant que ma voix et je devrai me battre, beaucoup, pour que les choses m'arrivent.

Ma vie parisienne fait dix mètres carrés à tout casser, juste la place d'un pieu et de poser ma valise – les toilettes sont sur le palier.

Je navigue entre cette chambre de bonne située dans le quartier de Michel-Ange-Molitor, le conservatoire – trois fois par semaine pour mes cours de chant –, et Bezons. Mais dès que j'atteins l'âge de seize ans, en novembre 1977, j'abandonne la menuiserie et me mets en quête d'un travail. Chaque jour, je regarde les petites annonces dans le journal. Mon objectif : libérer mes parents de ces cent balles par mois qu'ils me donnent pour vivre, une somme qui, je le sais, pèse dans leur budget. Mon grand plan est de les appeler pour leur annoncer que je me débrouille, que je travaille, paie mon loyer et ce qui va avec, qu'il n'est plus nécessaire de me donner de l'argent.

J'économise sur tout. Je n'ai pas de gros besoins. Je mange peu, des sandwichs la plupart du temps, et trouve bientôt une combine pour améliorer mon look sans débourser un kopeck. Au sixième étage, toutes les chambres de bonne, sauf celle où je vis, servent de grenier. J'ai remarqué par un trou dans la porte de celle d'à côté une quantité de malles aussi intrigantes qu'attirantes. Je me figure que ces malles regorgent de fringues sympas, délaissées, abandonnées par leur propriétaire... Si c'est le cas, il serait idiot de ne pas aller y jeter un œil !

Comment faire ? Je ne suis pas un cambrioleur ! Cependant, ça ne se fait pas d'aller demander à ses voisins si on peut piocher dans leurs vieilles fringues. Ça ne me vient d'ailleurs même pas à l'idée. En revanche je pense à la « technique savoyarde » mise au point quand j'habitais Bonneville et perfectionnée lors des séances d'escalade de mon année de collège à Chamonix. À Bonneville, la maison contiguë à notre petit immeuble était une vieille baraque inhabitée. J'escaladais le mur d'enceinte, atterrissais à l'arrière de la maison abandonnée qui s'offrait à moi et à mes rêves d'exploration. J'en revenais avec toutes sortes de trésors vintage que j'exposais dans ma chambre. J'adorais visiter les lieux désaffectés, les chalets, les usines, y trouver des preuves des vies passées.

Un aller-retour chez mes parents et me voici muni de l'équipement adéquat auquel j'ajoute de la pâte à modeler. Car, si la technique savoyarde demande beaucoup de précision, un grand sens de l'équilibre et de ne pas avoir le vertige, elle nécessite aussi un peu de matériel.

Sur le coup de 2 heures du matin, tout est calme dans le quartier de Michel-Ange-Molitor, je m'équipe : baudrier, sangles, mousquetons. Ma sécurité assurée, je me glisse dans la nuit noire par la fenêtre de ma chambre de bonne et, sans faire de bruit, me place face à la fenêtre de la chambre de bonne d'à côté. Patiemment et toujours en silence, j'ôte le vieux mastic qui tient le carreau, dégage un à un les petits clous. J'opère avec doigté et précision : pas un clou, pas un morceau de mastic ne dégringole les six étages. Puis, à l'aide de la pâte à modeler, je décolle la vitre sans la briser, l'incline et la fait passer à l'intérieur de la pièce. Je la dépose délicatement sur une des malles. Je n'ai plus ensuite qu'à passer la main pour actionner le mécanisme d'ouverture de la fenêtre. J'atterris avec souplesse sur le vieux plancher et m'adonne à ma passion de chasse au trésor.

J'en rajoute un peu, mais c'est bien l'idée ! Je m'y rends à de nombreuses reprises, toujours sur le coup de 2, 3 heures du mat'. Les propriétaires ne se doutent de rien tellement je remets tout en ordre, exactement comme c'était. Je ne prends pas tout, j'agis avec parcimonie. En repartant, je replace le carreau, redresse les clous. Chantier hyper propre. Du travail de pro.

Je suis conscient de la chance que j'ai d'être tombé sur cette garde-robe providentielle. C'est quelque chose à respecter. La malle ouverte, je fais l'inventaire, trie pour la fois d'après… Je remets tout bien en place après chaque passage. Chemises sans col, gilets de velours, mon style monte en gamme. Les pantalons sont trop grands, mais vous savez ce qui est le plus beau dans l'affaire ? Le type fait ma pointure ! Ce que j'ai repéré tout de suite la première fois : une paire de chouettes pompes, genre Weston. J'ai glissé mon pied dedans – ça a été mon expérience de Cendrillon ! La pompe était à mon pied, une chance ! Ce devait être un petit mec comme moi. D'autant que les godasses, c'est super important, c'est à ses chaussures que tu reconnais un mec qui a du goût. Elles te situent tout de suite le bonhomme.

Grâce à mon voisin inconnu, je peux passer pour un autre pendant quelques mois. Je déambule dans les rues de Paris, beaucoup mieux habillé que ce que je peux me permettre. Un gavroche bien sapé, non pas à la dernière mode, mais à celle du 16e arrondissement de quelques années auparavant.

***

Pub-restaurant, rue de Richelieu, cherche un
COMMIS DE RESTAURATION

Ça me paraît parfait ! Il est évident que j'ai toutes les qualités pour le poste. Je me présente le jour même. Vous n'y croyez peut-être pas, mais eux y ont cru, et je peux vous dire qu'ils n'ont pas été déçus.

Je nettoie les cuivres. Ils brillent comme au premier jour. Je fais les vitres, les carreaux, toutes les barrières chromées. Ensuite, à moi la mise en place, le récurage des chiottes. Après le service, je débarrasse ce qu'il reste, j'emporte tout à la plonge, me charge moi-même de la vaisselle du bar. Puis je vais chercher le costume du patron au pressing. Je n'arrête pas, neuf mois durant. L'employé modèle.

Quand vient l'été, les patrons ont tellement confiance que, pour la première fois de leur vie, ils restent ouverts pendant leurs vacances et confient les clefs de la boutique au barman et à moi-même, leur petit commis. À leur retour, tout est nickel, la recette les attend, la clientèle ne tarit pas d'éloges ! Ils nous donnent notre chèque et des vacances.

Pendant ces congés, je rejoins mon pote Fred Dantec à Carnac. J'y rencontre Stéphane, j'y rencontre Bruno. L'un et l'autre deviendront des amis.

À cette époque, cela fait près d'un an que je suis les cours d'Inès. Mon admiration pour cette femme ne se dément pas. Quand je l'ai vue la première fois, qui a failli être la dernière, je ne pouvais pas savoir que j'étais en présence de ce qu'on appelle un maître. Une personne qui a la faculté de t'aider à maîtriser ton propre pouvoir. Moi, je ne savais pas le *comment*, le *pourquoi*. Je balançais des notes et voyais bien qu'elles tombaient juste, en place, au bon *tempo*. J'avais remarqué que je chopais tout de suite les mélodies. Que tout cela était facile… Quant à savoir comment j'y parvenais ? Mystère ! Pourquoi ces notes provoquaient-elles une émotion ? Double mystère ! Mais voilà, j'ai la chance de croiser Inès Gaétan, chanteuse, professeure, directrice du conservatoire et femme généreuse. Elle me donne les réponses aux questions que je ne me pose même pas. Elle me fait m'exercer, acquérir une discipline, qui m'enchante, car j'en comprends l'utilité, et je vois bien qu'elle me procure plus de puissance. Grâce à ses conseils précieux, je muscle ma voix, apprends à l'utiliser avec le bon son, la bonne couleur, à la diriger, à en être le maître.

Quand je suis arrivé à son cours, je chantais très serré, à la Mariano. Cela faisait de moi une sorte de ténor pointu. Or, ce n'était pas ce que j'étais naturellement. Elle me fait découvrir quel chanteur je suis. Un baryton. En élargissant, en ouvrant plus la voix, en prenant dans les graves, j'acquiers une force, une dimension supplémentaire.

Inès conduit mes progrès avec précision et exigence.

Cette exigence, elle me l'a transmise. Je ne m'en suis *jamais* départi. Aujourd'hui, si je mets une note à côté en concert – et même si absolument personne ne le remarque –, ça me hante, ça m'énerve. J'y repense et repense de plus belle. Pourquoi ai-je fait ça ? Comment est-ce arrivé ? Heureusement, le show du lendemain est là pour me nettoyer l'esprit. Je suis un perfectionniste.

Je ne suis pas certain que ce soit l'image que je dégage. Si vous saviez comme cela me tient à cœur, de toujours donner au public le meilleur de ce que je peux offrir. Et Dieu sait que je suis plutôt un mec cool qui n'aime pas se prendre la tête. Mais mon instrument ? Alors là, je deviens un dictateur ! Enfin, un dictateur pour moi-même. Je fais bien attention à ce que chaque concert soit réussi, que je sois toujours au top et pas un peu relâché à Lyon parce que j'ai été trop prodigue à Marseille. Non : ce doit être aussi bien partout. C'est la raison pour laquelle je ne fais pas de concerts à rallonge. Une heure quarante-cinq, c'est parfait. Deux heures maximum, mais pas plus. Sinon, je sais que je serai moins bon le lendemain et de cela il ne saurait être question. Vous venez me voir ? Je serai là et au taquet sur chaque note. Merci Inès.

Nous aurons partagé trois années et on en aura été aussi heureux l'un que l'autre je crois.

Il y avait toujours beaucoup de monde aux concerts de fin d'année, j'étais une sorte de curiosité locale du fait de mon jeune âge. Je participais aux concours, je gagnais le prix, elle me le remettait avec ce sourire dans les yeux. L'aventure était belle, mais je savais ce qu'elle allait me dire à la fin : « Allez Florent, maintenant on va préparer l'entrée au Conservatoire national. »

Je savais ce que j'allais lui répondre. Mais nous n'y sommes pas encore.

***

Premier squat

En attendant, ayant rendu mon tablier au pub de la rue de Richelieu – j'ai fait mes preuves mais ne veux pas non plus m'installer dans la restauration –, je n'ai plus de travail. Il faut que je rende la chambre de bonne. Je ne me vois pas redemander les cent francs par mois dont j'ai besoin à mes parents ; il va falloir que je sois créatif sur la manière de me loger et de subvenir à mes maigres besoins. J'en ai l'occasion, car je me suis fait une nouvelle copine. C'est en voulant la séduire que je vais rencontrer ceux qui me feront découvrir un mode de vie dont j'userai désormais, sans abuser je crois, le squat !

Christiane Jean, elle aussi élève au conservatoire, me permet d'intégrer une nouvelle bande de potes tout en me mettant un magnifique râteau. Celui-ci fait un peu mal, car elle est très jolie et moi, très sensible à cette joliesse. Mais elle est blonde, comme Hélène, et je commence à comprendre que ma vie amoureuse n'aura pas lieu sous un ciel blond. Comme je lui colle quand même un peu aux basques, je me retrouve un temps dans un cours de théâtre qu'elle fréquente[1]. J'y fais la connaissance du batteur d'un groupe de musique qui répète à Fontenay-sous-Bois, dans la proche banlieue est de Paris. Or il se trouve que ce groupe cherche un chanteur. Enfin un projet qui me ressemble ! Je suis embauché et deviens ainsi le chanteur d'un groupe dans lequel… je ne chanterai jamais.

Nos univers sont trop éloignés. Ils font du rock pur et dur, je chante du lyrique et de la variété… Ça ne

1. Christiane Jean fera par la suite une carrière de comédienne.

peut pas coller. Mais si je ne suis pas rock dans ma musique, je le suis dans ma vie et nous devenons tous très copains.

Je fais vite partie de cette bande de Fontenay. Je m'entends particulièrement bien avec Steve, le guitariste. J'accepte avec joie quand, voyant que je n'ai plus ni thune ni toit, il me propose de m'héberger dans l'appart' qu'il occupe avec sa compagne, Nadine, et leurs deux petites filles, Aurélia et Tatiana.

Me voici désormais à la croisée de trois univers : Levallois, où j'évolue dans un cadre avec une discipline. Le local de répèt' de Fontenay où je passe mon temps à ne pas chanter avec ces musiciens de rock, qui, eux, zonent plus qu'ils ne font de la musique. Enfin, l'appart' familial de Steve et Nadine. Cette configuration hétéroclite va durer une année environ, celle de mes dix-sept ans.

Il n'y a pas une, mais deux bandes dans ce groupe, l'une plus sombre que l'autre. Steve est un type sain. Journaliste, fou de guitare électrique dont il joue et qu'il collectionne. Un grand mec, nez aquilin, presque un profil d'Indien, visage aux traits d'une grande douceur. Ses cheveux châtains sont longs. Il a le look typique du guitar hero, ressemble un peu au mec des Who, Pete Townshend. C'est un vrai rockeur, mais du genre tendre, pas agressif pour un sou. Quand ça dégénère dans le groupe, il sait calmer tout le monde. Il aime surtout la musique, le foot et la déconnade, bien plus que la baston et la drogue, ce qui le distingue du plus gros de la troupe. Steve est solaire, sportif, affable et généreux, comme l'est aussi Nadine, charme italien et cheveu sur la langue en sus… Ils sont plus âgés que moi.

En échange de la chambre qu'ils me prêtent, je fais le baby-sitter pour leurs petites filles. Je m'y connais en garde d'enfant grâce à ma petite sœur. Je n'ai pas dix-sept ans, mais je dois leur inspirer confiance. Surtout, ils ont vu que je refuse systématiquement tous les types de drogues qui se présentent à moi. Or, comment dire… il s'en présente beaucoup.

Si Steve et Nadine sont clean, la plupart des musiciens tournent à l'héro. En rentrant de mes cours de lyrique au conservatoire, il n'est pas rare que je me retrouve à tenir le garrot pour un type qui croit qu'il faut se shooter pour être un vrai rocker. On est en 1978, on vit une époque où tu peux penser que tu n'es pas rock'n'roll si tu ne consommes pas de substances. Je ne suis pas de la même génération, je me sens gamin par rapport à eux, alors je ne vis pas les choses de cette façon-là ; je me tiens en retrait. Je décline toutes les propositions. Je ne fume même pas, pas même de clopes parce que je ne veux rien faire qui puisse nuire à ma voix. Les mecs eux prennent de tout. Un jour, ça va mal finir.

Qu'est-ce qui m'a protégé, retenu de faire ces expériences-là et de tomber dans ce piège ? Il aurait pu m'arriver des bricoles. J'aurais pu mal tourner, comme le disaient ces bonnes gens de Bonneville qui me voyaient déjà finir au trou, revisitaient peut-être pour moi la chanson d'Aznavour :

J'le voyais déjà en photographie,
Partout sur le mur du commissariat, son nom s'étalait…

Eux et moi ne pouvions pas savoir qu'un jour j'exprimerais mes contradictions dans une chanson qui s'appelle « Tout et son contraire ». Elle me va très bien : oui, je peux faire toutes les conneries du monde, mais donnez-moi votre confiance et je ne la trahirai pas.

La confiance : c'est justement le cadeau de départ dont m'ont gratifié mes parents. Un cadeau que j'ai pris soin de mettre dans le bagage que j'ai emporté à Paris. C'est lui qui m'a permis, après avoir été un gamin survolté, plein d'idées de bêtises à faire, de devenir un ado très responsable.

J'avais demandé à être émancipé pour que mon père et ma mère ne soient pas embêtés si je me retrouvais malgré moi dans un quelconque pétrin, mais pour autant je me sentais toujours sous leur responsabilité. Je leur devais de bien me conduire. Ne pas les mettre dans l'embarras. J'ai mis mon point d'honneur à respecter ce commandement. Je me serais coupé un bras plutôt que de trahir leur confiance. Alors voilà : je n'ai touché à rien.

Je dois dire aussi, pour être honnête, que de voir l'état dans lequel étaient les mecs shootés ne donnait pas tellement envie. Pour prendre ce genre de produits, il faut être dans le sombre, n'avoir envie de rien… *No future*. J'étais tout le contraire, j'avais soif des gens, soif d'apprendre… J'étais dans le désir et la découverte permanente.

Quand même, j'ai failli morfler. Car si je ne consomme pas, j'aime bien ces mecs et leur délire interdit. Le batteur – je ne me souviens plus de son nom – est de loin le plus branché sur les substances illicites. Acides, héro… Il veut centraliser les achats : puisqu'ils sont beaucoup à consommer, cela reviendra moins cher d'acheter pour tout le monde en même temps. Il organise la transaction.

Le jour du rendez-vous, je veux en être ! Je veux faire partie de ce plan hors la loi et sexy aux yeux du jeune ado que je suis encore. Pendant mon cours à Levallois, tandis que je chante avec Christiane Jean, l'air du « Duo des dindons » tiré de l'opéra-comique *La Mascotte*[1] (je vous le recommande), j'imagine mes copains en train de se mettre en route.

J'aime bien mes dindons on on
J'aime bien mes moutons on on
Quand ils font leurs doux glou glou glou
Quand chacun d'eux fait bê bê bê
Mais… j't'aime mieux qu'mes dindons on on
J't'aime mieux qu'mes moutons on on
Quand ils font leurs doux glou glou glou
Quand chacun d'eux fait bê bê bê,
Glou glou glou
Bê
Glou glou glou
Bê

Christiane glousse et je bêle de plus belle… Quand est-ce que ça va finir, je vais tout rater ! À la fin du cours, je file. Mais ce putain de bus n'arrive jamais ! Est-il en retard ou l'ai-je raté d'une seconde ? Je suis dégoûté à l'idée d'arriver après la bataille. Quand je suis enfin au point de rendez-vous, ils sont déjà tous partis. Je rentre chez moi, enfin chez Steve et Nadine : cette

1. Opéra-comique d'Edmond Audran, créé au théâtre des Bouffes-Parisiens le 29 décembre 1880, sur un livret d'Henri Chivot et Alfred Duru. L'œuvre connut un succès immédiat en raison notamment de ce duo.

journée ne sera pas la journée spéciale qu'elle aurait dû être. Tant pis.

Tant pis, mais tant mieux surtout. Car cette journée aura été spéciale pour eux, mais pas dans le sens qu'ils espéraient : l'opération « centrale d'achat de dope » était en fait menée en sous-marin par des flics de la brigade des stups ; un vrai piège ! Tous les copains se sont retrouvés dans les mailles du filet, bref en taule. Le retard de ce putain de bus, comme je le nommais peu élégamment, m'a sauvé la mise. Me sentant protégé sur ce coup-là, je regarde vers le ciel et je remercie.

J'aurais alors dû rompre les amarres, mais j'étais vraiment proche de Steve, Nadine, les petites. C'était comme ma famille parisienne, comme si j'étais le cousin de passage. De temps en temps, on allait manger au restaurant de la tour Eiffel – la mère de Steve y était cheffe de salle ; pour un gamin squatteur sans le sou comme moi, c'était le rêve ! Je suis resté.

C'est l'époque où je vais arrêter mes cours de chant.

« Allez Florent, maintenant on va préparer l'entrée au Conservatoire national », me dit Inès.

Je le sentais venir. Je m'en veux de la décevoir. Pourtant je m'entends lui expliquer que ce n'est pas possible pour moi. Je n'ai pas du tout envie de faire une carrière de chanteur classique. Je veux chanter de la chanson française, de la pop. En fait, je veux chanter pour les gens que je connais. Et les gens que je connais ne vont pas à l'opéra. Bien sûr, je la déçois. Je la déçois tellement que je ne retourne jamais la voir.

C'est la fin de l'année, la fin du conservatoire. Bientôt la fin de la bande de Fontenay. Ça va être la fin d'une vie.

Une vie que j'aimais beaucoup.

Le drame a lieu un peu plus tard mais il est intimement lié à cette période.

Stéphane, mon pote rencontré pendant mes vacances à Carnac, m'aide à me loger quelque temps : il me prête une chambre de bonne qui appartient à ses parents à Clichy. Par son entremise, je trouve aussi un petit job de courtier publicitaire. C'est grâce à lui que je quitte donc Fontenay et cet environnement dark lié à l'héroïne qui n'est pas pour moi. Mais ce faisant, lui va y rester. C'est terriblement triste et injuste. Et une des raisons pour lesquelles j'ai bien failli ne pas écrire ce livre.

Stéphane était un mec cool, taillé comme le rugbyman qu'il était, sain et sportif. Mais depuis peu il rejetait le mode de vie qu'il avait eu depuis l'enfance. Une sorte de crise d'ado tardive. Il s'était laissé pousser les cheveux, avait fait du stop jusqu'à Carnac – je crois qu'il avait besoin de couper le cordon, rien de bien méchant.

Nous traînions souvent ensemble, et comme je fréquentais toujours ma bande de Fontenay, Stéphane m'accompagnait parfois là-bas. Puis il y est allé sans moi : il était tombé amoureux de la sœur du batteur, le mec qui fédérait toute l'histoire de la drogue. Je les avais présentés. Si j'avais su…

Ils ont pris des trucs et des machins. Je ne crois pas que Stéphane se soit shooté, mais il a dû tomber sur une grosse merde… un acide violent qui l'a perché pour toujours. Il l'a pris et ça a été fini, il n'est plus jamais redevenu lui-même. Cette saleté qu'il s'est administrée, dans le sillage de cette fille, l'a perdu. Ce mec-là, qui était un chouette gars, qui ne s'était jamais drogué plus que ça, a fini par se jeter sous le métro, tellement le cachet lui a flingué le cerveau.

Je ne peux pas croire que c'était son destin. Parfois c'est comme ça qu'on appelle la malchance. Le mauvais endroit, le mauvais moment, le mauvais choix. Beaucoup de mecs de cette bande de défoncés n'ont pas dû vivre très vieux. Stéphane n'a pas pris grand-chose. Une seule prise peut suffire à vous flinguer. Il y a tant de merdes chimiques et synthétisées… À aucun prix il ne faut y toucher. À aucun prix. Tu peux partir, ne jamais revenir.

Ce drame m'a hanté longtemps. La tristesse ne s'est jamais dissoute.

Je ne reverrai plus Inès Gaétan, c'est un de mes grands regrets.

Un jour, alors que je serai un jeune acteur, pas encore chanteur, je ferai une rencontre dans le métro. J'apercevrai cette femme âgée, tout habillée de sombre, marchant à petits pas sur le quai. Cette silhouette, cette démarche, je les reconnaîtrai ! Je sortirai de la rame, courrai à sa rencontre. Ce sera la vieille prof, qui était déjà vieille à l'époque où elle accompagnait Inès au piano tout en assurant le solfège au conservatoire. Je m'enquerrai d'abord de sa santé avant de lui demander des nouvelles d'Inès. Est-ce qu'elle la voyait encore, l'accompagnait-elle toujours ? « Eh non, me répondra-t-elle, elle est morte l'année dernière… »

Oh, ce sentiment de rendez-vous manqué… Je la serrerai fort dans mes bras, puis repartirai dans le métro, le cœur plus lourd que lorsque j'y étais entré.

Inès n'aura pas vu ce que j'ai fait de ce qu'elle m'a transmis. Elle et Marcel Dronne auront été des passeurs pour moi. Je n'ai jamais cessé de penser à eux avec reconnaissance. J'espère qu'ils le savent, là où ils sont aujourd'hui.

Chapitre 3

Ma troisième vie
Thème de l'histoire : La nuit

J'ai dix-huit ans : les règles du jeu évoluent.
Je cherche dans la nuit mon histoire à venir :
elle s'y cache peut-être. Je peaufine mon CV,
spécialité pilier de boîtes de nuit. Du Bus aux Bains,
je les fais toutes. C'est une période de transition,
je le sais. Une rencontre dans un bar me donne
un ticket pour dix ans de vie de petit acteur.
Ah oui, et aussi : je fume mon premier pétard.

Je vais bientôt avoir dix-huit ans. Stéphane m'a branché sur un petit job auquel il a eu recours une fois ou deux. Le taf me convient, car il n'y a pas d'horaires fixes, on peut venir bosser quand on veut, et même ne pas venir. Évidemment si on veut rentrer un peu de sous, c'est mieux d'être présent ! On me donne un fichier de petits fournisseurs dans le domaine automobile. Je dois les appeler pour leur vendre des espaces publicitaires dans un magazine. C'est du courtage de pub.

Un truc fait pour ramer grave et rapporter que dalle. Je m'en rends compte assez vite, mais tant que j'apprends quelque chose… Car j'apprends : je développe un bagout, me débrouille pour comprendre comment accrocher par téléphone des directeurs de société qui n'en ont rien à foutre, puis leur fourguer un truc dont ils n'ont pas besoin. Je parviens à vendre un peu mais rien qui puisse améliorer mon ordinaire.

Arrive alors cet incident. Le patron de la boîte, Noël Ganem, est un bel homme, trapu, taille moyenne, gouaille grandiose… Il a en outre une repartie de folie. Un cador ! Mais il peut être colérique. Or plus je le vois faire, plus je trouve qu'il s'énerve de manière inappropriée avec ses troupes. Un jour, il monte tellement dans les tours, pour une histoire de vaisselle sale, qu'après nous avoir hurlé dessus, il jette avec colère une tasse à café dans ma direction. Elle s'explose contre le radiateur tout proche de moi. Je le regarde, stupéfait, et réagis aussitôt :

« Mais ça va pas ? »

Je suis si calme qu'il ne peut pas s'exciter plus. Pour autant, il me reprend au vol.

« Mais, comment tu me parles toi ? »

Je ne me dégonfle pas.

« Vous ne pouvez pas faire ça, monsieur, c'est mal se comporter. »

Il tourne les talons.

« Dans mon bureau ! Tout de suite ! »

Je suis un gamin. J'en ai rien à foutre. J'y vais tranquille. Il s'assoit et me considère un moment :

« Tu m'as tenu tête !

— Oui bien sûr ! Je n'y suis pour rien, je ne bois même pas de café et j'ai failli me prendre une tasse dans la figure ! Vous ne pouvez pas vous énerver comme ça. Vous ne rendez service à personne, ni à vous, ni à nous. Je ne peux pas vivre ça et ne rien faire, baisser la tête, vous laisser faire n'importe quoi. »

Je m'attends à me faire dégager définitivement. Contre toute attente, il me dit :

« Fais-moi voir le listing sur lequel tu travailles… »

Je le lui montre, il le parcourt rapidement, le jette à la poubelle.

« Tiens, je t'en donne un autre. »

Visiblement, il y avait listing et listing… Mon discours lui avait plu. Il aimait le répondant. Il m'a donné un listing qui – je le suppose aujourd'hui – n'avait pas été déjà ratissé vingt fois, comme l'avaient été ceux auxquels j'avais eu accès jusqu'à présent. J'ai gagné mes premiers dix mille francs.

J'ai touché mon chèque, très content. Puis j'ai dit au revoir, je n'allais pas non plus faire mon avenir dans le courtage publicitaire. Noël ne comprenait pas. Il faut dire qu'entre-temps nous avions noué une relation extra. J'adorais tout de la communauté juive à laquelle il appartenait. J'ai énormément appris avec lui. Et beaucoup ri. Il m'emmenait boire des thés à la menthe, déjeuner au bar « À la boule de neige », où tous les big boss du Sentier étaient les rois… Leur culture, leurs vannes, c'était vraiment sympa. Je suis devenu ami avec Reine et Fortunée – dite Tutune –, les filles de Noël, ainsi qu'avec leur frère Charlot. J'ai assisté au mariage de Tutune, et encore aujourd'hui nous nous donnons régulièrement des nouvelles du front.

Cette histoire de listing paraît bien anodine, mais c'est peut-être ma première leçon de business. Noël m'a appris qu'on ne pouvait pas se contenter d'être professionnel, il fallait aussi être malin.

Entre-temps, je lâche Clichy. Stéphane n'habite pas sur place – il s'est installé avec sa copine –, nous nous voyons assez peu et je n'aime pas vivre seul. Je suis en quête de compagnie, d'aventures, de potes ! Il me faut évoluer au plus près des gens, et si possible de gens intéressants. J'ai soif d'apprendre et je sais que cela viendra des autres. Je ne suis pas encore le demi-sauvage que je suis devenu à présent.

Je vois souvent Bruno, rencontré également à Carnac. Le gars est super ! Pianiste de jazz, brun, trapu, de taille moyenne, un peu plus grand que moi. La démarche jazzy, avec des pieds légèrement en canard, des épaules dansantes, des mains en mouvement perpétuel, jouant sur des pianos imaginaires, un petit sourire fiché au coin de l'œil… Bruno est très soucieux de son look. Je me souviens encore de ses pompes, chics, cuir blanc et semelle rouge. Son père est un psy connu, un petit bonhomme assez barré, avec une dégaine marrante. Il a publié plusieurs ouvrages. Bruno a été biberonné à la psychanalyse depuis son enfance, et même s'il est passionné par le piano – il se jette sur son instrument dès qu'il rentre chez lui –, il adore tester sur moi ce qu'il a pu apprendre grâce à l'influence de son père. Je suis son patient cobaye. Et son cobaye patient ! Tous les soirs, c'est analyses et prises de tête au programme ! J'aime ça à vrai dire. Allongé sur mes coussins, dans mon drap SNCF, je sens des atomes d'idées, des particules de raisonnements, naître, grandir, se multiplier, se coordonner dans mon cerveau stimulé. Je mets un pied dans un univers inconnu, mais auquel je suis sensible et qui, je le pressens, va m'enrichir.

Et il est vrai que je progresse. J'apprends, je mets en application. D'autant que je n'ai jamais lu de livres. Mon hyperactivité m'en a toujours empêché. Grâce à Bruno, j'approche Freud ou Carl Gustav Jung sans lire une ligne de leurs théories, mais en m'imprégnant de leurs idées.

Je passe de plus en plus de temps chez Bruno. Le loyer de l'appartement dans lequel il vit est payé par son père. C'est une grande pièce sous les toits, rue Notre-Dame-de-Lorette. Bruno adore faire la crêpe, il s'est aménagé un spot bronzette sur le toit de l'immeuble. Le Bus Palladium est à vingt mètres de chez lui. C'est bon signe ! Car j'ai désormais l'intention de vivre la nuit, là où, j'en ai l'intuition, m'attend la suite de mon histoire. Cet univers m'attire et me fascine. J'ai dix-huit ans et, officiellement, le droit de rentrer en boîte. Pour ma part, je dirais plutôt le devoir ! Mais c'est compter sans (ma future chère amie) Josy, qui fait la pluie et le beau temps à l'entrée du Bus. Elle ne l'entend pas de cette oreille. Elle me vire ! Il faut dire que je suis un tout jeune homme, plutôt mignon, mais au look encore très approximatif !

Pigalle, à cette époque-là, à cet âge-là, n'est pas n'importe quel quartier. Quand tu sors du métro pour rentrer chez toi, tu passes dans la rue, les nanas qui tapinent, les cabarets dont sortent les gars bourrés, tu finis par connaître un peu les gens et faire partie de ce monde-là.

À force de m'endormir chez Bruno, après nos séances de psy, je finis par m'installer chez lui, m'aménageant un coin couchette sur des coussins. Ne payant pas de loyer à son père, il ne m'en demande pas, ce qui m'arrange bien. Bruno ne fait pas que m'initier à la psychologie, il me fait aussi un cadeau : trois accords, d'une chanson que j'adore et qu'il m'apprend à jouer. Il s'agit de « The Rose[1] », interprétée par Bette Midler, qui fait partie de la bande originale du film homonyme.

Bruno, comme moi, aime la nuit. Nous sortons beaucoup en boîte. Enfin, quand on arrive à entrer. Nous devons avoir une des plus belles collections de vents de videurs de tout Paris.

Nos soirées sont folklo ! Quand nous ne sommes pas en boîte, on sillonne la ville et on fait les poubelles, patins à roulettes aux pieds et walkman sur les oreilles. C'est ahurissant tout ce que tu trouves dans les poubelles parisiennes : de la vaisselle impeccable, des fringues, des petits meubles, des plaids, le tout en très bon état. Les gens jettent, nous on récupère. On se fait de ces délires… Paris la nuit et en patins… De bons souvenirs…

Je m'inscris plus longtemps que Bruno dans cette vie de noctambule que j'adore. Au bout d'un moment, lui lève le pied. De mon côté, j'insiste. On peut même dire que je suis devenu addict. Je ne rentre jamais avant 4, 5 heures du mat'. Une des boîtes qui nous acceptent facilement au début est le Broadway Mélodie, qui se tient en sous-sol d'une autre boîte sympa, la Grande Ferronnerie. Les deux sont tenues par un couple homo, Michel et Jean-Claude. Ces deux-là adorent les comédies musicales. Ils ont décoré leur lieu dans l'esprit. Malheureusement, Michel sera bientôt la première – ou l'une des premières – victime d'une épidémie terrible. En quelques mois, son état se dégradera sans qu'on comprenne pourquoi. On ne sait pas alors que le sida est arrivé ; Michel, lui, est déjà parti.

---

1. « The Rose », chanson écrite par l'artiste Amanda McBroon à la fin des années soixante-dix.

C'est durant cette période que le cannabis entre dans ma vie.

Pour être honnête, il était déjà dans les parages et sans être un fumeur régulier, je tirais volontiers depuis un an des taffes sur les pétards qui tournaient. Autour de moi, c'était toujours les mecs les plus cools qui fumaient des joints. Je les voyais partir dans des délires sympas, à rire toute la soirée. Ça me donnait envie. Je n'étais pas du tout attiré par l'alcool dont les effets me paraissaient plus douteux, et heureusement toujours pas par les drogues dures. Je voulais être comme ces mecs qui fumaient du cannabis et qui restaient doux et funs après avoir consommé. Je m'étais d'ailleurs mis à fumer des cigarettes pour pouvoir m'habituer à avaler la fumée, ce qui était mission impossible pour moi au début. Néanmoins, même quand j'ai réussi à le faire, aucun pétard ne me faisait spécialement d'effet.

Jusqu'à ce matin où je suis seul chez Bruno. Un type débarque, bonne gueule, look sympa. C'est un musicien, un black. Il vient jouer avec Bruno. Je le fais entrer, l'accueille et lui prépare un petit déjeuner. Et puis, comme je dois partir – j'ai rendez-vous pour dire au revoir à Noël Ganem et toucher mon chèque de dix mille francs –, je dis au gars de boire son café à la coule en attendant Bruno qui ne devrait pas tarder. Le type n'en revient pas :

« Quoi ? Tu me laisses tout seul ici ?

— Ben oui, c'est bon mec, je vois que t'es cool, je te sens bien. Tout va bien. »

Touché de ma confiance, il me donne un petit stick[1] pour me remercier. Ce faisant, il change ma vie.

1. Un joint.

Cette fois-ci, je fume le truc et je prends une claque. Je suis dans un état… Pas dans un état débile, au contraire, je suis très lucide. Lucide, mais léger, à avoir envie de m'amuser de tout. Je vais chercher mon chèque, complètement stone. Je sens des courants de sympathie avec tout le monde et tout se passe bien, même mieux que prévu. Car le vieux Ganem m'en veut un peu que je m'en aille. Je lui ai pourtant expliqué : « Noël, je ne peux plus travailler le jour, car je veux vivre la nuit. »

C'est regrettable, selon lui j'aurais du blé à faire. Mais je m'en fous du blé, là n'est pas mon propos. J'ai appris ce qu'il y avait à apprendre, fait de belles rencontres. Je dois évoluer, chercher ailleurs autre chose à découvrir, compléter mon éducation à l'école de la vie.

Ce pétard qui vient d'arriver ne va plus me quitter. Je ne m'en suis jamais caché. J'ai fumé depuis ce matin-là, grâce à ce pote d'un instant qui m'a fait ce cadeau. Dire que je ne connais même pas son nom ! Impossible de ne pas m'attarder le temps de quelques lignes sur ce sujet, important pour moi et dont la société débat encore.

***

Mon point de vue sur le cannabis

Soyons tout d'abord basique : selon moi, il faut être adulte pour consommer, que le cerveau ait atteint sa maturité. Le cannabis n'est pas une plante pour les ados. C'est mon opinion, elle n'est pas scientifique, mais je pense qu'il ne faudrait pas y toucher avant l'âge de vingt ans environ.

Parce que tant que tu n'es pas formé, ça peut vraiment te taper les neurones et te rendre débile pour le reste de ta vie. Je le dis parce que je l'ai vu. Des potes de quatorze, quinze, seize ans… je les voyais fumer. Certains sont restés grillés. C'était irresponsable.

Concernant la consommation des adultes, je ne vais faire ici que partager mon expérience, témoigner. Je ne revendique rien, étant donné que nous sommes tous des individus différents et qu'en conséquence ce qui convient à l'un peut ne pas convenir à l'autre. On n'est pas tous les mêmes face au cannabis, comme on n'est pas tous les mêmes face à l'alcool.

À partir de ce bon stick chez Bruno, fumer de l'herbe a commencé à provoquer chez moi des réactions positives. Je pense que c'est lié à cette histoire d'hyperactivité. L'humanité consomme du cannabis depuis trois mille ans, dans des cérémonies rituelles, religieuses, ou en tant que plante médicinale. Mais c'est seulement grâce à la recherche actuelle qu'on découvre que ce n'est pas par hasard. Elle a mis en avant, études à l'appui, les vertus du cannabis, notamment pour traiter certaines maladies nerveuses[1]. Or, dans certains cas, l'hyperactivité peut être le symptôme d'un trouble neurologique, appelé Trouble du déficit de l'attention avec hyperactivité (TDAH). Cette hypothèse a été validée par la Haute Autorité de santé (HAS)[2].

1. Se référer à la note scientifique de l'Office parlementaire d'évaluation des choix scientifiques et technologiques (OPECST).

2. HAS, « TDAH : repérer la souffrance, accompagner l'enfant et sa famille », 12 février 2015.

À l'époque où je fume mon premier joint, je ne sais pas tout ça, bien sûr, mais je vois bien ce qui se passe lorsque je consomme du cannabis issu d'herbe bio, naturelle, non trafiquée : je m'ouvre, je reste moins collé à moi-même à me demander quelle connerie je pourrais bien faire. Je me calme, me centre, gagne en réflexion. Mes analyses prennent de la hauteur. Mes conversations aussi, d'autant que la substance a pour effet de me désinhiber. Je me mets à mieux renvoyer les balles, suis en mesure de profiter davantage de ce que les autres ont à m'offrir.

Le cannabis m'a sauvé. Je ne crois pas que, sans lui, j'aurais tiré parti des rencontres que j'ai faites, ni que j'aurais écrit ma première chanson, celle qui a ouvert les portes de ma carrière.

Mais le cannabis n'a pas seulement joué un rôle pour réguler mon hyperactivité. Cette plante m'a de nouveau été très utile pour adoucir les effets secondaires de la chimiothérapie, lorsque j'ai eu à recevoir ce traitement aussi indispensable que violent, pour combattre le cancer dont j'ai été victime[1]. Elle est pourtant encore interdite en France[2]. Voilà pourquoi je défends la possibilité de consommer cette plante pour ses bienfaits.

Mais je ne suis pas naïf, ni ne veux faire de prosélytisme. Il est connu que les trafiquants manipulent les produits, et, de plus en plus, en augmentent arti-

1. À ce sujet, la note scientifique de l'OPECST parle des effets positifs « du cannabis ou des cannabinoïdes pour traiter les douleurs chroniques chez l'adulte » et « les nausées et les vomissements chez des sujets recevant une chimiothérapie anticancéreuse ».

2. À noter qu'une expérimentation est en cours.

ficiellement les taux de THC[1]. C'est problématique, car les consommateurs n'ont pas connaissance de la composition de ce qu'ils achètent au marché noir et se retrouvent à consommer à leur insu des produits déséquilibrés et dangereux.

La légalisation et la réglementation pourraient apporter cette sécurité pour les consommateurs – qu'ils puissent avoir accès à des choses correctes ainsi qu'à une éducation quant à l'utilisation des produits. Mais cela demande à être étudié en profondeur et ce livre n'est pas le lieu du débat.

***

Colocation

En tout cas, pour en revenir à ma pomme, ce virage que prend ma vie va avoir des répercussions sur ma relation aux autres. Je gagne en assurance et, avec Bruno par exemple, le rapport de force change. Désormais, je tiens mieux les conversations, les séances d'analyse. J'ose penser différemment, j'ai de plus en plus confiance en moi. Je me pose et m'oppose. En somme, je ne suis plus seulement son cobaye, intéressé par sa culture, par son éducation, je me mets à me considérer comme son égal.

Un jour, le père de Bruno annonce qu'il arrête de payer le loyer. Bruno est dépité, presque en colère contre son père. Un mois auparavant, j'aurais peut-être épousé son point de vue, mais là, je lui dis que son père a raison. Mieux, je le lui démontre ! Car il faut

1. THC ou tétrahydrocannabinol : la principale molécule psychoactive du cannabis.

reconnaître qu'on ne sert à rien à traîner dans l'appartement. On profite du logement gratuit, moi le premier évidemment, et on ne se bouge pas assez pour gagner de quoi payer un loyer. Surtout Bruno en fait, qui ne bosse presque pas. Enfin, il faut dire que je ne l'aide pas beaucoup puisque à cause de moi il se fait virer du seul job qu'il s'était résolu à prendre, serveur au MacDo de Pigalle. Un jour de dèche, je passe le voir : « Allez vas-y Bruno, steup', file-moi un burger discrétos, dans la masse, ça ne se verra même pas… » Il refuse, a peur de se faire choper. Et tandis que je repars, la faim au ventre, je vois un burger voler vers moi. Je l'attrape au vol : « Merci mon pote ! » Le soir, quand il rentre à la maison… il est à nouveau sans boulot. Le burger volant n'était pas dans le Code du travail ! Bruno s'en fout heureusement, il n'a de toute façon pas très envie de faire de vieux os dans la restauration rapide d'origine américaine.

À cette époque, je tire le diable par la queue, mais je bouffe la vie – ou plutôt la nuit – par tous les bouts. Il n'est pas difficile de me trouver : je suis tous les soirs au Broadway Mélodie et à la Grande Ferronnerie. Après plusieurs mois de ce régime, je passe même derrière le comptoir et deviens barman. Le salaire, régulier, qui découle de ce nouveau statut me permet de proposer à Bruno de nous trouver un autre logement et de partager une vraie colocation, en coupant le loyer en deux parts égales. Bruno est partant. C'est ainsi que nous emménageons dans un petit appart' sympa, dans le 18e arrondissement, vers la porte de Clignancourt. Jean-Claude et Michel, les patrons du Broadway Mélodie, eux, habitent vers Pigalle, dans un grand appart' avec au moins cinquante chats, ils sont fous de ces bêtes ! Ça ne sent jamais la pisse chez eux, je ne sais pas comment ils font. Leur grande copine est une vieille pas possible, toute cradock, cheveux sales et dégaine de charclo. Excepté que la vieille n'a rien d'une clocharde, elle est propriétaire d'un superbe hôtel particulier à Neuilly où vivent royalement trois cents chats ! Vous imaginez le truc ? La nuit permet de rencontrer un tas de gens incroyables…

Et à propos de personnage incroyable…

***

Premier casting

Le type déboule un jour au Broadway Mélodie.

Je suis derrière le bar, flamboyant dans ma combinaison disco jaune. Il vient vers moi, il n'est pas encore le producteur qu'il est aujourd'hui, ni l'agent mythique du cinéma français.

« Bonjour, je suis Dominique Besnehard, directeur de casting, je cherche un acteur pour un film…

— Oui ?

— Un mec de dix-huit, dix-neuf ans, qu'aurait un peu de gueule, tu vois quelqu'un à me recommander ? »

Tu as envie de lui dire : *Ben ouvre les yeux : t'en as un devant toi mon gars !* Mais tu lui dis plutôt :

« Il parle de quoi ce film ? »

Le voilà qui m'explique :

« C'est l'histoire d'un postier qui tombe amoureux d'une chanteuse d'opéra. »

J'hallucine : il est pour moi ce plan !

« Ah, je lui fais, c'est marrant parce que moi, je chante l'opéra.

— Tu chantes l'opéra, toi ?

— Oui je chante du lyrique. »

Je lui parle de mes cours à Levallois et lui propose de m'écouter. Il n'a pas l'air plus emballé que ça. Je ne sais pas si c'est ma combinaison disco qui le perturbe, en tous cas il n'a pas du tout flashé sur moi. Mais alors pas du tout ! On dirait qu'il ne se rend pas compte que j'ai exactement l'âge et le profil qu'il cherche, et que j'ai un atout supplémentaire : je suis baryton. Il me donne quand même un rendez-vous. Je vois bien que c'est sans conviction.

C'est lors de l'audition qu'il réagit enfin. Il est impressionné. Tout compte fait, il m'envisage dans le film.

Je ne serai pas pris. J'ai passé toutes les étapes du casting jusqu'à la dernière, jusqu'à ce que nous ne soyons plus que deux acteurs en lice pour le rôle de Jules, dans le film *Diva*. Jean-Jacques Beineix finit par choisir Frédéric Andréi.

Je suis déçu, voilà un virage raté. Confrontons-le à ma théorie de l'échec : si on me suit, ce devrait être quelque chose de constructif. Pourtant non. Pas là. Dans le cas présent, c'est juste dommage pour moi.

Mais peut-être pas. Car on est bien obligé d'admettre que ce rôle n'a pas lancé la carrière de Frédéric Andréi. Plutôt celle de Beineix et des seconds rôles du film comme Richard Bohringer, Gérard Darmon, Dominique Pinon.

À propos de l'échec, le cinéma est peut-être l'exception qui confirme la règle. On dirait que dans ce domaine, un échec n'est rien d'autre qu'un échec. C'est triste et c'est pénible. Il n'y a rien d'intéressant à en tirer. C'est même, au contraire, vecteur de malaise…

Mais on va y revenir et bientôt développer le sujet, car à la suite de ce premier casting, Dominique Besnehard me recommande à Marceline Lenoir qui me signe dans son agence artistique, aux bons soins de Gilles Merlé[1]. Je vais alors enchaîner figurations et petits rôles.

Changement d'enseigne pour le Broadway Mélodie, qui devient le Broad – fini les musicals, place à une boîte ouvertement gay.

Je suis alors l'exception hétéro qui confirme la règle homosexuelle de l'établissement. Pour ne pas mourir idiot, je tente quand même mon expérience. Il faut dire que je me pose un temps la question. Sans l'avoir cherché, je suis tout le temps entouré d'homos, je m'entends super bien avec eux. En conséquence, je finis par me demander si je ne suis pas moi-même gay. Et pourquoi pas ? Autant en avoir le cœur net ! Une fois, je me laisse approcher, mais très peu de temps… Disons que ce fut ma minute gay. J'ai vite pris conscience que j'étais un hétéro absolu !

Cette mini-expérience me donne toutefois deux avantages. Déjà j'ai approfondi la connaissance de quelqu'un avec qui j'ai encore pas mal d'années à passer : moi-même. Et puis, je vais pouvoir légitimement refuser toutes les propositions que ma petite gueule de minet des années quatre-vingt ne manque pas de m'attirer. Rapidement les autres barmen viennent à ma rescousse : « Celui-là, disent-ils dès qu'un type s'approche de moi, tu n'y vas pas, c'est l'exception de la boutique. »

J'aime être une exception, et j'aime ce milieu.

1. Gilles sera mon agent durant toute ma carrière de « petit » acteur.

Il y a une de ces faunes dans cet endroit et autour des patrons… C'est sympa, mais je ne vais pas m'éterniser. Je dois évoluer.

***

La coloc' avec Bruno ne dure pas très longtemps, nos relations se tendent, imperceptiblement mais indéniablement. Bruno trouvait son compte en se mettant dans la position du « sachant » face à moi. Il était le maître, j'étais l'élève, souvent à côté de la plaque mais avide d'apprendre. Mais l'élève a progressé, en partie grâce à lui d'ailleurs, et ne veut plus être considéré comme inférieur, d'autant plus que l'élève partage le loyer à présent. Il y a des choses qu'il n'accepte plus. On continue ensemble un bout de chemin, mais on sait assez vite qu'on est dans une impasse.

Et puis, il y aura ce jour où on en viendra carrément aux mains. Rien de bien méchant, mais tout de même… On en sera arrivés là. Ni lui ni moi n'étions pourtant des bagarreurs. On s'est exaspérés l'un l'autre, à un point qui nous a amenés au fight. Peut-être pour nous faire comprendre que nous ne pouvions plus nous entendre, qu'il était temps de nous séparer et de poursuivre notre chemin chacun de son côté.

Ce qui est assez dingue c'est que – à part une fois récemment – je n'ai plus jamais revu Bruno ; un paquet d'années sans nouvelles quand même… je n'aurais pas cru, j'aurais pensé qu'on se recroiserait. Il a quitté Paris, s'est installé en province. Même s'il y a eu des moments de tension, je garde pour lui et pour cette période une grande affection.

J'ai assez envie d'avoir mon propre appart'. Mais je n'en ai pas encore les moyens, aussi j'accepte le gîte et le couvert que me propose un ami. Il se nomme Antoine et vit dans le quartier du Marais, non loin de la rue des Rosiers. J'ai perdu le contact avec lui depuis le temps mais je lui fais signe ici : Antoine a été adorable avec moi durant quelques mois où je n'étais pas vraiment florissant. C'était l'été 1982, je me souviens de la date, l'horrible attentat de la rue des Rosiers avait endeuillé notre quartier. Je me souviens aussi, et c'est plus joyeux, être tombé fou amoureux d'une très belle fille venue de Hambourg qu'il m'avait présentée et qui a brisé mon jeune cœur sans aucun état d'âme en ne me donnant plus jamais de ses nouvelles après une seule et unique nuit.

Après Antoine, c'est Jean-Claude Bonin qui m'héberge un moment. Il est le directeur du Diable vert, un rade des Halles situé rue des Lombards, que je fréquente de plus en plus. Jean-Claude est une force de la nature, il roule en Jaguar et possède un bel appartement avenue de Messine, dans lequel je vais élire domicile le temps de dénicher ma nouvelle adresse.

Vivre chez Jean-Claude nous rapproche, et je découvre, sous ses airs de dur, une personnalité d'une grande gentillesse, un homme au parcours atypique (il a fait l'école militaire de Saint-Cyr) qui a déjà vécu mille vies et sait vous les raconter d'une manière captivante. Je suis fasciné par ce personnage qui a une dizaine d'années de plus que moi, tout heureux d'être son ami.

La mémoire me faisant un peu défaut malgré tout, je ne sais exactement combien de temps je reste avenue de Messine – deux mois peut-être – avant de me retrouver enfin chez moi, dans un petit appartement que je déniche rue de Tocqueville (un philosophe que j'aurais bien aimé rencontrer celui-là !).

Comment est-ce que je réussis à payer ce loyer ? Eh bien, on peut dire que c'est grâce à Gilles Merlé. Les figurations et petits rôles laissent peu à peu place à des seconds et premiers rôles…

Me voici au seuil d'une dizaine d'années de vie d'acteur, ou plutôt comme j'aime à le dire, de « petit acteur » !

Je n'ai toujours pas sorti ma carte maîtresse.

Chapitre 4

Ma quatrième vie
Thème de l'histoire : Moteur… action !

Je ne chante pas, je joue. Je rencontre Bruel :
nous ne nous quittons pas pendant deux ans.
Je rencontre Coluche : ce sera fondateur.
Je rencontre Philippe Starck : c'est un coup de foudre.
J'envoie quelques notes dans la nuit, Gérard Louvin
les entend. Une fille allumée m'allume.
Je tombe amoureux.

Pour avoir raté de peu le rôle du jeune premier dans *Diva*, j'écope d'un lot de consolation : une figuration dans le film *Inspecteur la Bavure*, de Claude Zidi. Ce sera l'occasion de croiser des géants que je serai amené à revoir par la suite, et pour le meilleur, Coluche – déjà une immense star et bientôt un candidat à la présidentielle – et Gérard Depardieu notamment.

Le film se laisse regarder avec tendresse encore aujourd'hui. La scène se passe au restau. Coluche, gentil et maladroit, qui vient d'entrer dans la police, est en bout de table, et nous, ses nombreux potes voyous, sommes placés tout autour. On lui offre un cadeau, des flingues (qu'on a volés mais il n'est pas censé le savoir). Richard Anconina est assis à la droite de Coluche et moi, à la droite d'Anconina, que je ne connais pas du tout. Je ne connais personne d'ailleurs. Le personnage de Coluche est embêté, car il a reconnu les flingues volés et ne sait trop quoi dire… Le scénario prévoit qu'Anconina le charrie avec l'accent allemand, en riant : « Nous affons les moyens de fous faire parler ! »

Anconina n'a aucune intention de prononcer ces mots… Discrètement, il me propose : « Tu voudrais dire une phrase toi ? Je te donne la mienne ! »

Je suis d'accord, content d'avoir mon mot à dire et de passer ainsi de « figurant » à « petit rôle ». Alors, au moment de la prise, je brandis ma fourchette vers Coluche, et, tout en me marrant, prononce ce qui deviendra la première réplique de ma carrière. On est en 1980.

N'ayant pas fait une grande carrière d'acteur, dois-je m'en prendre à cette première repartie, qui, on peut en convenir, n'était pas du meilleur goût ?

Je reverrai Coluche quatre ans plus tard. Nous deviendrons proches six mois avant sa mort tragique.

***

Ce n'est pas le film que je tourne ensuite qui bat non plus des records d'élégance de dialogue ! En revanche dans *Les Surdoués de la 1re compagnie*, je suis de toutes les scènes ou presque ! Et pour cause, lorsque je passe mes essais, Michel Gérard, le réalisateur, me dit :

« Bon, en fait, j'ai déjà trouvé tous mes rôles…

— Ah… Alors tant pis pour moi…

— Attends, non… je suis embêté tu vois, parce que je t'aime bien, je te trouve intéressant, j'aimerais que tu sois dans le film. »

Je le laisse venir…

« Écoute, il y a peut-être un moyen… je vais te donner le scénario, tu le lis et tu vois ce que tu peux apporter…

— Je m'écris mon rôle quoi ?

— Oui, voilà ! Tu fais ça ! »

Inutile de vous dire que j'ai écrit sur toutes les pages. C'est pour ça que je suis partout. Le film fait en définitive presque un million d'entrées… pas si mal !

Je vais faire trois films avec Michel Gérard.

Ce réalisateur est un cas à part dans le paysage audiovisuel français. Au-delà d'être sympathique, c'est un fou de cinéma. Il a débuté en construisant et en exploitant une salle dans sa petite ville de l'est de la France. Puis il a réalisé seize longs-métrages et – même si je n'aime pas les chiffres, ils sont parfois parlants – engrangé plus de dix millions d'entrées tous films confondus. Son ambition n'était pas de marquer l'histoire du cinéma, mais de laisser libre cours à sa passion, ce qu'il a parfaitement réussi à faire. Lorsque ses films n'ont plus trop marché, il est passé à autre chose et est devenu restaurateur, probablement une autre de ses passions… Un vrai type sympa, du genre qui donne leur chance aux gens. Je l'ai revu récemment, il est venu me voir avec son fils dans ma loge après un concert, cela m'a fait plaisir : on se retrouvait, à peine changés, trente-cinq ans plus tard… Le poil un peu plus blanc, mais le noyau identique.

Après cette première expérience des *Surdoués*, il m'offre un petit rôle dans son film suivant, *T'es folle ou quoi ?* avec Aldo Maccione, Fabrice Luchini, Nicole Calfan, Marthe Villalonga, Darry Cowl. Il avait toujours de ces castings !

L'année d'après, il se taille un franc succès avec son film *On s'en fout, nous on s'aime*, une comédie qui s'adresse à la jeune génération et dans laquelle il fait jouer son fils. Cette performance lui permet de se faire plaisir et d'engager dans son film suivant un acteur qu'il adore : Jerry Lewis. *Retenez-moi ou je fais un malheur* – Michel Blanc et Maurice Risch font partie du casting – sort en 1984 et se plante copieusement.

Pour se refaire une santé cinématographique, Michel veut à nouveau tourner avec des jeunes. Il me propose, ainsi qu'à Jacques Penot – jeune premier en devenir à cette époque – d'écrire son prochain film.

Je saute sur l'occasion, Jacques aussi. Nous proposons à Michel une intrigue policière, située en banlieue parisienne, dans le monde de la musique. Toute ressemblance… Nous travaillons le script, Jacques et moi, et puis Jacquot est nommé aux Césars dans la catégorie « jeune espoir masculin »[1] pour son rôle de Martin Gray jeune dans le film de Robert Enrico *Au nom de tous les miens*. Cela lui donne une petite aura d'acteur et le milieu bien-pensant du cinéma cherche alors, et réussit, à le faire renoncer à notre projet. « Ne fais pas ça, lui dit-on, ne travaille pas avec Michel Gérard, trop ringard, trop série B… » Jacques lâche l'affaire et se débranche du projet. De mon côté, il est hors

1. Ce sera Richard Anconina qui remportera le prix pour son rôle dans *Tchao Pantin*.

de question de quitter cette aventure, j'y tiens trop et ne me vois pas faire défaut à Michel, qui m'a tant fait confiance par le passé. Je transforme le rôle de Jacques en un premier rôle féminin. Il sera pour Patricia, ma belle fiancée de l'époque.

Ça donnera *Blessure* et cette occasion unique d'être partie prenante de la construction du film, de l'écriture au casting.

Je présente mes amis musiciens et comédiens à Michel ; l'équipe se forme de cette façon. Au générique, mes principaux potes de l'époque, amitiés nouées au fil des tournages, et notamment les acteurs Riton Liebman et Jean-Pierre Loustau. Même mes parents sont de l'aventure ! J'embarque tout le monde dans l'écriture des personnages et des dialogues.

Hélas, l'année 1983 se termine sans que, après des mois de travail acharné, Michel ait réussi à monter le film. Le problème : il ne trouve pas de distributeur. Je me sens très malheureux, le projet me tient à cœur plus que je ne pensais ; je m'y suis jeté corps et âme et je suis en train de vivre une sorte de déprime. Je serai pourtant, dans l'année qui vient, au générique de plusieurs films et téléfilms, il n'y a pas de quoi broyer du noir. Oui, mais voilà, en chemin je me suis pris au jeu, le film de Michel est devenu le mien : je veux qu'il existe !

Blessure est l'histoire d'un petit chanteur de banlieue qui tombe amoureux de la femme d'un dealer, joué par Boris Bergman. Le dealer jaloux finit par la tuer, et le petit chanteur, fou de douleur, va se venger.

Tout est prêt, on en rêve, mais il nous manque donc le distributeur. Le 1er janvier 1984, Michel m'appelle : « Ça y est, m'annonce-t-il au téléphone, c'est bon ! Les films de La Rochelle nous suivent ! » La déprime ?

Quelle déprime ? Envolée, disparue. Je comprends alors que la déprime, souvent, n'est liée qu'à un manque de chance ou de relief dans ta vie, parce que lorsque ce que tu attends arrive enfin… elle s'évapore comme par magie !

Le tournage a ensuite été une aventure agréable. J'ai juste dû lutter un peu avec Michel qui me voyait dans une scène de baston à la fin, en mode Belmondo – ce qui me paraissait peu approprié par rapport à mon personnage de petit zicos de banlieue, taillé dans une allumette !

J'enregistre « Boomerang[1] », la chanson générique du film. Un jour, c'est cocasse, Boris Bergman sollicite une réunion pour que je sois doublé pour le chant !

« Non mais vraiment t'es sérieux Boris ? Je suis plus chanteur qu'acteur et tu veux me faire doubler ? » Je suis scié. Aujourd'hui je comprends mieux : il n'aimait pas des masses mon côté variété ; il avait cartonné en écrivant « Gaby oh Gaby » et « Vertige de l'amour » pour Bashung, c'est logique qu'il n'ait pas adhéré à ma voix trop claire, trop « vocal » pour lui… Mais, à l'époque, je n'en revenais pas : « Tu as vu comment je chante ? Qu'est-ce que tu veux de plus ? »

De surcroît, c'est moi qui produisais le titre avec mon cachet d'acteur, car on n'avait pas beaucoup de budget… alors je peux vous dire qu'il n'y avait pas de risque que je me fasse doubler ! En revanche j'ai refusé de défendre la chanson comme un single. Certes, c'était la première fois que je chantais un titre original, mais c'était

1. Paroles de Boris Bergman et musique de Roland Bocquet et Paul Ives.

la chanson du film, pas la mienne, je ne voulais pas que ce soit celle qui me fasse connaître comme chanteur.

C'est marrant d'ailleurs, avec le recul, ce qui peut se dégager de ce film… Je joue le gentil Morgan, chanteur d'un sympathique groupe pop-rock français, et Boris Bergman est Dimitri, le méchant jaloux qui appartient à un milieu drug-rock pur et dur. Il y a cette belle fille entre nous, par qui le drame arrive. La fille me choisit. Dimitri, *alias* le rock anglo-saxon, tue la fille, et donc tue l'amour. À la fin, Morgan, c'est-à-dire la chanson française, venge l'amour en faisant la peau au rock anglo-saxon !

Blessure ne sera pas un succès au box-office. La reconversion de Michel Gérard dans le cinéma dit « sérieux » n'aura pas lieu. Il tournera un dernier film, *Justice de flic*, avec Clémentine Célarié, Jean-Marc Maurel, Maurice Risch, Franck Dubosc et mon copain Loustau, et passera à autre chose… Quant à moi, je retrouverai une dernière fois Patricia sur les plateaux lors du tournage de *Jo et Milou* de Josée Dayan. Ce sera en 1992, la pire année de ma vie, mais n'anticipons pas.

***

Les Halles

De mes débuts en 1980 à *Blessure* en 1984, j'ai tourné dans une quinzaine de films et téléfilms. De tous ces rôles, je retiens particulièrement celui de Pierre Louvran dans *Fou comme l'oiseau*[1], un jeune homme

1. *Fou comme l'oiseau* : première réalisation de Fabrice Cazeneuve, adapté du roman éponyme de Pierre Pelot.

malade dont le rêve est de voler. Je suis content et fier d'interpréter ce personnage marginal, attachant, qui a beaucoup d'épaisseur.

Désormais, mes soirées commencent au Diable vert, chez mon ami Jean-Claude Bonin, ou dans un nouveau lieu de rendez-vous à deux pas de là : le 20 aux Halles. Ces endroits de prédilection, la Grande Ferronnerie, le 20 aux Halles, le Broad, le Diable vert sont tous situés dans un mouchoir de poche dans le quartier des Halles, au cœur de Paris. De même que mes restaurants-cantines chéris…

Le concept de « restaurant-cantine chéri », c'est ce qui préserve le petit acteur quand il n'a pas eu de jour de tournage depuis un moment. Le patron est en général un type en or, qui n'a pas un tiroir-caisse à la place du cœur. Je me souviens de deux endroits en particulier où je pouvais débarquer, durant toutes ces années, le sourire aux lèvres, la faim au ventre et les poches vides : au Wall Street, chez Jacques Collard, et au Grizzli, chez Renaud Bossert.

Outre sa générosité, Jacques Collard était un personnage incroyable, directeur d'un établissement sélect où se pressait le gratin du show-biz. Il était aussi acteur au cinéma, à la télévision, scénariste et traducteur-adaptateur de pièces de théâtre – dont deux pour lesquelles il a reçu un Molière. Renaud, avec son restaurant le Grizzli, m'a également nourri dans les temps de disette. Que Jacques et lui soient ici remerciés et bénis pour leur altruisme ! Au Grizzli, on jouait au backgammon, à la pétanque, on fumait des pets, c'était de chouettes moments… Puis Renaud a vendu son affaire et est parti s'installer à Ibiza. C'était sans se douter que nous nous retrouverions par hasard quinze ans plus tard, à l'été 2000, alors que j'aurais décidé – comme une lubie – d'aller mixer là-bas mon nouvel album, *Châtelet-les-Halles.* Justement cet album-là, qui porte ce nom-là, celui de notre quartier général.

Petite réflexion au passage : lorsque Pascal Obispo m'a proposé la chanson-titre de l'album et que j'ai entendu, sur une musique de Calogero, les paroles de Lionel Florence…

De Harlem à Paris, s'engouffrer dans un train
Puis un couloir qu'on suit, ne pas aller plus loin, ligne 1
Châtelet
Châtelet-les-Halles…
Station balnéaire, où y a pas la mer[1]

… j'ai été replongé dix années en arrière, je m'y retrouvais totalement. Je ne serais pas étonné que Lionel ait traîné dans les mêmes endroits que moi au même moment. Je ne le lui ai jamais demandé et il ne m'en a jamais parlé. Cette grande communication entre mecs ! Blague à part, il s'agit plutôt d'une sorte de pudeur, de discrétion, de coulisses d'écriture et de goût de la magie…

Sauveur, le patron du 20 aux Halles, me propose un jour de venir chanter et jouer du piano dans son bar pour animer ses soirées. Je ne peux pas, car je ne joue pas d'instrument et n'ai pas de répertoire.

Je sais que ça peut paraître étrange pour un chanteur, et je dois avouer que je ne me connais pas d'équivalent

1. Album *Châtelet-les-Halles*, 6e album studio, Mercury.

parmi mes camarades du métier. Je ne vais pas vous mentir, j'aime écouter de belles chansons, mais pas en boucle. Résultat, je n'en connais aucune par cœur. Ça se voit dans l'émission *The Voice* : je suis le seul des coachs à ne pas mimer les paroles des chansons tandis que les candidats les interprètent sur scène ! Ce qui me motive n'a jamais été de reprendre les chansons des autres, mais de construire mon propre répertoire.

Je ne pouvais donc pas me mettre au micro tous les soirs.

En revanche, comme le plan de Sauveur était bon, je lui ai répondu que j'allais lui présenter quelqu'un de bien. Et même deux quelqu'un de bien[1] ! Le premier, c'est Jean-Pierre Loustau. Avec Jean-Pierre, nous nous sommes rencontrés sur une comédie musicale pour Antenne 2[2], *Télé folies tous en chaîne*, que j'évoquerai d'ici peu. Jean-Pierre est un type avec une nature exceptionnelle, doté d'une énergie peu commune. Le second, c'est Alain Lanty. Il m'a été présenté par Jean-Pierre. Il est pianiste et connaît plein de chansons. C'est un Breton qui vient d'arriver à Paris après avoir fait son service militaire. Un garçon très doux dont il ne faut pourtant pas oublier de se méfier, car il a ce grand défaut : il est capable à tout moment de la soirée de se mettre au piano et de sortir le grand jeu, ballades, sérénades, mélodies imparables, qui ne manquent pas de monopoliser l'attention des filles ! Il deviendra par la suite un grand pianiste de scène et de studio, ainsi qu'un compositeur de talent. On peut entendre son jeu tout en délicatesse et parfois certaines de ses compo-

1. Ma liberté d'inventer des accords !
2. C'est la chaîne France 2 aujourd'hui.

sitions sur de nombreux albums de chanteurs et chanteuses francophones, de Johnny à Maurane, en passant par Renaud, Lavoine et beaucoup, beaucoup d'autres – sans oublier les miens ! Et vous l'avez forcément vu à la télévision où il accompagne régulièrement la plupart des artistes français…

La première fois qu'Alain Lanty et moi nous sommes vus, c'était dans la bagnole de Jean-Pierre Loustau. Eux-mêmes s'étaient rencontrés l'été d'avant, dans la boîte d'Alain Barrière, à Carnac, en Bretagne. Loustau nous présente donc, tout en précisant à Lanty :

« Florent est un grand chanteur.

— Ah bon ? demande Lanty.

— Vas-y, me dit Jean-Pierre, chante-lui quelque chose !

Je ne sais plus ce que j'ai braillé, mais ce que je sais, c'est que Lanty m'en reparle encore : « Tu m'as envoyé un truc, je ne connaissais pas la chanson, mais alors la voix ! Avec l'acoustique de la bagnole en plus ! J'étais sonné ! Ça m'avait retourné la tête ! »

Alain, jeunot, encore vierge de toute carrière, prend donc place sur le tabouret du piano du 20 aux Halles. On est peut-être en 1981 ou 1982. Loustau tient le micro. Je n'ai pas pensé à ce dernier par hasard. Déjà le mec chante bien, mais en plus c'est un showman exceptionnel ; le genre de gars qui n'a peur de rien, qui réussit à embarquer tout le monde dans son délire et grâce auquel tu passes une super soirée. Le personnage parfait pour faire l'entertainer avec un Lanty au charme plus discret. Très vite, ils sont désormais tous les soirs au 20 aux Halles à animer la nuit autour du piano. La soirée commence toujours de manière assez classique, Lanty joue, Loustau chante. Puis on les rejoint, et c'est parti pour des concerts improbables et bientôt renommés.

« On », c'est une petite bande qui s'est formée dans la nuit et sur les tournages : Riton Liebman, dont j'ai fait la connaissance sur un casting, est le jeune adolescent qu'on avait tous adoré dans le film de Bertrand Blier *Préparez vos mouchoirs*. Il y a aussi l'indispensable Charly Chemouny, également rencontré sur un casting et, pour compléter la distribution, mon tout nouveau copain : Patrick Bruel.

Patrick et moi, ça commence d'une manière singulière. Nous entendons sans cesse parler l'un de l'autre sans nous connaître personnellement. En effet, à chaque fois ou presque que je passe une audition, il se produit le même phénomène : nous sommes d'abord cinquante comédiens, puis dix, puis trois, puis vient le moment où on t'appelle pour te dire : « Vous n'êtes plus que deux, alors, tenez-vous prêt et bloquez bien les dates. » Et lorsque je demande : « Qui est l'autre ? », on me répond : « Un mec qui s'appelle Patrick Bruel. » À force de me retrouver en finale toujours en face de lui, je suis intrigué : « Il est comment ? Il est comme moi ? — Ah non, pas du tout », me rétorque-t-on.

Quelquefois, je suis choisi, parfois c'est lui, et nous ne nous connaissons toujours pas. Jusqu'à cette soirée à l'Élysée Matignon où Charly nous présente. « Patrick Bruel, Florent Pagny ! » On se regarde. On peut enfin mettre un visage sur notre nom. On ne se quittera plus pendant deux ans.

Patrick fait son service militaire. Je n'ai pas droit à cette joie, ayant été réformé P4[1]. Petit aparté cocasse à

1. Le coefficient 4 indique la présence de troubles de la personnalité et de l'adaptation définitivement incompatibles avec

ce sujet : bientôt enrôlé sur le casting du film de Pierre Schoendoerffer *L'Honneur d'un capitaine*, je suivrai un stage intensif de préparation militaire, une vraie formation professionnelle ! Un mois durant, nous serons, nous les comédiens du film, entraînés par un adjudant, Bastien Thierry, dont je n'ai oublié ni la compétence ni la bienveillance. Attaque de village, marche en crabe, démontage et remontage d'un fusil-mitrailleur les yeux bandés – en toute modestie, j'étais un cador. Au bout d'un mois, Schoendoerffer nous fera faire une démonstration devant une assemblée de colonels, bluffés par la performance. En trente jours, il aura fait de nous des soldats prêts pour la guerre, enfin pour le tournage de la guerre. On était si motivés par le film et Schoendoerffer était un homme tel qu'on cherchait tous à lui faire honneur.

À cette même époque, descendus des plateaux de tournage, Patrick et moi démarrons généralement nos soirées à la maison, rue de Tocqueville. S'il joue au théâtre, je l'attends à la sortie et nous partons directement pour de folles virées nocturnes. Riton et Charly nous rejoignent toujours en cours de route, et tous les quatre, nous surfons de boîte en boîte – grace à Charly qui a ses entrées partout – avant de terminer tout schuss notre dernière descente jusqu'à un solide petit déjeuner au Twenty-one, en face du 20 aux Halles. Patrick rentre à la caserne à 6 heures du mat' sans avoir dormi et moi,

---

l'engagement militaire. Le nombre de jeunes qui simulaient ces fameux troubles pour ne pas faire le service à l'époque où celui-ci était obligatoire… En ce qui me concerne, mon trouble hyperactif était un vrai obstacle, pour une fois qu'il m'était utile…

je gagne mon lit pour quelques heures de sommeil avant un tournage ou une journée de récupération.

En 1985, on finira par être sélectionnés tous les deux et tourner ensemble dans un téléfilm. *Mariage Blues* est une fiction de Patrick Jamain dans laquelle Bruldu, comme je l'appelle avec affection, tient le rôle de mon meilleur copain, et au casting duquel nous retrouvons Valérie Rojan, Jacques Richard et Dominique Frot, une actrice et une jeune femme que je découvre alors et que j'apprécie particulièrement.

C'est dans cette période que je rencontre la belle Juliette Binoche – nous sommes tous deux pressentis pour les rôles principaux d'une fiction télé. On s'entend immédiatement. Malheureusement pour ce téléfilm et bien heureusement pour elle, Juliette nous est volée par André Téchiné qui l'a choisie pour héroïne de son film *Rendez-vous*. Nous ne nous recroiserons jamais…

Patrick est donc de la partie aux soirées du 20 aux Halles. Et plutôt deux fois qu'une ! Bruel et moi vivons exactement la même chose à cette époque. Il fait un peu l'acteur, comme moi. Il n'a encore rien fait en musique, comme moi. Ne compose pas vraiment ni n'écrit, comme moi. Et nous avons tous les deux le même objectif : chanter. Une différence cependant : lui, ce qu'il veut, c'est être Michel Sardou.

Ça a l'air étrange, écrit comme ça, mais ça ne l'est pas tant que ça. Patrick m'a raconté qu'il avait découvert sa vocation de chanteur en allant voir un jour Sardou à l'Olympia. Il est sorti du concert de la salle mythique en se disant : « C'est ça que je veux faire. »

C'est peut-être, en dehors de nos voix, ce qui nous différencie vraiment à ce moment-là. Je ne veux pas

« faire ça », je « suis ça ». Je suis chanteur depuis mes onze ans. Je ne veux pas faire *comme* Untel ou Unetelle. Je veux chanter *avec* Untel ou Unetelle.

Quand j'étais gosse, lorsque je voyais à la télé Johnny, en pleine gloire, envoyer à fond les ballons « Toute la musique que j'aime », je ne me disais pas – et pourtant je n'étais qu'un gamin dans son coin paumé de Haute-Savoie : *Waouh, j'adorerais faire comme lui !* Non, je me disais : *Tiens, je chanterais bien avec ce gars-là !* Je pressentais que j'en étais capable, ou plutôt que j'en serais capable un jour. C'est insensé que l'avenir m'ait donné raison à ce point. Je n'ai partagé la scène avec personne autant qu'avec Johnny !

Mais nous n'y sommes pas encore. Et même loin de là. Pour l'instant, Patrick et moi nous tenons debout près du piano du 20 aux Halles, réunis par notre goût de la chanson, autour du micro que Loustau distribue tandis que Lanty joue. Patrick est sur tous les coups. Il ne veut pas lâcher le micro, il est là pour qu'on l'entende. J'admire son aisance et sa joie de chanter. Je suis plus réservé, j'interviens peu. Mais lorsque je le fais, j'envoie sévère, et chaque fois, je marque des points. Je suis adepte du « rare et gagnant » !

Comme je ne connais toujours pas de chanson, je chante toujours la même, « Comme d'habitude » de Claude François ou plutôt « My Way » de Sinatra. Car en anglais, ça se voit moins que je ne maîtrise pas les paroles. Je chante dans un yaourt[1] parfait ! Mais si les

1. En chanson, le « yaourt » est composé d'onomatopées qui sonnent bien et qui, enchaînées les unes aux autres, donnent l'illusion d'une langue étrangère alors qu'elles n'ont aucun sens.

mots ne sont pas les bons, les notes, elles, sont bien là, perchées là où il faut qu'elles soient perchées. Et à la fin de la chanson, elles mettent tout le monde debout ! C'est mon tube.

Peu à peu, cela commence à se savoir qu'une petite bande assure le show au 20 aux Halles. Quelques personnalités du show-biz ne tardent pas à venir. La belle Nicoletta deviendra une copine, Rachid Bahri, Serge Lama se montreront également.

Le soir, c'est donc la fête. Et le jour, je fais l'acteur. Parmi les téléfilms notables que j'ai tournés ces années-là et dont je n'ai pas encore parlé, il y a *Non récupérables*, une fiction de Franck Appréderis, dont Lucas Belvaux tient le rôle principal. Avec ce dernier, nous serons bien copains et commettrons ensemble notre premier tatouage !

Dans la distribution de ce téléfilm, il y a aussi Sheila O'Connor, la meilleure amie de Vic dans *La Boum*, l'énorme succès de Claude Pinoteau qui vient de lancer la carrière de Sophie Marceau. Je partage d'ailleurs avec cette dernière l'affiche de *Fort Saganne*, où je tiens un second rôle, celui du jeune frère de Depardieu.

Je garde un souvenir éprouvant du tournage. Gérard était déjà une immense star, moi, un tout jeune débutant. J'étais très impressionné, mais ça ne m'a pas empêché d'être moi-même. Vous connaissez peut-être ma tendance à dire tout haut ce que je pense tout bas – le tiède n'est pas mon fort… Ça n'a pas loupé, un jour Gérard m'a remis à ma place, vertement. Ça m'a méchamment refroidi pour le reste du tournage. Mais il avait raison, c'était lui, le patron ! Je n'étais qu'un minot qui débarquais ! Après *Fort Saganne*, je n'ai plus jamais revu Gérard Depardieu.

Pas de nouvelles pendant presque quarante ans ! C'est assez rare dans ce milieu : on finit toujours par se retrouver sur une émission ou un événement. Est-ce trop tôt ? Je ne peux résister à vous raconter une anecdote. Elle est trop jolie. Elle ne se passe pas du tout dans les années quatre-vingt, mais très récemment, en 2020. Un jour, Nikos Aliagas me demande une faveur : « Florent, tu viendrais chanter quelques chansons ? C'est un proche. Et c'est un baptême. »

J'hésite un peu, je ne chante pas pour des événements privés. Nikos précise :

« Le parrain de cet enfant est Gérard Depardieu, tu as tourné avec lui n'est-ce pas ? »

Je n'hésite plus, cela fait si longtemps que je ne l'ai vu… Ce serait une jolie occasion de se retrouver.

Lorsque je rencontre le papa de l'histoire – un ami de Gérard donc – il m'explique qu'il rêverait, pour que la magie du moment soit complète, que Gérard vienne chanter sur scène avec moi, mais qu'il ne sait pas comment le lui demander. Je le rassure, lui dis de me laisser faire…

Le jour J, avec Lanty que j'ai embarqué dans l'aventure, nous répétons et faisons nos balances l'après-midi. Je viens de rentrer d'Argentine, je n'ai pas chanté depuis longtemps, ma voix est claire et reposée. Le soir, le concert se passe au mieux, les notes sortent comme des boulets de canon, précises, pleines de relief et de vigueur. De temps en temps je croise le regard « implorant » du papa, je le rassure comme je peux d'un coup d'œil entendu. À la fin du concert, j'attends que les applaudissements s'arrêtent et je reprends le micro :

« Il y a quelqu'un ici que j'aimerais inviter à venir nous rejoindre sur scène… Il est en quelque sorte mon grand frère. Un grand frère de cinéma que je n'ai pas revu depuis quarante ans mais avec qui je serais heureux de partager une chanson. »

Gérard s'est levé, s'est approché et m'a rejoint sur scène… On s'est regardés ; Alain a attaqué au piano les premières notes de « L'Aigle noir » de Barbara et Gérard a commencé à chanter. Alain et moi avions répété et préparé la possibilité de ce duo en nous mettant dans la tonalité de Gérard. Lui avait chanté cette chanson dans ses concerts et son album *Depardieu chante Barbara*. Il s'est glissé dans la chanson comme dans des chaussons. C'était magique : alors que nous n'avions rien prévu, rien répété ensemble, il s'arrêtait d'instinct aux bons endroits pour me laisser enchaîner le couplet suivant et reprenait impeccablement lorsque moi je m'arrêtais. Que dire de ce moment ? Un moment de grâce pour moi, pour le pianiste, pour l'ami de Gérard qui organisait le baptême, pour les invités qui n'en revenaient pas d'assister à ces minutes d'émotion pure, et j'espère pour Gérard aussi…

***

Tellement de rencontres !

Cette quasi-décennie d'acting m'a également vu tourner une série de six épisodes avec la charmante Mylène Demongeot. Elle est Marion Tréguier, la plus sexy des enquêtrices d'assurance, et je suis son neveu, un jeune gars balèze en informatique – un vrai rôle de composition. La série, réalisée par Jean Pignol, est diffusée de mai à juillet 1982. La même année, grâce à ma voix et malgré mon niveau, comment dire, tout pourri en danse ?, je suis donc casté pour cette comédie musicale dont j'ai déjà parlé, pour et sur la télé : *Télé folies tous en chaîne.* C'est dans ce spectacle, dont les répétitions ont lieu aux studios des Buttes-Chaumont, que la destinée me met Jean-Pierre Loustau dans les pattes – un ami pour la vie, même si nous ne nous voyons que de loin en loin à présent. Je fais une autre rencontre capitale à la faveur de cette aventure musicale, celle du talentueux Rhéda, qui va bientôt devenir le chorégraphe star de toutes les émissions de divertissement de l'époque et le formateur de tous ceux qui prendront la relève. D'ailleurs, j'ai souvent affaire aujourd'hui à des chorégraphes qui ont été formés par lui, dans l'émission *The Voice* notamment. Rhéda sera tout sauf une rencontre anodine et, dans peu de temps, il me recueillera chez lui…

Je suis Ange Simoni, le plus jeune des flics de *La Balance*, le beau polar de Bob Swaim, César du meilleur film en 1983. Je m'y fais casser la gueule par Tchéky Karyo, qui me la recassera plus tard dans *La Fille des collines*, que je tournerai pour le cinéma en 1989. Un échec commercial terrible celui-là, il a peut-être frappé trop fort.

Dans *L'As des as*, mon rôle, celui d'un boxeur (poids plume évidemment) est minime, mais le plaisir de rencontrer Jean-Paul Belmondo, lui, est immense… Un type lumineux ! Quel play-boy ! Mais aussi un homme chaleureux et généreux que je croiserai désormais régulièrement sur ma route et avec toujours autant de plaisir.

Je n'arrête pas de tourner à cette époque. Un beau début de carrière d'acteur… Les rôles sont extrêmement différents, entre le jeune flic de *La Balance*, le soldat de *L'Honneur d'un capitaine*, le tout jeune homme autiste et épileptique de *Fou comme l'oiseau*, le chanteur à-peu-près-danseur de *Télé folies*, le délinquant de *Non récu-*

pérables, le fidèle neveu de Mylène Demongeot, ils n'ont pas grand-chose en commun. Je m'amuse beaucoup.

En 1984, *Les Fauves* me donnent l'occasion de rencontrer et d'apprécier Daniel Auteuil. C'est un des rares avantages de ce tournage. Faire la connaissance de Farid Chopel aussi. Un soir aux Bains Douches, Farid me dit : « Tu vois, j'ai pas encore fait beaucoup de films, mais avec celui-là, au moins, je sais que j'ai mon nanar ! »

Il a raison, le résultat sera très loin des prétentions de départ. C'est dommage, le casting était terrible : Auteuil, Chopel, Jean-François Balmer, Philippe Léotard, Véronique Delbourg, Gabrielle Lazure, Macha Méril, Valérie Mairesse, Sylvie Joly et Jean-Louis Foulquier !

Jacques Villeret, Michel Galabru, Daniel Duval, Yves Rénier, Marlène Jobert, Darry Cowl, Josiane Balasko, Corinne Touzet, Michael Lonsdale, Jean-Claude Dreyfus, Hélène Vincent, Jean-Pierre Cassel, Jean Carmet, Régis Wargnier viennent s'ajouter à la longue liste des acteurs et réalisateurs déjà évoqués, avec qui je partage d'agréables moments de cinéma. Quelle chance de faire autant de rencontres !

Je ne refuse qu'une seule proposition. *Le Loufiat* est le pilote – l'épisode numéro un – de ce qui deviendra une série de sept épisodes si le succès est au rendez-vous. Le succès l'est, saluant le travail du réalisateur, Michel Boisrond, du scénariste Raoul Mille, du dialoguiste Michel Audiard et de nous, les acteurs du film. Mais lorsqu'il est question de tourner la suite, la production ne veut pas mettre les mêmes moyens. Et décide notamment de ne plus filmer en 16 mm mais en vidéo. Je n'ai pas envie de faire la même chose en moins bien : je décline la proposition.

***

Patricia

C'est dans cette période que je délaisse un soir le 20 aux Halles, pour dîner au restaurant avec une jeune femme, tout à fait adorable, dans le but de faire plus ample connaissance. C'est une jolie blonde – oui je sais, j'aurais dû savoir tout de suite que je ne terminerais pas la soirée avec elle – si vous avez lu depuis le début, vous, vous le savez déjà. Le dîner se passe agréablement, mais tout à coup, je ressens de drôles de vibrations venues du fond de la salle… Et pour cause, j'aperçois cette fille qui n'arrête pas de me jeter de ces regards… Elle est attablée avec un mec que je connais un peu. Elle est brune, très belle, incendiaire. Elle m'allume de la plus directe des façons. Il devient de plus en plus difficile de rester concentré sur ma jeune amie qui, je l'avoue, en perd bientôt tout relief…

Est-ce que celle-ci s'absente un moment ? Probablement, car je me souviens que le garçon assis avec la brune incendiaire se lève, vient me voir et me tend un papier avec le numéro de sa copine. Il me dit qu'elle brûle de me connaître, phrase inutile, car ça, je l'ai bien compris, j'ai même déjà un peu chaud !

L'amour, à cette époque, me laisse souvent insatisfait. J'ai vingt et un ans, envie de vivre de vraies histoires – toutes mes aventures tournent court. Est-ce que cette fille va me faire vivre une véritable histoire ? Mon Dieu j'ai été servi !

Je ramène ma blonde amie chez elle, puis appelle cette brune incroyable qui m'a lancé des flèches plongées dans le miel et le curare toute la soirée. Je la rejoins le soir même et c'est parti pour trois ans de relation passionnée, ou plutôt passionnelle, ce qui est moins bien.

Elle ne tarde pas à s'installer à la maison, rue de Tocqueville. Ma première histoire d'amour, c'est elle, Patricia Millardet. Elle, le premier rôle de « mon » film *Blessure*.

Des blessures, c'est certain qu'il va y en avoir entre nous. La relation est forte, mais toxique. Elle m'apprend la jalousie et je suis un excellent élève. Je suis raide dingue d'elle. Elle est tordue, incompréhensible, drôle, belle, insupportable, sexy en diable, attachante. Le parfait cocktail pour te faire vivre un enfer. Sous la coupe de cette passion dévorante, je bois le cocktail jusqu'à la dernière goutte. Ça me prend un an. Alors j'ouvre les yeux. Et malgré ce que je vois, j'essaie encore de faire exister cet amour, car il n'est pas question d'autre chose. Mais c'est impossible, nous nous séparons après deux ans de plus à nous déchirer.

Peu avant notre séparation, je me souviens d'un épisode typique de notre histoire. Les ingrédients du scénario : la folie de Patricia, mon côté Zorro, une vieille Mercedes que je lui avais achetée, un Montagne des Pyrénées et quatre flics dont deux blessés. On y va pour cette péripétie de mon existence ? Moteur ? Action !

Nous décidons d'aller déjeuner aux Halles, dans je ne sais quel bistrot. J'avais craqué auparavant pour une vieille Mercos[1] que j'avais achetée à Patricia, n'ayant pas le permis moi-même. On se gare dans la rue piétonne et bien sûr, après le déjeuner, en arrivant près de la voiture, que voit-on ? Une camionnette de flics. C'était couru, on l'avait mérité. Mais Patricia pense autrement et leur

1. Une Mercedes.

hurle dessus direct : « Mais qu'est-ce que vous foutez ? Ça va pas non ? Vous êtes vraiment des cons ! », etc. Évidemment, ça n'a pas pris trois minutes pour qu'ils la mettent dans la fourgonnette et l'emmènent au commissariat. Je m'y rends dans la foulée, je veux l'accompagner et surtout, essayer de la sortir de là.

Quand j'arrive, une femme flic tanquée devant la porte ne veut pas que je rentre. « Vous l'attendez dehors. » Je me plie, j'attends. Sauf que tout à coup, je l'entends hurler. Mais d'une façon ! Je n'ai aucun doute, on est en train de lui faire du mal, de l'agresser, de la violer, que sais-je. J'empoigne la femme flic, la déplace de cinquante centimètres sur le côté et pénètre dans le commissariat. Un policier m'attrape par le blouson, je me dégage, lui laisse mon blouson entre les mains, pousse une porte avec toute la force de ma rage… Paaaam. Le flic posté derrière se prend la porte dans la figure. J'avance, toujours surmotivé par les hurlements de Patricia qui continuent de plus belle. J'atterris dans un bureau où un mec au téléphone, un air exténué sur le visage, demande gentiment à Patricia, assise sur une chaise à l'autre bout du bureau, d'arrêter de crier parce qu'il n'arrive pas à finir sa conversation. Punaise ! Elle faisait ça sans raison !

Résultat des courses : ils m'ont foutu en cellule, tandis que Patricia est ressortie tranquille une demi-heure plus tard.

Au milieu de la nuit, les policiers m'ont transféré dans la tristement fameuse « souricière », sur l'île de la Cité. La misère… une minuscule cellule à partager avec deux individus, trois planches trop étroites pour tenir allongé, un trou pour les chiottes, un des deux mecs qui avait la chiasse… L'horreur. Qu'est-ce que j'étais en train de vivre ? Tout ça pour Millardet qui avait fait la folle.

Le lendemain, ils ont fini par me relâcher, je me suis retrouvé sur les quais, comme un con. Et sur les quais, au cœur de Paris, qu'est-ce qu'on trouve ? Des animaleries. Je suis donc allé m'acheter un chien. Je vous jure : j'ai attendu que ça ouvre, je suis entré dans la première boutique et j'en suis ressorti avec un Montagne des Pyrénées. Je l'ai serré contre moi et ramené rue de Tocqueville, j'avais trop besoin d'affection après ce que je venais de vivre.

Il était petit au début… mais ça n'a pas duré. Pendant des années, ensuite, il a fallu que j'adapte mes conditions de vie à la taille de mon manque affectif qui avait énormément grandi : ça devient gigantesque, un Montagne des Pyrénées !

Pauvre Balthus – c'est ainsi que je l'avais baptisé –, il n'a pas eu la vie qu'il méritait. Tout bébé, il s'est fait becqueter la gueule par le boxer de Patricia (aussi jaloux que pouvait l'être sa maîtresse). De cette attaque sournoise, Balthus est resté borgne. Plus tard, au Touquet, en 1984, dans la maison qu'on me louait durant le tournage du *Loufiat*, un photographe de plateau a débarqué avec une copine à lui, une punkette au look vraiment radical. Balthus s'est mis à hurler ; il était dans tous ses états ; il s'est précipité dans la maison et tandis qu'il s'approchait de moi, son hurlement a vrillé, il s'est étiré, est resté dans les aigus, je ne comprenais pas ce qui se passait… Balthus a fini par arriver sur mes pieds où il est tombé raide mort. Sa blessure à l'œil avait dû lui causer des lésions internes insoupçonnables. J'étais d'une tristesse… J'ai pris mon Balthus dans les bras, je suis monté sur la dune derrière la maison ; j'ai creusé, à la main, un énorme trou pour mon énorme chien et je l'ai enterré là, tout seul. J'ai pleuré toutes les larmes de mon corps.

Si j'avais eu un peu plus d'expérience, j'aurais peut-être su qu'il ne fallait pas y aller, dans cette relation amoureuse avec Patricia. De son côté, si elle avait eu un peu plus d'expérience, elle aurait peut-être su qu'il fallait prendre soin de notre histoire. Mais on était jeunes, et parce que nous étions tels que nous étions, ça s'est passé comme ça.

Patricia… Elle est partie en 2020 sous d'autres cieux, d'autres planètes. Une crise cardiaque. Difficile pour moi d'imaginer qu'elle ait pu partir autrement, elle qui avait tant joué avec son cœur. Je ne l'avais jamais revue. Son amie d'enfance m'a contacté lorsqu'elle est décédée. Ce qu'elle m'a dit restera entre nous bien sûr, mais savoir qu'elle n'avait pas oublié m'a touché.

C'était une actrice plus qu'intéressante, qui aurait pu faire une autre carrière si elle avait eu moins de démons. Mais on n'est pas toujours responsable des forces lumineuses ou obscures qui nous habitent. On peut lutter mais parfois non, on ne peut pas.

***

Philippe Starck

Un jour que nous sommes à la campagne, à Montfort-l'Amaury, en week-end chez des amis de Patricia, l'un d'eux, Bernard Lembrez, part faire quelques courses avec ma fiancée. Quand il revient, c'est sans elle ! Au village, il l'a, pour rire, poussée à l'intérieur d'une maison : « Allez, je n'en peux plus de cette fille, gardez-la un moment s'il vous plaît ! » Elle a atterri dans la cuisine d'inconnus. Depuis l'extérieur, Bernard l'a entendue s'exclamer : « Oh il y a du champagne, alors je reste ! Je suis dans une bonne maison ! » Patricia n'avait décidément pas froid aux yeux. Elle était vraiment restée. Et Bernard était rentré sans elle.

Le champagne, la cuisine, la maison, tout ça appartenait à Philippe Starck. Or, Bernard Lembrez, ce vieux filou, le savait. Bernard tenait un atelier de restauration de meubles à Montfort et devait sans doute chercher le moyen de prendre contact avec Starck. À la fin de l'après-midi, Patricia est revenue chez Bernard, raccompagnée par les Starck, Philippe, sa femme Brigitte et leur petite fille Ara, qui avait quatre ans.

Ce fut ma première rencontre avec ce couple extraordinaire. Ce que j'ai ressenti, je le ressentirai quelques années plus tard au contact de Coluche. Ton instinct qui te dit : *Tu vois cette personne ? Elle a beaucoup à t'apprendre.* En l'occurrence, l'instinct a employé le pluriel : *Tu vois ces personnes ?* Car Brigitte, l'épouse de Philippe, avait autant à offrir que lui. Je les ai tout de suite adorés. Ensemble et séparément. Rien que les regarder vivre tous les trois pouvait vous remplir le cœur de joie et d'espérance.

De ce jour, nous ne nous sommes plus quittés. Le week-end suivant, nous descendions l'Aveyron en canoë, on campait ; on était toute une bande de joyeux drilles entre les potes de Starck et nous. De nouvelles têtes ont alors fait partie de ma vie et pour le meilleur, Patrick Becker, Alex (*alias* Alexandra Boiteux), Christian Mercier, Claude Challe, le fameux directeur artistique des Bains Douches, Jean-Baptiste Mondino… Tous les week-ends, toutes les vacances, tout le temps libre que nous avions, nous le passions désormais ensemble. Comment ces bandes de copains se forment ? C'est mystérieux et terriblement réjouissant ! J'avais vingt et un ans. Philippe en avait trente-deux. Je commençais ma vie de petit acteur, lui repensait déjà la déco des appartements élyséens pour François Mitterrand.

Il avait toujours des idées folles. D'abord tu étais surpris, puis tu te disais : « Ah bon ? On peut vivre comme ça ? Ah mais… je veux faire ça moi aussi ! » Un après-midi d'hiver au coin du feu : « Il neige ! Allons prendre l'apéro à l'étang des Morues ! » Et hop, aussitôt dit, aussitôt fait, on montait dans la mini-moke, direction l'étang. Là apparaissaient comme par magie peaux de bêtes et plaids pour nous tenir chaud, coupes de champagne qu'on plantait dans la neige… La magie, c'était Brigitte bien sûr. Lui balançait les idées, elle les réalisait. Brigitte était fabuleuse, avait un goût exquis, savait libérer Philippe de toutes les contraintes pour qu'il n'ait qu'à être créatif, ce qu'il savait extrêmement bien faire.

Brigitte – on l'appelait Mamou – a beaucoup contribué à ce que Philippe devienne Starck, le grand designer au succès international. Cette femme brillante, avocate de formation, l'a structuré. C'est en s'appuyant sur elle qu'il a pu devenir qui il est devenu. J'étais gamin, ils me faisaient tellement rêver tous les trois, avec leur petite Ara… Je voulais être comme eux. Ce trio rempli d'amour, d'entrain et de gaîté était devenu mon modèle.

Philippe était plein de discours. Son ami Mondino[1] l'avait baptisé – et tel est toujours son surnom – *le Grand Moi-Moi*. Il avait un *ego* monstre et des théories sur tout. Mais ces dernières étaient si séduisantes !

1. Jean-Baptiste Mondino a, déjà à cette époque, imposé sa créativité et bouleversé les codes de la photo d'artiste et du clip vidéo.

« Alors vas-y exprime-toi, on t'écoute *Grand Moi-Moi* ! » Ce qu'il professait sur le couple, l'amour, l'unité, la famille était magnifique. La façon dont il vivait, dont il mettait en application ses théories m'a inspiré. Je me projetais. Une famille, un amour fait de symbiose, d'harmonie, d'évidence, de folies passagères : j'avais envie de ça. Une vie d'amour fou et de famille, ça me séduisait assez comme ambition. Ça pouvait même avoir valeur de chef-d'œuvre.

Quand tu joues au tennis avec plus fort que toi, tu progresses. Les côtoyer, Brigitte et lui, me tirait vers le haut. Les gens intelligents t'obligent à réfléchir davantage, à voir plus loin. Disons-le tout net et comme je le pense : le temps passé à leurs côtés m'a rendu moins con. J'ai appris une autre façon de m'exprimer, de formuler mes pensées, d'aborder les sujets, de multiplier les points de vue. Philippe a été mon professeur principal à la seule école que j'aie vraiment suivie, celle de la vie.

Brigitte fut elle aussi une professeure remarquable. Mieux, nous sommes devenus très proches. Cela a été fondamental pour moi de m'être senti choisi par elle, et d'entretenir avec elle une amitié sincère. Brigitte ne faisait pas cadeau de son amitié à tout le monde. Lorsqu'il n'y avait plus Philippe pour faire son numéro, nous n'étions plus si nombreux autour de la table.

J'ai passé également d'autres week-ends avec Rhéda, Michel, son compagnon, et leur bande de potes, tous dans le milieu de la danse, des originaux drôles et sympas. Nous partions à Londres pour shopper des fringues dans les quartiers branchés. C'est en rentrant d'une de ces virées que je me suis retrouvé en rade, à ne plus trop savoir où aller. La situation avec Patricia n'était plus tenable. Il fallait arrêter. Comme elle vivait chez moi, j'ai rendu l'appartement et me suis retrouvé un rien déboussolé avec mes valises. Sans qu'un mot ait été échangé à ce sujet, Rhéda et Michel les ont prises pour les déposer chez eux, dans leur chambre d'amis. « Tu es ici chez toi, tu restes tant que tu veux. » Et voilà, je retrouvais mon statut de squatteur. Ce n'était plus une histoire d'argent, mais une histoire d'amour. Je suis resté chez eux plus d'une année. Une année de rires, de fraternité, de spiritualité aussi lorsque j'entendais leurs prières bouddhistes qui me berçaient depuis la pièce à côté.

Cette douce période passée chez Rhéda et Michel se terminera au moment du tournage d'un téléfilm sur François Villon. Ce dernier vaut qu'on lui consacre une séquence. L'anecdote est cinématographique, voici le film du film !

***

Poetul vagabond

Grande banlieue de Bucarest, Roumanie.

Le dragon est en train de se réveiller. Je suis dans ma loge, en collants, torse nu, rasoir à la main, la moitié du visage disparaissant sous la mousse blanche. Mon image soudain tremble, vacille dans le miroir. Celui-ci est d'ailleurs sur le point de se décrocher, de tomber et de se briser. Les murs se rapprochent de moi. Je ne mets pas longtemps à comprendre. Dès notre arrivée, ça a été l'objet de discussions à la cantine. Le grand tremblement de terre dont le pays a été victime dix années auparavant ; 7,2 sur l'échelle de Richter. Une minute douze secondes, 1 570 morts, 11 000 blessés, 35 000 bâtiments rayés de la carte.

Alors, je ne perds pas de temps. Il faut sortir d'ici, de ce bunker en béton dont je ne connais pas le degré de résistance aux forces telluriques. Je m'éjecte de ma loge au deuxième étage, plonge dans les escaliers, vole au-dessus des marches, me déchire le ventre à la rampe d'acier. Parvenu dehors, je sens le vent de panique qui souffle sur la plaine. Un sentiment d'urgence anesthésie mes sens, je ne pense qu'à une chose, filer, et le plus loin possible. J'avise une voiture ! Elle est arrêtée, conducteur au volant, un enfant à l'arrière. Le conducteur est recroquevillé sur son volant ; le petit fixe un point au loin par la fenêtre, l'épouvante dans le regard : on dirait l'antéchrist. J'ouvre la portière, me jette à l'intérieur. « Faut y aller ! » lui dis-je. « Dépêchez-vous ! S'il vous plaît ! Il faut partir d'ici ! » Qu'est-ce qu'il attend, bon Dieu ? « Monsieur ! »

La voiture, frein à main tiré, est brinquebalée, le sol va-t-il s'ouvrir devant nous ? Je regarde l'enfant : il est pétrifié, on dirait qu'il a vu le diable en personne. Dans le rétroviseur, les yeux du chauffeur sont vides. J'ai le temps de remarquer ses mains : les phalanges en sont blanches à force de serrer le volant. Cette voiture n'ira nulle part. Ses occupants sont arrimés à leur propre peur. Je ressors de la caisse, cours de toutes mes forces. Et puis, soudain ça s'arrête. Tout à coup, le silence… Le dragon n'est pas sorti de terre, il est reparti dans son antre secret au cœur de la planète.

Je reprends mon souffle, mes esprits. Donne de la hauteur à mon regard et… découvre ébahi la scène d'apocalypse dont je fais partie. Elles sont au moins cent, toutes nues, agenouillées, en train d'implorer le ciel. Cent jeunes filles. Les cent figurantes de la scène que nous nous apprêtions à tourner lorsque la terre a commencé à trembler. Elles se sont rassemblées et mises à genoux pour prier pendant la secousse. C'est surréaliste. Je traverse cette nuée de vierges, toujours torse nu, saignant un peu de ma blessure au côté droit, des vestiges de mousse à raser sur le visage, le cœur tout étourdi d'avoir battu si fort, si vite.

Je marche au milieu de cent vestales en prière, mets un pas après l'autre, sans savoir si je suis mort ou vivant, si j'arpente un rêve, la réalité ou une mise en scène de Robert Hossein… Sonné, je remonte dans ma loge, achève de me raser, enfile les vêtements de mon personnage. Quelqu'un vient me chercher. Avec calme, je rejoins le décor du jour. Moteur, action.

François Villon, poetul vagabond. Le film raconte la vie du fameux poète de la fin du Moyen Âge. Au départ nous devions tourner, en Roumanie, dans une production française à destination de la télévision française. Elle devait s'appeler *Une vie de François Villon*. J'avais été choisi pour jouer le rôle du poète maudit. Puis un producteur véreux, dont j'ai oublié le nom – appelons-le Producteur-Véreux –, est parti avec la caisse. C'était lui qui avait amené le projet. Il a demandé à TF1 l'argent des décors et des costumes, arguant que les Roumains avaient déjà engagé des frais et que, par conséquent, il fallait commencer à les payer. La chaîne a débloqué environ un tiers du budget. Producteur-Véreux a touché l'argent avant de disparaître sans donner de nouvelles. Le pot aux roses fut découvert lorsqu'une personne de l'équipe roumaine vint à Paris avec des factures.

On se rendit compte dans la foulée que les Roumains n'avaient pas touché un centime de la somme virée à Producteur-Véreux. À ce moment-là, on me disait que le projet capotait…

C'est alors qu'une voix s'est élevée : « Écoutez, il y a peut-être une solution… À ce stade, on a tout à perdre à arrêter le film. On a tous investi de l'argent, beaucoup d'argent. De notre côté, nous avons construit quasiment tous les décors… Si vous voulez, on part en coproduction avec vous. Les sommes déjà investies par notre société vaudront une part de production. »

Cette voix était celle de Sergiu Nicolaescu, acteur réputé en Roumanie – l'Alain Delon des pays de l'Est. Un type charismatique, très beau, à la volonté de fer. Il a ajouté : « Le film devient une coproduction franco-roumaine. Et moi, je prends la charge de producteur exécutif et de réalisateur… Qu'en pensez-vous ? »

Tope là.

C'est ainsi que le film est devenu une étrangeté. Un film roumain avec un casting français. Les comédiens Marc de Jonge et Bernard Farcy faisaient partie de l'aventure. Cette année-là, Marc de Jonge était tout de même au générique du film de Spielberg *L'Empire du soleil* et allait tourner dans *Rambo 3*.

La Roumanie, en l'auguste personne de Sergiu Nicolaescu, a ainsi pris les rênes du projet. Exit *Une vie de François Villon*, place à *François Villon, poetul vagabond*.

Sergiu – il est mort en 2013, paix à son âme – nous en a fait voir des vertes et des pas mûres sur ce tournage ! Quelques jours après le tremblement de terre, il me dit, dans son excellent français :

« Tu sais, Florent, on va être assez serrés sur les plans avec le pendu… Ça ne va pas bien rendre avec un faux cadavre… Tu… Tu serais d'accord ?

— Quoi ? Tu ne veux quand même pas me faire jouer avec un vrai cadavre ?

— C'est-à-dire que j'ai un plan par un copain qui bosse à l'institut médico-légal… Il pourrait me le préparer comme il faut pour la scène, avec les piqûres d'oiseaux…

— …

— Comme ça, tu aurais un vrai partenaire… »

Qu'est-ce que tu veux répondre à ça ! Un vrai partenaire, tu parles ! Le pire des partenaires ! Déjà, le gars est froid et pas causant ; quant à l'hygiène corporelle, tu repasseras. Oh cette odeur ! Je l'ai eue longtemps dans le nez… C'est vraiment une odeur terrible que celle de la mort…

Je ne m'étais pas dégonflé. J'avais accepté. Je me disais que l'esprit était parti, que je n'aurais à faire qu'à l'enveloppe terrestre du monsieur. C'était la première fois que je voyais un mort. Je m'en souviens bien.

Le tournage se déroulait sous les yeux de centaines de Gitans qui ne cessaient d'affluer avec leurs roulottes, leurs couleurs, la beauté de leur univers. Attirés par l'effervescence du tournage, ils venaient voir ce qui se passait dans la plaine, les gibets, les faux pendus, les projecteurs… Le jour où le vrai mort est arrivé en ambulance, ils étaient encore plus nombreux, encore plus intrigués… Sergiu les repoussait avec son mégaphone et moi… moi, je me demandais ce que je fichais là…

C'était en 1986.

En 1986, me demander ce que je fais là, c'est en effet me poser la bonne question.

Je suis arrivé à Paris il y a dix ans pour devenir chanteur et je suis devenu acteur, parce que j'ai rencontré Dominique Besnehard. Je n'avais jamais rêvé d'être acteur mais j'ai saisi au passage la main que m'a tendue le cinéma en mettant un jour sur ma route ce puissant directeur de casting. Et en 1986, cela fait six ans maintenant que Gilles Merlé, mon agent, me fait passer des essais. Comme on l'a vu, je n'arrête pas de tourner mais c'est, dans la majeure partie des cas, pour la télévision. Au cinéma, les premiers rôles se refusent à moi : je suis souvent le second choix, je ne sais pas pourquoi, un côté Poulidor du casting ! On me retrouve donc à l'affiche de seconds rôles dans le meilleur des cas. En revanche en télé, j'ai accès à des rôles intéressants, et à beaucoup de premiers rôles.

Je n'ai pas rêvé d'être acteur mais, à vrai dire, je n'ai même jamais rêvé d'être chanteur. On ne peut pas rêver d'être chanteur quand on *est* chanteur, quand on *naît* chanteur. On ne peut qu'espérer faire les bonnes rencontres, exploiter au mieux ce que la nature nous a donné. Je n'ai pas fait jusqu'ici de rencontre qui ait déclenché un projet concret dans la musique. Seuls le cinéma et la télé m'ont ouvert leurs portes.

Sur le plateau du *François Villon*, au milieu de ce tournage surréaliste, je commence à comprendre que je suis peut-être à la croisée des chemins… Ces dernières années ont été magnifiques. J'ai rencontré des personnes intéressantes, vécu une vie de noctambule, passionnante et insouciante. J'ai enchaîné les tournages, survécu à une histoire d'amour torrido-toxique, et me voici depuis plusieurs mois en train de me prendre pour François Villon dans les plaines roumaines.

Que va-t-il rester de tout cela ? Qu'ai-je construit ? J'ai beaucoup tourné… Pour quel résultat ? J'ai récolté de belles critiques, c'est vrai, mais à cette époque, à la télévision, même les rôles principaux ne sont-ils pas vite oubliés, balayés ? En cette deuxième moitié des années quatre-vingt, les séries sont surtout américaines, et les acteurs qui peuvent faire carrière à la télé se comptent sur les doigts d'une main… Alors certes, j'ai déjà plus d'une vingtaine de films et téléfilms à mon actif ; d'accord, je tourne avec des réalisateurs intéressants, Patrick Jamain, Fabrice Cazeneuve, Franck Appréderis, Édouard Niermans, Daniel Moosmann… Ça ne dira rien à personne, car c'est trop vieux et surtout, jamais rediffusé, mais j'ai beaucoup aimé certains unitaires, d'ailleurs souvent plébiscités par la critique et le public : *L'Ennemi public n° 2*, *Un père anonyme*, *Mariage Blues*, et surtout *Fou comme l'oiseau*.

Cependant, tout cela reste fragile, je le sais… D'autant plus que je vois bien ce qui se profile. Mon petit business d'acteur télé est menacé. Le cinéma est en crise depuis un moment ; je ne donne pas cher de ma place. Les têtes d'affiche, qui jusqu'à présent ne juraient que par le grand écran, font désormais les yeux doux au petit. Je me sens comme un poisson-clown, qui commençait tout juste à se sentir à l'aise dans son aquarium et qui va se faire bouffer direct si on ajoute dans son eau requins-zèbres, lions de mer ou autres stars de l'océan ! Il faut que je réagisse…

En 1987, j'irai au bout de deux castings et tournerai donc dans deux productions. La première sera

La Nuit du coucou, un téléfilm de Michel Favart, réalisateur estimé et prolifique, d'après *Le Coucou*, roman du non moins prolifique auteur de polar G.J. Arnaud. Le second sera la mini-série, en quatre épisodes, *La Chaîne*, que va réaliser Claude Faraldo, d'après un roman de Michel Drucker. Je suis hyper heureux à l'idée de travailler avec Jean Carmet à l'occasion de ce dernier projet.

Enfin, pour vivre tout ça, il faut déjà que j'arrive à rentrer un jour en France, car le tournage épique du *Villon* n'en finit pas et j'ai l'impression que je vais rester coincé en Roumanie pour le restant de mes jours. Ce qui, compte tenu du régime politique en vigueur, ne me réjouit guère, vous vous en doutez.

Le quotidien du tournage est étranglé par les contraintes liées à la dictature. Un jour, alors que nous devons traverser une route, nous sommes condamnés à attendre cinq heures qu'un hypothétique convoi trimballant les Ceauşescu passe le carrefour. Un autre jour, nous nous retrouvons à Berlin-Est, Sergiu et moi – je ne sais plus pour quelle raison –, et il me fait part de son désir de passer à l'Ouest, il a quelqu'un à voir là-bas. Depuis le temps que le tournage a commencé, nous sommes devenus potes, je me dis que je peux peut-être l'aider. Nous nous pointons à deux postes de contrôle, mais on se fait remballer chaque fois. Les gardes me laissent passer, mais retiennent Sergiu. Je retraverse pour lui à deux reprises. Finalement, le dernier check-point est le bon. Sergiu parvient à embrouiller les gardes, nous voilà tous deux en RFA. Sergiu a son rendez-vous, j'en profite pour me promener. Prendre l'air de l'Ouest est une aubaine. Je ne vais pas m'en priver. C'est en le retrouvant, peut-être un poil en avance sur l'horaire que nous nous sommes fixé, que je comprends tout.

Sergiu n'étant pas devant le bâtiment, j'y pénètre et le vois sortir d'un bureau. Or dans la seconde où la porte s'entrouvre pour laisser passer sa haute silhouette, j'aperçois un visage : celui de son rendez-vous. Le problème, c'est que ce visage, je le reconnais. C'est celui de Producteur-Véreux. Tout s'éclaire ! Je comprends la combine, comment la production française s'est terminée en coproduction roumaine, promouvant au passage Sergiu comme producteur exécutif et renflouant les finances des deux lascars.

Je n'en sais pas plus. Je n'ai pas voulu en savoir plus. Sergiu a vu que j'avais vu. Il ne m'a rien dit, mais dans son regard j'ai pu lire : « Hey, tu gardes ça pour toi hein ? » Était-ce pour leur bénéfice personnel ou pour financer la révolution[1] à venir ? Laissons le doute planer et Sergiu reposer en paix.

Quelle folie ce tournage ! Pour la seule et unique fois de ma vie, en rentrant en France en avion, alors que je foulais le tarmac de l'aéroport, j'ai embrassé le sol. J'étais ravi de retrouver mon pays, ma belle France, ma douce France, pour un peu j'en serais devenu fan absolu de Charles Trenet, moi qui ne suis fan absolu de personne.

François Villon, poetul vagabond n'a jamais été diffusé en France, et c'est heureux. Car en six mois de tournage, le projet avait pris un coup de vieux terrible. La production, la réalisation, tout cela était cheap, vieillot, dépassé. Lorsque j'ai visionné le résultat, j'ai eu l'impression d'être projeté dans les années soixante, à

1. Sergiu a été un des symboles de la révolution en 1989. On le voyait, à la télévision, défiler debout sur les chars de l'armée : il témoignait que l'armée était avec le peuple... Une idole !

l'époque de Thierry la Fronde – que j'adorais certes, mais j'avais six ans. Pour TF1, entre-temps privatisée, il était hors de question de diffuser une série qui non seulement provenait de l'ancienne équipe, mais en plus semblait avoir été réalisée vingt ans auparavant.

Tout ça pour ça.

***

Coluche

J'étais en Roumanie, en juin 1986, lorsque j'ai appris la mort de Coluche.

Je ne le connaissais vraiment que depuis six mois. Mais dans le laps de temps qu'il m'avait été permis de passer auprès de lui, j'avais tellement appris. J'étais si heureux de côtoyer ce mec-là, si fier qu'il m'aime bien et m'invite à faire partie de sa bande. Il était comme un professeur et j'en voulais encore de ses leçons de vie… Je voulais être avec lui, l'écouter dire, le regarder faire, le plus possible…

Jean-Marie Marion, mannequin en vogue à cette époque, était pote avec Didier Lavergne et Ludo Paris, respectivement fidèles maquilleur et coiffeur de Coluche. Et moi, j'étais pote avec Jean-Marie Marion. C'est comme ça qu'un jour j'ai débarqué rue Gazan, chez Coluche.

Là-bas, c'était la fête tous les week-ends. Coluche recevait tout le monde. Il laissait venir les copains des copains. Il ne parlait pas aux nouveaux, il les regardait, faisait sa sélection. Si tu lui faisais un bon effet, tu pouvais revenir. Sinon, il disait : « Lui, tu ne me le ramènes pas, je ne le sens pas. »

Moi, il m'avait à la bonne. Je n'étais pas mauvais au baby-foot, en défense, et il m'avait repéré. Le jour où il m'a dit : « Florent, tu viens avec moi, tu prends les arrières ! », oh, j'étais impressionné ! J'avais le cœur qui battait fort… Mais qu'est-ce que j'étais content d'être là ! Quand ils m'ont rappelé, en me disant : « Tiens, Mimi, il veut bien que tu viennes samedi, y a une soirée… », cette joie ! Je ne mouftais pas, simplement je me mettais pas loin, et j'essayais de tout écouter, tout enregistrer, tout apprendre.

La nouvelle de sa mort fut un séisme bien plus fort que le 6,2 auquel nous avons ensuite été confrontés. Un choc violent, puis une bourrasque de chagrin qui te flanque par terre pour un moment.

***

Vivre en communauté

Quand je suis rentré de Roumanie, Loustau avait trouvé une baraque avec possibilité de colocation, il m'a proposé de prendre une chambre, et c'est ainsi que je me suis installé à Nogent-sur-Marne, dans une grosse maison de deux étages, cossue, bout de jardin et parking pour les motos et les bagnoles. On a loué la maison à trois colocataires au départ, Loustau, Didier (un ami de Loustau) et moi… Enfin je crois ! S'il y en avait un quatrième, qu'il me fasse signe. Ce n'est pas évident de se souvenir, car dans les faits, on était plutôt vingt au quotidien. Un peu plus tard, un autre copain, Michel Jankielewicz, nous a rejoints. Celui-là aussi, comme Loustau, restera mon pote pour la vie.

J'ai acheté une deux-chevaux. Je ne pouvais pas la conduire, je n'avais toujours pas mon permis. Je la regrette d'ailleurs, cette Deuch, elle était si belle… C'est Didier qui la conduisait pour moi.

Ça a été toute une histoire pour avoir mon permis… Je l'ai raté plein de fois. Il y avait toujours quelque chose que je ne faisais pas correctement, on ne me le donnait pas. Ça a fini par m'énerver alors j'ai lâché le morceau. Comme je savais conduire tout de même, je me retrouvais parfois à prendre le volant avec les potes… Je conduisais sur les tournages aussi, mes personnages étaient souvent des motards… C'est d'ailleurs un tournage qui m'a offert mon permis moto. J'avais été casté pour un film sur l'armée et la prévention routière. Lors des essais, on m'a demandé si je savais conduire une moto. « Oui oui, pas de problème, je sais conduire, j'ai répondu, j'ai déjà conduit plein de motos dans des films ! » Trois semaines avant le tournage, la même personne me demande : « Passe-moi ton permis, j'en ai besoin pour les assurances. » Je lui explique que je conduis des motos mais que je n'ai pas le permis. Il s'est étranglé : « On ne peut pas faire un film sur la prévention routière avec un mec sur une moto qui n'a pas le permis ! » J'étais désolé… « Je peux conduire ta moto mais je n'ai pas le permis. » Résultat : on m'a envoyé en cours intensifs et c'est ainsi que je l'ai décroché ! Pendant des années, je n'ai eu que ce permis moto. Je ne passerai mon permis voiture que plus tard lorsque je serai déjà chanteur…

À Nogent, c'était une période joyeuse. On vivait en communauté. Tout le monde était danseur, acteur, musicien, ou cherchait à l'être… Ma piaule était au rez-de-chaussée. Ma petite sœur Marie-Pascale et Peppo, son futur mari, qui venaient de s'installer à Paris, ont fait quelques travaux et m'ont construit un lit sympa en mezzanine... Les chambres des autres étaient à l'étage.

Nous voici rendus en 1987, bientôt la fin de ma vie numéro quatre. Le tournage de la mini-série en quatre épisodes *La Chaîne* va m'accaparer plusieurs mois et c'est à son terme que je vais prendre un virage, révéler mon jeu et suivre ma voix.

***

Première chanson

Je ne peux pas clore ce chapitre sans évoquer une rencontre décisive. Une rencontre du genre étincelle, voire allume-gaz ! Elle s'est produite au tout début de cette vie numéro quatre, à l'aube des années quatre-vingt.

C'est d'abord son chauffeur qui m'entend chanter. J'avoue que, si je suis sûr que ce n'était pas au 20 aux Halles, je n'ai pas pour autant le souvenir du lieu où ça se produit. Un bar, certainement, mais lequel ? Un soir où, une fois n'est pas coutume, je suis installé au piano et chante en faisant tourner les accords de « The Rose », la chanson de Bette Midler que Bruno Aznar m'a apprise. J'ai dû être bon, car à la fin, l'homme en question vient me voir et me dit qu'il travaille pour un producteur, que ce serait bien que je le rencontre. Ce producteur, c'est Gérard Louvin. Le chauffeur s'appelle Gérard Najy. Merci à lui.

Louvin, suite au coup de cœur de son chauffeur, me reçoit dans son bureau du 8e arrondissement où se trouve un petit studio son équipé d'un piano. Je n'ai évidemment pas de chanson à lui faire écouter, je n'ai pas non plus de musicien pour m'accompagner et je ne suis pas musicien moi-même. Je reprends donc mes trois accords (joués avec trois doigts) de « The Rose » pour accompagner mon chant. *Some say love, it is a river…* Voilà pour le début… La suite, je ne la connais pas, alors je poursuis en yaourt.

Si je ne connais pas les paroles, je maîtrise parfaitement les fréquences qui peuvent provoquer de l'émotion, faire en sorte qu'on soit saisi…

Gérard capte le truc tout de suite. Il ne sait pas plus que moi la façon dont il peut exploiter ce qu'il a détecté, mais il sent qu'il y a quelque chose de différent de ce qu'il a l'habitude d'entendre. Il a en face de lui un jeune qui ne chante pas comme les autres. Son flair de businessman l'alerte… Il me signe un contrat.

J'ai vingt-deux ans et quelqu'un pense enfin, comme moi, que ce que j'ai dans la gorge peut m'ouvrir les portes d'une carrière de chanteur. Et ce quelqu'un est producteur. Ce mot de *producteur* sonne agréablement à mon oreille, bien que je ne sache pas ce qu'il veut dire. Je ne connais alors rien à l'organigramme du monde de la chanson. Mais je signe avec un producteur, c'est canon – comme on dit à l'époque.

La joie est aussi sincère qu'infondée. Car Gérard Louvin, s'il est, à ce moment-là, le producteur et l'associé d'Alain Chamfort – après avoir été le secrétaire particulier de Claude François –, n'est pas encore le grand producteur de télévision qu'il va devenir. C'est un homme d'affaires, trentenaire, qui a beaucoup d'ambitions, mais peu de pouvoir. Sans compter qu'il n'y connaît rien – pardon Gérard – en artistique. Son talent se situe ailleurs. Toutefois il pense pouvoir faire quelque chose avec moi : cela me donne confiance et m'enlève quelque peu un sentiment de solitude.

Tout cela est prometteur. Seulement voilà, 1982, 1983, 1984, 1985, 1986… les années passent, et il ne se passe… rien. Certes, le bilan n'est pas négatif : je gagne ma vie en faisant l'acteur, j'ai un contrat (d'ailleurs bientôt caduc) avec un producteur, mais il me manque toujours l'essentiel : des chansons ! Je traîne dans les coulisses des productions de Gérard, j'y joue de petits rôles, portant à l'occasion les valises de Lio lorsqu'elle se rend au festival de Cannes avec son fiancé Alain Chamfort…

Je traverse quelques moments pénibles. Par exemple cette soirée où je vais m'en vouloir terriblement d'être moi, c'est-à-dire un chanteur sans chansons. C'est un souvenir dont je me passerais volontiers, une soirée organisée au Bus Palladium par des gens de la nuit qui venaient au 20 aux Halles et qui adoraient m'écouter chanter. Ils m'ont demandé de venir animer leur fête. J'ai embarqué mon cousin Marc dans l'aventure pour un piano-voix.

L'événement est donné en l'honneur de Sonia Rykiel. Un car-nage ! Je me fais huer copieusement. Je chante « Comme d'habitude ». Ils n'en croient pas leurs oreilles, les branchouilles : « Il n'est pas en train de nous chanter du Claude François là quand même ! » « Ben si mon gars, et il a même bien appris les paroles pour une fois ! » « Arrête un peu de le siffler, écoute, tu vas pas le croire : c'est un fou, il peut même te faire du Luis Mariano ! »

J'étais à côté de la plaque, la clientèle n'était constituée que de gens de la mode et je n'avais vraiment pas le bon répertoire. En même temps, je n'en avais pas d'autre. Les copains qui m'ont proposé le plan ont cru bien faire, mais ce n'était pas du tout une bonne idée. Mauvaise pioche ! Je me suis fait massacrer. La pauvre Sonia Rykiel a même été obligée de monter sur scène pour leur demander d'arrêter le chahut. Je me revois encore, de retour chez moi, rue de Tocqueville, en larmes dans le couloir de l'appart', me disant : « Mais qu'est-ce que j'ai été faire dans ce plan de merde ! Ppp… pp… pourquoi j'ai fait ça ? Pauvre de moi ! »

J'aurai dû au moins leur faire mon fameux yaourt anglais, ça aurait peut-être été plus à leur goût. Mais non, j'avais consciencieusement appris les paroles en français !

Il est arrivé aussi qu'on me fasse faire des maquettes. Que ce soit par le biais de Gérard Louvin, ou d'autres personnes, rencontrées ici ou là. Chaque fois, je joue le jeu, je chante, fais ce que je peux, mais je refuse toujours d'aller plus loin. Rien ne m'emballe, jamais, et je ne veux pas chanter ce qui ne me ressemble pas… J'ai toujours en tête ma déconvenue à l'Alpe d'Huez ; avec ce prix qui aurait dû être le mien et que j'avais raté en choisissant la mauvaise chanson. On me dit : « Mais Florent, on a payé le studio, on a la maquette, on en fait quelque chose ? — Non, on n'en fait rien, vraiment, je ne suis pas prêt à tout. »

Il me faut une première chanson, que je veux choisir avec soin, pas comme ma première réplique au cinéma. Je veux que cette première chanson soit une évidence. Je refuse donc tout ce qui me paraît moyen, parfois même ce qui peut être bon, mais qui ne me correspond pas. Je suis exigeant, je ne chanterai pas n'importe quoi.

Je ne peux pas alors savoir que si, puisque « N'importe quoi » sera mon premier titre !

Gérard ne m'apporte pas de chansons, ne me présente pas d'auteurs, pas de compositeurs. En revanche, il est présent à mes côtés, avec son équipe, dont ma chère Carmen en tout premier lieu. Carmen Bouchet, la directrice de Glem[1], devient ma manager. Cette femme aussi intelligente qu'adorable m'adopte tout de suite. Elle va tout faire pour que ça marche pour moi.

En attendant, rien de concret ne débouche de mon contrat. Le temps passant, le terme en est échu. Il ne vaut plus rien. Mais comme Gérard a été cool, qu'il m'a fait quelques cadeaux, payé un billet d'avion lorsque j'étais amoureux, je sais que, si un jour il se passe quelque chose pour moi, ce sera avec lui, je lui serai fidèle. Là-dessus, il se sépare de Chamfort et reste sur le flanc, presque rincé.

De mon côté, je lui ai coûté un peu de sous et ne lui rapporte rien. Carmen me relance régulièrement, je passe une tête de temps en temps à son bureau, rue Marbeuf, mais, à son grand désespoir, je suis occupé avec mes tournages et ma vie la nuit, attendant je ne sais quoi exactement, un cadeau qui tombe du ciel. Ce pourrait être par exemple un auteur-compositeur qui entende ma voix et ait le désir d'écrire pour moi. Voilà qui serait parfait, mais ça n'arrive pas.

Vient donc le moment où je quitte Paris pour plusieurs mois pour le tournage de *La Chaîne*. Quand je rentre à Nogent, en 1987, rien ne va plus. Ce que je voyais venir

1. Glem production : c'est la société de production créée par Gérard Louvin (Gérard Louvin Éditions Musicales).

lorsque je tournais le *Villon* en Roumanie est en train d'arriver. Une fois, deux fois, je constate que l'on ne me propose même pas les castings pour lesquels j'étais systématiquement interrogé auparavant. Le rôle échoit directement à un acteur qui n'a jamais fait de télévision, mais a fait beaucoup d'entrées en salles. Ça va de pair avec la crise du cinéma, la privatisation de TF1... Il est impératif de réagir, je le sens. Il est temps de me concentrer sur mon point fort. Oui mais comment ? Par quoi commencer ?

Et pourquoi pas par un rendez-vous... avec ma banque ?

« Soixante mille francs ?

— Oui monsieur. S'il vous plaît.

— Expliquez-vous jeune homme !

— Voilà, vous êtes une banque privée. Vous m'avez ouvert un compte parce que, m'avez-vous dit, vous souhaitez travailler avec des artistes...

— Oui, c'est exact...

— Eh bien, je suis dans ce cas. Il faut m'encourager.

— Vous encourager ? Avec soixante mille francs ?

— C'est ça. Je veux devenir chanteur. Il faut que je consacre du temps à écrire des chansons, parce que voyez-vous un chanteur sans chansons c'est comme un banquier sans argent...

— Je vois, je vois...

— Si je continue à travailler comme je fais en tant qu'acteur, ou en faisant des petits boulots, je n'écrirai jamais de chansons ! J'ai besoin de liberté. Pour déclencher mon histoire, il me faut du temps pendant lequel je ne me pose pas la question de comment remplir mon frigo ! Vous comprenez ?

— Soixante mille francs, dites-vous…

— Je peux tenir six mois avec soixante mille francs ! Et croyez-moi dans six mois, vous allez entendre parler de moi ! »

J'ai eu mon prêt.

J'avais cette sorte d'urgence au fond de moi. Personne ne m'avait offert de chanson, ma place d'acteur était menacée : il fallait que je goupille quelque chose au lieu d'attendre je ne sais quoi des autres.

De toute façon, je commençais à comprendre : rien ne me tomberait jamais tout cuit dans le bec. Mon destin serait toujours d'aller provoquer les choses.

Depuis le début, c'est ce que je fais. C'est d'accord pour les majorettes, parce que je sais que je vais monter sur scène à la fin du défilé. Pousser la note devant les Suisses ? C'est oui, parce qu'ils ont l'air de gars qui vont apprécier. Insister pour concourir avec Zappy Max ? Bien sûr, je ne peux pas laisser passer cette chance de me faire remarquer. Insister pour qu'Inès Gaétan m'écoute ? Évidemment ! Je ne vois pas d'autre fenêtre donnant sur mon avenir. Insister pour que Besnehard me fasse passer les essais de *Diva* ? Pardi ! Ça a l'air d'être pour moi !

À chaque étape, personne ne m'attend, personne ne m'invite, on m'éconduit même souvent. Mais à la fin, ma détermination se révèle toujours payante. Quand est-ce que quelqu'un vient me voir en me proposant quelque chose ? Jamais. Il faut que cela vienne de moi. On ne va rien te donner mec, il faut que tu ailles à la chasse, à la pêche, tout seul, si tu veux avoir un truc à bouffer dans ton assiette.

Les jours passant, le sentiment d'urgence grandit. Dans ma tête, les trois accords de « The Rose » s'enchaînent en permanence, m'empêchent de dormir…

Une nuit, après une soirée de déjantage total, au lieu d'aller me coucher, je me mets au piano. L'instrument est un peu le cœur de notre maison de Nogent. On y fait des bœufs à tout moment du jour et de la nuit !

Je plaque les accords, puis les fais tourner, les triture, les malaxe, les inverse, les modifie, en change et rechange l'ordre. Je reste des heures au piano comme dans un autre espace-temps…

Tout à coup, une structure apparaît. De ce travail maladroit, gauche mais forcené, naît une mélodie. Et elle commence à sonner ! Ça tourne, ça tourne ! Elle est faite pour moi ! J'y mets les envolées, les progressions que j'aime et qui collent parfaitement à ma voix. Je suis lucide, je sais que ce n'est pas un chef-d'œuvre de composition, j'ai vite atteint mes limites, mais je m'en fous. La mélodie me plaît, elle fonctionne vraiment bien.

J'ai l'idée de lui coller la fameuse vocalise qu'on retrouvera à la fin (et que nous reprenons avec le public toujours en concert aujourd'hui), parce que à l'époque, j'écoute en boucle cet album de U2, *The Joshua Tree* – qui est toujours un de mes albums préférés – et la vocalise s'y trouve, en clôture de « With or Without You ». Je suis tellement fan de ce groupe et de ses mélodies que je veux retrouver l'émotion qu'elles me procurent dans ma chanson.

Je vais me coucher – ou plutôt m'effondrer – en me disant qu'il se pourrait bien que j'aie dégoté quelque chose.

Ce que je viens de faire ?
Me sauver la vie.

Nous sommes à une époque sans dictaphone. Le lendemain matin, au réveil, je file direct à l'étage, me pencher sur le piano. Je suis inquiet, ma chanson s'y trouve-t-elle encore ? Tout le monde dort, je mets la sourdine, colle mes doigts sur les touches... Yessss ! La chanson est restée là toute la nuit, dans les cordes de l'instrument, à m'attendre sagement tandis que je me reposais de l'avoir conçue.

Ni une ni deux, douche puis direction le bureau de Gérard et Carmen. C'est à elle que je fais écouter en premier. Je lui chante la mélodie en yaourt en m'accompagnant comme je peux. Elle est tout de suite emballée. Enfin son protégé arrive avec du concret !

« Gérard ! Gérard ! Viens voir ! Florent a fait un truc super ! Viens écouter ! »

Gérard arrive. Je recommence ma prestation. Gérard ne s'emballe pas.

« Oui, c'est bien. Mais c'est en yaourt. Si ça se trouve, dès qu'il y aura des paroles, ça ne vaudra plus rien du tout.

— On va appeler des auteurs », dit Carmen, rassurante.

Je suis enchanté à cette idée. Mais pas longtemps, parce que les auteurs conviés par Carmen défilent sans me convaincre. Je ne me vois pas chanter leurs mots ; leurs idées sont loin de moi. À la fin, n'en pouvant plus, ils me disent :

« Mais Florent, écris-la, ta chanson ! Tu refuses toutes nos idées !

— Mais comment ? Je ne sais pas écrire moi ! »

Les auteurs s'en retournent chez eux, agacés. Je les comprends, mais je ne vais pas chanter des paroles qui ne me correspondent pas pour leur faire plaisir. Alors la nuit, sur ma petite mezzanine, je m'y mets. Avec l'énergie de l'espoir et du désespoir réunis, j'use des pages et des pages, des mines et des mines de crayons…

Je me convoque tout entier dans cette séance d'écriture. J'y mets tout ce que j'ai, ce que je suis, ce que je vis. Je pense à certains de mes amis qui jouent un jeu dangereux avec les drogues, notamment mon copain Riton. Mais c'est aussi à moi que je m'adresse quand j'écris ce soir-là. Une partie de moi qui essaie de me protéger s'adresse à une autre partie de moi qui, elle, aurait tendance à faire des excès. Je ne suis plus le jeune homme qui se tient hors des dangers des drogues qui l'entourent. Je me suis approché et j'ai plusieurs fois franchi la ligne… Ecstasy, coke… ce genre de conneries. Je sais que ce n'est pas un chemin fréquentable, c'est bien sûr ce qui m'attire, mais je sais aussi que c'est *n'importe quoi* et qu'il va falloir arrêter très vite.

Je finis d'écrire mon texte dans la nuit. Je suis hagard, dans un état pas possible, ivre de fumette, de fatigue et de mots. Mais j'ai réussi. Mon texte s'appelle « Dis-moi ».

Je le laisse mariner les jours suivants, lui apporte quelques corrections, et voulant faire pour le mieux, demande à une amie de le relire pour avoir son avis. Elle s'appelle Marion Vernoux. C'est une toute jeune femme de vingt et un ans. Je ne sais plus exactement où je l'ai rencontrée, sans doute en boîte, mais je me souviens très bien de sa vivacité d'esprit et du talent[1] que je lui découvre

1. Marion Vernoux fait d'ailleurs une très belle carrière de scénariste et de réalisatrice.

1961, naissance du rock'n'roll !

Mes parents, une histoire d'amour d'après guerre.

Dans les fleurs, avec ma petite sœur.

Photo de famille : ça sent les vacances...

Les pirates.

Prêts pour le carnaval
de Chalon-sur-Saône.

Le Bon Dieu sans confession...

1974, première étape du Critérium du Dauphiné libéré et première victoire.

Finale en famille : j'ai gagné la course !

La fameuse Berthe.

1982, *Télé folies tous en chaîne* : j'ai failli danser !

1982, Fou comme l'oiseau.

1984, *Fort Saganne,* ma rencontre avec Gérard.

1985, *Blessure*, avec Patricia Millardet, ma première histoire d'amour.

Sacré Gérard, grâce à lui, ma vie a changé.

Avec Philippe Starck, une amitié qui pique.

Avec Vanessa. Acte 1 : la scène du balcon.

Jean-Yves D'Angelo et Kamil Rustam, le son de « N'importe quoi ».

Mes parents, toujours aussi jeunes.

Ma nouvelle bande de copains, Johnny Hallyday et Claude Nougaro (et un bout de Serge Lama derrière).

SACRÉE SOIRÉE

■ En duo avec maman, accompagnés par Marcel Dronne.

■ Loustau, Rhéda et Lolo Berthollier, mes potes en costard.

■ « En voilà un qui m'a troué le cul », a déclaré le grand Serge !

1990, cascade au Zénith : j'ouvre le rideau, pendu par un fil.

quand elle me fait lire ses premiers écrits. Je chante la chanson à Marion qui, gentiment, me propose quelques aménagements. J'écoute ses conseils et retouche mon texte. La chanson est désormais aboutie. Reconnaissant, je propose à Marion de cosigner le texte. Elle accepte.

Dis-moi
Pourquoi t'es comme ça
Pourquoi ça va pas
Pourquoi t'essaies pas
Pourquoi tu veux pas

Dis-moi
Pourquoi tu souris
Et pourquoi tu pleures
Pourquoi t'as envie
Et pourquoi t'as peur

Dis-moi
Pourquoi tu dis ça
Pourquoi t'y crois pas
Pourquoi t'y crois plus
Pourquoi tu sais plus

Tu vois, tu retrouves plus ta rue
T'as paumé l'étage
J'crois bien qu't'es perdue
Tu marches pas, tu nages

Et là, tu crois
Que j'vais rester sans rien dire
Ah oui, tu crois
Que j'vais rester planté là

À te voir partir dans tes délires
Et te laisser faire n'importe quoi

Dis-moi
Pourquoi tu fais ça
Pourquoi t'arrêtes pas
Tu te fous en l'air
Ça a l'air de t'plaire

Pourquoi
Pourquoi tu comprends pas
Que c'est pas vrai tout ça
Que tu reviendras pas
Si tu t'en vas par là

Et là, tu crois
Que j'vais rester sans rien dire
Ah oui, tu crois
Que j'vais rester planté là
À te voir courir dans tes délires
Et te laisser faire n'importe quoi

Dis-toi
Qu't'es en train de partir
Tu t'es trompée d'navire
T'as cassé ta dérive
T'es en train d'te couler

Et moi, moi tu m'as oublié
Moi, tu y as pas pensé
Moi tu m'as juste laissé
Le droit de la fermer

Et tu crois pas
Que j'vais rester sans rien dire
Ah non, crois pas
Que j'vais rester planté là
À te voir mourir dans tes délires
Te regarder faire n'importe quoi

Oh oh oh oh oh oh
Oh oh oh oh oh oh

Gérard et Carmen sont convaincus par la chanson.

Nous nous tournons vers les meilleurs musiciens que nous connaissons. Jean-Yves D'Angelo et Kamil Rustam pour produire le titre. Je connaissais déjà un peu Kamil, pour l'avoir croisé dans des soirées. À l'époque, il fait partie du groupe Préface, avec Jean-Yves et Manu Katché. Tous trois sont des musiciens de studio très demandés. Ils bossent notamment avec Michel Jonasz comme musiciens et arrangeurs et Manu Katché est le batteur de Peter Gabriel. Il est d'ailleurs en tournée avec lui à ce moment-là mais il cosigne quand même la face B du disque : une chanson écrite par ma pomme sur une musique des trois lascars. Jean-Yves et Kamil font du super boulot. Je le sais d'autant plus aujourd'hui que leurs arrangements n'ont pas pris une ride. La chanson s'écoute toujours agréablement, ils lui ont donné une intemporalité.

Il ne reste plus qu'à sortir le disque. Entre-temps, je ne voulais plus que le titre soit « Dis-moi », mais « N'importe quoi ».

Gérard me regarde.

« Imagine ! Imagine Jacques Martin qui te présente : et voici M. Florent Pagny qui va vous chanter "N'importe quoi" !

— Ben, oui Gérard ! C'est l'idée !

— Mais t'es complètement malade !

— Ben oui, c'est comme ça, ça s'appellera “N'importe quoi” et puis un point c'est tout.

— C'est n'importe quoi !

— Voilà ! C'est ça ! »

Un an plus tard, il y aura effectivement un problème quand je ferai ma première télé dans une émission de Jacques Martin, mais pas celui qui inquiétait Gérard… Au moment de faire ma prestation, le célèbre animateur m'annonce et ça donne quelque chose du genre :

« Il a une voix formidable, un cœur tendre sous son blouson de cuir, nous l'adorons tous ici et vous allez l'adorer aussi… Voici M. *Laurent Fagny* ! Avec son titre “N'importe quoi” ! »

Laurent Fagny ! C'était n'importe quoi en effet ! Et je crois même qu'à la fin de la prestation, il a enfoncé le clou : « Mesdames, mesdemoiselles, messieurs c'était *Laaaurent Fagnyyy* ! »

Pascal Nègre, qui était alors un jeune attaché de presse indépendant et non le grand président d'Universal qu'il deviendra ensuite, se gondolait en coulisses avec je ne sais plus lequel de ses artistes… Il en rigole encore, je crois qu'il me parlera de ce Laurent Fagny jusqu'à la fin de mes jours !

Quant à Louvin, quel rire ! Il était tellement à l'ancienne ! Il faisait des réunions pour tout et n'importe quoi :

« Tony, Carmen, quand est-ce que Florent va se raser ? »

(Tony Krantz était l'attachée de presse de Glem – une femme géniale qui a consacré sa vie aux artistes.)

« Hé Gérard, lui répondais-je, je suis là, pourquoi tu me demandes pas à moi, je suis assis juste à côté de toi !

— Non, non, je ne te parle pas à toi ! Parce qu'on va se fâcher ! Alors dites-moi, quand est-ce que Florent va accepter de se raser ?

— Mais non ! Oublie ! Je n'ai pas envie de me raser… J'ai envie d'être moi, de ne pas avoir tout le temps la même image !

— Mais c'est pas bon ça ! Pas bon du tout ! Édith Piaf, elle avait toujours une robe noire !

— Gérard, je ne sais pas si tu as remarqué, je ne suis pas Édith Piaf ! Mes petites mèches, mon blouson de cuir, mes boucles d'oreilles, j'en ai marre… J'ai envie de passer à autre chose. J'ai envie d'avoir la barbe ! »

Ces réunions étaient si débiles, mais elles avaient leur charme… Le charme de l'ancien !

La chanson est enfin prête. Elle sort sur les ondes en 1987. À la maison, à Nogent, toute notre bande ne parle que de ça. Nous avons alors notre quatrième locataire : Michel Jankielewicz vient d'emménager. Il a plus d'expérience que nous dans la musique – il est le manager d'un groupe qui s'appelle Blues Trottoir. Vous devez vous souvenir de leur très joli succès de cette année 1987, « Un soir de pluie ». Il connaît déjà le fonctionnement de ce monde, c'est donc à lui que les autres demandent, tandis que je chante, mixe, et sors mon titre :

« Hé tu crois que ça va marcher son truc ?

— Tout peut arriver avec cette chanson, ça peut être un flop, comme ça peut péter la baraque ! » répondait Jankié.

Il avait raison sur tous les fronts. La chanson a commencé par être un flop… avant de péter la baraque, quelques mois plus tard.

Au départ, les radios n'en veulent pas. J'étais parti en vacances au Brésil, juste après la sortie. Gérard m'avait offert mon billet pour rejoindre, à Salvador de Bahia, un pote qui s'était installé là-bas. J'avais bien travaillé, je voulais souffler un peu et surtout, laisser la sauce prendre : j'espérais revenir en étant accueilli par de bonnes nouvelles. Raté !

« On a deux radios, tellement minimes que ça ne compte pas, me dit Carmen » lorsque je vais la voir à son bureau dès mon retour à Paris.

Interrogés par Carmen, tous les programmateurs répondaient la même chose :

« On ne sait pas quoi en faire de votre chanteur. Il n'y a pas de chanteurs à voix pour les jeunes. Ce n'est pas l'air du temps. Les seuls chanteurs à voix, c'est Johnny ou Sardou, c'est pour un public adulte. Votre Florent Pagny, il est tout seul, on ne peut rien faire. » Et voilà comment mon beau 45 tours partait à la poubelle.

Au cours d'une réunion de crise dans le bureau de Gérard, Carmen lui rapporte les retours des radios…

« Et NRJ ?

— C'est pareil Gérard ! Ils n'en veulent pas ! »

Alors Gérard prend son téléphone.

Il faut savoir que depuis septembre 1987, Gérard est devenu quelqu'un qui compte dans le paysage audiovisuel français. On l'avait laissé en producteur de musique touché, mais pas coulé, par le départ d'Alain Chamfort.

Entre-temps TF1 a cherché des idées de divertissement. Gérard, qui avait déjà travaillé un peu en télé, leur a proposé le concept d'une nouvelle émission de variété, *Sacrée soirée*, et a remporté la mise. L'idée, novatrice à l'époque, est d'inviter des artistes pour leur faire des surprises. Elle est présentée par Jean-Pierre Foucault, un animateur de télévision déjà bien connu des Français, qui sera, avec *Sacrée soirée*, la première recrue de la chaine désormais privée.

L'émission devient phare. Gérard a pris du galon. Mon « N'importe quoi » arrive au bon moment.

***

La poubelle d'NRJ

« Allô bonjour, je voudrais parler à M. Guazzini[1].

— De la part ?

— M. Gérard Louvin.

— Ne quittez pas.

— Allô ?

(Un *allô* sur ses gardes, car les deux hommes sont fâchés.)

— Max ? Hey ! C'est Gérard ! Oui je sais, on est fâchés mais bon… Tu sais bien, les gens fâchés, c'est fait pour se réconcilier ! Surtout que tu vois, dernièrement je sais que tes affaires vont bien et je ne sais pas si tu as

1. Max Guazzini a inspiré l'organisation de la manifestation pour la défense des radios libres qui a mis, en 1984, 300 000 personnes dans les rues et sauvé la bande FM. Il est alors le directeur des programmes, le directeur général et le vice-président d'NRJ, désormais en plein essor.

remarqué mais les miennes aussi… Justement je produis un jeune chanteur… Il s'appelle Florent Pagny…

— Ah oui, Florent Pagny, je vois bien : je viens de le mettre à la poubelle.

— Hum… Dis-moi, tu vas au Midem[1] ce week-end ?

— Oui.

— Moi aussi. Allez, on déjeune ensemble ?

— Hum… Allez d'accord ! Ça me fait plaisir de te retrouver ! »

L'un était devenu le producteur de l'émission la plus importante de variété en télé, et l'autre le patron d'NRJ, qui commençait à cartonner. Ils n'avaient aucun intérêt à rester brouillés, ils le savaient l'un comme l'autre.

Lors de ce déjeuner au Midem, auquel je n'ai pas assisté, ils se sont mis d'accord. *Je te mets ton logo NRJ en fond de scène dans mon émission, pendant les deux heures du prime et, en échange, toi, tu passes mon chanteur sur ta radio*[2].

Voilà comment je suis ressorti de la poubelle d'NRJ.

Si Gérard n'avait pas eu ce pouvoir-là à ce moment-là, mon « N'importe quoi » serait sûrement tombé dans les oubliettes de la variété française. Dans « chanson », il y a le mot *son* bien sûr. Mais on entend bien le son *chance* aussi.

C'est la preuve que ce métier de programmateur radio crée un filtre qui peut ne pas toujours jouer son

---

1. Marché international du disque et de l'édition musicale : le plus grand rassemblement au monde d'entreprises travaillant dans le secteur de la musique.

2. C'est un deal qui a pu avoir lieu à l'époque parce que le CSA n'existait pas encore. Un an plus tard, cela n'aurait pas été possible, le CSA ayant été créé en janvier 1989.

rôle correctement. Si Gérard n'avait pas proposé ce deal, s'il n'en avait pas eu le pouvoir ou si la loi l'en avait empêché, mon disque serait resté dans les poubelles ; ma chanson serait passée entre les mailles du filet. Et le public n'aurait pas découvert le nouvel artiste que j'étais. Même aujourd'hui, avec Internet, c'est toujours la radio qui fait la pluie et le beau temps pour les nouveaux artistes… On ne peut pas leur en vouloir de laisser passer des choses intéressantes : ils reçoivent tant de chansons à écouter, peut-être plus de trois cents par semaine… Comment avoir les oreilles propres ? Quand on est un jeune artiste aujourd'hui, il faut savoir que ce n'est pas parce qu'on ne passe pas en radio qu'on n'a pas une bonne chanson. Ce qu'il faut faire ? Attendre sa chance sans arrêter de produire des choses, travailler du mieux que l'on peut… sans se passer de multiplier les contacts et d'espérer un coup de pouce du destin, les deux étant parfois liés.

Mon titre devait faire ses preuves. Max Guazzini avait donné son accord pour le tester une semaine à l'antenne. Si les retours n'étaient pas satisfaisants, il l'enlèverait aussitôt.

Au bout d'une semaine, Max décide de tripler la mise, les retours sont bons. Au bout de quinze jours, je suis premier du top. Toutes les radios ont rouvert leurs poubelles et en ont ressorti mon disque. À cette époque, NRJ est le leader, elle donne la tendance, les autres suivent.

Avec cette chanson, aidé par ceux que la nuit et le cinéma ont mis sur ma route pendant ces sept dernières années, accompagné par Gérard Louvin et Carmen

Bouchet bien sûr, mais aussi par Marion, Kamil, Jean-Yves, je viens de changer le cours de ma vie.

À partir de là, c'est du délire. J'enregistre une télé par jour, parfois deux. C'est simple : je fais trois cent quatre-vingts télés en cette année 1988 ! Je le mets aussi en chiffres pour qu'on se rende bien compte : 380 ! Plus d'une par jour. Il y a de la variété partout à cette époque ; nous, les chanteurs, on a vraiment de la place pour s'exprimer. Un peu trop de place, même. Je n'étais pas convaincu du bien-fondé de l'idée de faire venir chanter un artiste pour promouvoir son dernier titre au JT par exemple. Sans transition, guerres, séismes, famines, et top 50…

Cette bonne fortune inattendue n'a pas eu les mêmes retombées partout. Si elle a réjoui ma famille, elle a pas mal changé la donne autour de moi. À ce titre, ce qui s'est passé dans notre petite communauté de Nogent est étonnant, et pour finir, tellement humain. Tant que la chanson ne marchait pas, ils étaient tous bien sûr un peu déçus pour moi, mais en même temps ça rassurait tout le monde. On restait au même niveau, sur la ligne de départ, dans une étape d'espoir. Disons qu'il pleuvait dehors et que nous étions rassemblés, à l'intérieur, au chaud et en sécurité.

Lorsque le succès, énorme, est arrivé, éclatant comme un soleil, ça nous a tous un peu aveuglés. Marion a eu peur de ne pas toucher ses sous. Eh oui, car la chanson courait sur les ondes et elle n'était toujours pas déposée à la SACEM. Elle a flippé, a envoyé des avocats à Louvin. Elle pensait probablement que j'essayais de la squizzer ! « Marion, tu te souviens que c'est moi qui t'ai proposé de cosigner ? Alors aie confiance ! Patience ! »

Tout était en règle en fait, le problème, c'est que je n'étais pas inscrit à la SACEM. Vous savez pourquoi ? Parce qu'il y avait un examen à passer ! Un examen ? Moi qui n'ai même pas réussi à me rendre jusqu'au bout à l'épreuve du brevet des collèges ? Je n'arrivais pas à me dire que j'allais me présenter à leur examen, je ne m'en sentais pas capable, je n'avais pas confiance en moi. Alors, je repoussais, je repoussais... Heureusement, un jour tout est rentré dans l'ordre, la SACEM m'a appelé en me disant : « Bon, il y a trop d'argent pour vous, on vous inscrit d'office. »

Je suis la fin du vinyle et l'explosion du CD. Depuis trois ans, le compact disc a relégué à la cave nombre de 33 et 45 tours. L'année 1987, les ventes de CD dépassent celles des vinyles. Ce support connaîtra une progression exponentielle durant les quinze prochaines années. Un parfum d'euphorie flotte dans les maisons de disque.

J'ai vingt-sept ans. Je décolle, prêt pour ma nouvelle vie, la vie numéro cinq, ma vie de chanteur. C'est vrai qu'elle a tardé à arriver. Mais ce n'est pas comme si je ne le savais pas : Berthe m'avait prévenu.

Chapitre 5

Ma cinquième vie
Thème de l'histoire : Chanteur !

Je deviens ce que je suis. Chanteur.
Chez les producteurs, ça s'appelle vendeur de disques.
Qu'importe, je profite des avantages de mon succès.
J'ai un max de potes, un max de motos
– envie d'insouciance, de gaîté, de folie douce.
Sans le savoir, je joue dans le remake d'un film
que j'ai adoré : A star is born. *La star,*
ce n'est pas moi. Le film se termine mal.

Ce qui vient de se passer en cette année 1988 est étonnant. Pour une fois, décortiquons les raisons du succès. Il a mis tant de temps à arriver. Il s'est nourri de frustrations, d'échecs, de trésors de patience...

Avec Gérard Louvin, c'est comme si nous nous étions rencontrés trop tôt, mais que nous nous gardions l'un l'autre sous le coude, parce que nous savions qu'un jour, notre heure arriverait.

Au début des années quatre-vingt, je n'étais qu'une promesse, et lui était encore vert. Certes, il avait de l'expérience (Alain Chamfort cartonnait avec « Bambou », Lio sortait de son grand succès « Banana Split »), mais il n'avait pas de pouvoir dans le métier. Ce qu'il n'avait pas non plus – et qu'il n'aura jamais vraiment d'ailleurs – c'est une sensibilité artistique. Néanmoins il était pourvu d'une vraie *sensibilité populaire*. D'instinct, il savait ce qui allait plaire au grand public. C'est lui, en télé, l'inventeur des « surprises » aux invités dont il a fait la marque de fabrique et une des raisons du succès de son émission *Sacrée soirée* dès 1987.

Sept ans plus tôt, lorsque je le rencontre, il est déjà, en herbe, un grand producteur de télévision, mais je ne peux pas le savoir. C'est là que l'instinct entre en jeu… Le mien me l'a fait sentir… Comme le sien lui a probablement soufflé de ne pas me laisser aller voir ailleurs, dès lors qu'il m'avait entendu chanter.

Notre rencontre avec Gérard ressemble à celle de deux animaux instinctifs qui se sont reniflés et reconnus – convaincus qu'il ne fallait pas trop s'éloigner l'un de l'autre. L'avenir nous a donné raison à tous les deux.

Ce succès, c'est aussi l'histoire d'un bon timing puisque j'arrive avec ma première chanson au moment où Gérard triomphe avec son émission.

La formule magique qui propulse « N'importe quoi » tout en haut du top 50, c'est, autour de ma voix – l'ingrédient principal –, un mélange d'inspiration, de fidélité, de chance.

Et puis, c'est un fait, cette chanson représente dix ans de ma vie. Ça pèse son poids, ça aussi. Ça n'est pas dit mais on l'entend forcément.

Que Gérard n'ait pas pu m'entourer *artistiquement* a été fondateur pour moi : j'ai appris à tout faire tout seul. C'est fondamental, car cela détermine une trajectoire. Une solitude aussi. C'est sans direction artistique, mais avec les grands moyens de Gérard (car *Sacrée soirée* est d'une sacrée rentabilité) que j'ai posé les bases de ma carrière de chanteur.

Il n'y a pas eu de réflexion, de positionnement, d'anticipation, de stratégie. Pas eu de recherche de couleur musicale, de style qui serait plus ou moins approprié à ma voix, à ma personnalité. Ça s'est fait comme ça. À l'instinct. Le chanteur a poussé comme une herbe folle.

J'ai réussi à écrire mon premier titre – mon sésame – comme on écrit son premier livre. Dans une fièvre, un désir impérieux, une inconscience. C'est en forgeant qu'on devient forgeron, paraît-il. Ce n'est pourtant pas en écrivant « N'importe quoi », que je suis devenu auteur ou compositeur. Cela a-t-il un rapport avec mes origines ? Là d'où je viens, on chante et on taille le bois. Là d'où je viens, on n'écrit pas, on ne compose pas.

Je n'ai fait cette chanson que parce que je n'avais pas le choix. Sept ans durant, j'avais attendu des titres qui n'étaient jamais venus… Mais voilà, je n'ai pas le désir chevillé au corps qu'il faut pour écrire. Je ne peux même pas dire que j'ai pris du plaisir à le faire. J'en suis sorti lessivé ! Je n'avais toujours qu'une envie, c'était qu'on me propose des chansons… Mais pour cela, il allait falloir attendre encore un peu !

Avec « N'importe quoi », j'ai abattu ma carte maîtresse et j'ai gagné – sans recourir au bluff, en étant moi-même. S'il faut le mesurer en nombres de disques vendus, on dépasse le million. J'ai bien fait d'attendre, de tendre l'élastique au maximum avant de le lâcher. La chanson est partie loin, très loin. Elle est motrice, m'emmène de radio en radio, de scène en scène, d'émission de télé en émission de télé : je n'arrête pas ! Et j'adore ça ! J'évolue, à mon aise, dans cet univers des médias, du disque, de la com'.

Je réalise le clip. J'avais rencontré sur un tournage Alain Masseron, qui, avec son comparse Jean-Marie Lavalou, est l'inventeur de la Louma[1], une grue télescopique qui permet des mouvements de caméra osés et fluides, inimaginables jusque-là. Cela m'inspire un long plan séquence, moi chantant, autour du personnage de mon histoire en détresse. Pour que la Louma puisse jouer tout son rôle, je choisis un lieu vaste et spectaculaire : le Cirque d'Hiver[2]. La caméra pourra y virevolter à son aise. Lorsqu'elle s'attarde sur le protagoniste (que j'ai demandé à mon grand frère Frédéric d'interpréter), je cours me positionner dans un autre angle du décor afin qu'elle puisse me récupérer, et ainsi de suite durant

1. Louma : « Lou » de « Lavalou » et « Ma » de « Masseron ». C'est une caméra portée au bout d'une grue légère, pivotante et pilotée par une télécommande par le chef opérateur. Polanski a été l'un des premiers à l'utiliser en 1976. Spielberg l'a adoptée dès qu'il l'a vue opérer.

2. Le magnifique Cirque d'Hiver, situé dans le 11e arrondissement de Paris, est un des plus vieux cirques en dur d'Europe, inauguré en 1852 par le prince Louis Napoléon. Il est inscrit au titre des monuments historiques.

les trois minutes et quarante-neuf secondes que dure le plan séquence… C'est à la suite du tournage de ce clip que le Cirque d'Hiver deviendra un lieu de rendez-vous symbolique dans ma carrière. Gérard y organisera la grande fête de la sortie de mon premier album et, plus tard, j'y donnerai mes premiers concerts parisiens remarqués.

Si je me mets toujours la pression quant à mes performances dès que je dois chanter dans une émission, je ne suis guère impressionné en revanche par les personnalités que je rencontre. Je bourlingue depuis douze ans, j'en ai vu passer du monde. Si je reconnais le talent de chacun, j'ai très tôt ce sentiment que je dois – que chacun d'entre nous doit – pouvoir parler à l'autre sans filtre et sans cérémonial. Il me semble que l'humanité devrait être régie par ce principe. Des hommes et des femmes qui se reconnaissent comme êtres humains avant tout ; avant la notoriété, avant l'argent, le pouvoir, les origines, avant le fait d'être né ici ou là, d'Untel ou d'Unetelle.

Ne pas se laisser impressionner est aussi une façon d'être libre. Ainsi, dès que Gérard me vend en radio, me place dans ses émissions, je n'ai plus qu'à chanter, ça je sais faire. Jean-Pierre Foucault, Jacques Martin, Childéric, Thierry Ardisson, Michel Drucker, Christophe Dechavanne… je suis reçu partout. Nous sommes sortis de l'ère où il n'y avait que trois chaînes de télé. Canal Plus, La Cinq puis M6 sont venus enrichir l'offre télévisuelle. Les nouveaux programmes ont besoin de contenu… L'année 1988 est un tourbillon de promos orchestré par M. Gérard Louvin qui touche sa bille dans ce domaine.

C'est l'occasion de faire de belles rencontres. Je n'oublierai jamais la leçon de classe et de gentillesse d'Yves Montand lors d'un numéro spécial de l'émission *Champs-Élysées*[1] qui lui est consacrée. M. Montand a choisi les invités de la soirée, parmi lesquels Michel Sardou, Patricia Kaas et votre serviteur.

On me propose de chanter « Mon pot' le Gitan[2] ». Yves Montand en a fait une version très personnelle, interprétée comme il savait si merveilleusement le faire. « Mon pot' le Gitan » appartient à ce genre de chansons que l'on ne peut que « jouer » en chantant, ce qui n'est pas ma spécialité. Montand excelle dans ce registre, Brel en est un maître. Ma nature me conduit à préférer que les choses soient plus posées, carrées… de sorte que je n'aie qu'à envoyer les notes avec le son. Mon rayon à moi, c'est de chanter droit. C'est pourquoi « Mon pot' le Gitan » me pose un sérieux problème ! Il y a notamment un obstacle au début de la chanson que je n'arrive pas à franchir. Impossible d'intégrer la syncope de la phrase. L'enregistrement de l'émission a commencé, Yves Montand est sur le plateau et voilà que, devant lui, je suis obligé de demander plusieurs fois à recommencer. Je suis vert ! Le stress monte d'un cran. Heureusement ce grand monsieur a compris que j'étais en difficulté… Il vient me voir et me murmure à l'oreille : « Je sais pourquoi tu te trompes, ce truc-là,

1. Émission de variété emblématique des années quatre-vingt, présentée par Michel Drucker à partir de 1982. Elle revient dans les années 2010 et il n'est pas dit qu'elle ne fasse pas son retour un jour.

2. Une chanson écrite à la mort de Django Reinhardt. Paroles de Jacques Verrières et musique de Marc Heyral.

moi je le fais comme ça, penses-y quand tu arrives à cet endroit et tout ira bien… » Il me donne ainsi une petite clef pour m'aider à bien choper la rythmique et me mettre en place. Grâce à son conseil, je parviens à franchir l'obstacle, ouf, l'enregistrement de *Champs-Élysées* peut se poursuivre. Merci M. Montand !

Gérard use et abuse de son émission pour me donner de l'audience. La plupart du temps, c'est bien sûr génial ; à la fin, ce sera trop. Je lui demanderai d'arrêter : je suis en train de devenir le chanteur de *Sacrée soirée*, je fais une overdose de moi-même, et je suppose que les téléspectateurs aussi. Louvin sera furieux :

« Quoi ? Tu plaisantes ! Ils font tous la queue pour faire l'émission et toi, tu ne veux plus y aller ?

— Arrête Gérard, tous les mercredis, c'est trop ! Fous-moi un peu la paix ! Je vais finir par me faire tatouer *Sacrée soirée* sur le front ! »

C'est néanmoins dans les débuts de la promotion de « N'importe quoi » qu'il me fait une jolie surprise : inviter ma mère et Marcel Dronne à chanter sur le plateau de l'émission. J'avoue que je n'aurais pas signé pour m'exposer ainsi en public et en famille, je suis bien trop pudique… mais cela me fait plaisir de reformer sur TF1 un des trios de ma jeunesse au Luth. Ma mère est arrivée en tenue d'époque, format opérette, avec une grande robe à froufrous ; Marcel, magnifique, porte une queue-de-pie ! Ça en jette ! Ils sont tellement contents ! Et moi je suis au moins aussi heureux qu'eux de pouvoir leur rendre un peu de ce qu'ils m'ont offert… J'ai une photo de ce moment quelque part…

Très vite, Gérard me demande de me remettre au travail. Un succès, c'est bien, mais il est hors de question de se reposer sur ses lauriers. Il faut sortir de nouvelles chansons. Or, il n'y a toujours personne dans mon entourage pour m'en écrire. Je n'ai pas d'autre choix que de me remettre au piano… Est-ce pour cela que je choisis de râler ?

Pour ce faire, je vais m'en prendre à cet être humain, de sexe masculin en général, celui qui, dans tout groupe, veut régir l'assemblée alors qu'on ne lui a rien demandé. « Laissez-nous respirer », c'est pour lui ! Je ne ciblais personne en particulier, mais j'avais croisé un bon paquet de lascars dans le genre dans toutes mes aventures.

Je suis moins en transe lorsque je me penche sur « Laissez-nous respirer » que lors de l'écriture de « N'importe quoi ». Mais je vous assure que c'est, encore une fois, un exercice laborieux auquel je ne prends pas de plaisir.

Je réunis la même équipe pour arranger et réaliser le titre. Kamil Rustam et Jean-Yves D'Angelo sont toujours au rendez-vous malgré les nombreuses sollicitations que leur valent leur virtuosité et leur renommée. C'est un tel plaisir de travailler avec eux. Kamil, coiffure en brosse et cheveux décolorés, est un guitariste hors pair, un des meilleurs sur scène et en studio, qui a beaucoup d'humilité et d'humour. Jean-Yves est un pianiste de grand talent et un homme d'une gentillesse inégalable.

J'imagine le clip avec Lolo Berthollier, l'un des plus créatifs de notre bande de Nogent. Un grand gars, très sympa, bonne tête, les yeux un peu globuleux, toujours la banane, qui ressemble au grand des

Pieds Nickelés... Il est le fils de Jean Bertho, acteur et figure familière des dimanches télévisés des années soixante-dix, pour ceux qui s'en souviennent. Lolo écrit, réalise, bidouille des effets spéciaux[1]. Il est plein d'idées loufoques et n'hésite pas à les mettre en application... Je me souviens d'une vieille 504 qu'il avait repeinte en noir et blanc et à la place d'écrire POLICE, il avait écrit VOLEURS avec la même typo ! Il arpentait fièrement Paris ! On se marrait en permanence avec lui.

« Laissez-nous respirer » sort en octobre et, sans atteindre les chiffres de « N'importe quoi », squatte tout de même le top 50 pendant cinq mois. J'enchaîne à nouveau les promos. La dernière émission de l'année a lieu en décembre, c'est une spéciale intitulée *Voyage magique à Disney World*, produite par Gérard et enregistrée à Orlando, en Floride – elle ouvrira la voie à une décennie de *Disney Parade* sur TF1 : aux enfants des années quatre-vingt-dix qui me lisent, cela doit rappeler des souvenirs, n'est-ce-pas ?

Ce n'est pas la première fois que je vais aux États-Unis, ni même en Floride. Avec les copains, Loustau, Jean-Marie Marion, Jacky Jayet[2], nous avons, un peu plus tôt dans l'année, débarqué à Daytona, à l'occasion de la Bike Week, le plus grand rassemblement annuel

1. Lolo est même dans l'aventure des *Nuls* à leur naissance. Je crois que, malheureusement pour lui, après avoir bien travaillé, il n'a pu s'empêcher de casser son jouet – ce qui était un peu son défaut – et *Les Nuls* ont finalement existé sans lui.

2. Jacky est un drôle d'oiseau bien sympathique, biker casse-cou, pilote d'hélicoptère, animateur télé. Je l'ai connu la nuit, un espace-temps qu'il a aussi beaucoup fréquenté...

de motos au monde. Nous voulions simplement profiter de l'événement, comme tous les passionnés de bécanes, mais Pierre Billon[1] – que nous ne connaissions pas encore – a eu vent de notre voyage. Il a demandé s'il pouvait se joindre à nous, nous filmer, et faire de notre aventure le sujet d'un documentaire sur cet événement international. Encore mieux, cela nous ferait un chouette souvenir. C'est ainsi que Pierre nous a suivis et a fait de ce périple un film dans lequel on me voit notamment m'acheter un sportster Harley Davidson et le ramener en roulant à Miami. On me voit aussi cramer ma carte bleue pour des tonnes de trucs pour moi, pour les potes : des blousons, des chapkas, des casques, des gants… façon nouveau riche, ou plutôt comme disait Coluche « ancien pauvre » ! Pierre Billon, que je revois toujours régulièrement, m'a récemment confié que ce film avait donné l'idée à Johnny de faire ses road trips de copains sur la Route 66, il trouvait l'aventure trop belle… Il avait bien raison !

En cet hiver 1988, posant à nouveau le pied en Floride, je ne peux pas savoir que dans pas loin de vingt ans, j'habiterai à proximité, et que mes deux enfants y feront une partie de leur scolarité…

Je suis boosté par l'euphorie d'une année de succès (qui m'a même offert la Victoire de la révélation masculine en novembre), enchanté de la terminer de manière festive, entouré de copains, dans la douceur du Sud-Est américain. À mon arrivée à Orlando, je m'installe, tran-

1. Auteur, compositeur, musicien, producteur, réalisateur, Pierre a collaboré avec de grands noms de la chanson française, de Dick Rivers à Michel Sardou sans oublier son grand ami Johnny.

quille, dans ma chambre. Dans celle d'à côté, il y a une chanteuse qui pleure tout le temps. Elle s'appelle Vanessa Paradis.

***

Vanessa

Je ne lui avais pas prêté plus d'attention que ça à l'époque de son premier succès, deux ans auparavant – elle avait quatorze ans, c'était une môme.

« Joe le taxi » s'était, en 1987, très vite hissé au sommet du top 50. Aussi fin 1988, nous avons ce point commun, elle et moi, d'être des interprètes ayant connu un succès fou avec un premier titre. Si, de mon côté, cela ne m'apporte – pour l'instant – que des joies, la réalité est bien différente pour Vanessa. Elle souffre et cela se voit comme le nez au milieu de la figure.

C'est un photographe du nom de Bernard Mouillon qui fait le lien entre la chanteuse en détresse sur le balcon d'à côté et moi.

« Il faudrait que tu parles à Vanessa, me dit-il lors d'une séance photo.

— Ah bon ? Justement, je ne lui parle pas parce que j'ai l'impression que je la dérange…

— Non, au contraire, tu l'intimides et elle n'ose pas te parler ! Elle pense que tu ne l'aimes pas.

— Tu es sûr ?

— Oui, elle t'adore. »

Bernard Mouillon avait raison. En effet, j'ai appris par la suite qu'elle avait même demandé à avoir la chambre à côté de la mienne. C'était le moyen qu'elle avait trouvé pour se rapprocher de moi. Sa technique fut ensuite de se mettre sur le balcon et de pleurer en espérant que je viendrais la consoler. Une technique enfantine plutôt mignonne ! Vanessa allait avoir seize ans à l'époque, c'était toujours une gamine.

D'ailleurs, c'est ainsi que je la considère alors depuis mon propre balcon. Et qui plus est, comme une gamine qui va mal. Elle a commencé l'année en se faisant huer comme c'est pas permis lors du Midem à Cannes. À la fin de l'année, ça ne va pas mieux. Peut-être qu'on ne pardonne pas le succès et l'omniprésence médiatique à un si jeune âge[1]. Les médias s'en donnent à cœur joie, elle est devenue la risée du pays. Il n'y a pas une émission de télé sans une petite vanne à son sujet. C'est étrange comme comportement et c'est national ! L'attitude des Français a vrillé : ils sont passés de l'adoration à la détestation. Et force est de constater que les ventes de ses derniers singles ont été décevantes.

Pourtant, on ne peut nier qu'elle possède quelque chose de rare… Elle a le charisme fou des grands timides (le même qu'avait Johnny Hallyday. Ces gens-là, dès qu'ils arrivent quelque part, tout le monde veut les approcher, leur parler, faire partie de leur vie, mais eux sont si introvertis… Johnny avait recours à un grand verre d'alcool pour affronter ces situations. Vanessa, elle, se redressait et prenait pour défense une attitude qui pouvait sembler prétentieuse). Je dis à tous ces gens qui font la moue : « Mais vous ne voyez pas ? Cette gamine, c'est une star ! Elle est particulière, vous ne pouvez pas passer à côté ! » Tout le monde

1. Le 45 tours « Joe le Taxi » est estimé à plus de trois millions d'exemplaires vendus en fin d'exploitation.

se trompe à son sujet et je le sais ; elle est une bombe sur le point d'exploser comme Brigitte Bardot le fut à son époque…

Cela m'avait sauté aux yeux lors d'un numéro précédent de *Sacrée soirée*, spécial « enfants stars ». Le jeune Anthony Delon avait zappé une répétition, et cela avait tellement énervé Louvin qu'il l'avait dégagé de l'émission. Comme il lui manquait désormais des invités, Louvin avait dit : « Changement de programme : on va tout faire sur la petite ! » Vanessa était coincée, étrange, pas prête pour l'exercice… Jamais un sourire… Elle donnait l'impression de faire la gueule toute la soirée, de trouver qu'elle méritait bien le succès qui lui tombait dessus. Elle renvoyait davantage l'image d'une enfant gâtée et maussade que celle d'une jeune fille épanouie et reconnaissante de ce que le destin lui offrait… Si je le ressentais ainsi, le public devait le ressentir aussi, ce qui pouvait expliquer pour une part les ondes négatives qui l'entouraient.

Dès que je la connaîtrais davantage, je comprendrais pourquoi son image est brouillée : il y a des courts-circuits partout dans son histoire à cette époque. Il faut dire que côté vie privée, ce n'est pas la joie. Entre son oncle et parrain Didier Pain qui la manage, et sa mère Corinne – la sœur de Didier – le torchon brûle. Toute la famille se fait des bras de fer, se menace de procès pour des questions d'argent, sous le regard attristé de la grand-mère… Les parents s'opposent à la réalisation d'un nouvel album. Les incompréhensions et les tensions s'accumulent autour de Vanessa. Personne ne fait face, personne ne sait comment l'accompagner correctement.

L'incontournable Zorro en moi a trouvé sa nouvelle mission.

Au départ donc, je ne suis pas du tout prévu pour être l'amoureux de Vanessa. Je n'y pense même pas, sa souffrance me donne plutôt envie de l'aider, car, à tort ou à raison, je pense que c'est dans mes cordes. Je me dis que personne n'a rien compris avec cette môme.

Et si je ne vois pas Vanessa comme une fiancée éventuelle, c'est à cause de son âge. Cela fait des mois qu'à Nogent on n'arrête pas de dire à l'un de nos potes, trentenaire, que son histoire avec sa copine plus jeune d'une douzaine d'années n'est pas possible… Lui nous rétorque que l'amour ne se commande pas, mais son argument ne nous convainc pas. Alors, non, moi, je ne vais certainement pas tomber amoureux de Vanessa Paradis. Elle se tient, bancale, au bord de ses seize ans, et je viens d'attaquer gaillardement ma vingt-septième année. Ce sera le rôle du grand frère.

Après notre émission à Orlando, nous devenons amis. Ayant vite saisi l'origine de ses difficultés, je m'attelle à la tâche. Vanessa est jeune, lâchée dans une arène par des parents qui n'ont pas pris la mesure de ce que représente la nouvelle notoriété de leur fille. Si à l'intérieur de son lycée, ses camarades ont, paraît-il, une attitude protectrice vis-à-vis d'elle, c'est en dehors que le problème existe. Notamment dans le RER qu'elle continue d'emprunter pour se rendre en cours. Elle s'y fait quotidiennement importuner.

J'explique surtout à Vanessa que considérer son succès comme un dû est une erreur. Elle le doit au contraire à ceux qui l'aiment et aiment ses chansons, ce qui implique qu'elle a au minimum le devoir de sourire et de remercier. Puis je fais comprendre à ses parents qu'elle ne peut plus se rendre au lycée tous les jours en train, qu'il faut changer de mode de vie.

Plus tard, grâce à Franck Langolff[1], je me rapprocherai de Didier Pain et réussirai en outre à faire en sorte que les procès s'arrêtent.

Son parcours atypique l'isole des jeunes de son âge et Vanessa souffre d'un sentiment de solitude. Je l'introduis dans mon cercle de copains, et notamment dans ma bande de Nogent ; ils forment vite une ceinture amicale hyper rassurante, fun et sympa autour d'elle. Pour ses seize ans, j'organise une grande fête aux Bains. Les planètes commencent à s'aligner.

Je nettoie partout, fais le tri dans les soucis, remets le monde à l'endroit autour d'elle : deux ans plus tard, lorsque Vanessa fêtera ses dix-huit ans, ce sera en compagnie de toute sa famille à nouveau réunie autour d'elle, père, mère, oncle, grand-mère… Tout le monde s'entendra bien à nouveau. Ce jour-là, je ne serai pas peu fier de la belle ambiance et du sourire qui ne quitte pas Vanessa.

Entre-temps, je serai tombé amoureux. Mon pote a bien raison, l'amour ne se commande pas.

En 1989, Vanessa et moi sommes invités à un festival de cinéma à Avoriaz. Après le dîner collectif, je décide de regagner ma chambre et prends congé. En pleine nuit, je fais quelques pas dans la neige quand j'entends :

« Florent ! »

1. Le compositeur qui a notamment écrit la musique de « Joe le Taxi », le premier et plus grand succès de Vanessa.

La voix de Vanessa. Une voix qui tremble de froid, car elle est sortie à ma suite sans prendre le temps de se couvrir. J'avais senti qu'il y avait quelque chose qui n'allait pas dans la soirée et je ne savais pas quoi. Elle court vers moi.

« Florent ! »

Elle me saute dessus, elle m'embrasse.

Elle était amoureuse. Une amoureuse de seize ans. Passionnée et craquante.

J'ai craqué, envoyé valser sous la poudreuse l'image du grand frère.

On est rentrés d'Avoriaz, collés. À partir de là, il était devenu encore plus facile de transformer les ondes autour d'elle. Vanessa était heureuse, elle le criait sur les toits. Quant à moi, j'ai pris tous ses cauchemars et j'en ai fait des rêves. Tout à coup, elle s'est mise à sourire, elle a communiqué, elle s'est ouverte et elle a tout déchiré, comme on dit, enfin comme je dis ! Elle a un tel charisme naturel que, dès qu'elle s'est montrée lumineuse, elle a ébloui le monde entier.

Vanessa vient s'installer à Nogent. Tous les copains l'adoptent en moins de temps qu'il ne faut pour le dire, même ceux qui ont pu suivre le mouvement général et se moquer d'elle par le passé. Elle possède une maturité étonnante. Malgré la différence d'âge, elle en impose… C'est un personnage, un vrai personnage, je l'ai vu, on l'a tous vu.

De son côté, Vanessa trouve dans cette bande de joyeux lurons des personnes qui la considèrent comme faisant partie des leurs, s'adressent à elle comme à une artiste. Ça lui fait un bien fou – jusque-là elle passait plutôt pour une curiosité. À seize ans, Vanessa vit ce que nous vivons avec dix ans de plus. Moi qui me débrouillais déjà seul lorsque j'avais son âge, je suis bien placé pour la comprendre. Vanessa trouvera aussi dans la bande de futurs collaborateurs. Alain Lanty travaillera avec elle ; Serge Ubrette, guitariste et auteur, sera un bon camarade et l'accompagnera un moment.

J'emmène Vanessa sur le tournage de *La Fille des collines*. Le long-métrage de Robin Davis que je tourne, avec Nathalie Cardone et Tchéky Karyo. Elle est ravie d'être là, elle qui rêve de faire du cinéma comme son idole Marilyn Monroe. Le tournage n'est pas une mince affaire, il n'y a que des personnalités fortes, assez barrées. Il flotte une électricité dans l'air… Anecdote amusante qui m'est revenue récemment : Au cours d'un repas, Nathalie Cardone, une vingtaine d'années à l'époque, nous raconte que, lorsqu'elle aura un enfant, elle accouchera toute seule, dans la forêt… Vanessa est impressionnée par ce projet sylvestre ! Je ne pense pas que Nathalie l'ait mené à bien mais je pourrais le savoir, car j'ai fait la connaissance de son fils récemment. Vous aussi d'ailleurs puisqu'il s'agit de Jim Bauer, un des candidats de la saison 2021 de *The Voice*. Je ne sais pas si Jim est né sous un grand chêne, mais ce qui est certain c'est qu'il est bourré de talent !

Je présente Vanessa à Marceline Lenoir, la grande patronne de mon agence artistique. Vanessa rêve de cinéma et Marceline est l'agent historique de Brigitte Bardot. Qu'elle la prenne dans son écurie la flatte. Marceline lui propose de faire les essais du nouveau film de Jean-Claude Brisseau, *Noce blanche*. Vanessa est prise. S'ensuivra un tournage bien difficile.

Avril 1989. Les prises de vue ont commencé tandis que je prends la route pour Barcelone, avec Jean-Claude Bonin. Il a connu un incident de parcours qui l'a mis hors circuit pendant un an, a quitté le Diable vert, et traverse depuis une période difficile. Je l'apprécie beaucoup, n'aime pas voir cet homme, qui est une force de la nature, en difficulté. Je n'ai pas oublié qu'il m'a rendu service en m'hébergeant lorsque je n'étais qu'un petit acteur de rien du tout. Depuis, j'ai gravi quelques échelons, alors à moi de lui tendre la main. Je lui ai proposé d'être régisseur pour mon projet d'album. C'est pourquoi il est à mes côtés tandis que je recherche le lieu idéal pour travailler à mes chansons avec les musiciens.

Nous décidons de faire étape pour rendre visite à Vanessa.

À Saint-Étienne, c'est le début du tournage. Tout se passe bien, tout le monde est sympa. Le soir nous dînons avec le réalisateur et l'équipe. Je reste sur place un jour ou deux, heureux pour Vanessa de voir que l'ambiance est excellente. Jean-Claude et moi poursuivons ensuite notre périple et gagnons l'Espagne. Nous y restons quelques jours, le temps de ne rien trouver qui convienne : le lieu de création de mon premier album ne sera pas espagnol.

Sur le chemin du retour, je m'arrête à nouveau à Saint-Étienne pour voir Vanessa (cette fois je suis seul, Jean-Claude est rentré à Paris). L'ambiance n'a plus rien à voir avec ce qu'elle était. On dirait que ce n'est pas le même film, pas le même tournage. Les choses ont dégénéré.

Cette histoire ne m'appartient pas, elle appartient à Vanessa. Je ne peux donc qu'évoquer mon sentiment et non tous les faits. Ce qui est certain c'est qu'il s'est passé des choses inappropriées sur ce tournage. À tel point que je l'ai fait arrêter. Lorsque je suis arrivé ce jour-là, je n'ai pu m'empêcher de monter dans les tours pour protéger ma fiancée.

Sans porter préjudice à Vanessa, qui n'a jamais souhaité en parler, je crois que je peux raconter mon face-à-face avec Jean-Claude Brisseau au matin, après une nuit à écouter Vanessa me raconter ce qu'elle vivait. Elle est alors attendue sur le plateau. Elle n'ira pas.

En conséquence, l'ogre Brisseau, deux mètres au garrot, une tête énorme, l'air furax, se tient dans l'encadrement de la porte de notre chambre.

« Elle est où ?

— Hé, attends ! Déjà, tu vas parler autrement. Elle ne va pas venir pour commencer et toi, tu descends dans la pièce en bas et on va parler tous les deux.

— Comment ça ?

— Tu descends et on va parler. »

Et vlaaam ! Je lui ferme la porte au nez.

Cinq minutes plus tard, je suis face à lui. C'est une lutte de mecs qui veulent le dessus. Je prends l'ascendant, il le reprend, je ne me laisse pas faire. Il sort toutes ses cartes, la méchanceté, la douceur, tout ce qu'il a en sa possession, jusqu'à ce que je coupe net la discussion, excédé :

« Écoute, tu es juste une ordure, alors tu vas arrêter ton putain de film, voilà ce qui va se passer. Je rentre à Paris avec Vanessa. Stop à la maltraitance. »

J'ai ramené Vanessa à la maison. Elle a vu ses parents, elle leur a raconté. J'ai organisé une réunion d'urgence chez Marceline Lenoir, avec les parents, la productrice, tout le monde concerné. La réunion a fini sur ces mots de Marceline et de la productrice :

« C'est toi qui décides Vanessa. Qu'est-ce qu'on fait ? Tu continues ? Ou tu arrêtes ?

— Je continue.

— Très bien, alors on va s'organiser. »

Vanessa est repartie sur le plateau, un garde du corps non-stop à côté d'elle, ainsi que sa mère, qui est restée jusqu'à la fin du tournage. Brisseau n'a pas eu d'autre choix que de bien se comporter.

Vous ne trouverez nulle part ailleurs cette version de l'histoire. Bien sûr Brisseau n'allait pas raconter ça. Quant à Vanessa…

Ma femme m'a dit une fois : « C'est marrant, toi tu as passé trois ans avec Vanessa mais elle, elle n'a jamais été avec toi. » Ma foi, c'est pas mal vu. Lorsqu'on s'est séparés, trois ans après notre rencontre, alors que désormais tout allait bien pour elle, j'ai dégagé de la photo. Direct ! C'est ce que je peux lui reprocher à la fin, parce que j'ai tellement été là pour elle, j'ai tellement œuvré pour arranger tout ce qui était foireux ou malsain autour d'elle, et ça lui a tellement réussi… Jamais personne n'a reconnu ça. Pas même elle. Je n'ai pas eu droit à un coup de main lorsque j'étais dans ce fond du trou qu'on visitera un peu plus loin…

Si je n'avais pas été là, je ne sais pas si elle se serait sortie de cette affaire…

Finalement ce film a tout changé pour elle. Mais je suis certain qu'elle aurait aussi bien réussi avec un autre.

Simplement parce qu'elle était douée. D'ailleurs, le seul intérêt du film, que je n'arrive pas à apprécier, c'est elle.

Noce blanche, c'est l'histoire d'une gamine de quinze ans qui tombe amoureuse de son professeur. Dans ce sens-là bien sûr, car il n'aurait pas pu écrire l'histoire d'un professeur qui craque sur une gamine de quinze ans. Et quand on sait que Brisseau était prof de français... je ne vous fais pas un dessin. L'hypocrisie dans le monde du cinéma me fatigue. C'est un milieu dans lequel on est capable d'accepter des choses sous prétexte de faire de l'art. *Noce blanche*, si on regarde bien, est très loin d'être un chef-d'œuvre, mais par contre, c'est des histoires de pervers racontées à l'envers pour que ça passe mieux. Ça me fout la gerbe.

Ça n'empêche pas le film d'être un ticket gagnant pour la carrière de Vanessa. Il lui manquait ce chaînon pour asseoir une crédibilité auprès du public. Tout à coup, sa notoriété n'est plus seulement le fruit d'une ritournelle et de déhanchés juvéniles, mais celui d'un travail de comédienne. Elle est désormais en phase avec le public. Les critiques sont excellentes à son égard, et, qui plus est, les entrées suivent. Elle obtient le César du meilleur espoir féminin, le prix Romy Schneider, et tourne définitivement le dos aux années ingrates. On lui remet même la Victoire de la musique de la meilleure interprète, alors qu'elle n'a pas vraiment d'album cette année-là[1]. Ne manquent plus qu'un album avec Gainsbourg et une pub Chanel pour devenir une icône...

1. Le premier album de Vanessa est sorti en 1988. Et le second sortira en mai 1990. Il est alors en préparation.

***

Merci

Ce n'est donc pas à Barcelone, mais en Ombrie, à une soixantaine de kilomètres de Rome, que nous allons nous atteler à mon premier album.

Je viens de sortir un nouveau single, c'est peut-être une erreur. Manque de réflexion, tendance à surfer sur la vague, à céder à la tentation d'un plébiscite du public. J'ai participé à un énième numéro de *Sacrée soirée*, une émission spéciale « Hommage à Claude François », j'ai repris mon fameux tube du 20 aux Halles : « Comme d'habitude ». Je n'étais pas dans une soirée branchouille de gens de la mode – comme dans mon épisode malheureux avec Sonia Rykiel –, mais sur TF1, en prime time : ma reprise a cartonné[1]. Les gens en ont tellement redemandé que Gérard m'a convaincu d'en faire mon troisième single. Bien sûr qu'on en vend beaucoup, mais cela me fait du tort, m'enferme dans une image de « chanteur de variété » quand je me sens plus rock, et me condamne à n'être pas « branché ».

Cette étiquette que l'on me colle comporte, à cette époque, une connotation péjorative, alors elle me gêne aux entournures. Aujourd'hui, au contraire, je la revendique. Le propre d'un chanteur de variété, c'est qu'il est capable de chanter des choses variées, n'est-ce pas ? Eh

1. Pour ceux que ça intéresse : j'utilise beaucoup cette expression, « cartonner » ! J'aime bien cartonner d'ailleurs ! Elle vient de l'expression « faire un carton » qui signifie, au sens propre, atteindre la cible en carton des stands de tir dans les fêtes foraines.

bien, c'est mon cas. Je suis un pur chanteur de variété française. Depuis ce « Comme d'habitude », mon répertoire est taillé dans cette veine de grandes chansons françaises populaires.

Avec Jean-Yves et Kamil, mes fidèles musiciens et compositeurs, nous posons nos valises et nos instruments à Guadamello, dans un ancien couvent. Mon producteur Gérard Louvin est toujours un partenaire financier appréciable et prend en charge le mois que nous passons là-bas, la location du lieu, du matériel, nos repas, le voyage : un bonheur !

Lorsque le succès a commencé à pointer le bout de son nez, Gérard a renouvelé mon contrat et j'avoue que je n'ai pas vraiment mis mon nez entre les lignes. Je n'y connais rien et préfère me concentrer sur l'artistique plutôt que d'approfondir mon bagage en droit des affaires musicales ! Comme je ne suis pas complètement naïf, je me doute bien que le contrat ne doit pas être à mon avantage. Mais profiter de cette résidence de travail loin de nos bases suffit à me satisfaire... En amitié, en amour, comme dans le boulot, je trouve toujours intéressant de se transporter ailleurs. C'est imparable, au bout de trois jours, tu sais si les personnes sont les bonnes pour faire un bout de chemin ensemble !

Peut-être aussi que je cherche, dès que j'en ai l'occasion, à créer une petite communauté et ce faisant, un monde à son échelle, sympa et sans prise de tête.

En Italie, c'est Jean-Claude Bonin qui s'occupe de la logistique et nous fait à manger afin que nous n'ayons qu'à être dans la création. Il est comme un poisson dans l'eau avec cette nouvelle mission. Il adore cuisiner, tout organiser pour que nous ne manquions de rien. C'est un rêve ! Le séjour est un peu studieux et très joyeux ! Il y a une ambiance de vacances, renforcée par le fait que débarquent bientôt à la maison Vanessa, mes parents, Yannick – l'un de mes neveux –, ma petite sœur, son mari Peppo et leur petit Matthias, tout bébé.

À Guadamello, j'arrive avec des bouts de mélodies : je veux me tester, voir ce que je suis capable de produire… Mais je suis infoutu de les écrire, et même de les jouer. Très vite, je rêve de plus belle de ne me consacrer qu'à mon point fort : l'interprétation.

L'écriture des paroles n'est pas aisée non plus, sauf pour une chanson peut-être, celle qui donne le titre au disque : « Merci ».

C'est ma première inspiration, et d'ailleurs le seul titre de cet album que je continue à chanter de temps en temps encore aujourd'hui. Le cœur de cette chanson n'a jamais cessé de battre. Elle est toujours en mesure de procurer de l'émotion… C'est intéressant parce que cela prouve que, pour faire une bonne chanson, la vérité du sentiment est au moins aussi importante que l'exercice de style. Je ne suis pas l'as de la prouesse stylistique, mais parler avec le cœur, j'y arrive assez bien.

En cet été 1989, je peux avoir cet élan de reconnaissance envers mes parents. Ils le méritent. Avec le succès, je me rends compte que j'ai eu de la chance de les avoir, de la chance qu'ils me laissent choisir ma voie, ma voix.

Plus de la moitié de l'album se dessine au moment où nous plions bagage pour rentrer à Paris, mais il est loin d'être achevé. Je tiens aussi à ce que mon cousin Marc me donne un titre. C'est lui qui a allumé la mèche, lorsque nous étions enfants, qu'il se mettait au piano et m'accompagnait tandis que je prenais un plaisir grandissant à chanter. Je ne veux rien oublier. Marc est plus un musicien qu'un compositeur, ses propositions sont complexes, sans structure couplet-refrain, mais ça m'est égal, je veux qu'il figure sur le disque et nous parvenons finalement à un joli résultat avec « Heureux de vivre » qui clôturera la tracklist de l'album.

Puisqu'un jour il faut partir
S'en aller pour ne jamais revenir
Je veux te dire
Heureux de vivre

Jean-Yves, Kamil et moi signons les musiques des autres chansons de l'album, excepté celle du titre « Prends ton temps », apportée par Franck Langolff. Vanessa me l'a présenté et il est venu passer un peu de temps à Guadamello. De tous les textes, je suis l'auteur. Si la plupart ont été créés dans la souffrance, il y en a un qui ne m'a pris que cinq minutes à écrire. Il s'appelle « Presse qui roule ».

***

Presse qui roule

Trois lignes bêtes et déplacées dans une nouvelle rubrique « potins » du magazine *Rolling Stone* qui semblait pourtant avoir été jusque-là un canard assez classe. Depuis quelques mois, un nouveau périodique nommé *Voici* cartonnait, *Rolling Stone* a sans doute voulu l'imiter, racoler un peu pour voir…

Ces petites lignes attentent à mon intimité, m'offensent. Il y a une violence véritable sous les dehors de légèreté affichée de ce genre de potins. Tu as l'impression de te prendre une gifle. Je ne peux pas aller casser la gueule au journaliste, déjà ce n'est pas dans ma nature, et surtout : casser la figure de qui ? Le truc n'est évidemment pas signé.

Les mots sortent tout seuls. Je sais bien qu'ils ne sont pas très beaux, je sais bien que du point de vue artistique, on repassera ; mais peu importe, la chanson a une fonction : dire la vérité et remettre les choses à leur place.

Je vous fais la confesse je n'vais pas vous rater
Vous écrivez sans cesse sur notre vie privée
Occupez-vous de vos fesses et laissez-nous chanter
Presse qui roule pas vraiment cool
Presse qui coule me casse les couilles
Rédacteurs en chef relisez vos papiers
De vos sous-fifres chefs qui cherchent à exister
Etc.

« Presse qui roule » est placée à la fin de l'album, juste avant « Heureux de vivre » qui permet de clore le disque de manière positive. Il n'est alors pas question de la sortir en single.

***

L'argent

C'est une période créative. Tout se passe bien avec Vanessa, avec Gérard et Carmen. Je gagne ma vie, comme je n'aurais jamais pensé la gagner. Glem et moi nous enrichissons de concert. Ne sachant que faire de cet argent, je le dépense en entier. Je n'ai plus vingt ans, je le sais, mais avec l'argent, j'en ai douze. Je suis cet enfant à qui on a voulu prendre un jour une pièce de cinq francs trouvée par terre… Je ne sais pas le gérer. Comment savoir gérer quelque chose à quoi on n'a jamais été confronté ? Je me moque de l'argent, mais ce dont je ne me moque pas, c'est de vivre sans m'en soucier : après avoir vécu vingt-sept ans en comptant chaque sou, avoir senti le fardeau de la comptabilité domestique dans mon enfance, je veux prendre ma revanche. Je ne veux pas être riche, je veux ne pas penser à l'argent. Acheter si je veux, quand je veux. Offrir ce que je veux à qui je veux. Ne pas compter, j'ai trop compté, on a trop compté autour de moi.

J'ai été raide, je suis désormais prodigue. Il y a un temps où je pouvais m'asseoir à table au restau en annonçant : « Les gars, j'ai pas une thune aujourd'hui, alors je compte sur vous. » Il y avait toujours quelqu'un pour m'inviter. Je savais très bien qui, et je l'invitais à mon tour dès qu'un tournage m'avait renfloué. Mais depuis un an, l'argent n'est plus un problème et je veux en faire profiter. Je dépense beaucoup, ça a quelque chose de magique. Si je loue une maison pour les vacances, c'est pour tout le monde, et s'il n'y a pas assez de motos pour qu'on puisse tous partir en balade, j'achète une moto. Dans cette période, je souhaite que le monde dans lequel je vis soit un monde simple, où l'argent n'existe pas. Pour qu'il n'existe pas, c'est facile, il faut en avoir suffisamment et décider qu'il n'a aucune importance. J'embarque mes potes dans mes délires, je paie tout.

Ce n'est pas un service que j'ai rendu. Mais je ne pouvais pas le savoir.

Je désire aussi une maison de famille. Je veux faire ce cadeau à mes parents, qu'elle soit le lieu de nos retrouvailles.

Mes parents habitent alors Divonne-les-Bains dans le pays de Gex – où ils ont déjà eu quatre adresses depuis leur départ de Bonneville. La spirale de déménagements s'accélère. Sans doute qu'ils ne trouvent leur place nulle part. Ma mère ne va pas super bien et mon père subit son travail plus qu'il n'en profite. Je suis certain que retrouver leurs racines ne peut que leur être bénéfique. Mon grand frère est déjà en Bourgogne, ma grande sœur ne va pas tarder à revenir aussi…

Je trouve une (potentiellement) belle et grande maison, en lisière du parc naturel du Morvan, totalement en ruine et située en bordure de rivière. C'est un ancien moulin qui a autrefois alimenté en électricité le village de Montberthault. Une chute de deux mètres environ, juste à hauteur de la maison, offre à nos oreilles un bruit permanent de cascade. Ce qui peut être apaisant ou énervant selon l'humeur ! La maison est suffisamment vaste pour accueillir la tribu lorsqu'elle voudra se réunir, et je me dis que nous allons enfin avoir un lieu pour passer ensemble les Noëls et autres fêtes familiales. Je souhaite faire plaisir à ma famille, mais ce n'est pas que de l'altruisme : je vois en cette maison un refuge. Un endroit authentique dans lequel je vais pouvoir venir me ressourcer lorsque je viendrai embrasser Odile et Jean. Cette fameuse maison de famille, tanquée dans la terre bourguignonne, ancrée dans nos racines, qu'à force de déménagements nous avons malmenées.

Encore quelques travaux et à moi, à nouveau, les parties de pêche avec mon père ! Et avec mes copains de passage…

Pour les travaux, c'est Jean-Claude Bonin qui s'y colle. Il a toujours besoin de travailler, son beau-frère est entrepreneur, ils feront le chantier ensemble. Le personnage m'est cher et j'ai à cœur d'être là pour lui, même si depuis quelque temps, la fascination que j'éprouve à son égard se teinte de désillusion. Ces grandes aventures dont il m'a parlé, ses études à l'école militaire de Saint-Cyr, tout cela n'est pas complètement faux, mais pas complètement vrai non plus. J'ai commencé à comprendre que s'il a entamé de nombreux projets, certains n'ont abouti que dans ses rêves et pas nécessairement dans la réalité.

Pour acheter cette maison, je sollicite la banque qui m'avait prêté, deux ans plus tôt, les soixante mille francs m'ayant permis de prendre le temps d'écrire « N'importe quoi ». Ils avaient bien fait : je les ai vite remboursés et suis devenu un de leurs bons clients. Je ne vais pas m'étendre sur le sujet, mais après m'avoir parfaitement accompagné, ils m'ont filouté en me faisant acheter la maison de mes parents avec un montage financier alambiqué qui cachait dans de minuscules caractères des intérêts énormes… Ce fut une source de stress pour moi, mais ils ont tant exagéré que la situation s'est finalement retournée contre eux puisque j'ai pu faire annuler tous les intérêts.

Cette maison, mes parents la garderont plus de dix ans, durant lesquels ce sera, à quelques inondations près, la maison du bonheur. Ils la vendront, mal, précipitamment, à cause de moi et de mon futur énorme problème d'impôts.

Les impôts, tiens. Il faut bien qu'ils fassent leur apparition dans ce livre… On a réussi à éviter d'en parler jusqu'ici, c'est déjà bien !

***

Les impôts, saison 1

Entre les impôts et moi, ça ne commence pas par une histoire d'amour. Pas de coup de foudre, pas de drague, pas de regards de velours, mais jusque là, je crois ne pas être une exception.

Quand je pense qu'il y a encore des gens qui imaginent que je ne paie pas mes impôts, ou que je suis contre le principe d'en payer, ou même simplement que je n'aime pas les payer… je souhaite leur dire ici que rien n'est plus faux.

À leur décharge, je n'ai pas toujours été le roi de la com' à ce sujet. C'est parce que j'ai beaucoup géré seul ma carrière. Dès que j'ai commencé à vouloir tout comprendre du métier, j'ai cessé de m'entourer et j'ai traité directement avec mes interlocuteurs, quels qu'ils soient, y compris les médias. C'est ce qui a souvent fait ma force, je l'ai déjà dit, et parfois ma faiblesse. Le public a du vrai en face de lui, du Pagny pur jus, garanti cent pour cent Florent. Mais lorsque je m'égare, je n'ai pas de garde-fou, personne pour rattraper le coup. Tout le monde me connaît tel que je suis, et je suis à la télé comme à la maison ! Je n'ai pas envie de devenir un autre dès qu'on me met une caméra devant les yeux.

Pour en revenir au sujet, j'ai un cerveau normalement constitué, donc je pense comme toute personne sensée qui gagne suffisamment bien sa vie, que :

1. Il est normal de payer des impôts.

2. Si je paie des impôts substantiels, c'est bon signe. Si je paie beaucoup d'impôts, cela signifie que je gagne beaucoup. C'est donc une équation gagnante pour tous.

Mon premier contact avec le fisc date de 1989. Jusque-là, j'avoue que le concept m'était un peu passé par-dessus la tête. Je ne sais même pas si je connaissais le nom du Trésor public ! Personne ne m'en avait parlé : ni mes parents, qui à mon avis, ne devaient pas tellement être imposables, ni mes potes qui ne l'étaient pas non plus. Je me doutais pourtant qu'il faudrait un jour que je me connecte avec eux mais plus tard, quand je serais grand ! En somme, quand on vient d'où je viens, il n'y a pas de lien naturel avec le Trésor public. On ne reçoit jamais de courrier qui nous explique les règles et la marche à suivre.

Tant que je gagne plus ou moins ma vie comme comédien, j'ai des rentrées d'argent très aléatoires. Pendant un mois j'engrange des cachets qui me permettent de vivre pendant un trimestre avant d'être à sec, et ainsi de suite. Je n'ai pas de gras. Ni sur mon corps, ni sur mon compte en banque. Je ne vois pas comment je pourrais reverser quoi que ce soit… Je ne me pose donc même pas la question de savoir si je dois payer des impôts. En revanche, dès que l'argent arrive, avec mon premier succès, j'ai une conversation avec Carmen, ma manageuse chez Glem, pour régulariser ma situation. Rendez-vous est pris au centre des impôts de Nogent-sur-Marne.

Ma confrontation avec le système fiscal est d'une violence extrême pour le jeune homme que je suis, car l'on me prend d'un coup toute ma cagnotte.

Je viens pourtant me mettre en règle, après qu'une bonne fortune m'est arrivée. Je me présente au rendez-vous, avec des sous sur mon compte en banque et le désir d'être un contribuable comme les autres, et même, je l'espère, un contribuable conséquent. Mais quand je quitte le centre des impôts, je suis séché de toute économie ! Ils sont remontés cinq ans en arrière et ont tout ratissé, sans aucun aménagement. Je n'ai pas la possibilité d'étaler mes échéances, je n'ai droit à aucune considération pour ma situation particulière.

Je viens de nulle part. Je n'y connais rien. On ne m'avait jamais dit ce qu'il fallait faire afin de rentrer dans le circuit. Je n'ai jamais reçu une lettre de convocation, me demandant une déclaration. Je me présente de manière spontanée et je me fais essorer.

Bien sûr, j'ai payé. Heureusement à cette époque, je pouvais le faire.

Pour être juste, les impôts ne me prennent « que » la quasi-totalité du revenu de mon succès. Avec ce qu'ils me laissent, je permets à mes parents de s'extirper d'une situation financière délicate dans laquelle ils se sont fait piéger à coups de mauvais prêts et de méchants procès.

Finalement, mon premier revenu, toute une année de succès, je n'en vois pas la couleur ! Mais tout ça n'est pas très grave. Le vrai problème, c'est que ma mère fait une grave dépression depuis dix ans.

***

Maman

Cette dépression, maman, je la comprends maintenant. Toi, tu voulais chanter.

La vie ne t'a pas offert ça.

Et tu as choisi l'amour. L'amour de Jean. L'amour de tes quatre enfants.

Je t'ai vue toute ta vie dépenser une énergie folle. Il en faut, tout en travaillant, pour faire tourner une baraque avec quatre mômes dedans – dont un hyperactif –, et pas trop de sous. Tu l'as si bien alimentée en énergie cette baraque, maman, qu'elle a fini par tourner toute seule. Grâce à toi. Un tour de manège plus tard, voilà que je m'en vais, bientôt suivi par Marie-Pierre et Frédéric. Ta petite dernière, Marie-Pascale, ne comprend pas le silence qui s'est installé dans la maison soudain bien vide. Toi, tu tournes en rond. Vingt ans que tu portes ce petit monde sur tes épaules… Heureusement il y a ce travail, chez un huissier, que tu as trouvé en arrivant à Bonneville en 1971. C'est ton oxygène. Et tu adores ton métier. Tu fais le secrétariat, tu as toute la confiance du patron qui t'a même faite clerc assermenté afin de gérer les dossiers en son absence. Tu y crois et voudrais devenir huissier toi-même. Sans rien dire à personne, tu entreprends une formation. Mais pour plein de raisons, les choses ne prennent pas la tournure que tu souhaiterais. Tu perds ton emploi. Tu as déjà connu le chômage… mais cette fois-ci, tu ne l'as pas vu venir. Ça te fiche en l'air. Tu ne peux t'en prendre à personne, c'est ça le pire, tu es juste le maillon susceptible de sauter. Alors, oui, après que tu as dépensé tant d'énergie pour faire que nos vies soient belles, le destin te récompense bien mal. C'est aussi ça que j'essaie de compenser en achetant notre maison de famille à Montberthault.

J'ai convaincu mon père de prendre sa retraite anticipée – après tout il avait bien assez trimé toute sa vie. Je ne sais pas si j'ai bien fait. Parfois, on est persuadé d'agir pour le mieux, d'avoir les solutions, surtout quand les autres ne vont pas bien, mais on peut se tromper. Me suis-je trompé ? Aurais-je dû ne rien dire et laisser mon père terminer son cycle de travail jusqu'à l'âge normal de départ ? Je ne sais pas. Il m'arrive de le penser aujourd'hui. J'étais si content d'avoir les moyens de leur offrir la tranquillité après les avoir tant chahutés…

« L'enfer est pavé de bonnes intentions », dit un vieux dicton anglais.

***

1990

Après le séjour d'écriture et de composition en Italie, Vanessa et moi cherchons un endroit où nous poser tous les deux. Il est temps de quitter la vie en communauté pour nous installer dans notre propre appartement. Nous déménageons de Nogent sans avoir trouvé notre futur cocon. Nous sommes alors invités à résider chez mon copain Charly. La colocation se passe bien. Charly est un garçon plein de charme et d'humour. Mais je dois dire que ça frotte parfois un peu. Pourquoi ? Ce n'est pas simple de répondre à cette question. À l'évidence Charly et moi, nous nous entendons très bien, mais nous avons tendance à réveiller, l'un de l'autre, la face cachée… Comme si, dès que nous étions ensemble, on ne pouvait s'empêcher de basculer vers des horizons tourmentés. Nous sommes deux scorpions ! Nous pouvons avoir chacun une tendance à l'autodestruction. Et quand nous sommes ensemble nous l'alimentons.

Vanessa et moi restons chez Charly jusqu'à ce que je trouve un atelier d'artiste en sous-location, rue Cassini, près de l'observatoire de Paris, dans le 14e arrondissement. C'est un duplex avec une grande verrière, dans un magnifique immeuble des années trente, comme on en trouve beaucoup dans ce quartier longtemps fréquenté par les peintres. Nous y resterons un an. 1990 est une très belle année pour nous deux, au cours de laquelle je sortirai mon premier album, tandis que Vanessa fera son second avec Serge Gainsbourg. Il viendra d'ailleurs dîner un soir à la maison, ce sera une soirée étonnante et un joli souvenir.

On sonne, je vais ouvrir – je suis impressionné à l'idée de l'avoir chez moi –, il se présente avec une bouteille de champagne et sa dégaine de Serge Gainsbourg reconnaissable entre mille. Je lui tends la main, mais il me passe devant sans me dire bonjour. En somme, Gainsbourg me met un vent. C'est drôle parce que évidemment, je pense d'abord : *Quel malpoli, il vient voir Vanessa et le reste ne l'intéresse pas*. En réalité, voici encore un personnage de l'espèce des grands timides. Si j'étais pour ma part impressionné, il l'était tout autant, et comme nous ne nous étions jamais rencontrés, il attendait que Vanessa fasse les présentations… À l'ancienne quoi ! Nous nous sommes ensuite très bien entendus, il m'appelait *le petit cinocheux*. Gainsbourg, quand il t'aimait, ça se sentait. Je lui ai chanté, dans un numéro de *Sacrée soirée* qui lui était consacré, sa chanson reggae « Aux armes et cætera ». « Il m'a troué le cul, a-t-il dit en plateau, c'est un perfectionniste… Il a trouvé une mélodie sur mon *talk over*[1], c'est magnifique... » Ah, c'est un moment qui me reste, celui-là.

La notoriété de Vanessa est telle qu'il lui est difficile de sortir. Nous ne sommes tranquilles que chez nous. Alors ce sont les copains qui viennent. Et il y a toujours de quoi faire la fête ! Les rares fois où nous sortons, c'est pour nous rendre à des événements publics.

Car Vanessa est devenue *branchée*. Depuis son succès au cinéma, elle est invitée partout. Je l'accompagne parfois. Tout le monde veut l'avoir. Après avoir été la risée du show-biz, elle est devenue indispensable à toute soirée people. Même François Mitterrand l'invite à dîner (ou déjeuner, je ne me souviens pas trop). Mais il n'aura pas ce plaisir. Je suis éberlué qu'il l'invite elle, sans moi. *Eh quoi, tu ne sais pas qu'elle vit avec quelqu'un depuis un an et demi ?! Tu l'invites seule ? C'est trop bizarre ! Tu sais quoi ? Elle ne va pas l'accepter ton invitation.* Elle n'y est pas allée. Je trouvais déplacé d'inviter ma fiancée pour un tête-à-tête !

Lorsque les personnes qui nous sous-louent l'appartement commencent à calquer leurs exigences de loyer sur notre notoriété grandissante, cela devient pénible. C'est le moment de chercher à s'établir ailleurs, et pourquoi pas à la campagne. Dans ce cas, autant aller vers Montfort-l'Amaury, qui est si joli et où résident beaucoup de mes amis, en premier lieu, les Starck. Nous visitons des maisons dès qu'on le peut, dès qu'on nous

1. Talk over : chanson dont les paroles sont parlées sur de la musique au lieu d'être chantées.

signale une adresse pouvant nous correspondre, lors de week-ends sympas.

En mars 1990, c'est la sortie de *Merci*, mon premier album, vinyle ET compact disc. Le CD est devenu le support principal de ce marché de la musique. Je suis fier de mon disque et Gérard est heureux également, comme en témoigne la somptueuse fête qu'il organise au Cirque d'Hiver à cette occasion. Une soirée hors norme. De mémoire de chanteur, je crois que plus jamais un producteur n'a été capable de faire une fête aussi grandiose ! Il prend comme prétexte la sortie de mon album, mais il célèbre en réalité le grand succès de *Sacrée soirée*. Le décor du Cirque d'Hiver, sublime, les manèges, les chevaux de bois, les machines à barbe à papa, les stands de pommes d'amour, ceux où tu joues pour gagner l'album… c'est ludique, prodigue, gai, super festif. Je donne un showcase au milieu de la soirée. Tout le show-biz débarque et m'en parle encore vingt ans après…

La splendeur de cette réception me console du score misérable réalisé au cinéma par *La Fille des collines*. J'avoue ne pas tellement me souvenir du résultat artistique final, je ne l'ai pas revu. Mais j'ai confiance dans le jugement de certains qui m'en ont dit du bien. C'était un joli scénario, Robin Davis est un bon metteur en scène et je sais que les images sont belles. Je ne crois pas que Tchéky, Nathalie ou moi ayons démérité. Parfois, on ne sait pourquoi les films trouvent leur public ou pas. Ça peut être assez mystérieux.

Le premier single de *Merci* est « J'te jure », un titre rock écrit par Jean-Yves, Kamil et moi. Nous tournons le clip dans un autre lieu magique, la salle de répétition du Casino de Paris, parquet de bois et immense vitrail de style Art Nouveau. Mon copain Rhéda, dix ans d'amitié à l'époque, vient y danser et m'entraîne dans une chorégraphie, cela restera l'unique fois de ma carrière où l'on me verra me trémousser dans un clip !

Le deuxième single est la chanson « Ça fait des nuits ». J'ai demandé à une copine vénézuélienne, dont j'avais été autrefois tragiquement amoureux, de venir danser dans le clip, c'est pudique et joli – on l'aperçoit à travers des voiles.

Les deux singles, le premier, rock, et le second, ballade, marchottent, mais on est loin des résultats de « N'importe quoi » …

Pourtant Gérard veut absolument que je fasse le Zénith de Paris. Je suis contre.

***

Les Zénith

Je n'ai encore jamais fait de grands concerts. Je suis monté sur scène pour chanter quelques chansons, mais jamais tout un album. À vrai dire je n'ai pas hâte. Je pressens que cela ne va pas nourrir mon *ego*, au contraire, il se pourrait bien que cela me vide. Rien que d'y penser, j'ai déjà mal à la gorge… Ça me met une pression énorme que j'ai du mal à gérer, et je déteste avoir la pression. Il est évident que, avec ma voix, si la scène était un endroit naturel pour moi, j'aurais usé un maximum d'estrades depuis longtemps… Pourtant, il va falloir que je me lance, c'est inévitable, ça fait partie de la panoplie du métier de chanteur.

De surcroît, Gérard n'envisage pas une petite scène pour débuter, mais celle du Zénith. Le Zénith, c'est six mille places. Je ne sais plus où j'avais entendu dire – peut-être par la voix de Jean-Jacques Goldman – que, pour qu'un spectacle fonctionne, tu dois imaginer qu'environ 1 % des personnes qui ont acheté ton disque vont venir te voir sur scène. Si tu veux remplir un Zénith de six mille places, tu dois avoir vendu six cent mille albums. C'est aussi simple que cela.

Je me souviens du déjeuner avec Gérard Louvin et Paul-René Albertini, alors directeur général de Phonogram, avec qui Louvin est en contrat de distribution. *Merci* est sorti en mars, on est en juillet, je connais les chiffres : on n'est pas partis pour faire six cent mille ventes, pas même la moitié… je ne comprends pas l'entêtement de Gérard. Cette histoire de Zénith est prétentieuse. Mais c'est tout lui : il faut voir les choses en grand ! Je leur dis que, si en septembre, on est au moins à deux cent mille albums, on pourra en rediscuter. Ils sont d'accord. Rendez-vous est pris en septembre.

À la rentrée, je suis à cinquante mille ventes d'un album qui plafonnera à cent dix mille exemplaires au final. De quoi remplir une salle de mille places à tout casser.

Mais à mon retour de vacances je découvre, estomaqué, ma gueule affichée en 4 × 3 dans tout Paris.

Ils ont booké le Zénith pour janvier.

Pas un soir.

Trois.

J'étais fou.

Impossible de faire marche arrière. D'autant qu'il s'agissait de l'argent de Gérard, de sa stratégie. J'ai dit : « OK, on va le faire ton spectacle. Mais dans ce cas, tu vas mettre les petits plats dans les grands et ce sera un show de ouf. À défaut de remplir toute la salle, on va en mettre plein les mirettes à tous ceux qui seront là. » En d'autres termes, quitte à se prendre une tôle, autant le faire avec panache !

Loïc Pontieux à la batterie, Jean-Yves aux claviers, son frère Pierre à la programmation, Kamil Rustam à la guitare, Serge Ubrette à la deuxième guitare, Laurent Vernerey à la basse. Et tant de monde sur scène ! Rhéda avec ses danseurs, une chorale gospel, quarante tambours pour « Presse qui roule »… Pour lancer le spectacle, je me jette dans le vide depuis une passerelle à treize mètres de haut, j'ouvre le rideau façon fermeture éclair.

Le show a un nombre incroyable de tableaux. Jamais je ne referai un spectacle de cette ampleur, cela coûte une fortune. Sur scène, ça n'arrête pas : une cabine de camion reconstituée pour une cascade que j'exécute à moto ; un globe terrestre de cinq mètres de diamètre avec lequel je joue ; une fille nue, le corps entièrement peint, immobile le temps d'une chanson, telle une statue sur son piédestal, provoque la stupeur dans le public quand, sur les dernières notes, elle se met en mouvement et quitte la scène d'un pas tranquille… Sur un autre titre, mon bon copain Mouss Diouf, gaillard d'un mètre quatre-vingt-dix, descend du ciel, habillé en ange… Mouss n'est alors pas encore connu du grand public, c'est un mec en or, qui va faire une jolie carrière d'acteur avant de nous quitter à l'été 2012, beaucoup trop tôt…

Le show ressemble plus à une émission de télé de Gérard Louvin qu'à une première série de concerts d'un jeune artiste, qu'importe, les spectateurs en prennent plein les yeux et les oreilles !

J'en profite pour planter une graine. Elle poussera plus tard, mais son origine se trouve dans ces Zénith. Il me semble que c'est Daniel, le compagnon de Gérard, qui m'avait mis la puce à l'oreille : « Florent, écoute ça, tu devrais reprendre cette chanson, elle t'irait à merveille ! »

« Caruso ». La chanson a été créée par Lucio Dalla en 1986 et popularisée juste après par l'immense Pavarotti. Elle passe souvent à la radio. Daniel a raison, elle est dans mes cordes. Je décide de la tester. Selon ma bonne vieille méthode, je ne prends pas la peine d'apprendre les paroles. Ça représenterait un effort considérable, car je ne parle pas la langue, et je veux être certain que cela en vaut la peine avant de me lancer. Aussi, c'est dans ma deuxième langue maternelle, le yaourt – à l'italienne pour l'occasion –, que je teste la chanson sur la scène du Zénith. Parmi les quinze mille personnes sur les trois soirs, quelques Italiens doivent bien se frotter les oreilles, mais pour tous les autres, c'est un très bon moment, et je sais, en terminant cette série de concerts, que je vais devoir me pencher sérieusement sur le texte. C'est du moins ce qui a été décidé à l'applaudimètre…

Quasi-miracle, les trois soirs sont bourrés. Sans qu'il y ait beaucoup de billets vendus. Il faut savoir que lorsqu'un spectacle ne marche pas trop, le moyen de remplir la salle est d'offrir des places. Les hôpitaux, les pompiers, les services publics… Toutefois, ce n'est pas parce qu'on leur offre des tickets que les invités se précipitent. J'ai eu de la chance ! Gérard affirme : « Tu pourras dire que tu as rempli trois soirs, parce que je te promets qu'il y a des fois où on les invite mais ils ne viennent pas ! »

On a eu chaud quand même. Et le contexte international n'arrangeait rien. C'était la guerre du Golfe[1]. Personne n'avait vraiment envie de faire la fête.

Une autre force se dressait contre moi : les médias. Ils me boycottaient depuis un mois et demi et passaient complètement sous silence l'agenda de mes trois premiers concerts. La raison ? « Presse qui roule ». La chanson est finalement sortie en single.

***

Le boycott

Sortir « Presse qui roule » en single : erreur numéro 1.

L'idée n'est pas de moi. Pas même de Gérard. Au contraire, Carmen et lui ont même tout fait pour me dissuader de mettre la chanson dans l'album. Je me suis battu bec et ongles pour qu'elle en fasse partie. Non, c'est Max Guazzini qui pousse à la faute.

Après les chiffres moyennement enthousiasmants des deux premiers singles, Carmen, Gérard et moi gardons espoir de faire décoller les ventes avec un troisième titre. Mais lequel ? C'est là que Guazzini dit à Louvin : « Si vous sortez "Presse qui roule", NRJ vous suit ! » De sceptique, Gérard devient convaincu qu'il faut sortir le

1. L'Irak avait envahi le Koweït et une coalition dont faisait partie la France emmenée par les États-Unis s'apprêtait à bombarder les forces irakiennes.

titre en single. Je suppose que Guazzini avait eu maille à partir avec la presse et voyait là le moyen de se venger. Sauf qu'il n'a jamais passé la chanson ! Petit problème de loyauté les gars ?

Une deuxième erreur m'est fatale. Elle vient des médias eux-mêmes et a un nom : amalgame. Ces trois vers à la fin de la chanson n'ont pas été entendus :

À vous madame la Presse ne vous méprenez pas
Cette chanson s'adresse à la famille des rats
Excusez maladresse, mais je leur dois bien ça

Le journal qui aurait dû se sentir visé était *Rolling Stone*. « Presse qui roule » s'adresse à *Pierre qui roule*, cela paraît évident non ? Mais non ! La plupart des journalistes le prennent pour eux. Je reconnais que, de mon côté, je n'ai pas communiqué de façon claire sur le rôle qu'avait joué le magazine : je n'avais aucune envie d'attirer l'attention sur ces lignes misérables. J'aurais peut-être dû m'expliquer un peu plus.

Le seul qui m'invite à défendre le titre en télé est Patrick Sabatier. Je chante « Presse qui roule » devant le public de son émission et Christine Ockrent, que cela fait bien marrer. Le sourire chaleureux de Christine est tout ce que j'aimerais retenir de cet épisode… Mais comment oublier que cette chanson m'a envoyé au trou pendant quatre ans !

Pourtant je ne regrette rien. Je me suis sabordé tout seul, comme un grand et presque en connaissance de cause. J'avais bien conscience que je donnais le bâton pour me faire battre. J'assumais. De toute façon, je n'ai jamais su me coucher.

« Presse qui roule » est aujourd'hui une cicatrice que je regarde avec tendresse. Elle a laissé une trace mais j'ai survécu. Je ne renierai jamais cette chanson maladroite. Un faible niveau de langue, c'est vrai, mais un fort potentiel de vérité. Quoi qu'on en ait dit, celui qui a manqué d'élégance, à la fin, ce n'est pas moi.

***

Le temps de la désillusion

Avec Vanessa, nous avons repéré une maison à Montfort-l'Amaury. Je suis sur le point de signer la promesse de vente. Jusqu'à cet appel téléphonique que je reçois de ma chère amie Mamou, Brigitte Starck : « Ne fais pas ça, me dit-elle, ne viens pas. Tout est fini. »

Brigitte me dit tout. Leur séparation. La fin des jours heureux. Je suis dévasté. Le coup est terrible, qui me coupe la voix.

***

A star is born

Il y a ce type, John Norman. C'est une rock star. Et il y a cette fille, Esther Hoffman, qui a une voix magnifique et qui chante dans les bars et dans des publicités, pour gagner sa vie. John entend cette fille, c'est une révélation… il tombe amoureux de sa voix, il veut l'aider. Il va tout faire pour la mettre en valeur ; il faut que le monde entier voie ce que lui a vu en elle. Au passage, John et Esther tombent dans les bras l'un de l'autre. John va réussir son projet au-delà de ses espérances : Esther signe dans sa propre maison de disque. John la pousse sur scène et la regarde depuis les coulisses récolter l'adhésion enthousiaste du public. L'amour, les attentions, la vie avec John Norman si pleine de fantaisie, tout profite à Esther, l'éclaire d'une lumière nouvelle et fantastique. La jeune femme devient magnétique. Une star. Les concerts, les shows télé, les couvertures de magazines s'enchaînent. John peut être fier de ce qu'il réussit avec elle. Oui… Mais au fur et à mesure qu'Esther prend la lumière, l'ombre s'étend sur John. On l'oublie. Tout en se réjouissant pour elle, toujours fou d'elle, il sombre peu à peu dans la dépression… Il n'y a bientôt plus personne autour de lui. Les papillons sont attirés par la lumière.

Kris Kristofferson et Barbra Streisand sont sublimes. J'avais quinze ans, en Angleterre, quand j'ai découvert ce film. Depuis, je l'ai vu vingt-cinq fois.

***

Porter les valises

À l'âge de dix-huit ans, désormais devenue une star, Vanessa est de plus en plus sous les projecteurs ; je suis de plus en plus dans l'ombre. Dès qu'elle arrive quelque part, tous veulent être sur la photo avec elle. On me marche dessus ; je disparais. J'avais la lumière sur moi lorsque je l'ai rencontrée. Soudain, je n'ai plus besoin de lunettes de soleil. J'y vois clair, si clair que je comprends parfaitement ce qui se passe : je suis en train de devenir son porte-valises, et même *persona non grata*.

L'autre phénomène que je subis, c'est un mépris de classe. Je suis un chanteur populaire, ce fameux *chanteur de variété*... Moi, c'est ma fierté, mais pas celle de tout le monde.

À l'époque j'ai pu être contrarié de cette distinction, je l'ai prise comme une sorte de snobisme dont je faisais les frais. Snobisme envers la simplicité de mes origines, envers mon parcours peu scolaire, mon goût de la chanson populaire. Un jour, j'ai dépassé ce genre de considérations. Je sais qui je suis et ne cherche surtout pas à être un autre.

***

La chute

Au moment de rendre l'atelier d'artiste du 14e, il n'est plus question de s'installer à Montfort-l'Amaury que la tristesse a gagné. Nous emménageons à Sèvres où Gérard possède une grande baraque qu'il a mise en location. Je dis « banco » pour la maison, « banco » aussi pour un deuxième album. Je lui propose d'ailleurs d'aménager un petit home studio afin de travailler à mon aise. Cela peut paraître surprenant pour moi qui ne suis ni musicien ni compositeur, mais ça révèle un vrai désir, enfoui, d'avoir à portée de main ce qu'il faut pour m'enregistrer. Cela me rassure de ne pas être dépendant de la disponibilité et des contraintes d'horaires d'un studio extérieur. À partir de là, j'aurai toujours, dans toutes mes maisons, un studio, une roulotte, un lieu pour enregistrer mes voix – à part bien sûr lorsque j'habiterai dans une maison d'une seule pièce, ou quand je logerai dans ma voiture, ce qui ne va pas tarder à arriver d'ailleurs…

Gérard accepte, et quelques travaux plus tard – supervisés par Guillaume Coulon, l'ingénieur du son avec qui je travaille depuis *Merci* –, voici la maison dotée d'un très joli studio.

Comme il est toujours aussi difficile de sortir avec Vanessa, la maison de Sèvres devient l'endroit où tout le monde peut venir manger, fumer, boire, passer la soirée… Je pourvois toujours à tout, ce qui me semble normal puisque j'en ai les moyens.

Dans la bande, nous étions tous peu ou prou à la rue, et tout à coup, il y en a un qui pète la baraque : l'argent n'est plus un souci. Qu'est-ce que tu fais ? Tu paies bien sûr ! Je disais un peu plus tôt que ce n'était pas un service que j'ai rendu. Eh oui, car ce faisant, tu fausses les rapports. Il faut dire que j'avais vu faire Coluche et adoré sa manière de vivre. Je l'avais pris pour modèle, mais je n'étais pas lui, je n'avais pas la capacité de gérer correctement tout ça. Et puis Coluche avait alors de la bouteille… Ses années sombres – car il a pu en avoir aussi – étaient derrière lui.

Je loue une maison de dix-sept chambres pour partir en vacances.

Mes ventes de disques diminuent. Pas mes dépenses… Je me tourne vers Carmen, chez Glem. Elle sait qu'on a un deuxième album en route, elle n'est pas inquiète. Glem est toujours au top de sa rentabilité. Carmen me considère – à juste titre – comme un artiste en développement : elle m'aide. En attendant que le succès revienne, je peux continuer à entretenir notre train de vie à tous. Tout va bien se passer.

Je loue un chalet pendant un mois entier pour skier à Val-d'Isère.

C'était un fantasme de pouvoir profiter des sports d'hiver jusqu'à plus soif, moi qui ne faisais que des séjours à la journée lorsque préado, je vivais à Bonneville. J'invite tout le monde. Tout est gratuit.

La machine à me perdre est en marche.

Nous sommes au chalet lorsque Vanessa reçoit un appel de son oncle, Didier Pain. Il lui annonce que Lenny Kravitz, qu'ils avaient sollicité pour collaborer à son troisième album, a répondu à leur demande et accepte de rencontrer la jeune chanteuse. « On y va », me dit-elle.

Je la regarde. Me tiens un instant en silence.

C'est un silence qui dit au revoir. Un silence d'adieu à notre histoire.

J'ai bien vu les signaux. Elle est dans une courbe ascendante vertigineuse. Tout lui réussit. Bien sûr que Kravitz va lui faire son album. Quant à moi, c'est le contraire. J'ai une alarme warning en permanence dans la tête. Les voyants sont à l'orange ou au rouge. Je sais que je suis en route vers le crash. Je ne me vois pas l'embarquer là-dedans. Il est évident que le temps est venu de nous séparer. Je ne vais pas pouvoir lutter. Ce rendez-vous avec Kravitz balise le moment.

Je lui souris.

« Tu y vas toi. Moi, je ne viens pas.

— Non ! Mais pourquoi ? Ne me laisse pas toute seule !

— C'est ton histoire, Vanessa. Pas la mienne. De plus je ne pense pas que Kravitz ait envie de te rencontrer avec moi.

— Mais…

— C'est ta carrière. Aie confiance en moi, vas-y tranquille… »

Kravitz a donc rencontré Vanessa et son entourage professionnel dans le studio de Langolff. Il a fait mine d'accepter les collaborations, avec Franck notamment, puis, très vite, il a dégagé tout le monde et récupéré le bébé complet. Vanessa a été invitée à Los Angeles. À nouveau, je lui dis :

« Vas-y. Je ne peux pas t'empêcher de vivre ton destin, ce serait idiot de ma part… »

Je voyais bien ce qui était en train de se présenter, je ne voulais pas être celui qui freine.

Vanessa est partie. Elle ne reviendra plus.

Je reste à Sèvres, dans la maison vide. Je n'imaginais pas qu'en me séparant de Vanessa, je me séparerais de tant de gens. Car les copains sont partis en même temps qu'elle. Presque tous. Ils ont suivi la lumière.

C'est raide, je l'avoue, mais finalement, ça va bien avec le moment et d'ailleurs j'ai tout fait pour que ça arrive. Je ne suis pas encore au fond du trou, mais je m'y dirige tout droit. Au fond du trou, de toutes les façons, il n'y a de la place que pour une personne.

A star is born. C'est étrange d'avoir été scotché par ce film en 1976. De l'avoir vu tellement de fois, d'en avoir été fan absolu, et de le vivre en vrai quinze ans plus tard.

Ce voyage vers les profondeurs a duré une année. Je me disais *Pfiouu, je suis en train de prendre dans ma gueule*… La phrase n'est pas jolie, ni même construite comme il faudrait, mais c'est exactement cette phrase-là qui frappait de ses petits poings nerveux mon cerveau déprimé tandis que mon cœur saignait en plusieurs endroits. J'assistais, en spectateur sonné, à mon propre naufrage, en me disant, *faut que ça passe*.

Pour tromper mon moral, je sors presque tous les soirs au Niel's, à l'Arc. Josy m'ouvre la porte de mes nuits, témoin privilégié de ma dérive sentimentale. Mon copain Charly me ramasse quand je ne vais pas bien, il est un des rares sur qui je peux compter. Toute ma bande de potes de Nogent, devenue celle de Sèvres s'est évaporée. Toute, à part Michel Jankielewicz, déjà parti vivre de son côté depuis un moment. Je paie probablement cette différence de statut qui m'est tombée dessus, avec laquelle nous nous sommes tous dépatouillés comme on pouvait. Qui peut dire qu'il aurait mieux agi ? Et y avait-il seulement une bonne manière de faire les choses ? Quand une forte notoriété vous tombe dessus, vous faites au mieux, mais peut-être ne pouvez-vous que vous planter ?

J'ai pu mal réagir lorsque je n'en pouvais plus de ce phénomène de cour qui s'était installé. Plus personne n'osait me contredire, c'était horrible. Cela m'isolait. *Putain ! Vous allez redevenir ce que vous étiez avant !* pensais-je. J'ai pu les provoquer parfois, en poussant même certains jusqu'à l'humiliation pour que ça cesse, qu'on m'envoie bouler, qu'on m'envoie du vrai… J'espérais une réaction salutaire qui n'est jamais arrivée. Cela s'est probablement retourné contre moi quand je n'ai plus pu entretenir tout le monde.

Je travaille à mon second album. Il s'appellera *Réaliste*[1]. Le rêve est parti en vacances et la réalité, je me la prends en pleine face.

Je veux faire du bon travail. Malheureusement, j'ai peu de ressources. Je sollicite Jean-Jacques Goldman qui cartonne depuis presque dix ans et a, il y a peu, entièrement écrit et composé un magnifique album pour Johnny[2]. Il me répond qu'il n'est pas disponible. Il est vrai qu'il vient de former le groupe Fredericks Goldman Jones et doit être bien occupé par leur propre album. Franck Langolff m'apporte une chanson : « Et qui sait ». Il me fait écouter d'autres titres qui m'intéressent beaucoup… Et il y a « Tue-moi », qui figure sur son album *Normal*, sorti en 1986. Cela fait plus d'un an que j'ai décidé de faire une reprise de cette chanson que j'adore et dont je pense pouvoir faire un tube. Tant de ses créations me plaisent… Ce serait génial qu'il me fasse tout mon album. Il commence à me connaître, il a beaucoup de talent, ce pourrait être une belle collaboration. Langolff prend le temps de la réflexion et revient – je m'en souviendrai toujours, nous étions dans la salle de billard – me dire en me regardant dans les yeux :

« Florent, je ne vais pas te le faire cet album. Tu sais pourquoi ?

— … (Non, Franck je ne sais pas…)

— Parce que je ne vais pas t'offrir ce que je n'ai jamais eu.

---

1. Je disais à l'époque : « Mon album s'appellera *Réaliste* pour ne pas l'appeler *Pessimiste* ! »

2. Album *Gang*, sorti en 1986.

— Comment ça ?

— Tu as déjà eu un grand succès avec “N'importe quoi”. Si je te donne mes chansons, tu vas renouer avec le succès. Alors je ne vais pas te les donner, parce que je n'ai pas envie que tu aies deux fois ce que je n'ai pas réussi à avoir une fois. Moi, tout le monde s'en fout que je chante, on ne veut que mes chansons…

— Franck, t'es sûr de toi là ?

— Tu reprends “Tue-moi”, c'est déjà bien… »

Cela avait le mérite d'être honnête, mais c'était si étrange. Il n'a finalement rien fait de ses chansons, n'ayant pas trouvé le moyen de les chanter lui-même comme il le voulait. Deux ans plus tard, il les a données à Yannick Noah, qui n'en a pas fait grand-chose non plus : ce n'était pas pour lui. Dommage… Ce son pop-rock était tout ce que j'aimais, ça aurait pu changer les choses pour moi… Mais voilà, il était écrit que je n'aurais rien facilement !

Au final, je fais une première chanson avec Jean-Yves et Patrick Dupont, dit Dudu, un ami bassiste que je connais depuis cette époque du 20 aux Halles, où je n'étais qu'un *p'tit cinocheux* comme disait tendrement Gainsbourg. Dudu connaissait alors un succès avec un 45 tours (il chantait dans un groupe qui s'appelait Le Club où Nelly, la femme de Loustau, dansait) et je l'avais trouvé extra ! Il faut savoir que Dudu est un type à la fois drôle, sympa et complètement frappadingue. Si sa folie et son énergie presque too much l'ont desservi pour une carrière solo (bien qu'il soit un excellent chanteur), elles ont fait de lui un musicien rare sur scène. Il faut souvent le contenir. Ou pas ! Car c'est agréable d'avoir un bassiste capable de faire le show, ils ne sont pas si nombreux.

Notre première collaboration, sur *Réaliste*, marque le coup d'envoi d'une belle relation sur de nombreuses tournées.

David Rhodes (guitariste et arrangeur de Peter Gabriel), Jean-Baptiste Brimont, Jean-Jacques Lemoine, Serge Ubrette complètent le casting de ce second album. Je ne vois pas le nom de Kamil dans les crédits du disque, il a déjà dû partir à Los Angeles, où il fera une grande partie de sa carrière.

Pour la pochette, je me fais prendre en photo devant le motif d'un tapis. C'est un bel objet que Mamou a créé et le moyen qu'elle soit avec moi sur cet album. J'ai toujours ce tapis à la maison[1].

Tout en travaillant à l'album dans le studio à la maison, j'essaie d'avoir quand même quelques nouvelles de Vanessa, mais plus de son, plus d'image. Mes copains, enfin ex-copains, ont organisé une soirée pour ses dix-neuf ans. Non seulement je ne suis pas convié, mais en plus ils ont l'idée lumineuse d'inviter un nouveau chanteur pour le lui présenter. S'il lui plaisait, ce pourrait être mon remplaçant… Je suis furieux et m'incruste à la soirée, ce qui me permet de détester alors cordialement Pascal Obispo, puisque c'est lui le chanteur en question, et d'en concevoir une dent contre lui. J'arracherai cette dent sans douleur un peu plus tard en comprenant qu'il n'y était pour rien. Je l'arracherai d'autant plus facilement que Vanessa n'avait aucune affinité avec lui.

1. La pochette a changé à l'occasion de la réédition du disque.

Je continue ma descente aux enfers. Gérard a découvert que Carmen me sponsorisait et il n'est pas content (litote) : il coupe le robinet. Je suis bien planté. Je ne peux même plus payer le loyer que je lui dois.

Le fond du trou approche, je commence à l'apercevoir. Mais c'est trop tôt, il faut boire le calice jusqu'à la lie. Il a un sale goût.

Josée Dayan me caste sur un film où je vais retrouver Patricia Millardet, que je n'ai pas revue depuis sept ans. Nous nous entendons enfin bien, et je préfère de loin la relation amicale, paisible qui est la nôtre durant ce tournage, à celle, survoltée, du temps où nous étions ensemble. Nous jouons un couple d'escrocs et sommes magnifiquement accompagnés dans notre forfaiture par les fantasques Jean-Claude Dreyfus et Hélène Vincent. Ce tournage me permet d'oublier mes soucis le temps de quelques journées bien remplies…

Cette année de la lose, comme je l'appelle, comporte toutefois quelques dates appréciables. Le 2 septembre par exemple, je chante pour la première fois en duo avec Johnny : « Toute la musique que j'aime », sur la scène de quelle émission à votre avis ? Oui ! *Sacrée soirée*, vous aviez deviné j'espère… Ce sera le premier duo d'une longue liste. « Le Taulier » m'apprécie. Il a du répondant en face de lui. Je ne suis pas un fighter, mais je sais gérer. Je l'avais observé. J'avais vu comment il avait procédé avec Patrick Bruel. Il l'avait incité à tout donner en répétition, et Patrick, qui ne s'était pas méfié, s'était laissé faire. Quand ce fut l'heure du direct, il était rincé ! Johnny lui a mis, droite, gauche, droite, coup de pied au flanc et hop à coucher. Patrick, c'était un chat écorché. Et Johnny, lui, envoyait ce qu'il voulait, comme il voulait.

Ayant repéré le phénomène, je m'interdis d'y aller trop fort en répèt', je me présente tranquille, en garde sous la semelle. Lors du direct, je suis en pleine possession de mes octaves ! Johnny est ravi parce que, si cela peut l'amuser de vous envoyer au tapis, il est encore plus content d'avoir un adversaire à sa mesure pour donner le meilleur de lui-même et assurer au public le meilleur show possible.

La battle, Johnny, il aimait ça. Je crois même que c'est lui qui l'a inventée ! Mais si tu avais la prétention d'envoyer plus que lui, il détestait ! En même temps, qui aurait pu avoir cette prétention ?

Un autre grand fighter avec qui j'ai chanté en duo est Claude Nougaro. Notre rencontre remonte à un peu plus loin dans le temps, en 1988. J'étais de passage à Los Angeles avec David Hallyday. Marc Lavoine était de la partie. On s'était bien marrés avec Claude. Quand je l'ai revu sur un plateau un peu plus tard, il a voulu me faire danser ! « Je vais t'apprendre », me disait-il. Il était trop fort ! Il arrivait, tout petit, tout mal foutu, mais dès qu'il se mettait à danser, il était superbe ! Un groove de folie ! « Mais si, me disait-il avec son accent charmant et son œil rieur, tu peux le faire Florent, regarde, tu écartes un peu les jambes, et tu lèves les bras, tu pars dans le rythme, tu es fait pour ça ! » Tu parles ! J'ai le groove d'un marteau-piqueur !

C'était sympa jusqu'à ce qu'un jour je me retrouve à chanter avec Claude en duo. Où était passé mon copain ? Face à moi, j'avais un combattant de la chanson… Il n'était soudain plus dans le partage, mais dans la compétition ! J'ai compris ensuite pourquoi en apprenant à le connaître. Son père était un chanteur d'opéra, baryton, à l'Opéra de Paris, et sa mère, professeure de piano. La maîtrise, la technique du chant étaient pour lui une affaire on ne peut plus sérieuse. C'est pourquoi, il n'y avait plus d'ami qui tienne. Je peux le comprendre même si c'est vrai que, de mon côté, je vis les choses un peu autrement : tout en étant d'une exigence extrême avec mes performances, j'ai plus de légèreté et je n'aime pas manquer de générosité envers mes camarades chanteurs, pour des questions d'*ego* ou de concurrence. Claude, ce n'était pas de l'*ego*, mais une exigence qui ne pouvait s'encombrer d'un sentiment d'amitié. Sur le plateau. Parce que en dehors, il redevenait un bon copain. Enfin, le plus grand des fighters reste quand même Johnny !

Revenons en 1992, cette année pauvre en rêves, que la réalité rattrape au galop.

***

Les impôts, saison 2

La situation explose dans tous les sens. J'ai droit à mon premier vrai différend avec les impôts. C'est la saison 2, beaucoup plus dramatique que la saison 1. Glem n'aurait pas déclaré les sommes qu'elle m'a « données » – et elles sont rondelettes. La société de Gérard Louvin, en charge de mon management, s'est occupée jusque-là de déclarer mes revenus. C'est notre deal. Je n'ai pas de comptable et je suis trop ignorant. Comment déclarer les royalties, les éditions, les cachets, les droits, les deals, les BNC, que sais-je encore ? Je n'y connais rien et n'ai pas envie de m'y connaître. Quant à ces sommes qu'on m'a accordées en plus, elles ne correspondent à aucune case, c'est pire !

Glem n'a pas géré correctement les choses cette année. Probablement parce qu'ils savaient que j'étais planté et que je n'aurais jamais eu de quoi payer mes impôts. Je me suis retrouvé dans une situation intenable. Tout le monde a fait comme si cet argent était une sorte d'argent de poche, pas un salaire. Moi le premier je l'ai accepté ainsi. C'était vraiment du grand n'importe quoi. Une organisation hors norme. Il n'y avait plus de règles, ce qui fait que, même aujourd'hui, j'ai du mal à expliquer ce qui s'est réellement passé…

Ce que je peux dire c'est que ni Glem ni moi n'avons eu la présence d'esprit – oserais-je dire le courage – de nous poser les vraies questions au sujet de ces sommes. Je suis coupable autant qu'eux.

En avoir conscience ne permet malheureusement pas d'adoucir ma situation financière qui se corse encore davantage. Je n'avais plus d'argent, désormais j'ai quelque chose de plus : des dettes. Elles sont colossales. Mes deux créanciers : le Trésor public et Glem.

***

Je me rapproche encore un peu plus du fond du trou. A-t-il seulement un fond, ce trou ? On ne dirait pas.

Mes parents sont inquiets. Ils ont rêvé à mes côtés lorsque mon succès a déferlé sur les ondes comme une vague. Aujourd'hui, ils déchantent. Heureusement, ils lisent *Paris Match* et ça leur réchauffe le cœur. Ils tombent sur un numéro consacré à Charles Trenet. Il est en couverture et donne une grande interview sur plusieurs pages. À la question : « Quelle est, selon vous, la relève de la chanson française ? », il répond : « De toute la jeune génération, je n'en vois qu'un : Florent Pagny. »

Une caresse sur mon moral à vif. Un peu de lumière dans ce tunnel dont je suis prisonnier. Grâce à Charles, ma mère reprend espoir.

Pendant ce temps, mon nouvel album patine. Les ventes ne décollent pas. Le premier single est « Tue-moi », la chanson de Franck Langolff. Tout le monde se fout de moi, en pensant que c'est une chanson de rupture écrite pour Vanessa. Rien n'est plus faux – j'ai adoré cette chanson dès que je l'ai entendue, bien avant que l'on se sépare –, mais je peux bien endosser le rôle du chanteur désespéré, je ne suis pas à ça près. Quoi qu'il en soit, le single ne prend pas, les radios ne le jouent pas, je suis toujours au purgatoire, dans une prison insonorisée, d'où j'ai beau chanter, crier, hurler, on ne m'entend pas.

Pourtant la chanson est bonne, j'en suis persuadé. Et vous savez quoi ? J'ai raison. Je la ressortirai, en quatrième single, sur mon quatrième album, *Bienvenue chez moi*. Devinez : elle sera un tube. Parfois, il faut accepter de traverser les mauvaises périodes, elles ont toujours une fin.

En septembre, j'ai droit à une équipée sauvage : Daniel Roussel, journaliste correspondant du journal *L'Humanité* au Vietnam, me propose de participer au rallye moto humanitaire qu'il organise. Il s'agit, en une quinzaine de jours, de transporter et distribuer des médicaments à travers tout le pays. J'accepte cette mission aussi utile qu'intéressante, sans compter qu'un rallye à moto ne se refuse pas ! J'embarque dans l'aventure mon pote Jean-Claude Bonin. Le jour du départ, nous rencontrons les autres participants dont les frères Touré Kunda, qui se révéleront être des personnes adorables, pleines d'empathie, grâce à qui je découvrirai l'histoire et la voix des griots d'Afrique de l'Ouest. Autre surprise : mon copain Patrick Chauvel fait partie du voyage. J'avais rencontré Patrick sur le tournage de *L'Honneur d'un capitaine* – nous avions sympathisé à la fin de l'aventure après nous être regardés de travers pendant tout le tournage pour cause de profils trop similaires je pense, nous boxions dans la même catégorie. Je ne l'avais revu qu'une fois depuis, en le faisant jouer le porte-flingue de Boris Bergman dans *Blessure*. Patrick est un type incroyable, un reporter de guerre miraculé qui s'est pris trois bastos sur trois théâtres de guerre différents, une dans la fesse, une dans le bras, et la dernière en plein cœur de son appareil photo. Ce qui fait de lui un véritable survivant en plus d'être un excellent photographe !

Ensemble, nous traversons le Vietnam sur des Harley de 1956, qui appartenaient à la Garde royale. Depuis Hô Chi Minh-Ville jusqu'à Hanoi, la route du Rallye Mandarine est balisée par les hôpitaux que nous approvisionnons.

Et puis nous sommes victimes d'un accident qui pourrait bien être un attentat.

Un camion, une embardée, et la moto par terre.

Le motard accidenté n'est autre que Daniel Roussel, notre organisateur. Il s'en sort, même s'il doit être rapatrié.

Ce que j'ai appris plus tard, c'est que Patrick Chauvel et lui profitaient du raid pour tenter de vérifier cette légende selon laquelle il y aurait dans la jungle vietnamienne un camp de prisonniers américains si isolé que ces derniers ne sauraient même pas que la guerre est terminée. Le Vietnam commençait à l'époque à ouvrir ses frontières – ce raid n'aurait pas été autorisé quelques années auparavant. Il valait mieux faire profil bas, mais Daniel ne pouvait s'empêcher, en passant dans les petits villages, de poser des questions, de tenter de dégoter quelque chose pour son canard… Boum le camion.

Rétrospectivement, je n'ai pu m'empêcher de penser à la mort de Coluche. Les circonstances de l'accident étaient assez similaires.

À la fin de ce voyage riche en émotions, presque sans m'en apercevoir, je perds un ami. Arrivés à Paris, Jean-Claude et moi nous disons au revoir. Je ne le reverrai jamais. Nous ne nous donnerons plus de nouvelles. Au quotidien, Jean-Claude avait fini par prendre la fonction de manager, sans en être un, de garde du corps, sans l'être non plus, d'accompagnateur de l'artiste, mais, dans cette période sombre, l'artiste n'avait plus vraiment besoin d'entourage professionnel… Il restait la place la plus importante, celle de l'ami. Mais peut-être l'amitié s'était-elle agacée des différentes fonctions qu'on lui avait attribuées… Peut-être que notre relation n'avait pas supporté les désillusions, la découverte de la réalité sous les fanfaronnades ? Nous aurons fait tout de même un bon bout de chemin ensemble… Parfois, il faut savoir s'en contenter.

***

En 1992, je dis au revoir à Brigitte… qui luttait depuis deux ans contre un cancer.

Là encore, je n'ai pas les mots.

***

Gérard, en accord avec Phonogram, notre distributeur, décide de sortir en deuxième single le titre « Qu'est-ce qu'on a fait ? ». Je leur demande d'arrêter les frais. Rien ne se passera de bon avec cet album. Il faut tout stopper, ça devient de l'acharnement thérapeutique. Je dois passer à autre chose.

Quand est-ce que je touche le fond ? Qu'on en finisse ! Une soirée bien pourrie : voilà ce qu'il me faut.

Je bois beaucoup, ce qui ne m'arrive jamais. Trop. Je dérive de boîte en boîte. À la fin de la nuit, Josy, qui est devenue ma super pote tellement je passe toutes mes soirées avec elle, me conduit au pire endroit pour finir la nuit : chez cette copine vénézuélienne qui avait dansé dans mon clip. Au point où j'en suis et même si je sais que cette fille est du genre démoniaque, je me laisse conduire chez elle – allons jusqu'au bout. La fille me sert une vodka. Un verre si grand que je suis sûr que je pourrais entrer tout entier dedans. Je le considère d'un œil circonspect. Je ne pourrai jamais boire tout ça !

Je le bois en entier. Puis Josy me ramène à Sèvres.

Je reste trois jours dans un état comateux, à vomir, et peut-être mourir. Heureusement, la personne – providentielle – qui s'occupe de l'entretien de la maison me trouve, s'inquiète et appelle les secours. J'entends à peine la sirène des pompiers.

***

Seul comme un chien

Le voilà enfin, le fond du trou que j'attendais. Il n'est pas sombre, mais tout blanc. C'est une chambre à l'Hôpital américain de Neuilly-sur-Seine où les pompiers m'ont conduit pour y soigner l'ulcère que je venais de me faire.

Seul comme un chien. Maigre comme un clou. « Blanc comme un cierge de Pâques[1] », ajouterait le grand Jacques.

Le film projeté tout en bas est le suivant : Les images de mon enfance, de mon adolescence, de mes cinq premières vies, tout ce que j'ai vécu depuis l'âge de dix ans, porté par cette foi en ma voix, tout ce que j'ai vécu de moments difficiles en serrant bien fort dans ma main mon joker, tout ce à quoi je suis parvenu en allant chercher mes chansons au fond de moi-même : tout cela, d'un coup, ne vaut plus un kopeck.

Je n'ai plus rien. Plus d'espoir, plus d'envie, plus de petite amie, plus de potes, plus d'argent, plus de

1. « Ces gens-là », merveilleuse chanson de Jacques Brel, qui parle de ce type « *qui se saoule toutes les nuits avec du mauvais vin mais qu'on retrouve matin, dans l'église qui roupille, raide comme une saillie, blanc comme un cierge de Pâques…* »

producteur, plus personne qui ne veuille que mon bien (Carmen a fait les frais de cette histoire d'impôts, elle a été remerciée). Je suis anéanti.

Je broie du noir une semaine. Puis je reçois trois visites. Trois êtres bienveillants venus me tirer des profondeurs nauséabondes où je me morfonds. *Morfonds*… c'est le bon mot : je ne touche pas le fond, je le mords, comme on mord la poussière.

Mes deux premiers visiteurs sont mes fidèles Carmen Bouchet et Gilles Merlé. Leur gentillesse me touche. En ouvrant la porte de ma chambre d'hôpital, ils font entrer un peu de lumière.

Lorsque la porte de ma chambre s'ouvre de nouveau, je regarde, étonné, un visage, une silhouette familière s'inscrire dans l'encadrement :

« Ben alors, ça va pas ?

— Eh bien, pas terrible je t'avoue, mais mieux, maintenant que tu es là. »

Jean Carmet !

Quel amour ! Il avait su par Gilles, qui était son agent aussi, que j'étais hospitalisé, il est aussitôt venu. Nous ne nous étions pourtant pas revus depuis le tournage de *La Chaîne* quatre ans auparavant. Je n'oublierai jamais sa visite affectueuse. C'était comme une nouvelle balise, qui cette fois donne le signal de la remontée.

Pendant cette semaine, Carmen, Gilles et lui sont les seuls à être venus me voir à l'hôpital. Je n'ai pas eu d'autres visites, pas un coup de fil, rien. Il était vraiment temps de faire le ménage dans ma vie. Quant à ma famille, je n'avais pas voulu les avertir de ma mésaventure.

À ma sortie d'hôpital, comme naguère à l'issue de ma nuit en prison, je commence par m'acheter un chien… Je suis l'homme qui achète des chiens quand il est triste. Cette fois-ci je le prends de taille raisonnable pour qu'il soit plus facilement transportable… J'ai toujours eu de l'affection pour les bull terriers au physique si étrange. Je tombe sur un chiot, tout bébé, à croquer, je l'appelle Ganja.

Je rends à Gérard sa maison, je ne peux plus la payer. Lui est probablement déjà en train d'essayer de me vendre à PolyGram (la maison mère de Phonogram) pour se rembourser de mes dettes.

Les impôts ont tout saisi. Cela n'a pas suffi. Je leur dois encore une somme qui, aujourd'hui encore, flanquerait le vertige à Thomas Pesquet.

Je n'ai plus rien, une Mercedes tunée, mon chien racé.

Bientôt Noël. Si je ne me carapate pas loin de tout ça, je risque de retourner bientôt dans une chambre d'hôpital. Josy part dix jours au Gabon, elle y a de la famille, elle m'invite. Je ne serais pas plus mal en Afrique qu'à Paris… Allons-y ! Mettons des kilomètres entre moi et cette période pourrie !

Je me requinque un chouïa, en profite pour réfléchir et prendre de la distance avec ma situation… Où en suis-je ? Que dois-je faire pour me sortir de ce piège dans lequel je me suis laissé enfermer ? Qui peut m'aider ?

Je pense à Marie.

J'ai rencontré Marie Calvet sur le tournage du clip de ma chanson « Qu'est-ce qu'on a fait ? ». Elle est styliste. C'est une grande et jolie femme, sympa, drôle, et qui a la particularité remarquable de posséder un caractère entier – d'une seule pièce pourrait-on dire, ce qui pour une styliste, vous l'avouerez, n'est pas commun. Sa façon d'être avec les gens est exactement la même, qu'elle s'adresse à une star, à son habilleuse, à son chauffeur ou à son poissonnier. Votre notoriété, elle n'en a rien à faire, elle l'a démythifiée depuis longtemps, seuls les gens l'intéressent. Elle leur témoigne le même respect et les fait profiter de son merveilleux sens de l'humour.

Je me souviens des bonnes vibrations ressenties lorsque j'ai fait sa connaissance sur le tournage du clip. Je me dis que pour commencer ma nouvelle vie, elle pourrait être ma nouvelle copine !

« Marie, je suis planté, tu pourrais me loger un petit moment ?

— Je vous attends, toi et ton chien. »

Retour à la case départ. Me revoilà squatteur.

Je suis resté plusieurs mois chez elle. Le temps de devenir un séducteur, de chanter aux Restos du Cœur, d'être vendu comme un objet, de concevoir « Rester vrai », de m'embarquer sur un bateau, de chavirer pour Azucena Caamaño.

***

Chez Marie

Avenue Victor-Hugo, un appartement sous les toits constitué de chambres de bonne réunies : c'est là que je me reconstruis, chez Marie, en compagnie de mon fidèle Ganja. Merci Marie. Du fond du cœur.

Je croise de temps en temps son fils, Sébastien, dix-neuf ans à l'époque, qui loge dans le même immeuble.

Comment aurions-nous pu imaginer que vingt ans plus tard, en 2013, je chanterais en duo avec lui dans un bel album ? Eh oui, car entre-temps le jeune garçon aura intégré, en compagnie de trois autres chanteurs aux voix superbes, le groupe Il Divo qui connaîtra un succès international considérable pour ne pas dire… de fou[1]. Parmi ces chanteurs, le beau Carlos Marin, baryton et membre espagnol du groupe, fera partie, en décembre 2021, des victimes de la Covid, quelle tristesse.

En 1992, je retrouve le moral grâce aux coups de pouce des quelques personnes qui m'ont témoigné leur amitié, Gilles Merlé, Jean Carmet, Carmen Bouchet, Charles Trenet – par *Paris Match* interposé – et maintenant Marie Calvet. Sa présence lumineuse et pleine de gaîté va m'accompagner jusqu'à ce que je sois à nouveau sur de bons rails. Le rôle de Marie a quelque chose de celui de la maman, de l'infirmière et surtout de la vraie bonne copine !

On rit beaucoup, on sort tout le temps. Je suis certes un peu tricard, néanmoins ma présence ouvre toujours quelques portes. Et un tas de filles ont envie de me consoler, ce qui est réconfortant ! On ne peut pas dire que je multiplie les conquêtes, car je ne livre aucune bataille. Les victoires me sont accordées d'office. Les relations sans lendemain s'enchaînent. Cela fait de moi, temporairement, une sorte d'étalon que je connais bien

1. Il Divo : créé en 2003, le quatuor de pop-opéra (un Français, un Suisse, un Espagnol, un Américain) a vendu plus de trente millions d'albums dans le monde et multiplié les récompenses prestigieuses.

pour en avoir croisé un bon nombre, qui passe sa vie à côté de tout pour finir à côté de lui-même. À force d'avoir été de conquête en conquête sans jamais rien construire, il se retrouve tout à coup vieux et se rend compte un peu tard qu'il a raté quelque chose.

J'aspire à mieux, je sais exactement à quoi. Mais je ne vois personne.

Le 26 février, Jean-Jacques Goldman m'invite à participer à la troisième édition du spectacle des Restos du Cœur. Le concert est donné à la Grande Halle de la Villette, à Paris. Le thème : les enfoirés chantent Starmania. J'interprète « Banlieue Nord[1] » en duo avec Smaïn. Je me souviens de la mélancolie qui m'habitait durant ces journées de répétition et de spectacle. Je me souviens du regard de Jean-Jacques qui semble touché par ma détresse.

À quinze ans j'ai quitté l'école
Et j'ai pris le premier métro
Sans foi ni loi
Je veux vivre et mourir
Sans feu ni lieu
J'veux pas rentrer dormir
Dans ma banlieue
J'ai tout cassé avant d'partir
J'ai pas d'passé et pas d'avenir…

Je chante « Banlieue Nord » sans effort. J'ai un passé mais qu'en reste-t-il ? J'ai l'impression d'avoir tout détruit… Quant à mon avenir, je l'ai perdu de vue.

1. Auteur : Luc Plamondon, compositeur : Michel Berger.

Mon producteur a concrétisé son projet : il m'a vendu à PolyGram[1]. Les maisons de disque qui, jusque-là, ne jouaient qu'un rôle de distributeur, souhaitent désormais se passer des producteurs et accompagner elles-mêmes les artistes. PolyGram a signé sans hésiter.

Gérard a sûrement estimé qu'il n'y avait plus grand-chose à tirer de ma personne et a trouvé ce moyen de rentrer dans ses frais. Je ne touche quasiment rien lors de cette signature. C'est Gérard – et c'est logique – qui prend l'argent. Il garde aussi des points sur quelques albums à venir, ainsi qu'une option sur les tournées. *On ne sait jamais*, doit-il se dire, en bon businessman qu'il demeure. Il ne s'agirait pas que son poulain reprenne du poil de la bête et qu'il n'en profite pas. Sacré Gérard !

Avec ce deal, je me retrouve à devoir un prochain album à PolyGram. Je n'ai pas complètement la tête à ça, à vrai dire. Je suis toujours, malgré un léger mieux, en piteux état.

Avec cette transaction, je suis devenu ce qu'on appelle un « artiste maison ». La maison, c'est PolyGram ; le patron, c'est Paul-René Albertini. Un type distingué et qui dégage beaucoup d'intelligence… Il a été nommé à ce poste par Alain Levy, le grand patron qui a fait de PolyGram le numéro un mondial de l'industrie du disque. Pour qu'on s'y retrouve dans les grandes lignes, il faut savoir que Paul-René Albertini partira dans deux ans, en 1995, pour diriger Sony Music, et je raccourcis

---

1. PolyGram : en 1993, cette maison de disque est encore une filiale du groupe néerlandais Philips. En 1998, PolyGram deviendra Universal lorsqu'elle sera vendue à l'entreprise canadienne Seagram. En 2000, Universal deviendra française à la faveur du rachat de Seagram par Vivendi.

à peine en disant qu'il sera remplacé par un jeune trentenaire du nom de Pascal Nègre, entre-temps devenu le patron de mon label Phonogram. Et en 1998, lorsque Alain Levy, opposé à la vente de PolyGram au canadien Seagram partira à son tour, ce sera aussi Pascal Nègre qui le remplacera et occupera la fonction de PDG de la société désormais nommée Universal. Il la dirigera dix-huit ans durant, une longévité assez rare dans ce milieu pour être soulignée. On peut savoir gérer une grande entreprise mais gérer une grande entreprise liée à la musique, ça ne s'apprend pas. Cela requiert instinct, sensibilité, vision, souplesse d'esprit, culture musicale, tout en étant homme ou femme d'affaires. Avoir un peu de chance peut aider également ! Il faut être un vrai couteau suisse. Il y en a peu, on assiste sans cesse à des jeux de chaises musicales. Il est rare pour un artiste d'avoir pendant longtemps le même interlocuteur… J'ai eu ce privilège avec Pascal, que j'apprécie beaucoup, même si nous avons eu dans le temps d'inévitables prises de bec et différences de points de vue.

N'anticipons pas. Lorsque, sans avoir eu mon mot à dire, je me retrouve donc « artiste maison », Pascal, trente-deux ans comme moi, n'est alors que le directeur des labels Island et Barclay au sein du groupe PolyGram. Ainsi, c'est le brillant DG, Paul-René Albertini, que je rencontre tout d'abord. Autour de lui s'active une équipe très sympa, au sein de laquelle le responsable de mon label Phonogram, Philippe Vidalenc, un garçon authentique que j'apprécie tout de suite, ainsi que l'enthousiaste, la talentueuse – j'ai envie de dire *mythique* – chef de produit Nicole Savourat. Je ne suis pas encore seul face à la maison de disque car depuis quelques mois Michel Jankielewicz s'est positionné pour être mon manager. Et nous travaillons désormais main dans la main. Michel, si vous vous en souvenez, était en colocation avec nous à Nogent alors qu'il manageait le groupe Blues trottoir. J'ai toujours trouvé logique de faire appel aux compétences des gens que la vie mettait sur ma route.

J'avance doucement dans la conception de mon prochain album. Je commence à jeter des phrases, je suis comme un fou à regarder autour de moi si, enfin, des talents d'auteurs, d'autrices, de compositeurs, compositrices vont croiser ma route… Et bien sûr, j'ai prévu de demander sa collaboration à Jean-Jacques Goldman, sait-on jamais, il pourrait avoir un peu de temps à m'accorder cette fois-ci… Il a offert à Johnny de si beaux titres – « Je te promets », « Laura », « L'envie » –, ses propres chansons sont de tels succès… Et nous avons eu un bon contact lors des derniers Restos du Cœur…

Parallèlement, Marie et moi embarquons pour un nouveau voyage amical – phrase à prendre au propre comme au figuré puisque l'action se passe sur une péniche. Elle est à quai dans un bras mort de la Seine, le long du bois de Boulogne, et appartient à Jérôme Belcourt qui l'a aménagée pour y vivre. Je sais qui est Jérôme pour l'avoir déjà croisé dans des soirées, mais c'est chez lui, sur cette belle péniche, que nous faisons véritablement connaissance. C'est un personnage singulier, dentiste, ou plutôt ex-dentiste, qui a failli mourir cent fois, beau gosse, ténébreux et généreux, noctambule. L'endroit devient le rendez-vous incontournable de nos débuts de soirées. Nous nous y retrouvons pour un verre ou grignoter un truc avant de partir en bringue. Une nouvelle bande se forme peu à peu, à la faveur de ce lieu atypique et chaleureux. Nous avons tous une trentaine d'années, chanteurs, acteurs, mannequins, artistes... Autour de Jérôme évoluent diverses personnalités : Marie bien sûr, un grand type du nom de Géronimo, bellâtre aux longs cheveux et gestionnaire des substances illicites, Gunilla[1], une amie de Marie, Suédoise au tempérament de feu – qui a fait une trop courte carrière d'actrice en France –, son fiancé de l'époque, un chanteur du nom de Fréderic Berthelot, lequel, d'ailleurs, amènera bientôt un nouveau copain prénommé Kaddour. De ce dernier, qui restera un grand ami, je dirais en le découvrant qu'il manque un peu de stylisme, mais certainement pas de style ! Ce qu'il est drôle ! Les vannes sortent comme des boulets de canon d'une zone secrète de son cœur ou de son cerveau que tout le monde ne possède pas. Pas besoin de forcer, son humour est naturel et sain. Il n'est encore connu que d'un petit nombre d'aficionados sur la radio rock Oüi FM où il forme, avec son complice Olivier Baroux, le duo Kad et Olivier. Ils animent une émission hebdomadaire, le *Rock'n'roll Circus*, mais le grand public français apprendra à connaître mieux le personnage dans quelques années à la télé d'abord puis au cinéma, dont il deviendra un acteur essentiel.

Cette bande de potes liée à cette péniche tiendra durant un an environ. Des amitiés vont se nouer, certaines pour la vie, des couples vont se former, d'autres

---

1. Gunilla Karlzen, actrice suédoise pleine de charme qui a fait craquer la France dans plusieurs pubs sans compter de jolis rôles au cinéma à la fin des années quatre-vingt et au début des années quatre-vingt-dix.

se défaire, et un jour cette bande de bons copains n'existera plus que dans nos souvenirs…

En ce qui me concerne, le souvenir est indélébile. Pas seulement parce que de très bons moments y ont été partagés. Ni uniquement par la dynamique des amitiés nouvelles. Pas non plus parce que les mauvaises vibrations commencent à s'éloigner…

Mais parce que c'est ici que, tandis que je traîne mon envie de m'en sortir, un reste de déprime et mon chien Ganja, je l'aperçois.

Elle.

Rien d'une bombe à retardement. L'effet est immédiat.

Elle pose le pied sur le bateau.

Azucena del Lujan Caamaño… Sublime, sexy, sauvage…

Je suis foudroyé dans la seconde. Et je crois pouvoir dire qu'elle… pas du tout !

Chapitre 6

Première partie

Ma sixième vie
Thème de l'histoire : Et un jour une femme

J'ai trouvé mon héroïne. Toutes les cartes sont contre moi. Il va falloir lutter pour que notre histoire d'amour existe. Pendant ce temps de bonnes fées se penchent sur mon cas. Elles s'appellent Jean-Jacques Goldman et Philippe Starck. Il y a aussi une histoire de tapis volant dans ce chapitre. C'est un chapitre assez long, alors il comporte deux parties. On pourra faire une pause, aller se dégourdir les jambes. On en aura besoin, parce que après ça va se corser.
Il y aura des gentils, des méchants, un bras de fer, de la colère. Heureusement le gentil gagne à la fin. Sans spoiler, le gentil, c'est moi.

Pour me dire bonjour, elle me serre la main sans me regarder : c'est notre premier rendez-vous manqué et le grand litige de notre début d'histoire, car si c'est elle qui raconte, elle raconte autre chose ! J'exerce une pression sur sa paume jusqu'à ce qu'elle porte son regard sur moi. Elle n'a pas l'air d'apprécier.

J'essaie de lui parler, elle ne me comprend pas. Mon anglais est pourri, je ne connais pas l'espagnol, elle ne parle pas bien français. J'essaie de la faire rire, elle ne rit pas.

Je suis dans la mouise.

Je me tourne vers Marie.

« Marie, cette fille-là, elle peut tout changer pour moi… Si elle débarque dans ma vie, je crois que je suis capable de poser mes valises.

— Oui, elle a quelque chose de plus… quelque chose d'unique… C'est vrai que vous iriez bien ensemble. »

Mon destin bascule. Je le sais, je le sens, mais je vois bien qu'en revanche Azucena n'est pas au courant. Je la revois plusieurs fois, suis de plus en plus séduit, constate à son attitude que c'est loin, très loin d'être gagné.

Pour commencer, elle n'est pas libre. Elle traîne avec ce Géronimo (le bellâtre !) qui, à mon humble avis intéressé, n'est pas du tout un mec pour elle. Si ce n'est que, sur la photo, force est de reconnaître qu'ils sont parfaits ensemble. Tous les deux très beaux, avec un type indien, les cheveux bruns, longs, ils s'accordent parfaitement. De plus, il parle espagnol, ce qui lui confère un net avantage. Comment faire ? M'inscrire à des cours du soir ?

Pour que vous compreniez bien à quel point je suis mal barré, je vais laisser la parole à Azucena. Si vous lisez à voix haute, merci de le faire avec un charmant accent espagnol.

***

Je fréquentais la péniche de Jérôme depuis quelques mois. J'avais un fiancé qui s'appelait Géronimo ; il était mannequin comme moi et son adresse française principale était de squatter une chambre sur le bateau de son pote. Je louais de mon côté un petit appartement dans le 4e arrondissement. Séparée de mon mari, resté à New York, j'avais choisi, pour m'établir, Paris et la France, qui, en bonne Argentine, me faisaient rêver.

La première chose que j'ai vue de toi en arrivant, c'est ta voiture. Je me souviens parfaitement de ce que j'ai pensé : Qui a pu faire ça à cette belle voiture ? *C'était une Mercedes, théoriquement une voiture de luxe, une 560 SEC je crois ; on la reconnaissait à peine : un look de batmobile, peinture mate et tuning immonde ! Une horreur ! « Qu'est-ce que c'est que cette voiture ? ai-je demandé à Géronimo. — C'est la voiture de Pagny », m'a-t-il dit. Nous avons alors emprunté la passerelle pour monter sur la péniche. C'est là qu'un animal (j'avais bien identifié que c'était un animal, mais je n'étais pas certaine de son espèce, il pouvait assez ressembler à un cochon) est venu me renifler les pattes. « Qu'est-ce que c'est que cette bête ? ai-je voulu savoir. — C'est le chien de Pagny », m'a-t-on alors répondu ! « Pagny, mais c'est qui ça, Pagny ? — Laisse tomber, un chanteur fini », a dit Géronimo.*

Et c'est là qu'un mec m'a serré la main trop fort et l'a bloquée avec brusquerie. C'était toi ! Pagny !

Je me suis dit, la vache, le mec il a tout faux ! La voiture, le chien et même le bonjour !

Ta version, c'est que tu me presses la main parce que je ne te regarde pas. Peut-être en effet parce qu'il y avait du monde mais bon, en général, je regarde les gens lorsque je les salue. En tous cas, ça commençait mal.

Par la suite, cela ne s'est pas amélioré : tu étais toujours étrange avec moi. Je ne décodais pas ton humour. J'avais l'impression que tu m'attaquais chaque fois que tu t'adressais à moi.

Un jour où j'étais seule avec Jérôme, nous avons parlé de toi.

« Je ne comprends pas ce mec-là, il m'agresse... il est très bizarre... »

Jérôme a éclaté de rire :

« Non, il ne t'agresse pas ! Il te drague, maladroitement. »

Mon français n'était pas à la hauteur de cette conversation :

« C'est quoi "drague" ?

— Il essaie de te séduire mais il s'y prend mal.

— Ah d'accord... »

Et là, j'ai changé complètement mon regard sur toi. Parce que tu avais un côté sympa mais uniquement avec les autres. Dès que tu voulais établir le contact avec moi, tu n'étais plus naturel... C'était ta manière de séduire... encore à côté de la plaque !

Ça m'a touchée.

Ce qui m'a touchée aussi, c'est que, quand tu n'étais pas là, certains parlaient mal de toi. Tu étais un loser, un mec foutu...

De savoir que tu essayais de me draguer maladroitement, que tu étais un peu ringardos, et de constater qu'en plus tout le monde t'enterrait… ça m'a attendrie. C'est ce cocktail étrange et intéressant qui m'a donné envie d'en savoir plus à ton sujet, de te connaître mieux.

Étant donné la barrière de la langue, ça n'allait pas être par les mots, mais plutôt par le feeling et les sentiments. Je t'ai observé et ça ne m'a pas pris longtemps pour découvrir à quel point tu étais un mec génial. Un type plus que sympa, fun et généreux, toujours partant pour les aventures, créatif, débrouillard, fou… Toutes ces qualités, tout ce qui fait ton charme, je l'ai découvert en appliquant la technique du cœur, pas celle du langage…

Cependant, je n'étais pas vraiment libre. Ma vie n'était pas stable, je voyageais beaucoup pour honorer mes contrats de mannequin. Alors même si j'avais une relation avec Géronimo, ça restait léger, nous n'avions pas vraiment l'occasion de l'approfondir… De ton côté, je te voyais de temps en temps avec des filles, jamais la même.

***

J'habite encore chez Marie, je n'ai pas un sou en poche, ne suis pas flamboyant… Je suis plus riche en relations qu'en monnaie. Justement on m'invite à aller voir un concert de U2, mon groupe éminemment préféré, surtout à cette époque-là. L'occasion est trop belle : je propose à Azucena de venir avec moi !

***

J'ai hésité. Le concert était à Hambourg, c'était loin… Je t'ai dit :

« Je ne sais pas trop Florent… »

Tu voulais passer me prendre. J'ai décliné la proposition, car je voulais pouvoir changer d'avis jusqu'au dernier moment :

« Non, je te retrouve à l'aéroport. »

Paola, une amie proche, m'a convaincue :

« Écoute, ça ne t'engage à rien, ce n'est pas un contrat de mariage ! Vas-y ! Et au pire, si vous ne vous entendez pas, tu auras au moins vu U2 en concert dans de bonnes conditions ! »

J'y suis allée. Le concert était super mais quand on est arrivés à l'hôtel, ce fut la déconvenue : il n'y avait qu'une chambre de réservée. Évidemment tu étais invité et n'avais pas d'argent pour prendre une seconde chambre… Néanmoins, j'étais contrariée.

« Je ne suis pas venue ici pour dormir avec toi, tu sais.

— Je sais, on n'est pas du tout obligés…

— Mais il n'y a qu'une chambre, un seul lit…

— C'est vrai. Mais ne t'inquiète pas. »

Nous avons dormi chacun à une extrémité du lit. Quand je me suis réveillée au matin, tu étais dans le canapé.

***

Nous avons dormi cette nuit-là chacun de notre côté et c'était la plus belle nuit que j'aurais pu avoir.

Je me demande si nous allons arriver à nous rejoindre. Je peux avoir un coup de déprime. Je n'ai pas grand-chose à lui proposer, je suis un mec en faillite. Je ne suis riche de rien à part, peut-être, quelque part dans un coin de mon âme, d'une foi en moi.

Et puis, j'ignore où en est Azu avec Géronimo. Je sais juste que son fiancé est un type pas fréquentable (et un mec très sympa, les deux ne sont pas incompatibles) qui n'a rien à faire avec elle. Il est infidèle et nous met tous mal à l'aise avec les nanas qu'il ramène sur la péniche lorsque Azu n'est pas là. Mais je ne peux pas être celui qui le lui apprendra.

Un soir, c'est avec Béatrice Dalle que Géronimo se pointe sur la péniche. Et cette fois, c'est en présence d'Azu. Je vois son manège ; il m'agace. Comme je m'entends tout de suite très bien avec Béatrice, qu'on rigole bien ensemble, je propose à cette dernière une virée sympathique : nous partons tous deux pour un tour de France express dans une BM de course. Au volant, Joe, un copain loufoque, membre de l'équipe des cascadeurs de Rémy Julienne[1]. Une équipée de six jours, avec notre chauffeur qui conduit comme le cascadeur qu'il est. Elle, comme une folle devant, morte de rire tandis que le compteur atteint 250 km/h et moi, derrière, à fumer mon pétard…

« Putain Joe ! Roule un peu moins vite quand même ! »

Et Béatrice :

« Hé ! Le fais pas chier ! Il te dit rien pour ton pétard, alors laisse-le conduire ! »

On se marre bien ! Ça paraît un peu dans la presse people, ce voyage…

1. Rémy Julienne, fameux cascadeur qui a réglé les cascades du cinéma français et international pendant plus de cinquante ans.

À la fin, Béatrice et moi saluons ce moment qui a été sympa et nous quittons bons camarades, nos routes se séparent à cet endroit.

***

Il y a eu ce jour où mon agent m'a envoyé un avertissement. Un truc sympa du genre : « Tu sais que tu sors avec un type pas recommandable ? En plus, dès que tu as le dos tourné, il drague tout Paris ! »

Oh ! Ça, je n'avais pas vraiment eu la possibilité de le voir… Ça pouvait tout changer… Je suis allée voir Jérôme en qui j'avais confiance :

« Dis-moi, Jérôme, mon agent me raconte des horreurs sur Géronimo. Tu confirmes ?

— Écoute, je l'aime beaucoup et c'est mon ami, mais ce qu'on t'a raconté est vrai. »

Alors, bien sûr j'ai viré Géronimo de chez moi, où il squattait quand il n'était pas chez Jérôme, illico presto *– oui, je parle italien, et très bien dans ces cas-là !*

***

Je crois qu'Azu a compris et qu'elle a jeté son bellâtre. J'ai envie de l'inviter. Justement, j'ai peut-être un plan sympa. Un dîner auquel je devais aller avec Marie. Or Marie a un empêchement.

***

Le téléphone a sonné. C'était toi.

Tu m'as proposé qu'on se voie le soir suivant.

J'ai dit d'accord.
Une soirée improbable m'attendait.

***

C'est un dîner chez une copine de la nuit nommée Ruty. Azu m'y accompagne. Jusque-là tout va bien…

Le hic, c'est que je ne suis pas au courant que Ruty a organisé ce repas pour me présenter des filles, tablant sur le fait que je terminerais la soirée avec l'une ou l'autre d'entre elles… Quand on débarque, Azu et moi, c'est au milieu de vingt filles… Très étrange comme première soirée. Ça ressemble assez à un autre rendez-vous manqué.

***

Je suis partie à Cannes, pendant le festival. J'avais été embauchée comme mannequin, pour monter les marches du palais au bras de l'acteur Gérard Lanvin. Il s'agissait d'une séquence du tournage d'un film, qui n'a finalement pas eu lieu, car l'acteur s'était blessé – une jambe cassée je crois – et ne pouvait plus tourner la scène.

Nous étions quelques amis et soudain ton nom est arrivé dans la conversation. À côté de moi, quelqu'un a pris un magazine et l'a utilisé pour se faire une ligne de coke. Je l'ai regardé faire. Il restait quelques traces de poudre sur le papier glacé. Sous la poussière blanche, ton nom, ta photo, celui de Béatrice Dalle, des paparazzis vous avaient chopés pendant votre virée. Le type est parti en inspirant bruyamment, et moi, je me suis aperçue que tu me manquais. Et qu'il se pourrait bien que je sois devenue accro sans même m'en apercevoir.

Je t'ai appelé. Je t'ai donné mon horaire de vol pour Paris.

***

Tu m'as appelé ! Je suis fou de joie. Je ne veux pas lésiner et malgré ma situation précaire, réserve le plus bel hôtel que je connaisse. Nous passons notre première nuit ensemble. Le 13 mai 1993.

***

Une nuit pourrie.

***

Une nuit pourrie.

Je ne sais pas ce qu'il s'est passé. On était loin de l'évidence, loin du coup de foudre, désaccordés…

Ce qui est fou, c'est que treize ans plus tard…

***

… le 13 mai 2006, nous avons choisi ce même hôtel pour notre nuit de noces. C'est la réceptionniste de l'hôtel elle-même qui nous l'a fait remarquer : « Savez-vous que vous êtes venus il y a treize ans jour pour jour ? » Nous l'avons pris comme un heureux présage. Cette nuit de noces a été…

***

Pourrie aussi. Pour d'autres raisons. On s'est disputés !

***

Je confirme. Nous n'irons plus jamais dans cet hôtel !

***

Ce 13 mai 1993 était notre troisième rendez-vous manqué. Nous avions envie d'être ensemble mais pour l'instant, on n'y parvenait pas.

Mais ce n'est pas parce que cette première nuit s'est mal passée que l'on n'a pas insisté. Il y avait quelque chose de plus fort.

Ce quelque chose, c'est que : elle et moi, c'était écrit. Ça peut paraître idiot je sais, ressembler à une chanson trop simple, il n'empêche, c'était écrit, je le sais, nous le savons.

Je m'apprête à quitter l'appartement de Marie… pour une cabane sur une île.

Philippe Starck, que j'ai revu quelquefois dans cette sombre période, s'est acheté deux grands terrains sur l'île Saint-Germain, en bordure de Seine, à Issy-les-Moulineaux. Sur l'un des terrains, il fait construire sa maison. À l'extrémité de l'autre terrain, il y a une bicoque, bricolée près d'un potager par les anciens propriétaires : quarante mètres carrés non homologués, pas d'eau, pas d'électricité. L'ensemble est vétuste, mais il y a quatre murs et un toit. Philippe, qui me sait planté financièrement, me l'a proposé il y a peu. J'ai accepté avec reconnaissance et organisé des travaux pour rendre la cabane habitable.

Marie filant un coup de main à Daniel, un ancien légionnaire devenu SDF (elle lui prête une chambre pour qu'il se retape un peu), j'ai proposé à ce dernier de l'embaucher pour les travaux… En quelques mois, la maisonnette a pris forme. Avant de rencontrer Azu, il m'est arrivé de la faire visiter à des filles de passage, je n'en ai jamais vu aucune à qui cette maison correspondait. Dans mon conte de fées personnel, cette maisonnette, c'est la chaussure de Cendrillon.

Azu sait que je suis en travaux mais elle n'est pas encore venue voir de quoi il retourne. Lorsque les travaux se terminent, elle est en Grèce pour des photos. Je décide d'attendre son retour pour emménager. Elle prend l'avion avec un tapis acheté pendant son séjour grec et me rejoint à la petite maison. Elle jette le tapis dans le coin salon. Il vole et se pose directement au bon endroit. On dirait qu'il a toujours été là, les bonnes couleurs, les bonnes mesures… Je la regarde, c'est une évidence. Mon cœur s'emballe. J'ai trouvé ma moitié. C'est le premier plus beau jour de ma vie. Et notre vrai premier rendez-vous. La première nuit que je passe dans cette petite maison, c'est avec Elle. Oui, avec une majuscule.

***

Je n'étais toujours pas vraiment certaine de vouloir m'engager. Je restais prudente, gardais mon appartement dans le Marais. J'ai posé une petite valise dans ta petite maison.

***

Première nuit, première journée, première semaine, premier mois dans la cabane d'Issy-les-Moulineaux. Nous la baptisons *La Casa del amor*. J'ai trente-deux ans, je suis prêt.

Cette cabane, nous allons y rester trois ans, jusqu'à ce que notre premier enfant pointe le bout de son nez, le deuxième plus beau jour de ma vie.

***

En novembre 1993, j'ai fêté mes vingt-sept ans à La Casa del amor. *J'étais très amoureuse de mon chanteur français possiblement fini. J'ai rendu mon appartement du Marais.*

***

Toutes mes histoires d'amour m'ont construit. Elles ont duré trois jours, trois semaines, trois mois, trois ans, mais toujours j'y ai été un amoureux sincère. Et elles ont toutes été belles et utiles. Elles ont forgé l'homme qu'a rencontré Azucena.

J'ai trente-deux ans et je suis prêt à démarrer mon chef-d'œuvre. Écrire le film de ma vie. Avec mes personnages principaux chéris. Ma femme, mes enfants.

Je ne pouvais pas imaginer, lorsque Philippe m'a proposé sa cabane si rustique, qu'après quelques mois de travaux, ce serait en compagnie de ma future femme, ma moitié, comme je l'appelle, la mère de mes enfants, que j'y poserais les fondations de ma vie d'homme.

Je parle souvent de *trouver sa moitié*. Cela ne veut pas dire que nous sommes des demi-personnes, condamnées à trouver leur part manquante pour être heureux. Mais je crois que nous sommes tous voués à rencontrer *la bonne personne*. Et lorsque nous la rencontrons, lorsque c'est elle, vraiment elle… alors à deux, nous formons plus que l'addition de nos êtres. Nous sommes un tout, une entité supérieure dont nous constituons chacun une part égale.

Vous l'avez compris, s'il me fallait choisir entre ce tout et ma carrière… le choix serait vite fait. Mon chef-d'œuvre, ce n'est pas « Savoir aimer ». C'est de savoir aimer. Mon chef-d'œuvre, ce n'est pas ma discographie, c'est cette famille que nous avons créée, les valeurs que nous lui insufflons. Ce n'est pas d'avoir vendu tant ou tant de millions d'albums, c'est d'avoir construit des millions de moments ensemble, Inca, Ael, Azucena et moi.

Sur l'île Saint-Germain, aujourd'hui, tout a disparu, *La Casa* a été rasée, il n'est plus question de potagers, les terrains ont été rachetés à grands coups de promotion immobilière… Les quatre magnifiques années que nous avons passées là-bas, sur ce bout de terrain aux herbes folles, ne sont plus que dans nos cœurs, notre sang, notre âme.

***

Remonter la pente

Au début de cette année 1993, j'avais fait partie des invités du premier numéro d'une nouvelle émission,

Taratata, produite et présentée par le célèbre animateur Nagui. Nagui et moi avions démarré en même temps, il était d'ailleurs présent à la soirée des seize ans de Vanessa que j'avais organisée. On était très potes et c'est sûrement pour cela qu'il a eu l'idée de m'inviter dans sa nouvelle émission et première production. Mon album était un échec, j'étais dans le trou mais je restais malgré tout dans le paysage musical français. De mon côté, j'étais tellement dans le sombre que je ne m'en rendais pas compte. Quand on est sous terre, les rayons de soleil ne nous atteignent pas. Toujours est-il que j'avais accepté et chanté « Qu'est-ce qu'on a fait », le deuxième single de *Réaliste*. Ce serait sûrement la dernière fois, je souhaitais vivement passer à autre chose, oublier vite cet album et toute la période qui lui était liée. En revanche, j'ai aimé cette nouvelle émission qui faisait la part belle au live, moi qui déteste le play-back. La chorale gospel qui m'accompagnait me fichait des frissons, nos voix s'alliaient et donnaient au morceau intensité et dramaturgie.

Taratata va faire ses preuves et devenir l'une des plus prestigieuses émissions dans le domaine musical. Elle sera très importante pour la suite de ma carrière. J'y participerai plus d'une dizaine de fois.

Le 1er mai de cette même année (Azu et moi étions alors en train d'écouter U2 à Hambourg) a eu lieu la diffusion du second *Taratata* auquel j'ai participé. J'y ai chanté avec Gilbert Bécaud une très belle chanson à lui, écrite par Pierre Delanoë : « Je t'appartiens[1] ».

---

1. « Je t'appartiens » : musique de Gilbert Bécaud et paroles de Pierre Delanoë.

Quel bon souvenir que l'enregistrement de ce duo ! Les répétitions de l'après-midi se passent de manière impeccable, les deux voix fonctionnent bien ensemble, nous sommes dans nos bonnes tonalités, très professionnels.

Le soir du direct, Gilbert arrive avec un grand sourire : il est en joie ! Il a dû boire un ou deux (ou trois !) verres de bon vin ; il a des étoiles dans les yeux. Il se met au piano. Et commence à chanter…

Comme l'argile
L'insecte fragile
L'esclave docile
Je t'appartiens

C'est magnifiquement interprété et tout à fait en place (Bécaud quoi) oui, mais, c'est ma partie ! Dans son enthousiasme Gilbert s'est trompé : il a commencé à chanter alors que c'est moi qui devais attaquer le premier couplet ! J'enchaîne alors ses parties à lui…

De tout mon être
Tu es le seul maître
Je dois me soumettre
Je t'appartiens

Si tu condamnes
Jetant mon âme
Au creux des flammes
Je n'y peux rien

Nous déroulons toute la chanson ainsi à l'inverse de ce qui était prévu et que nous avons répété. Quand Gilbert reprend après moi la deuxième fois, il vient de se rendre compte de son erreur ! Il me chuchote un « merci » à peine audible avec un grand sourire charmeur et le duo prend une belle couleur grâce à cette complicité inattendue qui nous unit. La magie, parfois, vient aussi des erreurs…

Avec les peines
L'amour et la haine
Coulant dans mes veines
Je t'appartiens…

Quelle belle chanson de *variété française* !

Pendant l'interview qui suit la performance, j'évoque mon travail en cours de manière prudente. Le nouvel album est en préparation, je ne tiens pas à vendre la peau de l'ours. Il y a même un malentendu avec Nagui, qui me demande si je suis « au fond de la mine » c'est-à-dire en plein travail sur l'album. Je lui réponds à côté, car je reste marqué par mon année de galère et pour moi, *le fond de la mine* n'évoque pas un endroit où il fait bon travailler son nouveau disque mais plutôt ce fond du trou où je me morfondais il n'y a pas si longtemps ! « Non non, je lui réponds, je suis en pleine forme ! » Je tiens à ce que ça se sache : tout va bien pour moi, je remonte la pente. Pour la première fois depuis plus d'un an, je suis riche de perspectives. Et surtout, je suis amoureux…

En juillet, je reprends avec David Hallyday « Magic Carpet Ride[1] ». David et moi sommes copains, je l'ai connu avant de rencontrer son père. Nous nous éclatons sur ce titre très rock du groupe canadien Steppenwolf.

1. Crédits : John Kay/Rushton John Moreve.

C'est aussi en juillet qu'Azu entend son « chanteur fini » pour la première fois sur scène. C'est un concert en plein air, au théâtre antique de Fourvière de Lyon, j'y chante en duo avec Johnny – qu'elle n'avait jamais entendu non plus… De quoi en prendre plein les oreilles et peut-être se dire que son chanteur n'est pas si obsolète ! Je ne me souviens plus du titre de la chanson mais je me souviens d'un soir, un peu plus tard, nous étions tous les deux en voiture, place Victor-Hugo à Paris, où elle m'a questionné sans détour :

« Pourquoi tout le monde dit que tu es fini ?

— Eh bien… ils ont raison ! Mais ils ont tort aussi, car ils ne connaissent qu'une partie de l'histoire. Je peux revenir… Surtout si tu es avec moi… »

***

Rester vrai

Jean-Jacques Goldman a accepté de collaborer à mon nouvel album – mon troisième et le premier sous la bannière PolyGram. Quelle joie ! Jean-Jacques m'apporte quelque chose que j'attends depuis longtemps : des chansons ! Je lui dis : « Merci Jean-Jacques ! » Et je me tourne vers le ciel, *Eh bien, c'est pas trop tôt !* Comprenez-moi : cela fait treize ans que j'attends ça : un auteur-compositeur qui s'intéresse à moi. Avec Jean-Jacques je ne pourrais être mieux servi.

Il fait d'ailleurs plus que me proposer un titre. Il m'en offre deux – nous en cosignons un troisième – et me présente l'un de ses précieux collaborateurs, le producer Erick Benzi, lequel arrive avec une belle équipe de musiciens et compositeurs, ceux du groupe

Canada[1], auquel il appartenait. Font notamment partie de l'équipe les guitaristes Jacques Veneruso et Gildas Arzel – par ailleurs chanteur de ce groupe. Un autre membre de cette talentueuse troupe est Daniel Bizarre, le régisseur. Il est riche de nombreuses qualités et sera à l'avenir un maillon essentiel de mon organisation. Quant à Christophe Fève, chauffeur et responsable de la sécurité, n'en parlons pas ! Ou plutôt parlons-en, et au présent, car il me fait le plaisir d'être et d'avoir été de toutes mes tournées. Il n'en a pas raté une… Une présence discrète, rassurante, efficace, tout en fermeté et en douceur alliée à une personnalité solaire, bref un collaborateur hors pair.

Je me rase la tête.

Rester vrai se construit autour de deux titres donnés par Jean-Jacques, « Si tu veux m'essayer » et « Est-ce que tu me suis ? »[2]. Je me mets au travail pour cinq chansons que j'écris et compose dans ma petite maison d'Issy-les-Moulineaux, dont « Rester vrai » qui donne son titre à l'album. Parmi les cinq titres, l'un figurera sur une plage cachée (la 69) : « Le Blues ». Cela se faisait à l'époque de planquer des petites surprises. Le CD permettait ce genre de fantaisie. Ces cinq chansons sont ma dernière contribution d'auteur-compositeur à

1. Le groupe Canada (Erick Benzi, Jacques Veneruso, Gildas et Gwen Arzel) a fait la première partie de Jean-Jacques lors de la tournée d'été 1988-1989.

2. « Est-ce que tu me suis ? » et « Si tu veux m'essayer » : paroles et musique de Sam Brewski – pseudonyme de Jean-Jacques Goldman.

ma carrière. Je me souviens d'avoir conçu « Le Blues » sur la route tandis que je rejoignais la maison familiale de Montberthault et laissais Azu pour quelques jours. J'étais si amoureux… Elle me manquait déjà. Pas pu m'empêcher de glisser une de ses charmantes fautes de français dans le texte[1] ! J'en reparlerai plus tard, cette petite chanson pour Azu compte tant que je l'ai incluse dans ma set list de la tournée des Soixante.

Erick, Jacques et Gildas Arzel (avec son frère Gwenn) travaillent également plusieurs titres. Parmi eux, le bouillant « Les hommes qui doutent[2] », que je reprendrai maintes fois en concert durant ma carrière. Eux et moi allons former une team solide pour trois albums et non des moindres. *Rester vrai*, *Bienvenue chez moi* et *Savoir aimer*. Erick sera le chef d'orchestre de chacun d'entre eux.

Un autre personnage fait une entrée décisive dans ma vie à ce moment-là : M. Bertrand Chatenet. Il signe un titre[3] sur *Rester vrai*, avec son compère Philippe Osman. Si j'aime beaucoup leur chanson et apprécie l'auteur qu'est Bertrand, je le sais doté d'un autre pouvoir : Bertrand est un ingénieur du son exceptionnel. Il est d'ailleurs déjà intervenu sur *Réaliste* ; je l'avais rencontré alors qu'il œuvrait pour Franck Langolff et était l'arrangeur avec Philippe Osman des morceaux de Vanessa. Il a aussi déjà bossé pour Renaud ; il travaillera bientôt pour Mylène Farmer, Yannick Noah ou

1. Dans le premier couplet, « Le blues de t'en abandonner ».
2. « Les hommes qui doutent », paroles de Jacques Veneruso et musique de Canada.
3. « Rêve aussi le jour ».

Trust, mais au final, je serai tout de même son principal client !

Quand j'ai demandé à Bertrand de rejoindre l'équipe de *Rester vrai*, je ne savais pas que dix-huit albums plus tard – même s'il y en a quelques-uns qu'il n'a pas faits –, il serait toujours mon fidèle coéquipier de studio et de scène, l'ange gardien de mes prises de voix et sonorisations de concerts. Il est sans doute la personne qui a la plus grande expertise de mon timbre. Il connaît ma voix toute nue et sait exactement comment la mettre en valeur.

Chez PolyGram, j'appartiens toujours au label Phonogram. Eux et moi décidons de sortir « Est-ce que tu me suis ? » en premier single. La chanson est bien accueillie mais ne décolle pas plus que ça – malgré les ailes que je me construis dans le clip. En août, ce sera au tour de « Si tu veux m'essayer » de partir en radio. Celle-ci fait mouche tout de suite.

J'avais pourtant hésité au départ à la sortir en single : ce que le texte raconte ne me correspond pas exactement. C'est d'ailleurs assez logique quand on sait que Jean-Jacques ne l'a pas écrite pour moi mais pour une chanteuse nommée Émilie Bonnet. Celle-ci avait demandé à changer les paroles et la chanson était par conséquent sortie sous un autre titre[1]. Pour des raisons que j'ignore, l'exploitation de ce titre a été stoppée et c'est ainsi que Jean-Jacques me l'a soumise dans sa version originale. Azu non plus n'aimait pas trop le texte, elle n'avait pas envie de proposer qu'on m'essaie en fait ! Mais elle et moi étions d'accord : c'était une chan-

1. « J'essaierai d'oublier » en 1983.

son forte, comme Jean-Jacques sait si bien les faire. Il aurait été idiot de passer à côté.

Chaque chanson, ou presque, de ma discographie a été un coup de cœur. Et pour les quelques-unes qui ne l'ont pas été tout de suite, elles le sont devenues, après plusieurs passages. Je ne fais jamais un album en me disant : *Ça, ça va plaire aux gens…* Je choisis toujours mes chansons parce qu'elles me plaisent d'abord à moi. Je considère que je suis un mec comme tout le monde, donc ce qui me plaît à moi devrait plaire à d'autres.

L'idée est de ressentir une émotion dès la première écoute. Et au fil du temps, de découvrir de nouveaux sens au texte. Des messages qui me touchent et que je peux défendre. En ce sens, « Si tu veux m'essayer » est l'exception qui confirme la règle. Pas vraiment de coup de cœur et pas d'affinité personnelle avec le message. Pourtant, quand je l'ai enregistrée, l'alchimie a opéré immédiatement. Que voulez-vous : la magie Goldman !

Le public est sous le charme, la chanson squatte les ondes à sa sortie (et toujours aujourd'hui).

À l'époque, lorsque les ventes commencent à se tasser, je me dis qu'il faudrait un troisième single, un titre qui booste la carrière de cet album.

Au sein de mon label, Philippe Vidalenc est parti et j'ai face à moi ce nouvel interlocuteur : Pascal Nègre. Je l'avais jusqu'ici surtout fréquenté dans les coulisses de shows télé (c'est lui qui ne s'était pas remis du retentissant *Laurent Fagnyyy* de Jacques Martin). C'est désormais avec lui que je dois traiter chez Phonogram qu'il a récemment intégrée. J'en suis ravi, car nous nous entendons très bien.

C'est donc à Pascal que je m'adresse pour évoquer ce troisième single. J'aimerais envoyer en radio le dernier titre de l'album : « Jamais », une chanson écrite par le groupe Canada. Un « Jamais » très rock, d'autant plus rock que je le chante en duo avec Johnny Hallyday.

Il faut dire que je commence à chanter pas mal avec Johnny, il aime bien m'avoir comme guest et m'invite régulièrement sur scène ou dans les émissions dont il est l'invité principal. C'est d'ailleurs pour ça qu'en retour je lui propose une place sur mon album.

Hélas, Pascal n'approuve pas ce choix et s'oppose même à cette idée. Il tient bon face à mes arguments. Ça m'énerve d'autant plus que, sur le moment, je ne comprends vraiment pas les siens.

Récemment, j'ai appris que c'était Johnny qui avait prévenu que, s'il était d'accord pour faire un duo, il s'opposerait en revanche à toute exploitation en single. Si je l'avais su, à l'époque, je n'aurais peut-être pas bien réagi, mais aujourd'hui je ne lui en veux pas. Il m'est même arrivé en certaines occasions d'adopter la même attitude. Envoyer une chanson dans la lumière, c'est lui donner la possibilité d'une carrière. Quand on n'en est pas à l'origine, on n'a pas forcément envie de ça.

À la place, ils ont sorti « Les hommes qui doutent » et « Rester vrai » en single. De ce dernier titre, je retiens le beau clip, évocateur, tourné dans une cage de verre par le réalisateur anglais Dani Jacobs. La liberté d'être soi peut-elle se retourner contre nous et nous enfermer…

L'album ne se vendra pas trop mal. Je reviens dans le game, comme on dit. Il s'en est, à ce jour, écoulé quatre cent cinquante mille exemplaires. Mais ce chiffre est celui d'aujourd'hui, avec des ventes qui se sont poursuivies au fil des ans et des rééditions. Au moment de sa sortie, « Rester vrai » doit faire dans les cent cinquante mille ventes maximum.

En avril, sans prévenir, un vent de tristesse se lève dans le printemps. C'est Jean Carmet qui s'en va. Gilles Merlé et moi nous retrouvons comme deux cons, à ne savoir que faire de notre peine – non, les gens qu'on aime ne sont pas éternels. On a beau le savoir, on se fait cueillir chaque fois. Particulièrement quand ils s'appellent Jean Carmet.

***

Première tournée

En novembre, il est prévu de faire deux Olympia, avant de partir en tournée.

J'ai davantage envie d'être le chanteur d'un groupe que l'artiste devant, en solo, ses musiciens en arrière-plan. Je demande à Jacques Veneruso d'inviter les musiciens avec lesquels il joue habituellement à nous rejoindre sur la tournée. « Ce ne sont pas des musiciens parisiens, me prévient Jacques. — Ça me va très bien », lui dis-je. Et c'est ainsi que notre équipe se forme, avec les frères Hampartzoumian, André (guitare) et Patrick (programmations, percussions et chœurs), marseillais comme leurs compères Jacques, Laurent Coppola (batterie), Pierre-Jean Scavino, dit Jipi (claviers). C'est une équipe non seulement de très bons musiciens, mais aussi de très belles personnes. Jacques en est le leader, statut qui n'est dû qu'à son talent et non à une volonté de dominer – il met naturellement tout le monde d'accord. Pour les chœurs féminins, outre Agnès Hampartzoumian, la femme d'André, je demande à ma petite sœur Marie-Pascale de faire partie du Tour. Elle a une très jolie voix et je sais qu'elle en est capable. Elle n'a encore jamais chanté de manière professionnelle, mais je lui fais confiance, connaissant sa nature généreuse et extravertie, pour être un joyeux maillon de la chaîne musicale. J'ai besoin de m'entourer de proches dont je connais la belle énergie positive. Pour cette raison, je demande à intégrer au groupe ainsi formé mon copain bassiste Patrick Dupont, dit Dudu. La greffe Dudu-les Marseillais (comme j'appelle désormais cette formation) prendra à merveille.

Les deux dates à l'Olympia, les 28 et 29 novembre, affichent complet. C'est Gérard Louvin qui produit, puisqu'il a gardé cette option dans son deal avec PolyGram. Cette fois, on fait les choses dans l'ordre. On ne commence pas par un Zénith de six mille places par exemple. Mais ce n'est pas simple pour autant.

Il faut savoir que la salle mythique de l'Olympia est, pour tout artiste qui s'y produit, une épreuve magistrale. Si tu réussis ton Olympia, tu peux faire une carrière. À quoi tient un Olympia réussi ? À deux choses : d'abord, il faut que les deux mille tickets soient vendus, et ensuite que les deux mille personnes soient debout à la fin. Un chanteur de variété dans mon genre fait toujours face à un public assis quand il arrive sur scène – au contraire du chanteur branché qui fait ce qu'on appelle des « fosses debout ». Qu'importe : à la fin, tout le monde doit être sur ses deux jambes en train d'applaudir à tout rompre, c'est le contrat.

Mes musiciens et moi réussissons cet Olympia.

Mon chien bizarre, mon *Bull Bull*, comme je l'appelle, qui a tant déplu à Azu lors de leur première rencontre, a fini par la séduire (comme moi !) et Azu a peint son portrait éclatant. Il trône, superbe, en fond de scène.

Nous commençons la tournée dans de petites salles – des jauges entre cinquante et cent cinquante personnes. Dans les plus petites salles, le public vient avec sa chaise ! Ce qui est extraordinaire, c'est qu'au fil des dates et des albums, avec ce même groupe de musiciens, nous progresserons, agrandirons peu à peu notre audience, jouerons pour trois cents, cinq cents personnes et finirons dans des Zénith, bourrés à craquer, de six mille places. Quel parcours ! Quelle chance pour nous tous !

Je suis jeune, inexpérimenté mais déterminé. Je n'accepte pas tout. Je veux protéger ce que j'ai de plus précieux : ma voix. Je sais que Gérard Louvin est avant tout un homme d'affaires. Je veux bien avoir signé des contrats sans trop les comprendre mais en échange, je veux pouvoir décider de mes conditions de travail. Aussi j'insiste pour ne chanter qu'un soir sur deux afin de ne pas malmener ma voix. Ce n'est d'ailleurs pas uniquement pour mon bénéfice personnel, mais surtout dans le souci d'offrir à mon public le meilleur « produit » qui soit. Et le meilleur produit que je peux leur proposer, c'est une voix fraîche et reposée qui va donner le meilleur son possible et provoquer les meilleures émotions. Là est tout mon sujet. Toute ma vie tourne autour de ma voix. Une des rares choses avec lesquelles je ne plaisante pas.

Michel Jankielewicz, mon manager, réussit à convaincre Gérard de ne programmer les dates qu'un jour sur deux et nous faisons cette drôle de tournée...

C'est ma première ! Et la première impression étant toujours la bonne, ce que je ressens là, je le ressentirai à chacune des tournées qui suivront. Cette joie, bien sûr, de partager les chansons avec le public, quelle que soit la date, quelle que soit la ville. Mais aussi cette appréhension... Cette crainte, à l'aube du départ en tournée, de la rigueur, des contraintes que je vais devoir m'imposer, jour après jour, soir après soir, pour être le plus performant possible, atteindre mon meilleur niveau physique, seule façon d'être à mon meilleur niveau vocal. Je ne suis pas un saltimbanque ; je ne sais pas – et ne veux pas savoir – compenser, animer, faire chanter les gens, si un soir je suis fatigué ! Non, je dois tout donner sur scène à chaque note de chaque chanson de chaque concert. Alors oui, je vais m'éclater mais au prix d'une discipline de fer et d'un état d'esprit de guerrier. Chaque soir, je vais remettre en jeu ma couronne ! C'est éprouvant. Il n'y a pas de place pour l'à-peu-près, sous peine de perdre la magie. Voilà ce que je ressens lors de cette première tournée. Ces sensations ne se démentiront jamais.

Je garde le souvenir d'un Tour laborieux dans son organisation. Tourneur est un métier à part entière et ce n'est pas celui de Gérard Louvin. Qui plus est, son artiste (moi !) n'a pas l'habitude non plus d'enchaîner ainsi les dates et lui impose des conditions intenables. Je suppose que le pauvre Gérard, à cause de ce planning d'un soir sur deux, n'a pas pu rentabiliser l'opération. Je l'ai compris par la suite, lors de la tournée de *Bienvenue chez moi*, quand j'ai commencé à me produire tout seul et qu'après avoir fait les comptes, j'ai dû me convaincre que je n'avais pas le choix, je devais chanter tous les soirs ou presque pour sortir une rentabilité. Comme vous vous en doutez, me convaincre n'a pas été une mince affaire. Mais j'y suis parvenu à l'aide de quelques arguments bien choisis, du style : *Est-ce que tu veux éviter la banqueroute ?!*

L'autre raison pour laquelle j'avais tort au sujet de cet agenda, c'est le rythme. Tout le monde, les musiciens, les techniciens me l'ont dit ensuite. Un jour off entre deux dates, ça rompt l'énergie, casse l'ambiance. C'est vrai et je m'en suis rendu compte moi-même. Mieux vaut enchaîner trois concerts et prendre un jour off avant de repartir pour trois autres dates. Ça, je ne le savais pas à l'époque. Gérard non plus. On était tous dans des « premières fois ».

En cet hiver 1995 les mauvaises langues peuvent penser que mon retour sur le devant de la scène n'est pas encore gagné, mais moi, je suis heureux comme jamais avec Azu, dans notre maisonnette. Nous n'avons pas de chauffage mais nous savons nous réchauffer.

Je me sens renaître.

***

À poil ou presque

J'ai cependant toujours ma dette d'impôt vertigineuse – d'autant plus que les intérêts continuent de courir – et toujours pas les moyens de la solder.

Un matin, un avis à tiers détenteur un peu plus offensif que les autres me convainc qu'il me faut agir. Je ne m'en sortirai pas en remboursant peu à peu ; notre situation est trop précaire. Nous vivons au jour le jour. Azu assure les factures quotidiennes, quant à moi, je vends peu à peu tout ce qui m'appartient encore et dont je peux tirer un revenu... On ne peut pas continuer comme ça... D'autant plus qu'entre la tournée de *Rester vrai* et les promos je n'arrête pas, et, avec Azu à mes côtés, je me sens plein d'avenir ! Un homme plein d'avenir et de dettes, voilà ce que je suis. Il faut rectifier cela. Réfléchissons...

Il n'y a pas cinquante mille façons de débloquer une somme d'argent aussi importante que celle dont j'ai besoin, je dois emprunter. Mais je ne me fais pas d'illusions : aucune banque ne me prêtera d'argent, je suis bien trop endetté fiscalement...

Si certains me pensent fini tandis que je m'estime en devenir, ce n'est pas, quoi qu'il en soit, l'avis de ces personnes qui va m'être utile. Et si je m'adressais directement aux principales intéressées pour savoir ce qu'il en est ? Qu'est-ce que je vaux ? Tiens, bonne question !

Qui sont les principales intéressées ? Les maisons de disque pardi !

Premier test : appeler les patrons, laisser un message aux secrétaires et voir si ça réagit. Si je suis out, personne ne me rappellera, au moins je serai fixé.

Première bonne nouvelle : tout le monde me rappelle dans la demi-heure. Ah, on dirait que je ne suis pas le seul à estimer que j'ai un avenir.

À partir de là, je rencontre tous les patrons de maisons de disque, je ne dois plus qu'un album à PolyGram[1], est-ce qu'ils seraient intéressés pour me récupérer ? La réponse est *oui* et elle est unanime. Alors, je laisse monter les enchères jusqu'à ce qu'on arrive à peu près à la somme dont j'ai besoin pour repartir d'un bon pied et surtout nous loger convenablement. Puis je prends rendez-vous avec Pascal Nègre – qui dirige la boîte, après avoir dirigé le label[2] –, fort de toutes ces propositions.

Il vient à *La Casa* pour ce rendez-vous. Il est en avance, ou est-ce moi qui suis en retard, toujours est-il qu'il fait la connaissance d'Azucena et que tous deux m'attendent dans le salon, lorsque j'arrive en moto. Une averse m'a surpris et je suis trempé. Aussi, c'est en me déshabillant pour me changer, jusqu'à finir en caleçon, que notre conversation démarre – il faut dire qu'il n'y a qu'une pièce dans la maisonnette ! Je ne suis pas à poil mais presque, au propre comme au figuré.

En bon négociateur, je gonfle franchement les prix offerts par les autres maisons de disque et quelle n'est pas ma surprise de voir que cela n'effarouche pas le moins du monde le désormais patron de PolyGram qui, au contraire, surenchérit. Me voilà tiré d'affaire ! PolyGram va me prêter l'argent nécessaire au paiement de ma dette d'impôt (un prêt avec intérêts) et ajoute à cette somme de quoi nous acheter une maison digne de ce nom. Il ne me demande qu'une chose en échange, une garantie de deux albums que je devrai faire avec Universal. Formidable ! Je peux souffler. Azu n'est pas

1. Ce sera *Rester vrai.*
2. Plus exactement les labels Phonogram, Barclay et Island.

forcément rassurée. Certes la situation est rétablie. Mais enfin, ce n'est qu'un prêt, il va falloir le rembourser, intérêts compris… et avec quel revenu ? Elle a raison. Nous ne sommes pas tirés d'affaire.

Tout de même, je ne m'attendais pas à m'en sortir aussi bien. Je n'avais aucune idée de ce à quoi je pouvais prétendre en tant qu'artiste, compte tenu de ma trajectoire.

Quand j'ai vu ce que j'avais pu obtenir, j'ai saisi à quel point, dans ce business, il est d'usage de jouer sur l'ignorance des artistes. J'étais loin de penser qu'on pouvait me donner autant. C'est à partir de là que j'ai décidé de ne plus être un artiste intégral. Intègre oui, mais pas intégral. Désormais il me faudrait avoir les pieds sur terre et mettre les mains dans le moteur. Comprendre les droits, les éditions, tous les rouages de la machine, tout ce que, en tant qu'artiste, on est censés ignorer pour justement rester des artistes. C'est pour ça qu'aujourd'hui je dis que je ne suis pas un artiste. Car je suis au courant de tout ce qui se cache derrière les rideaux de l'industrie musicale. Les coulisses de la compta n'ont plus de secrets pour moi !

Je crée ma société. Une discussion avec Jean-Jacques et son frère Robert Goldman m'a convaincu de le faire. Ils m'ont expliqué que, ne possédant pas mon contrat et ne désirant plus être auteur ni compositeur, je ne pouvais plus compter sur les éditions de mes chansons et encore moins sur les droits d'auteur. Si je voulais optimiser mon revenu, je n'avais qu'une solution : produire mes spectacles. Je comprends tout de suite le bien-fondé de leur propos. C'est comme ça que naît Cuadrada Productions. *Cuadrada* signifie « carré » en espagnol. Ça me va parfaitement : je suis un mec carré qui chante droit !

Le nom m'a été inspiré par un lieu en Argentine : la sierra Cuadrada, c'est là qu'est né le père d'Azu, au centre de la province de Chubut. C'est là, pour moi, que bat le cœur de la Patagonie. Une région particulièrement sauvage, rude, aride. Une région de vent et de désert, un endroit dans lequel je me suis immédiatement senti chez moi, comme vous le comprendrez d'ici peu.

Daniel Bizarre devient plus que l'efficace régisseur de la tournée qu'il était jusqu'à présent : avec sa connaissance du métier, il m'assiste et m'est d'une grande aide pour récupérer mon numéro de tourneur et monter ma société.

Et nous voici au moment, déterminant dans mon parcours, où je crée les conditions de mon indépendance professionnelle. Avoir fondé Cuadrada Productions me conduit à réorganiser les choses autour de moi. D'autant qu'à présent je connais les lois qui régissent le métier. Je fais donc le ménage. Plus personne ne me produira, ni Gérard Louvin, ni aucune structure. Ce sera Cuadrada Productions. De même, je n'aurai plus de manager. Je m'occuperai moi-même et sans intermédiaire de mes affaires. C'est ainsi que j'arrête ma collaboration avec Michel Jankielewicz. Il était pourtant un parfait manager, mais il me semble que je suis maintenant capable de défendre mes intérêts aussi bien. Je n'écris pas mes chansons, je peux bien m'occuper de tout le reste.

Voilà comment je deviens tourneur et producteur de mes spectacles. C'est de ce jour que je parle en direct avec ma maison de disque… et avec tout le monde d'ailleurs.

***

Bienvenue chez moi

En guise de garantie du prêt octroyé, je suis donc engagé avec PolyGram, pour deux albums. Mais on me demande de faire, dans un premier temps, une compilation. Si je ne suis pas en position de négocier quoi que ce soit, cela ne m'empêche pas d'être franchement dubitatif ! Une compilation ? Moi qui n'ai que trois albums à mon actif ? Qui plus est n'ayant pas atteint des sommets de ventes ? J'ai le sentiment que la maison de disque s'égare et qu'elle ne veut que presser le citron un peu plus… Je ne suis pourtant pas bien juteux ! Je suppose qu'ils ont surtout dans l'idée de mettre « N'importe quoi » sur un album – puisqu'il n'est jamais sorti qu'en single – en se disant que cela devrait suffire à faire vendre un minimum et provoquer ainsi la rentrée d'argent frais qui leur permettra de commencer à se rembourser. La démarche est plus que légitime mais… je n'y crois pas une seconde.

Je cherche autre chose. Comment pourrais-je satisfaire ma maison de disque tout en me satisfaisant moi-même et surtout en satisfaisant le public ? Voyons voir…

Ce dernier a adoré « N'importe quoi », il en a fait un tube. Puis s'est montré plus timide sur les singles et albums suivants même si « Si tu veux m'essayer » peut être considéré comme un succès. Quoi qu'il en soit, baser toute une compilation sur deux succès, ça m'ennuie. Que puis-je proposer ?

Je n'arrête pas de faire et refaire le tour de ma courte carrière… À part ces deux chansons, quels titres peuvent être assez solides pour soutenir une compilation ? Je vois bien « Tue-moi », qui n'a pas eu le succès qu'elle méritait… J'en vois bien d'autres qui méritent une deuxième chance… Mais aucune évidence.

J'élargis mon champ de recherche et repense à ces récentes prestations, ces moments de télé qui ont fait bouger les lignes. Ces duos qui m'ont valu compliments et reconnaissance, après leur diffusion. Il y a le *Taratata* de juin 1994 par exemple, où j'interprète avec la chanteuse Noa son titre « I Don't Know ». Je connaissais cette artiste, de son vrai nom Achinoam Nini, que je trouvais tellement douée et talentueuse… Quand j'ai su qu'elle serait à l'émission, j'ai demandé à chanter avec elle.

Un peu plus tard, en octobre, Nagui a présenté un nouveau *Taratata* dont j'étais, cette fois, l'invité principal, j'y ai interprété cinq titres et pu inviter qui je voulais. Zazie – qui venait d'intégrer la team PolyGram – a chanté avec moi « Dans la maison vide », de Michel Polnareff, et Lucio Dalla… son « Caruso ».

Vous vous souvenez peut-être que j'avais repris (en yaourt !) cette chanson de Lucio lors de mon premier Zénith. Ce que je ne vous ai pas raconté, c'est que Paul-René Albertini, quand il était en poste chez PolyGram, m'avait mis en relation avec Lucio Dalla, pensant que nous pouvions faire quelques créations ensemble. Nous étions allés chez lui, à Bologne, pour le rencontrer, en compagnie du réalisateur Mick Lanaro et de Philippe Starck. C'était une tentative de constitution d'équipe qui partait d'un bon sentiment. Mick est ce producteur et réalisateur assez génial, à l'origine de grands succès comme le « Casser la voix » de mon camarade Bruel mais aussi du retour triomphal de Claude Nougaro avec « Nougayork ». De son côté, Starck avait deux raisons d'être dans la boucle. D'une part, Lucio Dalla rêvait de le rencontrer et, d'autre part, Philippe était mon nouveau directeur artistique – sur une inspiration étrange et potentiellement intéressante de Paul-René. Ce dernier connaissait notre amitié et avait trouvé plaisant de lui proposer le poste. Designer la carrière d'un chanteur, voilà qui était inédit et inattendu pour Philippe : il a accepté. Ce genre de fantaisie s'appelle aussi une fausse bonne idée et, en effet, cela n'a rien donné.

Quoique…

Jouons un instant au jeu des *Si*…

Si numéro 1 : Si Philippe n'avait pas été mon directeur artistique à cette époque, peut-être que Lucio Dalla n'aurait pas été intéressé pour rencontrer le jeune chanteur français que j'étais. Car Lucio était un grand fan de Starck et il était ravi d'avoir cette chance de l'approcher.

Si numéro 2 : Si je ne l'avais pas rencontré à Bologne avec Starck, aurais-je eu envie de l'inviter à chanter en duo avec moi à *Taratata* ? Et pour sa part, aurait-il accepté ?

Si numéro 3 : Si je ne chante pas « Caruso » avec Lucio à *Taratata*, je ne le mets pas sur l'album *Bienvenue chez moi*.

Si numéro 4 : S'il n'y a pas « Caruso » sur cet album, je ne fais pas le même succès.

Si numéro 5 : Si je ne fais pas ce succès, tout ensuite est différent et probablement en beaucoup moins bien…

Donc, parfois, être directeur artistique, c'est savoir juste être là – quand on s'appelle Philippe Starck ! Pour les autres, il faut bosser !

À partir de ce rendez-vous à Bologne, Lucio et moi nous avions essayé de faire des titres sans qu'il en sorte grand-chose d'intéressant…

C'est dire à quel point une chanson est souvent un miracle…

Prenez un homme comme Lucio Dalla, auteur, compositeur, interprète, bourré de talent, dont les chansons ont pu faire des carrières internationales, donnez-lui un interprète comme moi, totalement dans son rayon, capable de pop et de lyrique, mettez-nous dans des conditions idéales pour travailler… Eh bien : *niet*, que dalle, *nada*. Pas un titre n'a vu le jour ! La volonté de faire une chanson n'est sûrement pas l'ingrédient principal pour qu'elle existe. Et en effet la plupart du temps, les chansons se fraient un chemin jusqu'à moi. Pas l'inverse.

Cela ne m'a pas empêché, lorsque Nagui m'a donné le choix de mes invités, d'inviter Lucio, qui était à Paris pour promouvoir son album, à chanter en duo avec moi son fameux « Caruso ». J'ai bossé (cette fois) à fond les paroles. Le résultat était à la hauteur je crois. Tout le monde m'en a parlé ! J'ai pris un galon avec ce duo.

Le soir de l'émission *Taratata*, Azu et moi avions organisé un dîner à la maison. Lucio était là, Starck est venu en voisin et en admirateur de l'artiste italien. Ça m'a fait drôle de voir enfin Starck dans mon salon, il n'était encore jamais venu. Lucio a adoré *La Casa del amor*… Cette bicoque improbable et cosy, en bord de Seine, comme à la campagne, et si proche de Paris. Il lui trouvait un charme fou, des vibrations extraordinaires… Et tout à coup Philippe réalisait qu'en effet elle était géniale ! Avec les travaux puis la déco d'Azu c'était comme si nous l'avions mise au monde. Pourtant, après ce dîner, Philippe n'est pas venu nous voir plus souvent. Il faut dire qu'il passait ses journées sur la planète.

En novembre, cette même année, la diffusion du spectacle des Restos du Cœur enregistré en janvier m'a également valu de bons retours. J'avais demandé à chanter une chanson de U2 (oui, un peu obsessionnel le gars sur U2). À la place, Jean-Jacques m'avait facilement convaincu d'interpréter « Oh Happy Day[1] », avec Carole Fredericks.

Là aussi, le duo a été une réussite ; on m'en a parlé pendant des mois après l'émission.

Tout à ma réflexion pour cette compilation que désire PolyGram, je me dis que ces trois moments de télévision, avec Noa, Lucio et Carole, sont des tubes en puissance, qui ne sont jamais sortis sur un album.

Plutôt qu'une compilation basique, pourquoi ne pas faire plutôt un album original, construit autour de ces titres inédits ? S'ils ont été des succès de télé, ils peuvent aussi l'être en radio. Et rien ne nous empêche, sur un tel album, d'intégrer « N'importe quoi ». Et rien ne m'empêche non plus de faire de nouvelles chansons, d'autant plus que je suis maintenant entouré de très bons musiciens, auteurs et compositeurs avec mes Marseillais !

Ce qui se profile me plaît beaucoup. J'en parle tout de suite à Erick Benzi. Je lui demande de réfléchir à une chanson qui puisse ouvrir cet album atypique…

1. « Oh Happy Day » est une version gospel – devenue célèbre grâce à l'arrangement de The Edwin Hawkins Singer – d'une hymne religieuse du XVIIIe siècle.

Erick me propose « Bienvenue chez moi[1] » et, celle-là, je l'adopte tout de suite !

J'appelle la maison de disque : que pensent-ils de cette proposition ? Heureusement elle séduit tout le monde et c'est ainsi que naît *Bienvenue chez moi* ! Un album original qui reprend des morceaux existants et s'enrichit d'une valeur ajoutée avec quatre titres complètement neufs et un cinquième, inédit sur album, « N'importe quoi ».

Les musiciens et moi nous installons chez mes parents, dans la maison familiale de Montberthault pour enregistrer les titres. Une jeune directrice artistique d'une trentaine d'années, Caroline Molko, est envoyée par mon label alors dirigé par un nouveau venu du nom de Yann-Philippe Blanc. Caroline est là pour voir comment les choses avancent et pour prendre la température de l'album. Je m'entends tout de suite avec cette femme à la fois discrète et directe, tignasse toute frisée, œil rieur, visage mutin, efficacité terrible ! Une jeune femme si brillante qu'elle gravira les échelons jusqu'à prendre en 2002 la tête de la société Warner Chappell Music France qui gère les éditions Warner (appelée à ce poste par Yann-Philippe Blanc alors président de Warner Music France). Elle dirigera cette société avec poigne et succès durant dix-huit ans.

Lorsqu'elle arrive à Montberthault, je ne sais pas avec qui elle a travaillé auparavant mais elle a l'air déconcerté par la simplicité et la facilité avec lesquelles les enregistrements se déroulent. Nous travaillons dans une ambiance colonie de vacances et le résultat est impec-

1. « Bienvenue chez moi » : paroles et musique d'Erick Benzi.

cable. Benzi est aux commandes. C'est vrai que j'aime ce principe qui veut que quel que soit le projet, on fasse en sorte qu'il soit facile et agréable à réaliser. L'expression *Facile et agréable* est maintenant connue pour être ma devise dans ma maison de disque !

Azu doit nous rejoindre dans quelques jours. Elle est retenue à Paris par le tournage d'une publicité. Elle m'appelle un soir.

« Comment avance ton disque ?

— Ça va *mi amor*, mais tu me manques. Et toi ? Ton tournage ?

— Bien passé, le réalisateur est content je crois. Je vais pouvoir te rejoindre demain. »

Voilà une nouvelle qui m'enchante.

« Au fait, je suis enceinte, ajoute-t-elle, sans autre forme de cérémonie. »

Je suis sous le choc. Il me faut environ quinze secondes pour réagir :

« Je suis fou de joie », lui dis-je.

Quand elle arrive ensuite à Montberthault, je l'accueille dans mes bras, elle et notre avenir en elle. Parfois la vie est juste simple et merveilleuse. Il n'y a qu'à tendre les bras et célébrer ce qu'elle nous offre.

C'est le titre « Bienvenue chez moi » qui est choisi par la maison de disque comme premier single pour représenter l'album. On tourne le clip à Montberthault. Des images de la maison, de la campagne autour, de Ganja le *Bull Bull*, d'Azu et moi, comme des bouts de films de vacances… La pochette est illustrée par un fauteuil qu'on a sorti et posé dans la rivière. C'est un fauteuil que j'adore toujours autant, il est encore dans mon salon. Le photographe Thierry Rajic, l'auteur de toutes ces images, a bien su capter l'ambiance qui régnait là-bas.

L'accueil du single est incroyable. La chanson est reprise partout en radio, en télé… Je renoue avec le franc succès, ressens la même belle énergie dans les médias que lors de l'explosion de « N'importe quoi » en 1988.

Je regarde Azu, je pense *Tu es mon porte-bonheur*, puis je corrige ma pensée : *Tu es mon bonheur.*

Il me semble que je reviens d'entre les morts. Que la vie est belle !

***

Attention, moment neuneu de l'histoire[1].

Ma vie commence avec Azu.

Elle est l'alpha et l'oméga.

Si un jour, elle n'en peut plus de moi, je finirai tout seul, dans un coin de Patagonie, cerclé de vent, d'océan, de montagnes, heureux malgré tout d'avoir vécu ces vies.

Je suis accompagné par cette femme merveilleuse depuis bientôt trente ans. L'amour qu'elle me porte me rend plus fort. Elle est ma force, mon envie, ma motivation, mon équilibre, mon désir.

En cette fin d'année 1995, je peux enfin me poser, jeter un œil en arrière, constater que je reviens de loin. Fermer cette page et ne plus regarder que devant, au fur et à mesure que s'arrondit le ventre de mon Azu

1. Avis aux âmes insensibles : vous pouvez sauter ce passage !

bien-aimée. C'est pour ça que dans cinq ans, lorsque arrivera la chanson « Et un jour une femme », je la ferai mienne dès le premier passage. Celle-là j'aurais pu l'écrire presque mot pour mot, à ceci près que je ne sais pas vraiment écrire. Dieu merci, Lionel Florence existe !

Fin du moment neuneu.

***

C'est « Caruso » qui va faire décoller les ventes. Cette chanson m'emmène là où aucune autre n'aurait pu m'emmener. Si *Bienvenue chez moi* avait bien démarré, si nous avions rapidement atteint les deux cent mille ventes, ce qui était déjà un bon score, c'est « Caruso », arrivant sur les ondes, qui propulse l'album à deux millions d'exemplaires vendus. Jamais PolyGram n'aurait imaginé cela ! Jamais je n'aurais imaginé cela. À en croire Pascal, s'ils avaient écoulé cent cinquante mille albums, ils auraient déjà été super contents.

Au-delà des chiffres, « Caruso », c'est une médaille. Je suis enfin reconnu comme un chanteur, un vrai. Mon image change. « Caruso » me ressuscite.

Des chansons avec ce pouvoir, il y en a peu.

Celle-ci vient de loin.

À Bologne, Lucio nous avait conté son histoire.

Ce soir-là, alors qu'il nous emmenait dîner au restaurant, nous traversions la ville et j'observais avec un étonnement et une joie grandissants (peut-être même un peu d'envie) la moindre personne, du policier au clochard, du punk à chien à la mère de famille, du rocker au maire, qui saluaient Lucio de la même manière, avec respect et retenue. Sans excitation, juste un sourire, un hochement de tête, comme on agirait en présence d'un maître. Lucio avançait d'un pas tranquille, canne à la main, et rendait son salut à chacun, *ciao, ciao*, en soulevant son chapeau. Oh là là, un fantasme ! Un degré de notoriété où tout le monde te connaît, tout le monde te salue mais garde une distance respectueuse…

Lucio nous a conduits jusqu'à un tout petit restaurant où nous avons dégusté des spécialités de *pasta* à la truffe blanche et bu un vin interdit et délicieux, le *fragolino*[1]. Après quelques verres de ce breuvage enchanteur au goût de fraise des bois, alors que nous partagions l'ivresse légère des doux moments, Lucio est revenu pour nous aux origines de sa chanson.

Écoutons-le nous raconter dans quelles conditions il a écrit ce texte, cela vaut le détour :

Un jour que j'étais seul, en balade en bateau, je suis tombé en panne non loin d'un petit port. J'ai jeté l'ancre, pris l'annexe et suis allé accoster dans l'espoir de trouver un mécanicien. Il y avait bien quelqu'un pour m'aider mais il lui fallait trois jours pour réparer mon bateau. J'ai demandé dans quel hôtel je pourrais passer ces trois jours. Le type m'a donné une adresse.

Dès que je suis entré dans le hall, la réceptionniste de l'hôtel m'a reconnu :

« Oh Lucio Dalla ! Vous êtes mon idole ! Je vous adore !

— Merci, ai-je répondu un peu gêné, merci beaucoup…

— Vous n'avez pas réservé ?

1. Le *fragolino* est interdit dans l'Union européenne en raison de l'origine de son cépage qui n'entre pas dans la classification des normes européennes. Sa culture n'est autorisée que dans le cadre d'une consommation personnelle.

— Non. C'est que mon bateau est en panne…

— Oh je vois, le hasard alors… Savez-vous que vous êtes dans la maison de vacances de Caruso[1] *? Son piano est toujours là ! Je vais vous donner sa chambre ! C'est là qu'il a passé les dernières semaines heureuses de sa vie, avant d'aller s'éteindre à Naples. »*

Attendant que mon bateau soit en état de reprendre la mer, j'ai passé trois jours dans cette chambre que l'établissement avait gardée au goût de l'époque – piano, livres et photos appartenant à Caruso compris. Trois jours à observer la vue somptueuse depuis la chambre, à penser à Caruso qui l'avait admirée au début de ce siècle[2]*, à l'imaginer chanter et jouer de ce piano qu'on avait installé pour lui sur la terrasse. Chanter peut-être pour les beaux yeux verts*[3] *d'une jeune élève à qui il donnait une dernière leçon de musique et d'amour…*

J'ai eu envie de faire une chanson de ce moment et de rendre hommage à celui qu'on appelait le ténor des ténors.

J'ai écrit les couplets…

Qui dove il mare Luccica
E tira forte il vento
Su una vecchia terrazza
Davanti al golfo di Surriento
Un uomo abbraccia una ragazza
Dopo che aveva pianto

---

1. Enrico Caruso est un ténor napolitain d'origine modeste qui eut un immense succès jusqu'aux États-Unis au début du XXe siècle. Il y était surnommé The Great Caruso.

2. On était alors au XXe siècle.

3. Si l'on en croit les vers : « *Guardò negli occhi la ragazza / Quegli occhi verdi come il mare* ».

Poi si schiarisce la voce
E ricomincia il canto

Pour le refrain, j'entendais Caruso lui-même chanter un vieil air napolitain[1]*. Un de ceux qui traînent depuis cent ans ou presque sur les trottoirs de la ville, dans les voitures, sur les balcons ; de ceux qui s'échappent des foyers napolitains par les fenêtres ouvertes…*

Te voglio bene assaje
Ma tanto tanto bene sai
E una catena ormai
Che scioglie il sangue dint'e vene sai.

Cette histoire de bateau en panne qui emmène un compositeur de la trempe de Lucio Dalla dans le lit d'un ténor comme Enrico Caruso… Ça ressemble assez à un tour de magie. Il y a sûrement un truc, mais je connais le hasard, il ne nous le donnera jamais.

Sa chanson évoque les derniers moments de vie du ténor, passés auprès de son dernier amour dans cet hôtel face au golfe de Sorrente non loin de sa ville natale de Naples… L'amour de sa ville, l'amour de sa vie, la mélancolie, le souvenir des belles années en Amérique, la fin qui approche, on ressent tout cela en écoutant « Caruso »… C'est très fort.

Pour moi, cette chanson est un talisman. Mais pas que pour moi… Pour Luciano Pavarotti aussi par exemple… En 1989, il inscrit « Caruso » dans son

1. C'est en fait une chanson napolitaine, « Dicitencello vuje », publiée en 1930 par Rodolfo Falvo (musique) et Enzo Fusco (texte).

répertoire. Il se fait alors connaître d'un large public et, l'année d'après, son interprétation de « Nessun Dorma » de Puccini devient l'hymne de la Coupe du monde de football. À partir de là, l'artiste sort encore un peu plus des salles d'opéra, descend dans la rue, rassemble des centaines de milliers de personnes dans les parcs, des milliards de téléspectateurs, devient une superstar. Comme Caruso justement, il se fait apprécier d'une audience bien plus large que celle que constituait jusqu'ici son public de ténor. La planète entière découvre son organe, son talent.

En France, le public s'est aperçu qu'il y en avait un qui était de taille à interpréter la chanson que chantait Pavarotti. C'est comme ça que j'ai pris une médaille. *Ah oui ? Florent Pagny est capable de chanter ça ? C'est pas rien ! Il y a du niveau !*

Interpréter « Caruso » et en retirer un succès, c'est aussi pour moi une manière élégante de crier à la face du monde : *Je suis un in-ter-prète ! Écrivez-moi des titres, donnez-moi des chansons et je me charge de les faire entendre ! En bref, envoyez-moi des tubes en puissance : je m'occupe du reste !*

C'est ce qui s'est passé à partir de là. « Caruso » est une médaille de chanteur mais c'est aussi ma carte de visite de commercial. Une performance qui m'a valu de vendre deux millions d'albums de *Bienvenue chez moi*. Après *Rester vrai* qui venait de faire cent cinquante mille, c'était inespéré ! Normalement, ça n'existe pas, un tel taux de progression.

Lucio Dalla était ravi de ma version de « Caruso ». Il avait confié à Pavarotti que la plus belle version de la chanson (car il y en a eu moult à travers le monde) avait été faite par un petit Français ! Il aurait pu rajouter un petit Gaulois, étant donné mon berceau familial, tout près d'Alésia. C'est vrai que la version qu'on en a donnée, entre la belle guitare nylon de Jacques Veneruso qui offre au titre cette couleur, cette élégance, et ma voix qui mixe le pop et le classique… on est très proche de ce qu'a voulu faire Lucio à l'origine. Un mélange de tradition et de modernité. Lucio, lui, n'a pas autant l'opératique, il est très aigu. Quant à Pavarotti, s'il est un maître de l'opéra, il n'a pas le côté pop… J'arrivais naturellement à faire se rejoindre ces deux axes, ces deux mondes.

Ne le dites à personne, mais au début, je n'avais aucune idée de ce que je chantais, et je m'en fichais d'ailleurs, j'étais porté par les sonorités. Lorsque Lucio m'a donné une traduction, je n'ai pas chanté différemment.

Janvier 1996, je retrouve la salle du Cirque d'Hiver pour un concert exceptionnel qui lancera la tournée de *Bienvenue chez moi*. Je tente d'apprivoiser mon trac en accueillant moi-même les spectateurs. Je fais du thème de l'album, celui de la tournée. J'accueille le public, *Bienvenue à la maison, faites comme chez vous !* Ce concert me vaut des articles élogieux et marque publiquement le retour sur le devant de la scène de l'artiste qui revient de loin. Azu, enceinte de sept mois, sublime, est à mes côtés, de toutes les façons qu'on puisse imaginer.

Cette année 1996 va commencer dans une sorte d'urgence : nous n'avons pas encore trouvé de toit (plus aux normes) pour accueillir notre enfant ! Nous nous attelons à la tâche, rassurés par le succès naissant de l'album et par la création de notre société qui nous laisse espérer une meilleure maîtrise des opérations.

Mais avant de quitter *La Casa del amor*, il m'apparaît qu'un inventaire s'impose. Car l'année qui vient de s'écouler est aussi celle de la sortie cinématographique de *Tom est tout seul*. C'est le deuxième film du réalisateur Fabien Onteniente, et l'un de mes derniers rôles au cinéma. Après ce film, je ne vais plus tourner que dans trois productions, deux téléfilms que je n'ai pas aimés et un long-métrage qui ne se montera que parce que je le coproduirai. Il est donc temps de faire un bilan de mes années acting.

***

En finir avec la comédie

Il y aura finalement eu deux époques : une première où c'est la télévision qui fut ma principale pourvoyeuse de rôles intéressants – une période sympa mais, on l'a vu, qui ne proposait pas de perspectives de carrière. Et une période cinéma, avec plusieurs petits et seconds rôles et deux rôles de premier plan : *La Fille des collines* sortie en 1990 et *Tom est tout seul*, en 1995.

Ces deux films et particulièrement le dernier enterrent ma carrière d'acteur. Je suis la tête d'affiche, et ce sont des échecs commerciaux. Cela n'a pas forcément à voir avec la qualité des œuvres ; elles pouvaient prétendre à mieux. Mais pour les professionnels du métier, le message est clair : le grand public n'a pas envie d'aller voir Florent Pagny au cinéma. Fin de l'histoire.

Je reçois également le message. Je vais dire que je m'en fous. Ce n'est pas complètement vrai. Quoi qu'il en soit, au fil du temps, j'ai bien vu que mon destin n'était pas lié au cinéma mais à la musique… J'étais tellement bien dans la musique d'ailleurs, que j'ai fini par oublier le principe même du métier d'acteur. Anecdote qui illustre parfaitement cette notion : en 2010, je me suis laissé séduire par René Manzor qui m'a convaincu de faire partie du casting de son téléfilm *Black out*. Je me suis retrouvé sur un plateau de tournage, je n'avais plus aucun réflexe d'acteur. Manzor me donnait des directives de jeu, et je le regardais en me disant *mais comment il me parle celui-là*… J'étais contrarié qu'on me dise ce que je devais faire, contrarié de tout ! J'avais oublié que, quand tu viens tenir un rôle, tu dois accepter d'être dirigé par le metteur en scène ! C'est tout de même la moindre des choses. J'étais devenu inapte à la direction d'acteur. Beaucoup trop libre pour ça. René était très sympa en plus. Au bout de quelques jours, j'ai fini par aller lui expliquer ce qui m'arrivait. J'ai corrigé le tir… en me disant que c'était la dernière fois.

De cette vie d'acteur, j'ai pourtant aimé des passages, des personnes… J'ai aimé Pierre Schoendoerffer. J'ai aimé Jean Rochefort. J'ai aimé Dominique Frot. J'ai aimé Jean Carmet. J'ai aimé m'investir en amont dans la production. J'ai aimé négocier avec TF1. J'ai adoré *Fou comme l'oiseau*. J'ai été bouleversé par le scénario de *Quand je vois le soleil*. J'ai aimé Michel Gérard, son amour fou du septième art. J'ai beaucoup aimé Josée Dayan.

Avec la musique, tout a été tellement plus facile et évident… Je n'ai pas eu de mal à choisir de m'y consacrer corps et âme.

Clap de fin sur ma carrière de petit acteur… Et si nous partions en voyage ?

Chapitre 6

Deuxième partie

Ma sixième vie
Thème de l'histoire : Envie d'ailleurs

Azu me présente sa famille et son pays. Je tombe amoureux une seconde fois. Je conçois « Savoir aimer » et ça n'est pas de tout repos. Les tournées s'enchaînent. Deux enfants nous comblent de joie. J'affronte la montagne Jessye Norman, la tornade Pavarotti. Je dis oui *à « Celui qui a dit non ».*

Le premier contact avec l'Argentine a lieu parce que Azu a un voyage prévu de longue date avec ses parents. Leur intention est de traverser la Patagonie jusqu'à Ushuaia à l'extrême-sud du pays, en passant notamment par la ville d'El Calafate et le glacier Perito Moreno. De la même façon que de nombreux Français n'ont jamais mis un pied au Mont-Saint-Michel, de nombreux Argentins n'ont jamais tracé la route jusqu'à Ushuaia.

C'est une excursion que la famille de ma femme s'était promis de faire un jour. La récente opération du père d'Azu leur avait rappelé que le temps filait, qu'il ne servait à rien d'attendre pour réaliser ses rêves. Le programme comportait cependant une inconnue. Ou plutôt un inconnu : moi !

Je me suis greffé à ce voyage, je l'avoue, en toute inconscience. Dérouler six mille kilomètres de pistes dans une 504, à quatre, avec les parents de ta fiancée que tu n'as jamais rencontrés ? Risqué. Très très risqué.

Mais au premier regard, je me suis entendu avec *el padre*[1] ! *Con la madre también*[2] *!* Je ne connaissais pas du tout l'espagnol et ne cessais de répéter la même phrase (en espagnol bancal pour le plus grand plaisir de *la madre*) : *Mí gusta todo*[3].

C'est tellement vrai. J'ai tout aimé. À commencer par Azucena et Dante, les parents d'Azu. Nous parlions la même langue en définitive, nous nous comprenions avec les yeux. Et puis le pays ! La nature ! Les lacs ! Les montagnes ! Les animaux sauvages, guanacos, condors, que nous croisions sur la route ! Cette immensité ! Ce ruban de piste désert qui se déroule à l'infini… Ces paysages aux tonalités sable, grises et roses se déclinant à perte de vue. Ces *estancias* où nous étions si bien accueillis le temps de haltes d'une nuit. Et ce glacier… Passer des heures à regarder un glacier respirer vous aide à comprendre certaines choses. Le silence se fendille en même temps que la banquise et des secrets vous sont révélés.

1. Le père !
2. Avec la mère aussi !
3. « Tout me plaît ici. » J'aurais dû dire : « *A mí me gusta todo !* »

Tout m'a tout de suite parlé dans ce pays. Je n'étais pas dépaysé fondamentalement. C'était comme une France augmentée. Un air plus sain, une eau plus pure, une nature d'une puissance…

Dans les pays que j'avais pu visiter auparavant, si j'avais été heureux de découvrir d'autres cultures, d'autres personnes, d'autres environnements, j'avais été tout aussi heureux de rentrer ensuite chez moi. Mais là, c'était différent. Je me suis senti *chez moi*.

C'est inexplicable. Je n'avais plus besoin de rentrer.

Peut-être l'amour est-il la cause de ce phénomène ? Peut-être qu'aimer c'est se fondre en l'autre et attraper jusqu'à ses origines ? Je ne vois pas d'autre explication.

En rentrant à Paris, je fais part à Azucena de mon désir de nous installer un jour dans son pays. Si Azu est heureuse de mon coup de foudre, elle n'est pas pour autant enchantée de cette perspective. Elle est partie d'Argentine, ce n'est pas pour qu'on l'y ramène ! Mais elle ne s'inquiète pas trop. On ne se connaît que depuis un an, on a le temps de reconsidérer la question.

Malgré tout, l'envie de grands espaces me démange. L'Argentine, il est vrai que c'est peut-être un peu tôt. Mais… si je nous trouvais un endroit qui allie nature sauvage et possibilité de travailler ? Je pense au Québec. Ce n'est pas loin des États-Unis, or Azu a toujours sa carte verte. D'un autre côté, le marché musical québécois devrait être accessible pour moi… Nous pourrions nous faire pour un moment une petite vie de gentleman et woman-farmers, tout en développant nos carrières. Cela semble un choix pertinent. Nous ouvrons un compte en banque à Montréal. Mais les planètes ne s'alignent pas. Nous ne trouvons pas le moyen d'avoir accès à des terres aussi sauvages que nous le désirons et finalement nous refermons le compte en banque sans jamais l'avoir utilisé.

Mon ami Philippe Starck m'assure que c'est une très bonne chose que nous ne partions pas, une très mauvaise idée pour un artiste comme moi de s'exiler. Il développe, parmi toutes ses théories, celle selon laquelle tu ne gagnes jamais à lâcher tes racines. Starck est un peu comme un grand frère à cette époque, il a plus d'expérience que moi et est très sûr de lui. J'entends ce qu'il dit. Il a sans doute raison.

Cependant, deux ans plus tard, nous avons un enfant en route et la théorie de Philippe s'effondre d'elle-même. Les racines de cet enfant seront argentines autant que françaises. Il n'est pas question de ne pas les respecter les unes autant que les autres. Nous irons donc nous établir au cœur de la Patagonie ! Contrairement à ce qui s'est passé lors de notre tentative canadienne, tout fonctionnera comme dans un rêve et nous ne tarderons pas à nous trouver au sein d'un *campo* une petite maison que nous repeindrons en bleu.

***

Inca

Mars 1996. Un grand monsieur, avec une telle douceur, une telle gentillesse – il faut de la force pour accoucher un bébé et une délicatesse infinie –, tel est le docteur Depauw.

C'est un garçon. Je prends Inca dans mes bras. Il fait de moi un père dans l'instant. Quant à Azu, elle est déjà une mère incroyable.

Désormais je peux considérer que je suis le plus heureux des hommes. Nous avons le plus beau, le plus sympa, le plus attachant des bébés. Nous avons aussi le plus épatant et rassurant des pédiatres. Nous faisons connaissance avec le docteur Gilles Mesnard lors de la visite du deuxième mois d'Inca. Il devient vite notre fidèle et véritable médecin de famille.

Nous sommes confortablement installés en région parisienne pour accueillir notre petit Inca et nous avons une porte ouverte sur la Patagonie. Désormais nous aurons une double vie.

La force de la nature, son pouvoir, l'immensité des déserts de cette région du monde sont hors norme. Mais hors norme aussi est ce qui m'arrive en France. La Patagonie me paraît l'antidote au succès, à la notoriété… Effet de balancier, contrechamp parfait à ce que je vis en France. Grâce à cette nature, je vais trouver un équilibre. Être moi-même. Les *gauchos* avec qui nous nous réunissons autour du *fuego* me considèrent comme n'importe quel *gringo*. Nous allons y demeurer lorsque je ne serai pas accaparé par les promos et les tournées. Je souhaite accorder autant de temps à ma famille qu'à mon travail. Et associer Azu à toutes nos aventures. La maternité et ses dispositions pour la peinture l'ont naturellement éloignée de sa carrière de mannequin, et elle ne tient pas à y retourner. En revanche, nous avons monté Cuadrada ensemble. Nous ne faisons qu'un pour toutes les décisions et ne sommes pas trop de deux pour les mettre en application, étant donné la somme des projets inscrits à l'agenda de nos désirs.

Dans le jardin de la maison bleue, je planterai un cèdre et un séquoia pour les un an d'Inca.

***

Nouveau contrat

Les ventes de *Bienvenue chez moi* culminent à des hauteurs magiques grâce à « Caruso ». Je vais pouvoir rembourser le prêt que m'a fait PolyGram et me libérer des deux albums qui me lient à la maison de disque. C'est dans cet état d'esprit et avec ces deux sujets que je me rends à un rendez-vous dans le bureau de Pascal Nègre.

Lui ne voit pas les choses de cette manière : « Florent, j'ai une autre proposition à te faire. »

En fait, PolyGram ne veut surtout pas que je rembourse. Car si je rembourse, je récupère la garantie des deux albums liés à ce prêt et me retrouve libre de partir ailleurs, ce que Pascal souhaite éviter à tout prix. Il me propose alors un aménagement, on ne peut plus légal, qui me permet de rembourser la dette sur la durée et de signer tout de suite un nouveau contrat pour deux albums de plus avec PolyGram.

Pascal est un interlocuteur de talent. Sa proposition est solide, je n'ai aucune envie d'aller voir ailleurs. De plus PolyGram est le numéro un mondial de l'édition musicale. Que le numéro un mondial ne veuille pas me lâcher est très flatteur. J'accepte le deal.

Ce prêt, c'est le dernier élément qui me relie à un passé compliqué. Je suis soulagé de le rembourser, intérêts compris, et de ne plus entendre parler de problèmes d'argent et surtout d'impôts. Il ne fait nul doute que ce sera le cas. Désormais, j'ai un expert-comptable qui s'occupe de ma gestion et de celle de ma société. Tout est carré.

Je peux enfin redémarrer sur des bases saines.

Que je crois.

Si je nage dans le bonheur à ce moment-là, il faut que j'en profite parce que bientôt les mauvaises fées des impôts vont me promettre l'enfer.

Vous ne voyez pas pourquoi ?

Moi non plus.

En effet, cette fois-ci, il n'y a aucune raison.

***

Savoir aimer

Sur la façon de concevoir mon prochain album, j'ai ma petite idée… Je sollicite un rendez-vous avec Pascal et Yann-Philippe, le directeur de mon label qui n'est plus Phonogram, car il a été rebaptisé Mercury. Yann-Philippe Blanc est un jeune homme, franco-suédois, sérieux et beau gosse qui a suivi le projet de *Bienvenue chez moi* et va m'accompagner pour trois albums majeurs.

Si j'ai peu parlé de Yann-Philippe jusqu'à présent, alors qu'il était dans le paysage, c'est parce que notre relation n'a pas commencé sous les meilleurs auspices. Yann est un proche de Paul-René Albertini. C'est ce dernier qui l'a bombardé patron de label. Je n'avais pas tellement confiance au départ, le garçon était jeune et sans grande expérience… Je suis donc resté distant, attendant qu'il fasse ses preuves, qu'il me montre qu'il avait toute sa place. Eh bien on peut dire qu'il l'a prouvé et royalement ! Il a réussi à gérer ma singularité, mes demandes particulières et ensemble, nous n'avons fait que cheminer de succès en succès. Paul-René avait vu juste, Yann-Philippe était très doué.

Ce jour-là, j'explique mon idée pour ce nouveau disque à Pascal et à Yann-Philippe. Elle est simple : maintenant que tout le monde dans le métier a bien compris que je suis un Interprète avec un grand I et non un Auteur-Compositeur-Interprète, et qu'il est de notoriété publique que je suis par conséquent en quête d'auteurs-autrices (AA) et de compositrices-compositeurs (CC), je vais demander aux AA et CC identifiés dans le métier de me proposer des titres.

J'ai mis seize ans pour en arriver là. Maintenant que j'y suis, je ne vais pas me priver.

Pascal Nègre et Yann-Philippe Blanc (bien évidemment surnommés les black and white) ne sont pas chauds sur le concept. Ils préféreraient qu'un seul artiste crée tout l'album. C'est plus dans leurs habitudes. Ils me parlent de cohérence, de lien entre les chansons… Pour moi, c'est hors de question, j'ai trop envie de voir ce que je peux inspirer. Cet album sera le premier sur lequel je n'écrirai pas une ligne. La cohérence et le lien, j'en fais mon affaire : ce sera ma voix.

Je leur parle de plusieurs auteurs-compositeurs qui m'intéressent parmi lesquels Francis Cabrel, Jean-Louis Aubert, Étienne Daho ou encore Zazie, Goldman, Art Mengo, Peter Kingsbery, Pascal Obispo…

À l'évocation de ce dernier artiste, Pascal et Yann-Philippe réagissent aussitôt :

« Alors là, non ! On veut bien que tu fasses travailler tout le monde, on verra ce que ça donne, mais pas Obispo ! Ça ne te conviendra pas du tout !

— Ah ? Et pourquoi ?

— C'est trop léger ! Non Florent, Obispo ne t'apportera jamais ce qu'il te faut… Oublie-le !

— Vous pouvez bien penser ce que vous voulez, je demanderai à Obispo. De toute façon, qu'est-ce que ça coûte ?

— Comme tu veux… mais tu perds ton temps ! »

La réaction de Pascal et Yann-Philippe était radicale. Il faut dire que Pascal Obispo était clivant à cette époque, certains l'aimaient beaucoup, d'autres, dont Pascal Nègre, ne l'appréciaient pas des masses. Peu m'importait, je l'ai maintenu dans ma liste.

En fait, j'estimais que j'avais une sorte de dette envers lui. Parce que je lui en avais voulu pour pas grand-chose, au moment où mes « bons copains » l'avaient invité à cette soirée d'anniversaire de Vanessa. Il n'y était pour rien, je le savais maintenant que tout cela était loin… Je l'avais tenu éloigné de mon activité de chanteur mais ce temps était révolu.

Pour être honnête, je suis un peu frustré, car, à la suite de mes sollicitations, je ne reçois pas des tonnes de titres. Certains artistes ne donnent tout simplement pas suite, d'autres voudraient le faire mais sont pris par leurs agendas…

Heureusement il y en a un qui bosse d'arrache-pied : Obispo ! Je m'envole pour un court séjour en Argentine et lorsque je reviens, il m'attend à la sortie de l'avion et me conduit directement dans les studios de Sony Columbia pour me faire écouter trente chansons !

Faire écouter trente chansons d'un coup à un type comme moi, c'est une très mauvaise idée. C'est trop. Au bout de dix titres, je suis noyé, je ne sais plus… Il y avait tout de même des choses intéressantes, je notais un ressenti chaque fois, je mettais des croix, des étoiles… Mais je n'avais pas de véritable coup de cœur. Et puis trois ou quatre titres avant la fin de la séance, Pascal m'en fait écouter un qu'il n'a « pas eu le temps de maquetter ». Il me chante la chanson sur un play-back qu'il a auparavant enregistré au piano dans ma tonalité. Elle s'appelle « Savoir ». Je lui mets un astérisque spécial à celle-ci, elle m'interpelle. Les quatre derniers titres sont les préférés de Pascal mais je n'adhère pas, ça ne me correspond pas.

« Tu es sûr ? insiste-t-il. La dernière, c'est un tube !

— Je suis sûr, Pascal. Par contre, celle que tu as chantée tout à l'heure, tu crois que je pourrais essayer de poser une voix ? Pour voir ce que ça donne ? En plus, on dirait qu'elle est pile dans ma tonalité…

— Oui, bien sûr, je vais te repasser le play-back ! »

Je fais un premier passage pour prendre mes marques puis nous faisons une unique prise. La chanson m'est très vite familière… Je la comprends dans ses détails, dans son ensemble. Je pars avec la cassette.

C'est avec cette maquette que, dans les jours qui suivent, je débarque chez PolyGram.

« Alors, comment avance ton projet ? me demande Yann-Philippe, toujours aussi beau gosse.

— Pas mal du tout ! Zazie m'a fait un titre que j'aime beaucoup, Robert Goldman aussi, je t'enverrai ça. Mais là, je suis venu te faire écouter une maquette…

— Super ! C'est qui ?

— Je ne te dis pas. Écoute d'abord. »

Dans le bureau de Yann, les premières notes de piano s'envolent, les frissons ne tardent pas à nous picoter la peau…

Savoir sourire
À une inconnue qui passe
N'en garder aucune trace
Sinon celle du plaisir

Savoir aimer
Sans rien attendre en retour
Ni égard ni grand amour
Pas même l'espoir d'être aimé

Yann relève la tête. Il me regarde et ses yeux me disent : *Qu'est-ce que c'est que cette bombe ? C'est énorme…* On écoute toute la chanson. Il adore.

« Ça te plaît ?

— Oui, c'est très fort ! Mais c'est qui ?

— Viens, on va voir Nègre !

— OK. »

Yann prend son téléphone et appelle Pascal.

« On peut venir ? Il faut que tu écoutes quelque chose… Florent est là.

— OK, montez ! »

Mais savoir donner
Donner sans reprendre
Ne rien faire qu'apprendre
Apprendre à aimer
Aimer sans attendre

Aimer à tout prendre
Apprendre à sourire
Rien que pour le geste
Sans vouloir le reste
Et apprendre à vivre
Et s'en aller…

Pascal relève la tête. « C'est énorme ! C'est énorme ! »

Tous les deux n'ont que ce mot à la bouche. Et cette question aussi bien sûr :

« Mais QUI t'a fait ça ?

— Eh bien, celui que vous vouliez que j'enlève de la liste…

— Quoi ? Obispo t'a fait ça !

— Yep ! Et puis plein d'autres hein ! »

J'étais si content. Cette chanson, c'était quelque chose. Une base solide pour construire le disque.

Mon prochain album s'annonçait sous les meilleurs auspices.

Tout va très vite dans ce métier. Blacklisté un jour, espéré le lendemain. En sortant de la réunion, j'appelle Pascal Obispo.

« Alors comment ça s'est passé ? »

J'ai souri.

« Très bien. Je pense que dans les quarante-huit heures, on va t'appeler pour te proposer l'album de Johnny.

— Quoi ??? »

Deux jours plus tard, Pascal m'appelle.

« Tu avais raison, Florent ! Je pars à New York ! J'apporte des chansons à Johnny ! »

Il était comme un fou !

Je les avais bien vus, Pascal et Yann-Philippe. Ils avaient d'abord découvert et adoré la chanson, puis étaient tombés des nues en apprenant qui en était à l'origine. Leurs regards s'étaient croisés et, tandis qu'ils me félicitaient de mon flair, je les avais entendus réfléchir comme si j'y étais. Je n'aurais pas mieux capté si j'avais été confortablement assis non dans le canapé du bureau de Pascal, mais dans son cerveau.

Je savais que Johnny travaillait à son album, à New York, et qu'ici, chez PolyGram, ils n'étaient pas satisfaits de ce qu'ils recevaient… Dans le même temps, voilà que je leur apportais un titre magique, sur mesure pour moi ! C'était la preuve qu'Obispo savait faire autre chose que de l'Obispo : il savait servir magnifiquement un autre interprète que lui. Pas besoin d'être médium pour dérouler le fil de leurs pensées jusqu'à la déduction finale !

« Savoir aimer » va porter et faire décoller cet album… Les conditions dans lesquelles cette chanson a changé de titre valent la peine d'être racontées.

Pour cela il faut que j'évoque Peter Kingsbery. Une sale journée. Du verre brisé. Un chat noir. Un accident. Une révélation.

***

Qu'est-ce que c'est que cette journée ?

Juillet 1997. Je me réveille à la maison. Une belle journée s'annonce. Celle de mon premier jour en studio, le coup d'envoi de l'enregistrement de mon nouvel album, le quatrième. J'ai décidé de commencer par le titre le plus difficile. Quand une chanson est compliquée pour moi, c'est en général qu'elle est en anglais. C'est incroyable à quel point j'ai du mal avec cette langue. Je ne la parlais pourtant pas si mal après avoir passé deux mois à travailler dans ce pub, près de Londres, l'été de mes quinze ans. Mais depuis, c'est comme si les sonorités anglo-saxonnes se refusaient à moi.

C'est pour ça que j'ai planifié le recording de ce titre en premier. Ainsi je serai débarrassé de l'obstacle dès le début. C'est aussi pour cela que j'ai accepté que Peter Kingsbery soit présent en studio pour me coacher sur l'anglais, moi qui aime pourtant être tranquille, sans personne, lorsque j'enregistre mes voix.

Quel cau-che-mar !

Si j'avais su… Jamais je ne lui aurais demandé de me coacher. Jamais je ne l'aurais laissé mettre un pied dans le studio. La séance avec Kingsbery a été le déclencheur d'une journée d'enfer. Si c'était à refaire, on referait autrement, je vous l'assure.

Tandis que je m'habille, je vois par la fenêtre un chat noir traverser en silence la pelouse. Cela m'étonne un peu, je n'ai jamais vu l'animal traîner dans les parages. Un chat noir en début de journée ? Hum… pas bon ça, me dis-je.

J'aimais bien Cock Robin et comme je savais que le chanteur de ce groupe traînait pas mal à Paris, j'ai eu envie de le solliciter. Il m'a proposé ce titre, « Protection », qui m'a plu. Voilà pourquoi je suis à présent en route pour une séance de voix aux studios de Suresnes, en compagnie de Peter Kingsbery.

Le studio est une sorte de duplex. La cabine de chant est en hauteur. La console, l'ingénieur du son, Kingsbery, tout le monde est en bas. Nous n'avons pas vue les uns sur les autres. Eux m'entendent et me voient chanter grâce à un retour télé. Moi, je les entends dès qu'ils poussent le bouton. Je dispose également d'une télé avec un retour image de leurs faits et gestes. Le problème : Kingsbery n'a pas réalisé que j'avais ce retour télé.

Mon anglais est laborieux, c'est vrai. Je ne me suis pas gêné pour l'en avertir.

Dès la première phrase, je suis plein d'imperfections.

L'Anglais pète un câble tout de suite. Il devient fou dès mes premières approximations. Il me traite d'une façon, je n'y crois même pas ! Je le vois qui s'énerve tout de suite comme un gosse capricieux, avec de grands gestes, des grimaces atroces… Il peste, râle, enrage ! Tout ça en m'entendant chanter. C'est hyper violent.

Il n'a aucune pédagogie et zéro tolérance. Dès que j'essaie un truc, ça ne lui convient pas et il monte dans les tours.

À un moment je dois faire une voix de tête que je ne sais pas faire naturellement… Comme il s'énerve de plus belle, j'explose et lui explique qu'il peut se la mettre où je pense, sa putain de voix de tête !

La séance se termine de manière brutale et prématurée.

On ferme. C'est bon, ça suffit. J'ai trop subi.

C'est la fin de la session mais pas celle des emmerdements.

Problème numéro un : je dois le ramener. Il habite une commune qui n'est pas loin de chez moi. J'étais allé le chercher le matin et l'avais amené avec moi au studio.

Problème numéro deux : en sortant du studio, le Kingsbery sur les talons, qu'est-ce que je vois ? Du verre partout. Un connard s'est défoulé sur le pare-brise arrière de ma voiture.

Je repense au chat noir de ce matin… Qu'est-ce que c'est que cette journée ?!

Je contemple la vitre explosée et ne peux m'empêcher de constater que cette agression sur ma voiture résonne avec celle que je viens de subir. Dans les deux cas, quelque chose est cassé.

Je suis tellement énervé que je ne nettoie même pas.

Monter dans la voiture… Vlaaaaa ! Claquer la portière ! Mettre sa ceinture. Ne pas jeter un œil à Kingsbery qui n'en mène pas large à côté de moi. Démarrer sur les chapeaux de roue. Ne pas échanger un mot de tout le voyage. Conduire comme je suis : en colère ! Ne prendre aucune précaution pour adoucir le voyage, braquer, tourner, accélérer. Mon Dieu ! Ce qu'on était loin de « Savoir aimer » ! Et le verre brisé qui volait dans la voiture au rythme de mes coups de volant furieux !

Le lâcher devant chez lui.

Repartir.

Poser la voiture à la maison.

C'est alors qu'un appel d'Azu m'informe qu'elle est chez nos amis Alexandra et Bertrand Chatenet (mon ingénieur du son qui ne l'était pas sur cet album) et que nous sommes invités à dîner. *Parfait,* me dis-je, *ça va me changer les idées…*

L'air est doux, je vais prendre la moto – une moto de course, une Honda CBR, que je viens d'acheter. J'enfourche la bécane, petites baskets légères, pantalon en lin, casque à la main. Il fait chaud, je ne vais peut-être pas le mettre sur la tête. La maison de Bertrand et Alexandra n'est qu'à quelques kilomètres…

Le portail s'ouvre… Qui passe devant moi ? Le chat noir de ce matin !

Cette fois, je le prends comme un avertissement. Je regarde le casque qui se balance à mon avant-bras. Je l'enfile.

Je ne fais pas cent cinquante mètres que la direction de la moto se met à osciller dangereusement, l'engin guidonne et je devrais le laisser aller sauf que non : je tente de corriger le tir et bien sûr je finis à terre. Et bien sûr ça fait mal. Je termine cette journée abominable en rampant jusqu'à la maison des voisins – heureusement ils sont là, et gentiment acceptent de m'emmener à l'hôpital. En chemin j'appelle Azu pour la prévenir.

On accuse toujours les chats noirs… Peut-être devrait-on les remercier ? Si je ne l'avais pas vu en enfourchant ma moto, aurais-je mis mon casque ? Si ça se trouve, ils ne portent pas la poisse, ils préviennent simplement que la poisse arrive !

L'histoire n'est pas finie mais elle se termine d'une jolie manière.

Car c'est ainsi que je rencontre Nicolas Fadel, le patron du service de réanimation de l'hôpital de Rambouillet. Libanais d'origine, ce médecin est aussi un chanteur de chants byzantins et un grand humaniste. Lui et moi avons de vraies et belles conversations. Nous parlons de la place de l'amour, souvent négligé, pourtant primordial dans nos vies d'hommes. Quand Nicolas conclut en me disant qu'il est compliqué de savoir aimer… Je le regarde, stupéfait, et c'est là que je réalise :

« Tu vois Nicolas, j'ai justement une chanson dans mon prochain disque qui parle de tout ça… qui donne une sorte de mode d'emploi. Aujourd'hui elle s'appelle "Savoir", mais en discutant avec toi, je m'aperçois qu'elle devrait s'appeler "Savoir aimer". Et c'est d'ailleurs comme ça que va s'appeler mon album : *Savoir aimer*. »

Nicolas Fadel est devenu mon ami ; la chanson est devenue « Savoir aimer ».

J'ai appelé Lionel Florence, l'auteur du texte. Je lui ai expliqué.

« Ta chanson s'appelle "Savoir aimer" Lionel ! "Savoir", c'est prétentieux. "Savoir aimer", c'est plus intéressant, tu es d'accord ? »

Lionel l'était.

Ce qui est fou c'est qu'aujourd'hui il nous paraît à tous évident que « Savoir aimer » est son titre légitime. Pourtant sans cet accident de moto, elle s'appellerait probablement encore « Savoir ».

Bilan de la journée : quinze jours d'hôpital, dix jours sur un lit avec la plèvre ouverte, l'omoplate en vrac, trois côtes cassées et un beau titre pour mon album !

C'est vrai qu'il est difficile de savoir aimer. Ce n'est pas à la portée de tout le monde. Enfin… en principe, ça devrait l'être. Disons qu'il y a quelques mauvais élèves.

Techniquement, la chanson est à l'image de ce qu'elle raconte. Elle a l'air simple, mais elle ne l'est pas. « Savoir aimer » est un piège. Elle ne monte pourtant pas très haut, ne descend pas très bas mais elle est difficile à posséder. Il est nécessaire d'avoir beaucoup de médiums pour la faire décoller. Il faut du coffre, du corps au milieu du spectre pour lui donner du relief, qu'elle prenne vie et qu'en jaillisse l'émotion. Si tu n'as pas ce corps-là, si ta voix est trop fluette ou trop dans les aigus… tu passes à côté. J'ai pu le constater après coup, dans les émissions de télé-crochet du moment, les *Popstars* puis *Nouvelle Star*… Le titre était souvent choisi par les candidats, car il a l'air facile. Résultat, tout le monde se vautrait. Si tu n'es pas assez musclé, tu ennuies très vite ton auditoire et tu t'ennuies très vite toi aussi.

Pour moi non plus, ça n'a pas été aisé.

Avec mes côtes à moitié remises et mon omoplate à l'envers, je suis retourné en studio. Au programme cette fois-ci : « Savoir aimer », que je me réjouissais d'interpréter de nouveau…

La séance ne se déroule pas mal, mais quand j'écoute le soir le résultat à la maison, je ne suis pas satisfait. Je ne retrouve pas la magie qu'il y avait dans la maquette. Je décide de rechanter la chanson et programme une nouvelle séance de studio. Je donne cette fois encore tout ce que je peux : le résultat n'est pas meilleur. Le piano voix de la maquette est vingt fois plus intéressant que le morceau produit. C'est incroyable. Il faut s'y résoudre : la magie a opéré une fois. On ne la convoquera pas une deuxième. J'appelle Pascal Obispo.

« Pascal, dis-moi, sur la maquette de "Savoir aimer", il y a deux fausses notes, on peut les corriger ?

— Oui, bien sûr… c'est tout à fait faisable.

— Parce que cela fait deux fois que je la chante et que ça ne marche pas ! Ça ne sonne pas comme sur la maquette. C'est moins bien et je ne sais pas vraiment pourquoi.

— Pas de problème, tu peux rechanter juste les deux passages concernés et je les intégrerai à la prise d'origine. »

C'est donc cette voix qui est sur le disque. La toute première prise, la prise d'essai, faite un soir, comme ça, pour voir si ça pouvait marcher… C'est beau de maîtriser mais c'est parfois encore plus joli de ne pas y parvenir.

Certaines chansons ont le pouvoir de vous faire vivre le message qu'elles véhiculent. « Savoir aimer » est une leçon d'humilité. J'ai pris cette leçon.

***

Les quatre as

Réunion à PolyGram. Sylvain Bergère – qui est au début d'une belle carrière de réalisateur – présente un projet de clip où il est question que j'interprète les paroles de la chanson en langage des signes. Je suis tout de suite opposé à cette proposition : elle est très intéressante certes, mais je ne pense pas en être capable. J'ai déjà du mal avec l'anglais alors…

« Sylvain, ça ne va pas être possible, c'est trop de travail, je suis désolé pour ta belle idée !

— Florent, tu n'es pas obligé de connaître TOUT le langage des signes ! Il te suffit d'apprendre seulement ce qui est utile ! On demandera à quelqu'un de traduire tes paroles en langue des signes, et toi tu n'auras qu'à apprendre les gestes et travailler leur synchronisation sur la musique… »

Oh, alors, le projet devenait réalisable et je l'ai adoré. J'ai étudié les gestes et la synchro dans les moindres détails et pour finir, j'étais tellement en place que Sylvain s'est amusé à monter les prises ensemble par trois ou par deux à l'image. On a l'impression que ce sont les mêmes mais ce n'est pas le cas, il y a de petites différences...

Cette chanson, c'est les quatre as. Les paroles. La musique. L'interprétation. Le clip, là où il nous emmène : donner par l'image le sens de ce discours d'amour universel à ceux qui ne peuvent pas l'entendre. Et puis comme elle est magique, il y a un cinquième as : la pochette !

Les majors comme Universal et ses consœurs ne sont pas les endroits les plus créatifs du monde, on le sait. Ils ont souvent tendance à vouloir appliquer des recettes. *Alors, pour la pochette, on va mettre la photo du chanteur. C'est ça qui fait vendre Florent, on ne peut pas y couper.* Peut-être mais moi, j'ai ces tableaux d'Azu à la maison qui me font de l'œil...

Azucena est une artiste inspirée. Elle a un vrai don, une vraie sensibilité. Pour la peinture mais aussi pour la sculpture, la céramique. J'ai parlé du portrait de Ganja qu'elle avait peint pour la scène de la tournée *Rester vrai*. Elle avait également réalisé les portraits de toute l'équipe. Au moment où je réfléchis à la pochette, elle est en train de concevoir une série de grandes toiles d'un mètre sur un mètre qui représentent des couples se faisant face, en gros plan. Leurs regards sont emplis d'amour. Certains nous ressemblent, d'autres pas du tout. J'adore ces toiles. Alors je les prends en photo et demande au graphiste de la maison de disque de proposer quelque chose qui nous permette d'échapper au traditionnel portrait du chanteur sur la pochette. Le graphiste a centré le visuel sur une partie d'un des visages et l'effet est très réussi... Lors de la réunion chez PolyGram sur le sujet, j'étale sur la table toutes les propositions avec « photo du chanteur », et puis je pose la mienne, jaune orangé et bleu, au milieu… « Quelle est celle que vous voyez le plus ? » Bien sûr, tout le monde désigne la pochette d'Azu. Il n'y a pas photo et c'est bien le cas de le dire ! C'est ça, *savoir aimer* aussi : composer avec le talent de sa femme ! C'est pour ça que quand on me dit qu'il y a des règles, qu'il faut faire ci ou ça… Non, il faut surtout savoir suivre son cœur.

J'ai de nouveau suivi mon cœur dans le choix des autres chansons de l'album. Le deuxième single de l'album sera le titre « Chanter ». Pascal ne me l'avait pas proposée lors de la première séance d'écoutes. Et pour cause, elle n'était pas écrite pour moi mais pour France Gall qui ne s'y est pas reconnue. Quand Pascal me l'a jouée, je n'ai pas hésité : « Tu ne l'as peut-être pas faite pour moi mais elle est faite pour moi celle-là ! » J'y ai tout de suite entendu une grande chanson. Quant à « Mourir les yeux ouverts », je lui avais mis une mention spéciale à la première écoute, quelque chose de mystique traverse cette chanson, quelque chose qui m'a plu. « Sierra Cuadrada » est un très joli morceau de Jacques Veneruso qui m'a offert deux titres sur l'album. Je lui avais expliqué l'origine de l'appellation de ma société, et cet endroit en Patagonie, où est né le père d'Azu, qui porte ce nom. La ballade de Benzi, « Dors », tient une place particulière dans mon cœur et dans cet album. Erick vivait cette tragédie d'accompagner un être cher qu'un cancer condamnait. Il lui a écrit cette chanson, si délicate, si pudique… j'ai tenu à l'interpréter. Savoir aimer, c'est aussi faire de son mieux pour tenir jusqu'au bout la main des gens qu'on aime. Erick a aussi écrit « Une place pour moi », avec les frères Goldman. Zazie m'a gratifié d'un « Combien ça va », super titre que je n'ai jamais réussi à valoriser sur scène. Et puis il y a la merveilleuse chanson de la merveilleuse Mercedes Sosa.

En Argentine, on a l'habitude de faire des kilomètres sur des routes interminables, ce qui donne l'occasion de grandes sessions d'écoute de musique. Les notes, les voix qui résonnent dans l'intimité de l'habitacle tandis que le regard se perd dans l'infini des déserts, j'adore ça. J'avais découvert Mercedes Sosa en même temps que son pays, car elle est LA grande chanteuse argentine… C'est une interprète extraordinaire, qui n'a pas vraiment de titres à elle – elle a fait son succès en reprenant de grands thèmes. « Sólo le pido a Dios » a été composé et écrit par León Gieco (prononcer *Hieco*) en 1978 pendant l'ère des dictatures militaires en Amérique du Sud[1]. C'est une chanson humaniste. L'interprète demande à Dieu de l'aider à rester sensible à l'autre, à sa douleur, à ne pas perdre son humanité dans la guerre. Si León Gieco a eu un grand succès avec ce titre, Mercedes Sosa en a fait un monument… Quelle interprète magistrale !

Je ne la chante pas aussi bien qu'elle, je m'écoute un peu trop – on sent que j'essaie de faire attention à mon accent… Mais, après l'avoir chantée durant la tournée de *Bienvenue chez moi*, je trouvais que cette chanson avait sa place sur un album comme *Savoir aimer*.

---

1. León Gieco l'a composée juste avant de partir en exil, à un moment où un conflit était en passe de dégénérer à la frontière entre l'Argentine et le Chili. La chanson, hymne à la paix, a été interdite de diffusion pour délit de pacifisme. Elle est devenue mythique.

PolyGram organise une fête pour la sortie de l'album. On en profite pour exposer les toiles d'Azu. C'est un double vernissage. Vanessa passe la tête à la soirée, cela me fait plaisir de la revoir. Elle connaît déjà Azu, nous nous sommes rendus dernièrement au concert qu'elle a donné au Zénith et à la fête qui a eu lieu après. À cette époque, nous nous revoyons en deux-trois occasions.

Plus d'un million d'albums sont, et c'est assez rare pour être souligné, vendus avant même la sortie du second single, « Chanter ». *Savoir aimer* va faire mieux que *Bienvenue chez moi* et atteindre plus de deux millions deux cent mille exemplaires vendus.

Je suis invité aux Victoires de la musique. J'ai un moment d'hésitation avant de me décider à m'y rendre, je ne me suis jamais senti à l'aise dans cette cérémonie. Il y a quelques années, on m'a fait revenir d'Argentine en me laissant entendre que je pourrais gagner la récompense. J'y suis allé. C'était ma plus grosse année, celle qui signait mon retour en fanfare, après les années difficiles, grâce à *Bienvenue chez moi*. Pourtant je n'ai rien eu. Ce n'est pas à mon honneur mais voilà, j'ai été déçu.

Pas bien grave, mais comme il se trouve qu'avant et après je n'ai plus été invité, je m'étais promis d'en rester éloigné. Seulement j'ai le vent dans le dos en ce moment… Je me dis que même si je repars bredouille, ce ne sera vraiment pas un drame… J'accepte donc l'invitation. Toutefois, parce que j'ai conscience d'avoir changé d'avis, pour être cohérent avec moi-même, je mets ma veste à l'envers. Certains y voient un look étudié. On me demande le nom de mon styliste ! Non. J'ai réellement retourné ma veste. Je n'ai pas envie de bouder la cérémonie alors que mes affaires marchent bien, mais j'ai tout de même conscience de me trahir un peu. Cette fois, je repars avec le prix. Meilleur interprète masculin. La Victoire du clip va à Sylvain, il la mérite. Je suis bien sûr ravi de ce résultat mais j'avoue que je désirais voir « Savoir aimer » obtenir la Victoire de la meilleure chanson. Elle va à Noir Désir pour « L'homme pressé ». Certes c'est un super titre mais tout de même, n'aurait-il pas été plus joli de la donner à « Savoir aimer », qui envoyait des messages d'amour ? Comme vous pouvez le constater, je ne suis jamais content !

Avec les musiciens – ma joyeuse formation des Marseillais – nous partons en mars pour une tournée de dingue qui se prolongera jusqu'en décembre. Nous passerons dans toute la France et nous poserons à Paris à trois reprises : une première fois pour dix dates au Cirque d'Hiver, puis le temps de trois soirées au Zénith avant de conclure avec Bercy. Même dans les grandes salles, surtout dans les grandes salles, je continue – comme je le faisais pour la tournée de *Bienvenue chez moi* – à me mêler au public avant le début du concert, pour tromper le trac. Accompagné de mon régisseur Daniel Bizarre, je me balade dans les couloirs, au milieu des spectateurs. J'ai un bonnet, personne ne me reconnaît. Je me mets dans la peau d'une personne détendue venue écouter un chanteur. J'oublie que c'est moi le chanteur. Quelquefois je m'assois au milieu d'une rangée, je peux même faire peur, j'en vois qui récupèrent soudain leur sac et le gardent bien serré contre eux ! Ils ont senti qu'il y avait quelque chose d'anormal avec notre présence mais sont loin d'imaginer la vérité… J'aime bien faire cela en attendant l'heure de monter sur scène, c'est mille fois mieux que de tourner comme un fauve en cage dans ma loge. Si un jour, avant un concert, vous m'identifiez parmi les spectateurs, restez discret s'il vous plaît, sinon je ne pourrai plus le faire… Un petit sourire complice et encourageant serait même apprécié ! Bon, je ne le fais plus trop, mais on ne sait jamais.

Au Zénith, ce sont trois vraies dates complètes cette fois-ci. Nous profitons d'une des soirées pour enregistrer mon premier album live et d'une autre pour faire une surprise à ma grand-mère Aline qui fête ses quatre-vingts ans ce jour-là. Souvenir à la fois tendre et magique… Voir mon aïeule adorée, sur la scène du Zénith, n'en revenant pas d'entendre six mille personnes l'acclamer… Marie-Pascale a fait venir pour elle un énorme bouquet ; nous l'embrassons et lui tenons la main tandis que le public et nous chantons de concert *Joyeux anniversaire… Happy birthday Naine chérie !*

En octobre, juste avant de jouer devant le public de Bercy, je rejoins Johnny sur la scène du Stade de France, pour un duo intense : « Le Pénitencier ». Voilà le genre d'émotions que seul Johnny peut vous procurer : chanter devant quatre-vingt mille personnes ! Ce sera même, d'ici deux ans, devant un million de spectateurs lors du concert qu'il donnera à la tour Eiffel en juin 2000 et où nous chanterons ensemble « Toute la musique que j'aime ». Quand j'y repense : quelle folie ! Tout le Champ-de-Mars rempli ! Un million d'individus. Qui va me permettre d'avoir un million d'individus ? Pas moi hein ! Il n'y a que Johnny qui pouvait faire ça !

Après avoir produit, avec ma société Cuadrada, la tournée de *Bienvenue chez moi*, je cherche un partenaire pour celle de *Savoir aimer*. Avoir voulu me produire seul était une erreur. J'y suis parvenu mais tout m'a coûté très cher, je n'avais pas les bons prix. Et c'est normal, car je n'ai pas le volume d'affaires suffisant pour pouvoir négocier. C'est donc bien qu'il me faut m'associer. Je pense à Jean-Claude Camus. Ce grand producteur de spectacles travaille avec Johnny depuis longtemps et a auparavant demandé à m'avoir comme artiste, ce que j'ai toujours refusé, tenant à mon indépendance. Lorsque je vais le voir et lui propose une coproduction, il est tout de suite partant. C'est ainsi que Jean-Claude et moi jetons avec *Savoir aimer*, les bases d'une collaboration de plusieurs années aussi heureuse que fructueuse.

Outre mes chansons, je reprends sur cette tournée « L'Aigle noir » de Barbara.

Barbara a rejoint les anges quelques jours après la sortie de l'album, le 24 novembre 1997. Cette grande artiste est mon grand rendez-vous manqué. Nous nous étions entretenus plusieurs fois au téléphone pour un projet. Je devais aller la voir au théâtre du Châtelet à l'hiver 1993, elle savait que je venais, nous devions nous retrouver après le concert, j'étais impatient de la rencontrer. Malheureusement, je faisais une télé dans l'après-midi, et l'enregistrement s'est éternisé. Mon planning s'est complexifié et je me suis dit qu'il serait mieux que j'aille la voir un autre soir, peut-être le lendemain, dans de meilleures conditions, plus détendu et disponible. Oui, sauf que voilà, il n'y a pas eu d'autres soirs. Ce Châtelet fut son dernier concert parisien. Malade, elle a dû annuler le reste de ses dates. Elle a repris une tournée en province deux mois plus tard et son ultime concert a eu lieu à Tours le 26 mars 1994. S'il y a quelques regrets avec lesquels je vis, celui de ne l'avoir jamais rencontrée, ni même vue sur scène, en fait partie.

***

Luciano

Au milieu de ma tournée *Savoir aimer*, la maison de disque me transmet une invitation. Serai-je disponible pour venir au mois de juin, chanter avec Luciano Pavarotti ? Ce serait un duo, à l'occasion de l'édition 1998 de la série de concerts humanitaires organisés par le Maestro depuis 1992, *Pavarotti and Friends*, tous donnés sur la Piazza Grande de sa ville de Modène.

Recevoir une invitation de ce genre provoque deux émotions bien différentes quoique simultanées : une joie intense, une trouille immense.

Ce n'est pas la première fois que l'on me propose de chanter avec *the* Ténor. Deux ans auparavant, Gérard Louvin m'avait appelé pour me tirer du fond de ma Patagonie. « Reviens tout de suite Florent, tu vas chanter avec Pavarotti. »

C'était aussi pour une émission caritative – en faveur de l'association créée par Luciano, War child, les enfants de la guerre. L'émission était produite par Louvin. J'avais pris l'avion direct.

Quand j'étais arrivé, mauvaise nouvelle, finalement je n'allais pas chanter avec Pavarotti – il ne voulait entendre parler que de Charles Aznavour.

Mon lot de consolation, si j'ose dire, était un duo avec Jessye Norman.

De quoi être consolé en effet !

Je ne connaissais de cette immense soprano que le timbre et la puissance vocale, et j'avais pour elle énormément de respect. À l'avenir, je respecterai toujours sa voix, extraordinaire. Quant à la personne… Là fut ma vraie déception.

Flash-back : Nous allons chanter « Oh Happy Day ». Il y a une chorale gospel avec nous. L'heure de la répétition approche. Elle ne cesse d'approcher, et puis on la voit même passer sans que la soprano se montre. Tout le monde stresse, j'entends dire qu'elle est en retard et qu'en plus elle n'aura pas beaucoup de temps, car elle a un avion à prendre, un avion privé, qui l'attend au Bourget. Je reste calme, si c'est un avion privé, les horaires sont souples. Et puis l'aéroport du Bourget est juste à côté, puisque les studios où nous enregistrons sont à la Plaine Saint-Denis, porte de la Chapelle. Tout à coup, je sens la tension monter d'un cran autour de moi. Qu'est-ce qu'il se passe ? Ah, Jessye Norman arrive !

Waouh, elle est ébouriffante ! Un chef indien ! Une montagne ! Une grande robe, un large sourire carnassier… Bref, une diva. Elle me serre la main, « Bonsoir, lui dis-je… — Hi », me répond-elle en anglais.

Bon, allez, tout le monde en place, on va attaquer la répétition. Enfin c'est ce qu'on devrait faire mais non, elle veut tourner la prise directement, sans la répéter au préalable. « Oh Happy Day », il faut quand même se répartir les parties, c'est un morceau… Et puis, il y a la chorale avec qui il est nécessaire de se caler !

On n'a pas vraiment le choix, il n'y a pas de discussion possible, on y va ! Elle démarre, elle chante avec un vibrato énorme, je ne suis pas habitué. Derrière, la chorale n'est pas tout à fait en place. « Oh Happy Day » est une chanson que je possède depuis Les Restos du Cœur, que j'ai dans mon album… Mais Jessye Norman, la chorale et moi ne sommes pas du tout ensemble, tout est un peu flottant, un peu bizarre…

On termine la prise, il est évident qu'il faut y retourner mais ce n'est pas dans les projets de la diva, qui se laisse applaudir, balance quelques Thank you… avec son grand sourire commercial et s'apprête à tailler la route ! Je m'adresse au réalisateur Pascal Duchêne : « Attends, Pascal, attends, j'aimerais bien la refaire parce que ce n'était pas en place là. On ne l'a pas répétée, on n'a fait qu'une prise… » Et ne voulant mettre personne dans l'embarras et surtout pas la chorale qui n'y était pour rien, je prends tout sur moi, j'ajoute : « J'ai pas été très bon. »

Et là, je vois Jessye Norman qui commence à tourner la tête, qui cherche son manager et qui lui dit en anglais : « Qu'est-ce qu'il veut, lui ? » Exactement comme ça : « Qu'est-ce qu'il veut, lui ? »

Je n'en reviens pas de son attitude que je trouve méprisante. Je vois clair dans son jeu, supporte mal cette forme de condescendance… Je réagis en français agacé : « Bon, allez, ça va, c'est bon, t'es pressée ? Casse-toi, va prendre ton avion ! »

Elle m'a entendu et m'a très bien compris. Elle se dirige vers moi et m'attrape par le col – je vous jure ! Avoir une Jessye Norman en colère au-dessus de soi, quand on fait ma taille et elle la sienne… faut avoir le cœur bien accroché. « Qu'est-ce que vous dites ? »

Ah elle parle notre langue finalement ! Je repousse ses mains, calme le jeu en français écœuré : « Rien, ça va, excusez-moi, madame, allez-y, votre avion vous attend. »

Je suis parti aussi. Il paraît qu'elle était furieuse, que, de sa voiture, elle a téléphoné à TF1, à tout le monde : « Je ne veux pas que ce duo passe… »

Elle ne connaissait pas Gérard Louvin : il l'a passé quand même. Ils ont monté, corrigé, remis en place, ils ont réussi à en faire un duo pas trop mal… Mais quelle expérience pénible !

C'était il y a deux ans.

Cette fois, pas de doute possible, c'est bien avec Luciano que je vais chanter puisque c'est lui qui est à l'origine de l'invitation. La liste des invités comprend Zucchero, Stevie Wonder, Bon Jovi, Céline Dion, les Spice Girls, The Corrs, Natalie Cole… Du beau monde, en fait les plus gros vendeurs de disques du moment, chacun dans son pays. Je crois savoir que Lucio Dalla a dit du bien de moi à Luciano, mais j'ai complètement oublié l'épisode avec Jessye Norman et ne pense pas une seconde au fait qu'ils doivent se connaître et bien s'entendre…

Ce duo est à la fois l'un des meilleurs souvenirs de ma vie et le pire.

Lorsque j'arrive, avec Azu, tellement heureux d'être là, je sens – et ce n'est pas toujours le cas à l'international – que je suis attendu. On me connaît par ici. On connaît mon travail. Le père de Luciano Pavarotti vient me voir : « Ah Florent je t'ai entendu, qu'est-ce que tu chantes bien ! » Voilà qui fait plaisir et met en confiance !

Le premier contact avec Pavarotti, c'est à l'hôtel. Je reverrai toujours cette image, il est assis dans un gros fauteuil club, en compagnie de Zucchero penché sur sa guitare. Ils sont en train de répéter un passage de leur duo. Luciano m'aperçoit : « Pagny ! Tu es venu ! me dit-il – en italien car il ne parle pas du tout français.
— Eh oui Luciano, tu m'invites : je viens et j'en suis très heureux ! Merci ! »

Il me fait alors comprendre que quelqu'un m'attend dans la pièce à côté avec un piano. Je peux commencer à répéter, il me rejoindra après…

Très bien, allons-y. Je suis accueilli en effet par un musicien qui se tient derrière le clavier, un monsieur âgé ; c'est lui qui va nous aider à faire notre répétition. Azu m'accompagne ainsi que quelques personnes de la maison de disque.

Le pianiste demande gentiment si tout va bien pour moi… Je lui explique que je ne suis pas tout à fait dans ma zone de confort avec la chanson que nous allons interpréter, qu'il me semble que « Caruso » aurait été une meilleure option, du moins un choix plus naturel. C'est vrai, c'est une chanson qui nous a fait du bien, à Pavarotti comme à moi. Je l'avais proposée mais Luciano m'avait fait répondre qu'il ne la chantait plus, ne la connaissait plus et que ce serait sur « La donna è mobile[1] », cet air d'opéra très populaire de Verdi, que nous nous rencontrerions. J'avais accepté à condition de chanter mes parties en français. Il est évident que Pavarotti serait à son aise tandis que je devrais fournir un effort colossal pour être à la hauteur… En chantant

1. *La donna è mobile* : air que chante le personnage du Duc au dernier acte de *Rigoletto* (création en 1851 à la Fenice).

en français, je pouvais au moins me concentrer sur les notes, sans avoir à faire attention à la langue – mon italien étant… disons… sommaire.

Je précise aussi au pianiste que la tonalité de « La donna è mobile » est très haute, trop haute pour le baryton que je suis. Le pianiste comprend très bien, « ah vous n'êtes pas ténor, on va la descendre d'un demi-ton. Je vais la mettre en *la*, aucun problème ». Ouf, me dis-je, soulagé, dans ces conditions cela devrait bien se passer.

Nous commençons à répéter.

Tout à coup, une voix puissante s'élève :

« Qui t'a dit de la mettre en *la* ? »

C'est Pavarotti qui vient d'entrer dans la pièce. Si je devais en faire un personnage d'animation, j'en ferais une tornade redoutable dans les tons de gris et de noir, tournant sur elle-même, décoiffant tout sur son passage, sans que cela la gêne le moins du monde.

Je ne comprends pas bien l'italien mais là, je saisis tout de suite. Le pianiste tente d'expliquer en me montrant du doigt…

« Luciano, il n'est pas ténor…

— Qui t'a dit de la mettre en *la* ?

— C'est parce que lui… Il est…

— Qui t'a dit de la mettre en *la* ?! »

Pavarotti hurle de plus en plus fort.

Nous sommes tous glacés dans la pièce.

Ah. Ça va être ça l'esprit donc… OK, j'ai compris : on est chez toi. Tu ne veux pas la mettre en *la*. On ne va pas la mettre en *la*. Et donc je vais essayer. Même si c'est perdu d'avance. Allons-y.

Nous entamons la répétition. Je chante tout ce que je peux et dès que les notes sont trop hautes j'arrête. J'en attrape de justesse quelques-unes, fragiles, peu assurées, mais d'autres sont carrément hors d'atteinte. Pavarotti enchaîne sans prêter attention plus que ça à mes limites et possibilités. À la fin du morceau, je comprends que je suis dans un piège lorsqu'il me dit :

« Ne t'inquiète pas Pagny, tu vas travailler, il y a les répétitions… Tu vas y arriver… »

Et il s'en va.

Il sait très bien que je ne *peux* pas y arriver.

Je regarde Azu, je regarde tout le monde. On se regarde tous… Nous sommes consternés. Ça va chauffer pour mon matricule…

Je me rends ensuite à la répétition avec l'orchestre. Un grand orchestre de soixante musiciens. Pavarotti ne me jette pas un regard, il est dans sa bulle, l'œil rivé vers la salle. L'orchestre attaque les premières mesures. Le Maestro intervient :

« Hé qu'est-ce que c'est que ça ! Reprenez ! »

Le chef d'orchestre acquiesce et reprend. De nouveau les premières mesures, de nouveau Pavarotti :

« Mais qu'est-ce que c'est que ça ! Ce n'est pas bon ! »

Trois fois, il les fait repartir. Quelque chose que personne n'entend ne lui plaît pas. Dans l'énergie, dans le rythme… Il doit avoir raison – je sens en effet quelques différences minimes dans le *tempo* –, mais la façon d'obtenir ce qu'il veut, l'autorité, la dureté… Je commence à me dire que ce type est un monstre !

Finalement, on arrive à passer les premières mesures, mais moi bien sûr, arrivé à la note fatale, je ne la passe pas du tout. Et lui, à la fin, me dit *Ça va aller*, alors qu'il sait que ça ne va pas aller, parce qu'il sait très bien ce que cela représente.

Après la répétition, je rejoins Azucena. Elle lit dans mes pensées. L'avion privé, qui nous a amenés et qui doit toujours être sur le tarmac, tout prêt à repartir dans l'autre sens. « Ne fais pas ça, me dit-elle, tu le regretteras toute ta vie. »

Arrive le moment où je dois répéter mon propre morceau – chaque artiste chante en duo avec le Maestro et interprète ensuite un titre de son répertoire personnel. J'ai choisi « Une place pour moi[1] ». Lorsque j'entre en scène, je vois les cameramen de MTV (qui filmaient les répétitions depuis le début de la journée), poser à terre leurs caméras : les mecs vont déjeuner. Eh oui, je ne les intéresse pas, je ne suis connu qu'en France ! J'en suis bien conscient mais tout de même ça fait un drôle d'effet quand on le vit. Une chance que parmi les musiciens, je connaisse Pino Palladino, un excellent bassiste avec qui j'ai eu l'occasion de faire quelques séances de studio. Il a assisté à ma difficile répétition avec Pavarotti et compris dans quel corner m'avait poussé le Maestro. Il briefe gentiment les musiciens pour qu'ils s'occupent bien de moi et cela me remonte un peu le moral.

Le grand concert en direct a lieu deux jours plus tard. Deux jours pendant lesquels Azu se promène dans la ville et en profite pour voir des amis qu'elle a connus dans une vie précédente lorsqu'elle habitait en Italie. Deux jours pendant lesquels je m'entraîne comme un perchiste pour atteindre des hauteurs qui m'ont toujours échappé et m'échapperont toujours. Deux jours à flipper sans modération. Je répète sans

1. « Une place pour moi » figure sur l'album *Savoir aimer*. Paroles de Jean-Jacques Goldman et musique de J. Kapler et Erick Benzi.

fin dans ma chambre, dans les couloirs, aux chiottes, partout, essayant d'attraper cette note impossible. C'est une note de ténor ! Je ne la possède pas, ça ne peut que forcer, ce ne sera jamais beau. Mais j'en suis là, alors je travaille, je travaille, je travaille… Tout en sachant que je ne l'aurai pas. Je ne l'ai jamais eue, ce n'est pas maintenant que je vais l'avoir.

C'est enfin le direct. Au summum de mon stress, je me promène dans les coulisses, au milieu du gratin musical international, j'aperçois Stevie Wonder, seul dans sa loge, assis dans son canapé, les Spice Girls, Céline Dion, Bon Jovi qui a vu ma répèt' avec Pavarotti et a pour moi un sourire gentil et un mot compatissant.

J'attaque tout d'abord mon titre. Je suis tellement stressé que je le prends une octave au-dessus… Au milieu de la chanson, je fais une pirouette, je ne sais même pas comment, et j'arrive à retomber sur mes pattes. Mais de retour dans la loge, je suis catastrophé, *Même ma propre chanson je n'ai pas réussi à la faire !*

« Azu, je perds mes moyens avec ce mec ! Ça va être une boucherie sur scène ! La mise à mort du Français ! »

Une assistante arrive à ce moment :

« C'est à vous, c'est votre duo. Vous me suivez ? »

Azu me prend dans ses bras. « J'ai confiance en toi *mi amor…* »

Je suis la jeune femme. Nous apercevons, en passant, Luciano dans sa loge, campé devant son poste. Il suit toute l'émission depuis son fauteuil. Il ne me regarde pas. Il ne regarde personne d'ailleurs. « Arrêtez l'émission ! » s'exclame-t-il.

Et il s'en va.

Personne ne sait ce qui se passe. On ne saura jamais. Il revient au bout d'un quart d'heure. Je suis en place. Toujours sans me regarder, il se positionne à côté de moi, passe son bras autour de mes épaules. Il murmure *Allons-y.* Le rideau s'ouvre en même temps qu'un large sourire s'affiche sur ses lèvres. On jurerait à cet instant que nous sommes les meilleurs amis du monde. Quel métier le Maestro !

Je n'en mène pas large. Heureusement, le public m'aide. Les Italiens aiment les grandes voix et apprécient la mienne, ce qui me rassure et me porte. Ils m'applaudissent au milieu de mon interprétation – en France, on ne fait jamais ça mais ici, c'est l'habitude –, c'est inespéré et ça me donne une force inouïe ! *Grazie mille a tutti !* Grâce à cette confiance, je commence à prendre des notes que je n'arrivais pas à atteindre en répétition… Comme quoi l'amour… comme quoi la confiance du public… Je vois que Luciano s'aperçoit de ce que je réussis ; néanmoins, il y a toujours cette note finale, tenue… qui a toutes les chances de m'envoyer au tapis… Et alors qu'elle arrive, que je la vois qui s'approche, qui est tout près, Luciano me fait ce qu'on peut appeler un « croche-voix » : il passe devant moi, il prend la note à ma place, et je peux me glisser en dessous et faire l'harmonie. Et moi qui ne fais jamais d'harmonie, elle marche, elle est super belle… On termine tous les deux avec nos voix qui prennent tout l'espace : lui tout là-haut, magistral, le Maestro, et moi, un peu en dessous parce que je ne suis quand même qu'un baryton. On termine sous des applaudissements du tonnerre ! Et là, il me regarde vraiment : *Tu as passé l'épreuve, c'est bien, Pagny !*

J'avais été si traumatisé par tout ce qui s'était passé ces jours d'angoisse avant le direct, fragilisé que j'étais par mon stress et par l'accueil si rude du Maestro, que j'ai longtemps pensé qu'il avait pris cette note parce qu'il pensait que j'allais la réussir, bluffé par celles que j'avais réussi à prendre avant. Aujourd'hui je sais qu'il n'en est rien et qu'au contraire il m'a aidé. Il a eu peur pour moi. Il savait que là-haut, je n'y allais pas, en tout cas pas sans dommage et il me l'a évité. On s'en rend compte à l'écoute du duo… Si vous connaissez le chant et la technique, vous l'entendez démarrer en dessous et faire une espèce de valse lyrique pour aller prendre le pouvoir et faire le final. Il me laisse en suspens, parce que moi je suis au bout, je ne peux plus rien faire… Grâce à son tour de passe-passe, je peux me faufiler sous lui, respirer, faire l'harmonie, et c'est très beau. Ah, merci Luciano ! J'oublie beaucoup de choses, mais ça, je ne l'oublie pas ! Je peux décrire précisément chaque moment, chaque minute de ces trois jours…

Je peux dire merci à Azu aussi. Sans elle, je reprenais l'avion. D'ailleurs elle a un point de vue légèrement différent sur ce qui s'est passé. Je vais lui laisser la parole, elle était dans le public.

Je me souviens à quel point tu étais mal. On avait été tellement bien accueillis et par contraste Pavarotti s'est montré si odieux ! Tu as réellement failli partir. Je ne t'avais jamais vu aussi stressé et nerveux depuis que je te connaissais. Et d'ailleurs je ne t'ai jamais vu aussi stressé et nerveux depuis. J'ai insisté pour que tu restes. Je connaissais l'enjeu. Je comprenais ta frayeur. Mais je sais que reculer devant un obstacle n'a jamais fait grandir personne. Et puis, nous avions, pour la première fois, laissé notre fils de deux ans – à ma mère en Argentine –, ça ne pouvait pas être pour rien ! J'ai vu combien Pavarotti était dur. J'ai vu aussi, car j'étais dans le public, combien les gens ont adoré le duo. Ils vous acclamaient à tour de rôle comme si vous étiez deux joueurs en train de disputer une partie de tennis et que chacun gagnait son service, c'était magnifique à voir et à ressentir. Et crois-moi, ça n'était pas comme ça à chaque duo ! Ensuite il y a eu un dîner et tout le monde, absolument tout le monde, même Nicoletta, la femme de Pavarotti, est venu te féliciter. Je me souviens que tu ne réalisais pas à quel point tu avais marqué des points, tu restais marqué par la difficulté que tu avais eue à les obtenir… Avec le temps tu as commencé à considérer cet épisode comme un bon souvenir et même un souvenir extraordinaire…

C'est après que j'ai appris que Luciano avait le même manager que Jessye Norman. Je me suis dit qu'il m'avait peut-être mis à l'amende à cause de cet incident qui avait eu lieu avec elle. Parce que à Modène j'étais le seul chanteur avec qui c'était tendu à ce point. Mais peut-être aussi que cela n'avait rien à voir… J'étais également le seul chanteur qui « osait » se présenter dans son périmètre. Le seul à venir chanter du lyrique. Il fallait probablement qu'il marque son territoire. On ne devait pas pouvoir se prétendre chanteur lyrique impunément. Il y avait un prix à payer. Il devait me montrer qui était le boss. J'ai passé un examen en quelque sorte. Je l'ai réussi… mais à quel prix ! Je suis sûr que dans un coin de mon corps, il reste un nœud quelque part.

La pop, c'est plus cool. Retournons-y après cette incursion au pays des divas…

Ma tournée de *Savoir aimer* se termine avec une dernière date en mars 2000 à Buenos Aires. C'est une date exceptionnelle, un show organisé par la chaîne de télévision M6 qui a fait gagner le voyage et le spectacle à ses auditeurs.

C'est le dernier concert d'une série qui, entre *Rester vrai* et *Savoir aimer*, m'aura jeté sur les routes pendant deux ans. Avec mes musiciens et amis Marseillais, nous aurons fait un bon bout de chemin ensemble, des toutes premières salles de villages qui comptaient cinquante places assises à tout casser, aux Zénith de six mille personnes.

Trois tournées et puis un tournant. Il va falloir savoir se séparer. C'est comme ça que ça marche. *Rester vrai*, *Bienvenue chez moi*, *Savoir aimer*, trois albums majeurs. Nous avons eu la chance de nous connaître très bien, de nous apprécier beaucoup, de grandir ensemble, d'accomplir quelque chose d'extraordinaire, de beaucoup rire aussi. Nous nous sommes porté bonheur les uns aux autres. À l'heure de nous séparer, cette dernière date aura une saveur particulière, une larme de tristesse dans le cocktail de joie. Je sais bien que j'ai voulu nous donner un esprit de groupe et que cela a fonctionné à merveille, pour autant nous ne sommes pas un vrai groupe. Nous ne faisons pas nos chansons ensemble pour les jouer ensuite. Je ne fais rien de musical en dehors du studio et de la scène. Je n'ai que ce besoin viscéral de chanter. Et c'est un besoin solitaire. Et puis j'ai déjà dans l'idée de me frotter à d'autres genres musicaux. Nous nous sommes donné le meilleur, il est l'heure à présent, pour chacun, d'aller apprendre et évoluer ailleurs. Je suis très heureux pour eux de les voir partir avec Fiori puis avec Sardou à qui ils offriront leur talent et leur bon esprit de groupe. Comme probablement Jean-Jacques Goldman avait été heureux de me les présenter il y a sept ans de cela. Patou Hampartzoumian tourne toujours beaucoup avec Patrick Fiori d'ailleurs. Et son frère Dédé a récemment ouvert, à Montpellier, un grand studio d'enregistrement son et de captation image disposant des dernières technologies. Quant à Jacques, il n'a cessé d'enchaîner les succès en tant que directeur musical et auteur-compositeur[1].

***

RéCréation

Vous et moi étions d'accord sur le fait qu'un chanteur de variété chante des choses variées, n'est-ce pas ?

Ce positionnement m'a coûté mon ambition pop-rock mais il me permet d'être libre, de me balader presque partout. Ne revendiquant rien d'autre que ma voix, je peux tout chanter. Ça tombe très bien : je *veux* tout chanter.

Et je suis impatient. Pour faire mon prochain album, il va me falloir du temps. Le temps de l'exploration, celui nécessaire pour trouver les nouvelles chansons qui constitueront le répertoire. Celui-ci doit être à la hauteur de *Savoir aimer*.

Je viens de faire un beau coup double avec deux albums qui ont merveilleusement marché. Si *Savoir*

1. Notamment pour Patrick Fiori, Johnny Hallyday, Yannick Noah, Garou, Céline Dion…

aimer est un pur album de répertoire, *Bienvenue chez moi* ne l'était pas. Plutôt un disque-concept, puisqu'il comportait à la fois reprises et inédits. Je tiens mon idée : continuer comme ça. Si je fais maintenant un album de reprises, il sera facile à produire puisqu'il n'y aura pas de création de titres. Cela me permettra de satisfaire mon envie de chanter, tout en prenant le temps de la réflexion pour choisir mes futures chansons originales. Et tant qu'à faire, je vais aller, pour m'amuser, me frotter à un genre musical qui n'est *a priori* pas le mien.

C'est sans le savoir que j'avais jeté, avec *Bienvenue chez moi* et *Savoir aimer*, les bases de la physionomie de ma discographie pour les années à venir. Désormais ce sera une véritable stratégie, pensée, désirée : entre deux albums « répertoire », un album atypique. Cette stratégie me permettra de sortir un disque tous les ans et demi environ, de satisfaire mon besoin de chanter, de créer, d'explorer, tout en ne proposant jamais le même plat au public.

Ainsi en 1999, je reprends des chansons du répertoire français, remixées façon électro. Pascal Obispo, qui a dans la tête l'une des plus grandes discothèques de chansons françaises, m'aide à faire ma sélection. « Jolie môme[1] » est la première chanson que je retiens pour l'album. Je trouve qu'elle se prête bien à un cover électro. La version à laquelle je me réfère est celle de Juliette Gréco et comme elle date de mon année de naissance, 1961, le prétexte est tout trouvé pour en faire la pierre fondatrice de ma tracklist. Il n'y a plus ensuite qu'à remonter le

1. « Jolie môme » est une chanson du répertoire de Léo Ferré, créée en 1960 et reprise avec succès par Juliette Gréco en 1961.

temps et choisir les morceaux qui nous feront traverser les années soixante-dix et quatre-vingt. Ce sont Gainsbourg, Higelin, Téléphone, Bashung, Manset, Balavoine, Art Mengo et Johnny. L'album sort en novembre.

***

Ael

Au mois de mai,
Tu pointes le bout de ton nez.
Nous n'avons jamais vu de petite fille aussi jolie. Ni avec autant de caractère ! Bébé, avec sa grande bouche, Inca semblait ne vouloir faire que rire. Avec toi, c'est différent. Clairement, tu n'es pas venue pour rigoler. C'est trop drôle !

Ta *Mama* s'était levée toutes les nuits pour ton grand frère, cette fois c'est moi qui veille sur toi. Tu as ta façon bien à toi de m'appeler. Tu ne pleures pas mais tu hoquettes doucement jusqu'à ce que je réagisse. Alors je me lève, je te change de position et hop, tu te rendors tranquillement. C'est comme ça toutes les nuits pendant des mois. Je crois bien que j'adore ça, que tu aies besoin de moi. Nous créons notre lien.

***

Celui qui a dit non

« Celui qui a dit non », c'est Robert Hossein qui me le propose. Sa voix inimitable résonne dans le téléphone alors que j'arpente mon *campo*, en Argentine, pour trouver un peu de réseau. « Florent, je vais faire un spectacle sur de Gaulle. Le producteur François Pinault et moi souhaiterions que ce soit toi qui chantes la chanson-titre… »

J'ai toujours eu un faible pour la figure du général de Gaulle, aussi je dis *oui* très vite à cette aventure originale. Robert me dit que Philippe Labro a écrit le texte et qu'il va me l'envoyer. Je n'ai pas le temps de lui expliquer que je ne suis pas compositeur que la conversation est déjà terminée.

Le soir même, probablement autour d'un brasero, je raconte le coup de fil et parle de ce projet à ma famille et aux amis qui sont là. Parmi eux : Patrick Becker. Becker ! Il était temps que tu arrives dans ce livre, ton sourire commençait à nous manquer. Et puis tu es présent entre les lignes depuis bien longtemps. Je t'ai connu en répondant à une annonce : tu vendais ta moto. Je l'ai achetée et ce fut ma toute première bécane. Je t'ai retrouvé ensuite lors de mes premiers week-ends à Montfort-l'Amaury lorsque j'étais avec Patricia Millardet, à l'époque où j'ai rencontré Philippe Starck. Tu faisais partie de la bande.

Becker a été un réel ami jusqu'à son départ de cette Terre en 2015. Becker est ce genre de type incroyable, doté d'un sourire à vous illuminer la journée, qui a tout envoyé valser le jour où il s'est rendu compte qu'il ne travaillait que pour gagner de quoi assouvir des désirs qui n'étaient pas les siens. Il était chirurgien-dentiste. Il a vendu son cabinet dentaire, puis il a placé l'argent afin d'en retirer un revenu minime mais suffisant pour vivre sans travailler et profiter de la vie. Savait-il inconsciemment qu'elle ne serait pas

Ganja, mon fidèle compagnon.

Pascal, mon fidèle compagnon.

1993

■ Enfin, j'ai trouvé ma moitié.

El Calafate, décembre 1993.

■ Avec Kad, c'est le début d'une drôle d'amitié.

Avec Pascal, une amitié musicale.

« Savoir aimer », et voilà le résultat : Inca.

Sortie des Victoires avec l'ami Becker : j'ai retourné ma veste.

Olympia 1994 : sur scène avec ma sœur, Dudu et les Marseillais.

L'arrière-grand-mère
et sa petite fille Ael.

Ma Naine, sur scène
pour ses 80 ans.

■ Et un jour, une femme.

■ Marithé+François Girbaud, la classe d'être habillé par eux à la ville comme à la scène.

■ Le baisemain du Taulier pour notre réconciliation.

Avec Il Maestro, certainement le moment le plus fort de ma carrière.

NOUVELLE VIE, LA PATAGONIE

La famille d'Azu, devenue la mienne.

Notre famille au complet.

■ Un grand regret... mais ça ne reste que des voitures.

Nouvelle passion: les Vincent.

■ Famille unie avec le sourire.

QUE LE SPECTACLE CONTINUE !

Au piano pour « Le Blues », demande expresse de Madame Zuzu.

si longue et qu'il ne devait pas attendre l'âge de la retraite pour réaliser ses rêves ? À partir de là il a vécu dans l'économie de tout sauf de la bonne humeur. Un jour que je rentrais d'Argentine, à l'époque où nous commencions à nous y installer, j'avais eu la surprise de trouver mon garage propre comme un sou neuf et rangé comme jamais il ne l'avait été. Becker était passé par là, et avait trouvé l'envie et le temps de me faire ce cadeau – il avait comme moi la passion des motos. C'est peut-être pour cela qu'il m'est venu ensuite à l'idée de lui proposer de faire le chauffeur pour mes tournées. Bien sûr je lui ai promis une belle voiture à conduire ! Becker a accepté et nous a accompagnés, ma famille et moi, durant plusieurs années. Il a passé pas mal de temps aussi en Argentine, nous avons beaucoup ri, le personnage étant très loin d'engendrer la mélancolie.

Entre autres talents, Becker savait se servir d'une guitare et pas que pour en jouer.

Ce soir-là, autour du brasero, après que j'ai parlé de la proposition de Robert Hossein, et tandis que je me demande à quel compositeur je pourrais faire appel, Becker prend sa guitare. Très vite, il a une inspiration : celle de renverser les accords de *La Marseillaise* pour créer une mélodie solennelle. Je rebondis sur sa proposition. C'est ainsi qu'en 1999 je donne, pour la dernière fois, dans la composition. Je suis donc un auteur-compositeur du XXe siècle ! Au XXIe je ne fais que chanter (et quelques autres trucs… !).

Je ne peux pas savoir qu'au soir de la première du spectacle, devant le plus illustre des parterres – trois mille sept cent vingt-trois sièges occupés par un maximum de personnalités –, je vais connaître un de mes plus grands moments de solitude.

Une histoire de prompteur.

Je n'ai pas toujours chanté avec un prompteur. À mes débuts, je voyais Johnny faire et ne comprenais pas cette habitude. Ce sont nos chansons, nous sommes censés les connaître ! Et puis il y a eu une date. Une petite scène en Bourgogne. C'était bien avant mes gros succès d'albums, à l'époque où je chantais surtout « N'importe quoi ».

Imaginez une scène de village, je commence la chanson et puis j'ai un trou. Ça me sert plutôt : ça peut avoir son intérêt de te montrer fragile, les gens aiment bien voir que tu es un être humain comme les autres, capable de te planter. Ils me soutiennent, me supportent, m'applaudissent. Je recommence la chanson, je passe l'endroit où j'ai eu le trou, ouf. Oui, sauf qu'un instant plus tard, deuxième trou. Ils m'encouragent encore mais avec moins de conviction et je commence à entendre quelques petites réflexions… Cela me fragilise un peu plus. Dès lors, je ne gère plus le moment, me déconcentre davantage, ce qui me conduit à un nouveau trou un peu plus loin. Quelle horreur ! Dans le public, on en est aux sifflets et je les comprends. Je ne sais pas ce qui m'arrive, le stress…

Depuis ce soir-là, c'est prompteur obligatoire. Je ne veux plus jamais connaître cette angoisse. La plupart du temps je ne m'en sers pas, mais je sais qu'en cas de besoin, j'ai ce filet.

Septembre 1999. La salle du Palais des Congrès est plongée dans le noir. Le trac monte. À mes pieds, les presque quatre mille fauteuils sont occupés, au premier rang desquels sont assis Jacques Chirac, l'abbé Pierre, François Pinault pour ne citer qu'eux… J'ai répété l'après-midi même, tout roule. La chanson est nouvelle, mais je n'ai eu besoin de jeter que quelques coups d'œil au prompteur, plus pour me rassurer qu'autre chose. Il n'y a donc aucune raison pour que cela se passe mal.

Le spectacle[1] est « à la Hossein ». Grandiose, époustouflant. Une centaine d'acteurs jouent parmi une foule de figurants.

Si je stresse, c'est peut-être que je sens le poids de l'histoire peser sur mes cordes vocales… Je n'étais pas là à l'époque, je ne sais pas si j'aurais réussi à être un peu glorieux dans cette guerre ; la moindre des choses, c'est faire honneur à ce spectacle et à son héros.

Je suis en place, j'attends d'apercevoir la silhouette familière de mon régisseur Daniel Bizarre qui doit venir connecter le prompteur. Je ne le vois pas. La musique démarre. L'écran reste noir.

Une erreur de logistique, on n'a pas donné le bon badge à Daniel. Les types de la sécurité n'ont pas voulu le laisser passer.

Cette sueur froide le long de mon dos alors que j'attaque la chanson…

Je lève les yeux au ciel, convoque tous mes anges gardiens, *Vous m'aidez là ? Parce que pffff… c'est pas gentil ce qui m'arrive devant tout le gratin.* Je suis entendu, et protégé. À part une petite erreur que personne ne relève, car personne ne connaît la chanson, je réussis ma prestation !

1. Écrit par Alain Decaux et Alain Peyrefitte.

C'est grâce à ce spectacle que j'ai rencontré François Pinault, son principal producteur. Je n'avais jusque-là pas eu l'occasion de rencontrer d'aussi grand patron. Quand on vient comme moi, d'un milieu très modeste, on ne sait même pas exactement ce qu'est un grand patron. Un milliardaire bien sûr, l'une des plus grandes fortunes mondiales, soit… Mais à quoi peut bien ressembler un tel homme ? Eh bien à quelqu'un de vraiment sympathique qui nous a mis, Azu et moi, tout de suite à l'aise lorsqu'il nous a reçus chez lui, dans sa propriété des Yvelines à l'occasion d'un dîner organisé par ses soins. Il nous a présenté ses amis, M. et Mme Bouygues, M. et Mme Ricard, son fils François-Henri avec sa première épouse… Et nous en face, M. et Mme Pagny. Entendre mon nom au milieu de ce gotha, en voilà une expérience singulière ! Nous avons passé, avec Robert Hossein et Candice Patou, une soirée inoubliable, à boire du château-latour 1961, mon année de naissance, délicate et délicieuse attention de l'élégant M. Pinault. Il n'était pas obligé… J'avais déjà dit *oui* à « Celui qui a dit non » ! Azu avait mis sa plus belle robe, j'avais sorti ma plus belle voiture : lorsque nous avons pris congé, Robert Hossein nous a considérés une seconde dans la Mercedes 300 SL Papillon : « Toi, sortant de cette propriété au volant de cette voiture : on a l'impression que tu viens de la voler ! »

Cela nous a fait rire ! C'est vrai qu'avec mon look de l'époque, dreadlocks décolorées en prime, je tranchais dans le décor…

J'avais adopté cette nouvelle coupe à la suite d'un séjour argentin particulièrement venteux. Les vents sont toujours impressionnants en Patagonie. Ils sculptent les nuages, les paysages, le moral – lorsqu'on a l'impression qu'ils ne vont jamais s'arrêter – et les coiffures. Cette année-là, le vent patagon m'a vrillé les cheveux jusqu'à me dessiner cette coupe rasta que j'ai adoptée le temps d'une saison, d'un album, de quelques images…

***

ELA

RéCréation fait un très bon score. Six cent mille albums vendus. Comme il s'agit d'un double disque, ça se traduit par un million deux cent mille albums écoulés ! Et tant mieux, car je vais pouvoir en faire bénéficier une association dont je viens de découvrir l'existence.

C'est en effet à cette époque que j'ouvre une lettre qui m'a pourtant été adressée il y a plusieurs mois de cela et en des dizaines d'exemplaires. Je ne les avais pas lues, ces missives qui m'attendaient depuis quelque temps à chaque endroit où je me rendais, en tournée ou dans des émissions. La même lettre chaque fois, dans une enveloppe contenant la photo d'un petit garçon…

Être artiste dans la lumière, c'est recevoir de nombreuses sollicitations d'associations à but caritatif. On ne peut pas répondre positivement à tout. Pour celles-ci, j'aurais pu faire répondre mon assistante (une exquise personne du nom de Candice était venue nous aider dans l'administration de Cuadrada). Elle aurait trouvé les bons mots pour éconduire gentiment l'expéditeur, mais au lieu de cela, mû par une intuition, j'avais gardé tout le courrier, l'avais rassemblé en pile dans mon bureau, comme si j'attendais le moment propice.

Ce moment a lieu lorsque je finis d'enregistrer mes voix sur l'album *RéCréation*. J'ai enfin un sentiment de disponibilité, j'ouvre les enveloppes. Elles contiennent toutes le même message.

J'apprends que le garçon sur la photo est un petit Jérémie. Que la lettre est écrite par sa maman, Francine. Jérémie est atteint de leucodystrophie et je découvre ainsi l'existence de cette terrible maladie orpheline. Les mots de Francine sont empreints de douceur, de gentillesse. Sans aucun pathos, la lettre m'explique que Jérémie est condamné, mais qu'il est possible d'aider beaucoup d'autres enfants… Les mots de Francine me touchent. Je prends mon téléphone, compose le numéro laissé sur la lettre. Je fais alors connaissance avec une femme extraordinaire, une pêche d'enfer pour t'expliquer la galère qu'elle et son fils vivent depuis que le diagnostic est tombé. Aucune aigreur, rien que de l'énergie positive pour transcender au mieux ce méchant tour que le destin leur joue. Elle me parle d'ELA[1], l'association à laquelle elle appartient. J'ai envie d'aider cette femme admirable. Que puis-je faire ? De quoi ont-ils besoin dans son association ? De lumière bien sûr… *Il faut qu'on parle de vous, que vous vous fassiez connaître, pour attirer les dons…* Et pour cela, il faut de l'argent. Je demande alors qu'une partie des points sur l'album *RéCréation* soit directement reversée à ELA. Cela fait de moi le premier chanteur parrain de l'association et surtout cela permet de faire bouger les lignes. L'album marche bien, je suis content pour ELA qui bénéficie du plus gros don qu'ils aient jamais eu. L'année d'après, Zinédine Zidane devient parrain également et donne à

1. European Leucodystrophy Association.

ELA encore plus de lumière, un élan de dons phénoménal et une dimension internationale. Aujourd'hui l'association est présente dans plusieurs pays d'Europe et dans l'océan Indien ; de nombreux parrains ne cessent de rejoindre l'équipe… C'est dans ce contexte que je retrouve François-Henri Pinault, fais connaissance avec Franck Riboud, le patron de Danone, ou avec Amel Bent, avant qu'elle ne devienne ma copine de *The Voice*. J'ai aussi pu guider l'association pour parvenir à faire des télés… Un prime time spécial sur l'association notamment, présenté par Michel Drucker, a permis de multiplier les dons. De fil en aiguille, et au travers de nombreux événements sur tout le territoire, l'association a engrangé de quoi aider concrètement les familles confrontées à la maladie. Une fondation a été créée, qui a financé quatre cent soixante et onze programmes de recherche depuis sa création. C'est beau… C'est beau parce que tous ces efforts, cette énergie viennent réellement en aide aux gamins (et adultes) touchés par la leucodystrophie. Mais je reste tout de même choqué par la réalité économique à laquelle on est confronté. Si la fondation récolte beaucoup d'argent et finance la recherche, elle n'a pas vocation à être propriétaire de la découverte lorsqu'il y en a une. Le développement – dont le coût est également énorme – est ensuite fait par des laboratoires privés et les traitements stagnent à des prix prohibitifs – il y a trop peu de cas pour jouer sur des économies d'échelle… C'est comme ça. Comment ne pas être révolté ? Quand, à la base du système, il y a des mômes malades, des parents prêts à tout, des parrains actifs, des donateurs généreux… Toute une chaîne sans aucun but lucratif pour faire exister des traitements qui eux seront soumis à une logique économique… Ce n'est pas idéal. Seulement je n'ai pas la solution.

Jérémie est parti. Grâce à sa maman extraordinaire et à tous les bénévoles, grâce aux dons et aux efforts continus dans la recherche, d'autres enfants bénéficient de traitements. Leurs conditions de vie s'améliorent sensiblement. Alors oui, ça va dans le bon sens… Alors oui, on continue à donner[1] !

***

Châtelet

Hiver 2000.

« Mais c'est quoi cette chanson ?

— Tu aimes ?

— J'adore !

— C'est fort hein ?

— Oui. Et c'est hyper bien produit ! Mais c'est qui ?

— C'est le mec des Charts !

— Attends, mais je le connais le mec des Charts, tu parles de Calogero ?

— Oui c'est lui qui a fait ça… Il n'est plus avec les Charts, le groupe a splité…

— T'es trop fort Pascal !

— J'avais peur que tu ne veuilles pas travailler avec lui… »

C'est vrai que les Charts avaient une image pop un peu sirupeuse… Mais j'avais croisé les gars et les avais trouvés plutôt sympas, notamment le petit chevelu !

1. Sur le site ela-asso.com.

Eh oui, car Calo avait tout plein de cheveux bouclés à l'époque !

« Tu veux rire, elle est super cette chanson !

— Attends je la remets… »

Entre gris et graffitis
Où s'enferme le quotidien
Et des murs tellement petits
Qu'on entend tout des voisins

Avec pour seul vis-à-vis
Des montagnes de parpaings
Où déambule l'ennui
Et se traînent des destins

Nous sommes à la maison, à Montfort-l'Amaury, notre nouvelle adresse depuis la naissance d'Ael. Pascal Obispo m'a déjà fait écouter la dernière chanson qu'il a écrite pour moi avec Lionel Florence, « Et un jour une femme ». Je l'ai déjà dit, il s'agit d'une des chansons de mon répertoire qui me correspondent le plus. J'ai été sous son charme dès la première écoute. J'ai tout de suite vu son potentiel. Elle est infiniment belle, je sais que plein de gens vont s'y reconnaître… Et voilà qu'à présent, il m'envoie dans les enceintes « Châtelet-les-Halles ». Il a pris Calogero dans son écurie. Et il m'apporte le résultat. Et quel résultat !

« Qui a écrit le texte ?

— Lionel Florence !

— Encore ? Mais il m'a espionné ou quoi ? "Châtelet-les-Halles", c'est mes vingt ans…

— Peut-être ! Tu veux qu'on lui demande ?

— Surtout pas ! Dis-moi, Calogero, il faut qu'il le produise ce titre parce que ce que j'entends là... ce n'est pas seulement une maquette, c'est carrément une préprod'. »

Son travail était déjà très avancé, il avait déjà obtenu une belle couleur, il ne fallait pas se priver de le laisser poursuivre. J'ai fait en sorte qu'il ait les moyens de terminer le travail.

C'est pour ça que Calo a toujours été reconnaissant envers moi : je l'ai imposé en studio. Je n'ai pas fait que prendre sa chanson. Je l'ai prise et j'ai dit : « Tu sais quoi ? Tu vas aller la faire toi-même, ta chanson. » Il faut savoir que lorsqu'un compositeur vous écrit un titre, il n'est pas obligatoire que ce soit lui qui le réalise. C'est même assez rare. Il y a, en principe, un réalisateur dont c'est la mission pour tout l'album, avec l'objectif d'obtenir une couleur générale uniforme. Mais ce que j'avais entendu du travail de Calogero sur la maquette me donnait envie de voir jusqu'où il pouvait aller. Je l'ai mis dans les meilleures conditions, j'ai fait en sorte qu'on lui donne les moyens de faire le meilleur job possible. Défi relevé haut la main par ce musicien, compositeur et, depuis lors, réalisateur hors pair.

Dans un autre registre, j'ai fait la même chose avec les Spécimen lorsqu'ils m'ont proposé un projet de clip pour cette chanson. Ils n'avaient pas beaucoup d'expérience, ils n'avaient à l'époque, je crois, réalisé qu'un ou deux clips de rap. Leur projet me plaisait. J'ai décidé de leur faire confiance. Oh à un moment, j'ai eu un doute ! Pendant le tournage, j'étais sûr qu'on allait dans le mur... Parce que le gros du travail s'est surtout fait après coup avec les effets spéciaux. Les Spécimen ont joliment réussi leur clip et ensuite, pendant dix ans, ils ont dominé tout le métier. Zazie, Calo… tout le monde a fait appel à eux. Ils me remercient encore. « Personne à part toi ne voulait nous faire confiance ! » J'étais tellement séduit par leur idée de ce métro qui se fait inonder par une mer turquoise… Lorsqu'un artiste a des images aussi fortes dans la tête, il faut le laisser s'exprimer et voir jusqu'où il peut aller…

C'est toujours agréable d'avoir voulu tenter quelque chose avec quelqu'un… D'être là au début d'une carrière. D'y être un peu pour quelque chose. L'année d'après, Calo a écrit « En apesanteur[1] », et sa carrière a décollé. Avec les Spécimen aussi, j'ai suivi un feeling. Sentir que l'on peut faire confiance… Être dans l'ouverture, laisser leur chance aux talents, c'est ce qu'il faudrait toujours faire. Bien sûr, on peut parfois se tromper. Et alors ? Se tromper fait partie du chemin. C'est comme ça que les belles choses peuvent arriver. En osant. Et d'ailleurs j'ose dire ici que c'est de l'amour… ou du moins une volonté de partage. Les systèmes ne sont pas conçus pour ça, alors on doit, dès qu'on a un peu de poids, proposer cette voie du partage et de l'amour. Les grosses majors aiment bien décider de tout. Pas facile de s'opposer à leurs stratégies prédéfinies, il faut être un vieux machin comme moi pour se dresser contre elles et dire : *On ne va pas faire comme vous dites, laissez-moi faire, vous verrez, ça peut être bien*. Neuf fois sur dix, j'ai raison.

« Châtelet-les-Halles » marquera le début de nombreuses collaborations avec Calogero. Depuis cette

1. Compositeur : Calogero et Gioacchino Maurici. Paroles d'Alana Filippi.

première et fructueuse collaboration, j'ai toujours eu un titre de Calo dans mes albums et plus que cela, il réalisera deux albums entiers dans le futur. *Vieillir avec toi* qui sortira treize ans après *Châtelet-les-Halles* et *L'Avenir*, vingt et un ans plus tard. Je sais, ça ne nous rajeunit pas, ni Calo, ni moi !

Toutefois, je n'ai pas toujours réussi à convaincre ma maison de disque. Jugez plutôt…

***

L'émission impossible

Alors que mon sixième album, *Châtelet-les-Halles*, va sortir, je concocte avec le directeur de mon label (qui est toujours Yann-Philippe), une émission de promotion spectaculaire. J'ai chopé dans l'air du temps un concept qui me motive, moi qui ne suis pas un dingue de promo. Yann-Philippe est enthousiaste de me voir enthousiaste : un artiste qui s'emballe à l'idée de faire de la promo, on n'en connaît pas beaucoup. Nous sommes très heureux bien sûr lorsque l'on parle de notre travail, mais enfin le service après-vente n'est en général pas l'exercice dans lequel nous excellons le plus, ni celui qui nous anime vraiment.

Cette fois j'ai envie d'être créatif.

Yann-Philippe et moi avons tout prévu. Je vais m'installer dans un studio de télévision. Notre choix se porte sur celui de Nagui, qui abrite les émissions de sa société Air Production. J'y poserai ma valise pendant quatre mois. Nous construirons un décor, inspiré d'une station de métro comme celle de Châtelet-les-Halles, avec le matériel et les techniciens pour pouvoir tourner à la fois, des télés, du spectacle et des clips. À l'étage, on trouvera les loges des invités, le catering. Des caméras seront installées partout. On pourra suivre le « in » autant que le « off ». Au dernier étage, ma loge me tiendra lieu d'espace de vie durant quatre mois.

Yann et moi adorons ce projet. Nous renversons les codes. Au lieu d'aller faire l'émission de Michel Drucker, j'inviterai Michel Drucker à faire son émission chez moi ! Au lieu de me rendre au show de Foucault, c'est lui qui viendra. Un mix entre « Bienvenue chez moi » pour le concept et *Châtelet-les-Halles* pour le décor et l'album à promouvoir. On invitera des artistes ; on leur créera une tribune où ils pourront s'exprimer…

Nous réfléchissons avec les architectes pour concevoir le décor adéquat et budgéter le projet. Cela coûte cher évidemment, plus d'un million d'euros, mais compte tenu de ce que j'ai fait gagner à la maison de disque avec mes trois albums précédents, et du fait que *Châtelet* s'annonce comme un gros album, un million et demi d'euros ne paraissent pas une somme déraisonnable à investir. Nous sommes certains de l'amortir.

La sortie de l'album est prévue pour novembre 2000.

Pendant l'été, nous allons faire les mix de l'album. J'ai demandé à Caroline Molko, qui est toujours ma DA chez Mercury, de trouver le moyen de mixer à Ibiza (vous conviendrez que ce n'est pas sans à-propos). Elle a organisé le truc aux petits oignons et fait venir un Voyageur[1] de France jusque là-bas avec tout le matos à

1. Voyageur : c'est un camion équipé d'un studio d'enregistrement mobile.

l'intérieur pour mixer l'album. Nous partons en famille pour trois semaines. Je peux ainsi profiter des vacances avec Azu et les enfants pendant la journée et écouter les mix le soir.

Un lundi matin, je reçois un appel trop matinal pour que je réponde. Lorsqu'un peu plus tard j'écoute le message, c'est la déconvenue. Yann-Philippe m'annonce que tout notre projet d'émission est annulé. Il vient de passer le week-end avec Pascal Nègre qui ne veut pas en entendre parler. C'est sans appel.

Je vous jure, ça ne m'arrive pas souvent, je ne suis pas du genre à péter les plombs mais ce refus net me met dans une colère… De rage, j'en jette mon téléphone, qui traverse toute la chambre. Sur le moment je pense : manque d'audace ? Manque de courage ? Je n'ai pas la réponse mais arrgh…

Je termine les mix et rentre chez moi. Pendant quinze jours, j'ignore le moindre appel d'Universal, ne rappelle personne. Bref, je fais la gueule. Pascal Nègre finit par m'inviter à dîner avec Yann-Philippe. Ils ont quelque chose à me proposer.

Je me pointe chez Pascal, ma colère est intacte.

« Écoute Florent, on a mieux. »

Ah bon ils ont mieux ? Ça me paraît bien utopique, mais écoutons-les :

« Tu ne fais rien.

— Comment ça, rien ? Pas de promo du tout ?

— Voilà, c'est ça. Tu pars en Argentine. On s'occupe de tout. Les singles, la pub, les airplay[1], tout. Dès septembre, on sort "Et un jour une femme". Le second

1. Airplay : En radio, c'est la fréquence de diffusion du titre à l'antenne.

single sera “Châtelet”… Et quand tu reviens tu fais l’Opéra de Paris. »

L’Opéra de Paris… Un vieux rêve.

« Alors, écoutez-moi : ne rien faire, ça, je suis très bon à ce jeu-là. Champion du monde de hamac. Ça me convient parfaitement. En revanche l’Opéra de Paris, tu ne l’auras pas. Ils ne prendront jamais un chanteur comme moi.

— Mais si, m’a répondu Pascal. Tu verras, fais-moi confiance. Je te l’aurai. »

Je n’ai rien fait, aucune promo. Je suis parti en Patagonie. Pour un an, qui s’est transformé en deux années pour d’autres raisons.

Et comme je l’avais prédit, il n’y a jamais eu d’Opéra de Paris.

L’album a bien vécu, malgré ma non-présence dans les médias. Il s’est vendu à presque un million d’exemplaires. Avec mon concept d’émission, on en aurait peut-être vendu deux.

Pas loin d’un an plus tard, tout le monde ne parle plus que d’une nouvelle émission nommée *Loft Story* – concept assez peu artistique, on en conviendra – qui débarque en France. Quand on y réfléchit bien, l’émission qu’on m’aura refusée un an auparavant, est une sorte de *Loft*, mais totalement centré sur l’artistique… De quoi regretter d’autant plus que les choses n’aient pas tourné comme je l’espérais.

C’est sur cette note décevante que ma collaboration avec Yann-Philippe va s’achever. Notre chemin, parcouru main dans la main jusque-là, n'aura été jalonné que de réussites.

Yann a parallèlement cartonné à l'international, notamment avec le chanteur Seal ou le projet Era qui s'est vendu à cinq millions d'exemplaires. Il ne va d'ailleurs pas tarder à quitter Universal pour le prestigieux poste de président de la maison de disque concurrente Warner Music France. Je serai aussi triste de le voir partir qu'heureux pour lui de son ascension professionnelle. Nous nous verrons moins mais resterons amis, nous aurons traversé tant de belles choses…

Quant à Pascal Nègre, je lui en ai longtemps voulu de m'avoir mis ces bâtons dans les roues. Je ne doutais pas que la décision d'annuler le projet d'émission ne relevait que de sa seule volonté. Je sais aujourd'hui que ce n'était pas aussi simple. Je n'avais pas conscience des organigrammes et les liens de dépendance auxquels était soumis le président d'Universal France, notamment vis-à-vis du patron Monde.

Ce gros loupé – d'autant plus rageant qu'on avait été vraiment à deux doigts de réussir – a été le déclencheur pour que je parte au pays de ma femme et de mes enfants, loin du show-biz, de ses pseudo-règles économiques et des déceptions qu'elles ne manquent pas de provoquer. Me recentrer sur ma vie privée surtout après ces six dernières années si intenses, était une évidence.

C'est comme ça que l'on avance, non ? Dans les choix que l'on fait à chaque virage. J'aurais pu jouer le jeu de la promo classique, malgré qu'on ait brisé mon projet, j'ai préféré mettre un frein à mon exposition médiatique pour me retrouver en famille et travailler à construire notre double vie franco-argentine.

Est-ce ce projet avorté d'émission qui me projette dans ma septième vie ? Toujours est-il que je reprends conscience que notre passage sur Terre n'est qu'un passage. Cela fait longtemps que je le sais, j'en ai même fait une chanson sur mon premier album[1]. Ça va vite, très vite et de plus en plus vite. Il ne faut pas se louper sur ses priorités.

Voir mes enfants grandir, en connexion avec la nature, voilà qui peut suffire à faire mon bonheur. Même si, bien sûr, j'ai besoin de mon métier de chanteur français pour vivre ma vie de paysan patagon. D'ailleurs, depuis mes terres argentines, je commence déjà à réfléchir au prochain album.

Novembre 2001 en vue ! Je vais bientôt fêter mes quarante ans. Enfin disons plutôt que la date de mon anniversaire approche, car je n'arrive pas à parler comme d'une fête, de cette occasion de se réjouir pour enfant.

TF1 me propose une émission carte blanche.

Châtelet-les-Halles va avoir un an. La construction de mon prochain album n'en est qu'à ses balbutiements… Et si je m'amusais un peu pour le moment ? Si je profitais de cette carte blanche de TF1 pour imaginer, dans la ligne droite de ma stratégie discographique, un album-concept, en attendant le nouvel album original ? L'émission serait le prétexte à ce projet musical.

Je pourrais m'entourer des talents que je connais. Les mettre en valeur, créer quelque chose de joyeux et

1. « On est juste de passage ». Auteur : Florent Pagny – compositeurs : Jean-Yves D'Angelo et Kamil Rustam.

de beau avec eux. Je pense gaîté, je pense humour, je pense Kad. Je pense Kad et Olivier. Je leur propose de coanimer l'émission avec Flavie Flament, l'animatrice de TF1. Ils apporteront leur univers fun et plein de fantaisie à la soirée.

Quant au programme, nous allons faire une émission spéciale de duos. On en tirera un album.

Je veux que Calogero, dont je pressens que la carrière va bientôt décoller, soit un des guests principaux. C'est moi qui distribue les cartes, alors j'invite qui me plaît et, dans le public, ce seront les membres de l'association Rester vrai[1]. C'est un plaisir de pouvoir ainsi remercier mes « fans ».

Je veux chanter avec mes copains : Pascal, Bru-bru, Calo, David Hallyday, Axel Bauer (que je n'ai pas eu l'occasion d'évoquer mais que j'ai connu lorsque j'étais acteur), Kad (qui adore chanter et n'est pas dénué de feeling), Marc Lavoine, Eddy Mitchell, Daran (je viens de faire sa connaissance et évoquerai bientôt cette rencontre importante) et moi-même (car je m'aime bien aussi alors je me propose un duo !). Les filles, elles, ne seront pas en reste avec Lara Fabian, Cécilia Cara, Natasha St-Pier, Isabelle Boulay, Souad Massi. Bref, tous les copains et copines sont là.

Tous ? Non, pas tous : je vis deux déceptions à cette occasion. Vanessa refuse ma proposition de duo et je ressens de nouveau ce désagréable désir de ne plus s'affi-

---

1. Rester vrai est une association dans laquelle se sont regroupés mes fans après la sortie de mon troisième album. Elle était à cette époque gérée par ma mère. Mon père en était le président. C'est ensuite Cathy Tiennot qui est devenue responsable du fanclub. Cathy, précieuse interface entre les fans et moi.

cher avec moi. Zazie m'envoie valser aussi, par principe. Elle ne veut plus être associée à mon image depuis que j'ai accepté d'être le parrain de la *Star Academy*, cette nouvelle émission de variété qui va cartonner pendant huit ans sur TF1. D'après elle, je vends mon âme au diable. J'estime beaucoup son talent mais je considère qu'elle se trompe et qu'on peut à la fois être chic et populaire. Elle le comprendra d'ailleurs un peu plus tard et me rejoindra au sein du jury de *The Voice*, où je l'accueillerai les bras ouverts. Comme je dis souvent, seul(e)s les imbéciles ne changent jamais d'avis.

Je prends beaucoup de plaisir à enregistrer ces duos, mention spéciale à Lara Fabian. Quelle chanteuse ! Quelle voix ! Une séance de deux-trois heures avec elle, un de mes meilleurs souvenirs de studio. Elle est une des rares artistes avec qui je peux chanter dans la même pièce, et avec qui tout fonctionne admirablement. Non seulement elle possède la puissance et la technique, mais Lara est si heureuse derrière un micro, elle s'éclate tellement, qu'en sa compagnie, on voyage dans les hautes sphères du chant et c'est un vrai bonheur. J'ai retrouvé ces sensations plus tard en chantant avec Anne Sila.

L'émission *Double je* est enregistrée et diffusée en décembre 2001. TF1 se dira déçue de l'audience – pourtant pas si mauvaise –, on me parlera de part de marché un peu en dessous de l'objectif et on me reprochera d'avoir mis en lumière Kad et Olivier ainsi que Calogero, des artistes « peu connus et peu vendeurs ». Hum, les noms de Kad Merad et Olivier Baroux vont bientôt peser dans le cinéma français et Calo va exploser dans quelques mois… Décidément, il ne fait pas bon avoir un temps d'avance. Universal et moi sommes tout de même contents puisque l'album *2* se vend à quatre cent mille exemplaires. Et cela, sans promo aucune.

***

Après l'émission *Double je*, c'est à Marseille que nous allons nous poser en famille, pour un peu plus d'un mois. J'ai, contre toute attente, accepté le premier rôle d'un film de cinéma, *Quand je vois le soleil* de Jacques Cortal. J'ai pourtant tout fait pour le refuser. Mais j'avais été si bouleversé à la lecture de son scénario que devant l'insistance du réalisateur, j'ai fini par accepter de tourner, aux côtés de la danseuse étoile Marie-Claude Pietragalla. Pourquoi est-ce que Jacques Cortal voulait un chanteur et une danseuse dans les rôles principaux de son film… Je ne sais pas. Toujours est-il que me voici enrôlé. Et comme en plus Jacques a eu des difficultés à monter son film, j'ai enfilé la casquette de producteur et donné mon accord pour tourner au minimum du tarif syndical. C'est une des raisons qui m'ont poussé à signer pour être le parrain de la première *Star Ac.* J'ai pu négocier en retour que TF1 entre dans le financement du film.

Là encore, le box-office ne sera pas satisfaisant et n'aura pas d'effet sur mon parcours d'acteur. Quant au film, au fur et à mesure du montage, je le verrai s'éloigner de ce qui m'avait séduit dans le scénario. J'essaierai d'en parler au réalisateur, sans me faire entendre.

Le tournage de *Quand je vois le soleil* terminé, nous nous envolons pour la Patagonie. Je ne sais pas encore que je vais avoir une nouvelle occasion de m'y ancrer pour un an de plus et qu'elle va m'être donnée par les impôts. On parle là de la saison 3, la plus dure des saisons, les plus violents des épisodes.

***

Les impôts, saison 3

Si Pascal Nègre et moi n'avons pas toujours été d'accord sur tout, lorsqu'il s'est agi de faire front dans l'adversité, nous avons été exemplaires. Aussi laissez-moi le convoquer pour raconter cet épisode désagréable de son point de vue plutôt que du mien – il n'a pas beaucoup eu l'occasion de le faire. Quant à moi, j'en ai surtout parlé, en passant, dans des émissions, lorsque l'on me posait la question. Or ce n'est pas un sujet que l'on peut évoquer en passant. On a quand même voulu me mettre en taule. Comme un vulgaire fraudeur fiscal, ce que je n'ai jamais été, n'ai jamais voulu être, ne serai jamais.

Ce que l'on va évoquer ici n'a rien d'offensif. Je n'en veux plus à personne. Ce que j'ai vécu me donne simplement le droit de critiquer le système qui a permis ce dérapage.

Si c'était à refaire, je ne changerais qu'une chose : je n'accepterais pas le deal initial d'Universal. L'étalement du remboursement de mon prêt qu'elle m'a proposé nous a jetés dans la gueule des loups de Bercy. Mais on ne pouvait pas le savoir, nous étions tous de bonne foi.

Après le succès de *Bienvenue chez moi*, j'étais parti pour rembourser mon prêt et récupérer ma garantie de deux albums. S'il en avait été ainsi, Pascal m'aurait ensuite fait signer un nouveau contrat de deux albums ou plus, en me versant une prime imposable. Si nous avions procédé ainsi, cela serait revenu exactement au même pour tout le monde, pour Universal, pour le fisc, pour moi. La seule différence : Pascal et moi n'aurions eu aucun ennui. Si nous avions procédé ainsi, nous aurions tous pendant quatre ans dépensé notre énergie à des choses plus intéressantes qu'à faire ou subir des procès. Et, pour ce qui me concerne, je n'aurais pas causé de stress à mes parents, nous n'aurions pas perdu notre maison de famille et je n'aurais pas dans mon répertoire une chanson qui s'appelle « Ma liberté de penser », ma plus *grosse* chanson à ce jour…

Mais laissons la parole à Pascal.

L'histoire est assez simple. Les impôts avaient eu une mauvaise expérience avec un président de club de football qui avait fait des prêts déguisés à ses joueurs. Il ne s'était jamais fait rembourser. En fin de compte, les prêts qui avaient été accordés aux joueurs n'en étaient pas. Il s'agissait de primes maquillées en prêts. Car il faut savoir qu'un prêt n'est pas imposable mais se rembourse, alors qu'une prime (appelée aussi « avance non remboursable ») est imposable et ne se rembourse pas. Dans le cas du club de foot, on était donc dans une fraude caractérisée.

Le Trésor public s'est mis dans l'idée que nous avions fait la même chose avec notre chanteur et que Florent avait reçu une prime déguisée en prêt.

On peut tout de suite aller au bout de l'histoire et préciser que ce n'était pas le cas et que nous avons tous été disculpés et blanchis de tout soupçon dans cette affaire. Probablement un des rares cas où l'État a perdu contre un artiste dans une histoire de fisc.

Tout est finalement rentré dans l'ordre et on pourrait dire que tout est bien qui finit bien... À ceci près que l'affaire a duré quatre ans, a été un cauchemar à vivre pour Florent et sa famille et a enrichi son répertoire d'une chanson majeure.

*Ce que je sais – et Florent tu préciseras si ce n'est pas exactement cela – c'est qu'au commencement le Trésor public lui est tombé dessus en lui réclamant de payer un impôt sur le prêt que nous lui avions fait. Comme je le disais, personne en France n'a à payer d'impôt sur un prêt. Florent a expliqué qu'il n'avait rien à payer, car d'une part, il s'agissait bien d'un prêt, et d'autre part, il était déjà en train de le rembourser ! C'était quand même assez clair. Le problème est venu du fait que les types qu'il avait en face de lui à ce moment-là étaient tellement convaincus de la fraude qu'ils ne se sont jamais sérieusement penchés sur la question de son innocence. Pour eux, il était coupable. Il n'était pas question de vérifier ce point, mais de chercher comment arriver à le coincer. C'est là qu'ils ont eu tort. Ils ont péché par trop de certitudes et d'*a priori*. Évidemment Florent ne s'est pas laissé faire. À partir du moment où le fisc a persisté dans cette voie de vouloir le faire payer par tous les moyens une somme qu'il ne leur devait pas, il a consciencieusement déclaré ses revenus mais a refusé de payer quoi que ce soit tant que le fisc ne reconnaîtrait pas son erreur. Cette certitude d'être innocent – et il l'était en effet – lui a permis de tenir bon et de se battre pendant quatre années. En face de lui, il faut reconnaître que les hommes étaient (pas tous d'ailleurs, il y a eu quelques bonnes volontés qui ont tenté de faire revenir le système à la raison) aveuglés par leur envie de se « faire Florent Pagny » – expres-*

sion que l'on peut traduire par l'envie de « faire plier un artiste connu, un de ces types qui ont la vie trop belle et se croient sans doute tout-puissants ». C'est une de ces envies typiques qui fleurissent sur des terrains peut-être semés de jalousie, certainement nourris de méconnaissance de ce qu'est un artiste. Bref, cela aurait été leur moment de gloire.

Ça a été plutôt leur grand moment de ridicule quand enfin l'affaire est parvenue à sa conclusion, après deux procès dont un en appel. Je connais bien tous les détails, car je représentais Universal qui était aussi mise en accusation. Universal, comme Florent, a été acquittée.

C'était triste de voir cet aveuglement et cet acharnement contre un artiste.

D'autant plus qu'il y a eu un moment qui aurait dû tout arrêter.

Dans sa lutte pour ne rien payer tant que le fisc persistait dans son erreur, Florent s'était organisé pour qu'ils ne puissent pas trop l'atteindre, pas trop lui prendre de choses. Ils ont saisi meubles, motos, même ses deux Victoires de la musique ; même, à tort, les toiles de sa femme (ils n'étaient pas mariés), mais tout cela n'était que du matériel et Florent avait missionné son ami Pascal Obispo pour aller les racheter. Seulement le contrôleur a trouvé son point faible en allant saisir la maison de ses parents et celle de son frère. Les ayant achetées lui-même, et bien qu'elles aient été mises au nom de ses parents et de Frédéric, son nom à lui figurait toujours sur certains documents. Ses parents, des personnes âgées, l'ont appelé, pris de panique… Florent a bien sûr pris le premier avion pour les rejoindre.

C'est alors que nous avons été convoqués à Versailles, à la Brigade financière. Où nous avons eu droit à je ne sais combien d'heures de garde à vue, lui et moi, chacun de notre côté. J'ai bien expliqué à la Brigade que non, je n'aurais jamais fait cadeau d'une prime d'un million et demi d'euros – c'était le montant du prêt – à un type qui vendait, à l'époque, cent mille albums dans le meilleur des cas. Je crois bien que le score de Réaliste *était même en dessous de ça ! Comment aurais-je pu savoir qu'il allait multiplier ses chiffres de ventes par dix avec* Bienvenue chez moi *? C'était inimaginable ! Aucun patron digne de ce nom n'aurait parié une telle somme là-dessus. En revanche un prêt, remboursable au fil du temps (Universal possède l'exploitation des œuvres pendant soixante-dix ans) avec deux albums et une compilation en échange, ça paraissait tout de suite plus logique. J'ai montré à la Brigade le prêt notarié signé par Florent, les intérêts dus… tout. Je leur ai expliqué enfin qu'Universal étant une société cotée en Bourse, le nombre d'audits auxquels on est soumis fait qu'il est impossible de marcher de travers. À la fin de la journée de garde à vue, on nous a laissés partir en nous disant : En effet, tout est clair, on a compris, il n'y a pas d'entourloupe, c'est un vrai prêt. Et c'est en ce sens qu'a été rédigé le rapport de la Brigade financière au ministère des Finances.*

Sauf que.

Entre-temps, choqué et inspiré par ce qu'il venait de vivre en direct, Pascal Obispo a concocté avec son parolier Lionel Florence une nouvelle chanson pour Florent : « Ma liberté de penser ».

Florent m'a fait écouter le titre.

« C'est un énorme titre Florent ! Mais tu es sûr de toi ? À Bercy, je pense qu'ils ne vont pas aimer ! Ils ne vont pas rire une seconde. »

Mais bon, c'est Florent, si on lui dit qu'il ne faut pas le faire, il va avoir encore plus envie de le faire !

Je ne pensais pas que la chanson déclencherait une telle réaction au ministère. Elle est quand même plus ironique que méchante et surtout tellement moins violente que ce que moi, j'ai vécu ! Elle est là pour rendre le truc léger, le dédramatiser... Il y avait un petit côté pamphlet que je trouvais gentillet. Mais à Bercy, ils ne l'ont pas bien pris du tout. Ils se sont braqués. Ils sont même devenus enragés. Ils m'ont appelé quand la chanson est sortie :

« Monsieur Pagny, c'est pas bien ça... Il faut retirer cette chanson des ondes tout de suite !

— Vous plaisantez ou quoi ? Déjà, ce n'est pas moi qui décide, c'est la maison de disque. Et puis vous êtes en train de m'écrabouiller et il faudrait que je me laisse faire ? Vous allez emmerder mes parents et vous voudriez que je refuse cette chanson que *vous* avez inspirée ?! Vous vous êtes trompés, vous m'avez fait vivre un enfer... Vous avez forcé la porte de ma maison deux fois. Vous êtes entrés chez moi avec la police comme si j'étais un vulgaire malfaiteur et vous m'avez tout pris ! J'ai dû racheter mes meubles, mes parents sont traumatisés, ils veulent vendre leur maison... Qu'est-ce que vous en dites ? Je n'ai pas le droit d'être un peu remonté ? Et d'avoir envie, tout en ne faisant que mon métier, de désacraliser l'histoire ?

— ...

— Écoutez, c'est le public qui va décider. Si ma chanson n'est pas un succès, vous allez continuer à m'écraser comme vous êtes en train de le faire. Si par contre elle marche, vous m'écraserez un peu moins facilement, j'aurai un public avec moi, je ne serai plus tout seul... »

Résultat des courses, on est allés au procès, ce qui n'aurait jamais dû arriver.

La chanson a cartonné, on l'entendait partout. J'allais partir en tournée. J'avais le public avec moi – que cette histoire faisait plutôt rigoler. Lorsque Pascal Obispo me l'avait fait écouter, ce que j'avais craint c'était qu'elle ne soit trop personnelle. Finalement ce n'était pas le cas, beaucoup de monde avait l'air de s'y retrouver. Probablement plus dans l'esprit frondeur qui l'animait que dans les faits qu'elle énonçait. Les choses allaient donc dans le bon sens, après que la Brigade financière m'avait disculpé. Le calcul de ce que je devais réellement était en cours.

Mais ils n'ont pas voulu être raisonnables. Le bras de fer n'était pas fini. Ils avaient pourtant l'avis favorable de la Brigade financière. Ils ont perdu leur sang-froid et, malgré l'évidence, ont envoyé mon dossier sur le bureau du juge.

À la seconde où cela s'est su, l'humeur a changé. Le ministère a annoncé publiquement que j'étais mis en examen pour fraude fiscale : plus personne n'a ri. Les ventes de billets ont chuté. Dans la tête de tout le monde j'étais devenu *celui qui ne payait pas ses impôts*. Peut-être les gars de Bercy savaient-ils que je serais blanchi mais ils l'ont fait quand même. Ils n'aimaient pas mon attitude, ont voulu me punir. Malgré le succès de l'album, leur stratégie a fini par payer. J'en fais toujours les frais aujourd'hui. Dans l'esprit de pas mal de gens, je reste un type qui ne paie pas ses impôts.

Pour l'occasion, j'ai eu droit à la plus grande couverture médiatique de toute ma carrière… J'ai beau avoir eu de grands succès, de beaux albums, je n'ai pas eu le dixième de la presse obtenue avec cette fausse fraude fiscale. Le procès n'avait pas encore eu lieu mais dans la tête des gens, j'étais coupable. C'est là que les impôts ont gagné.

En première instance, Universal a été blanchie et Florent a payé un petit reliquat de TVA qu'il devait. Puis le parquet a fait appel… Pourquoi ? Mystère. Et en appel, Universal a de nouveau été relaxée et Florent a été condamné à un euro symbolique parce que entre-temps il s'était acquitté de ce qu'il devait sur ses revenus réels (qu'il avait déclarés sans faillir chaque année). La justice a reconnu que Florent ne devait rien de la somme énorme que les impôts réclamaient au sujet de ce fameux prêt dont ils ont reconnu – enfin – la vraie nature.

Il doit rester quelques personnes pour penser que Florent n'a pas payé ou ne paie pas ses impôts en France. Pourtant nous sommes en France et en France, quand on ne paie pas ses impôts, c'est simple : on va en prison. La seule chose qui s'est passée, c'est que les impôts se sont trompés. Ça peut arriver. Florent, à partir de là, je te rends la plume !

Oui ça peut arriver. Ils voulaient me prendre une somme colossale sur une soi-disant fraude fiscale et pour finir, tout ce qu'ils ont trouvé, c'est une petite erreur sur une TVA. Et surtout ils voulaient me mettre en taule ! Admettons que tout le monde puisse se tromper. Enfin tout le monde ne persiste pas aussi longtemps dans son erreur. Au passage, le fisc a montré son visage. Celui d'un système où vous êtes condamné avant d'avoir été jugé. Celui d'un système qui, plutôt que d'être dans la recherche de la vérité, cherche à avoir raison à tout prix. Un système qui ne supporte pas qu'on lui tienne tête. Un système qui veut vous faire taire. Ils ont voulu me mettre la tête sous l'eau pour je cesse de chanter « Ma liberté de penser ». Je pouvais être dans mon droit mais il ne fallait pas que je le chante – je ne faisais pourtant que mon métier. Un système à la merci des failles de son contrôleur. J'ai longtemps eu un monsieur plein de sang-froid et de bon sens, qui a géré mon dossier. C'était au début. Il se gourait, mais il restait respectueux, essayait de comprendre, cherchait des solutions… puis d'un coup, ça n'a plus été lui. Il a été dégagé au profit d'un nouveau responsable du service juridique de Bercy qui est arrivé en père-la-justice, sûr de son fait et qui s'est montré si discourtois et irrespectueux que j'en suis arrivé un jour à lui raccrocher au nez. Le mec avait fait de mon dossier une affaire personnelle. C'est lui qui, pour m'atteindre, a été chercher des poux à mes parents.

Je me suis dévoilé moi aussi. Je ne supporte décidément pas l'injustice, qu'elle me touche moi ou les autres. Je me suis retrouvé face au fisc comme, gamin, face à ce proviseur du collège qui me punissait parce qu'il ne supportait pas d'avoir tort dans la résolution d'un problème mathématique…

J'ai finalement gagné le bras de fer, mais je dois dire que j'ai eu quelques courbatures…

J'ai hésité à demander des dommages et intérêts, car des dommages il y en a eu. Je ne parle pas seulement pour moi, mais surtout pour ma famille. À la suite de cet épisode, mes parents ont vendu la seule maison de famille qu'on aura jamais eue.

J'ai un regret. Quelque chose qui me pique un peu quand j'y pense. C'est bête, mais je n'y peux rien, cela me chagrine comme le font parfois les injustices, quand elles ne sont pas si graves mais que l'on ne parvient pourtant pas à les digérer complètement. C'est ce collectionneur en moi qui a été spolié.

J'avais cette belle collection de voitures anciennes, constituée pas à pas, à une époque où l'on payait encore en francs. Des joyaux rares, choisis et entretenus avec passion, dont une sublime Mercedes 300 SL Papillon – celle à propos de laquelle Robert Hossein disait que je donnais l'impression de l'avoir volée –, une Porsche 959, une Bentley S1 Continental de 1956, une Ferrari 275 GTB/2 de 1965, une Porsche 356 Speedster, une petite Dino Ferrari de 1975… Ce n'étaient pas *que* des bagnoles. À mes yeux, plutôt des bijoux, et même des œuvres d'art. J'ai perdu cette collection au plus fort de ma bataille avec les impôts. J'ai dû vider mon garage.

Outre le fait que la valeur de ces voitures, désormais en euros, a été multipliée par dix et changerait la donne pour moi aujourd'hui, ce qui m'attriste surtout, c'est de penser que je les aurais toujours, si les impôts ne s'étaient pas trompés sur mon compte.

J'ai reçu quelque réconfort dans cette tourmente et eu le plaisir de pouvoir compter sur quelques-uns. Pascal Obispo a été de ceux-là. Même quand on est parfaitement en règle, ce qui a toujours été son cas, il n'est pas évident de s'opposer au Trésor public. Un vrai ami peut faire ça.

Et puis il y a eu Fabien Deramond. Il a été mon premier avocat providentiel. Jacques Laffite, l'un de mes amis proches, me l'avait recommandé. Les impôts avaient bloqué le compte bancaire d'Azucena, ce qui était une erreur, car nous n'étions pas mariés à l'époque. Maître Deramond a réglé l'histoire avec habileté. Je lui ai alors demandé de m'accompagner dans mon sujet fiscal. J'ai arrêté mes collaborations précédentes et lui ai confié tout mon dossier. Dans un premier temps, je dealais en direct avec Bercy, Fabien Deramond m'aidait à préparer les rendez-vous en amont. Puis, il est allé au front. Il a été capital dans cette étape. D'ailleurs, on l'a vu, tout aurait pu, aurait *dû* s'arranger à ce moment-là. Quand le procès s'est annoncé, Maître Deramond a continué à travailler les dossiers et m'a présenté un autre cador pour les plaidoiries. Un homme brillant du nom d'Olivier Metzner. J'ai adoré les séances de travail que nous faisions pour préparer les audiences. C'est lui qui m'a fait prendre du recul et fait comprendre que le grand tort du Trésor public dans cette histoire n'était pas seulement de se tromper dans sa démarche, mais surtout de ne pas vouloir reconnaître son erreur. Et de préférer me mettre une pression grandissante en me prenant tout ce qu'il pouvait. Quel expert cet Olivier Metzner ! Il me voyait développer, expliquer, argumenter, raconter l'histoire avec tous les paramètres… ça le faisait sourire : « Vous n'avez presque pas besoin d'avocat pour plaider ! » Il était confiant. Il avait vu tout le dossier préparé par son confrère Deramond et le compte-rendu de la Brigade financière ; il était évident pour lui que Bercy n'avait pas compris le cas. Lors de sa plaidoirie, il a été parfait, arguments toujours placés au bon endroit et fin magistrale. Il avait une façon de parler particulière, un peu précipitée, il fallait parfois tendre l'oreille. Mais sa parole était précise. Et précieuse. Olivier Metzner a été une belle rencontre. Sa finesse d'esprit cachait cependant des fêlures. Un jour, il s'est acheté une petite île bretonne, une barque. Et puis une nuit, il a pris cette barque et il est allé au large pour se noyer. Il avait laissé une lettre. Ça m'a empli de tristesse. Que s'est-il passé ? Un coup de déprime ? Qui peut savoir ? Seulement ceux qui ont connu l'être humain derrière le brillant avocat… Pas moi en tout cas, qui n'ai croisé sa route que dans cette déroute dont il m'a aidé à sortir.

Après avoir fait l'objet de mille articles du plus sobre au plus racoleur prenant pour sujet ma soi-disant fraude, à l'instant où j'ai été blanchi : pas une ligne ! Pas un journal, pas une télé, pas une radio n'a trouvé intéressant de communiquer sur mon acquittement et celui d'Universal ! Ah si… un magazine : *Ici Paris* ! Il n'y a que lui. Parce que Gianni Lorenzon, le rédacteur en chef, avait pour femme une amie qui lui avait parlé de moi en termes positifs… Il s'était donc intéressé à mon acquittement. Lui et moi nous sommes rencontrés par la suite et appréciés.

Devant ce retentissant silence médiatique, Universal m'a proposé d'acheter une pleine page dans *Libération* pour donner connaissance du jugement. J'ai refusé. J'éprouvais une immense lassitude. À présent que j'étais sorti de la tourmente, je prenais conscience peu à peu de la violence de ce que l'État m'avait fait vivre. Voir des huissiers assermentés entrer chez vous de force avec des policiers, je ne le souhaite à personne…

Je n'avais qu'une envie, c'était que l'on n'en parle plus. Plutôt que de claironner que j'avais gagné, j'ai préféré ne pas faire de bruit, je suis parti.

Alors non, je ne suis pas allé *ailleurs* pour éviter de payer des impôts. Je suis allé *ailleurs* me reconstruire après que les impôts nous avaient tant blessés ma famille et moi.

À partir de là et pour les dix prochaines années – à part une parenthèse française d'une année et demie – ce sera donc l'Argentine pour Azu, les enfants et moi, puis les États-Unis. Nous ferons le choix de Miami en 2007, pour n'être pas trop loin de Buenos Aires, et pour que nos enfants deviennent trilingues[1].

Cet épisode est derrière moi maintenant. Mais la bataille contre le mauvais esprit n'est pas gagnée.

J'en veux pour exemple ce contrôle fiscal que j'ai subi il y a environ cinq ans, sur ma société. Tout était en règle, donc je ne m'inquiétais pas. Pourtant le contrôle n'en finissait pas. J'ai été tolérant, subodorant un jeune mec qui devait encore vouloir absolument trouver quelque chose qui n'existait pas, mais quand au bout de quatre ans, son contrôle n'était toujours pas terminé, j'ai fini par perdre patience. Je suis monté au créneau, ai demandé que soit contrôlé ce jeune contrôleur qui m'avait tout l'air de faire une fixette ! « Que des gens compétents mettent leur nez dans mon dossier, s'il

1. Je précise que pendant ce temps d'exil, je continuerai à payer mes impôts là où mon revenu est généré, c'est-à-dire en France.

vous plaît ! Ce garçon-là ne trouvera rien parce qu'il n'y a rien à trouver ! Même s'il cherche encore dix ans. En attendant il est payé par le contribuable, dont moi. N'est-ce pas gaspiller de l'argent public que de rémunérer un type incompétent qui s'acharne pendant quatre ans à contrôler une toute petite société comme la mienne ? » Cette fois, ça s'est vite arrêté et avec des excuses.

Bien sûr qu'il y a des fraudeurs et qu'il faut vérifier les choses. Mais au lieu de mettre tout le monde dans une même case… Ne pourrait-on pas se pencher sur les dossiers avec un peu d'ouverture d'esprit ? Parce que si j'ai voulu ce bras de fer, c'est aussi que, par le passé, les impôts n'ont jamais été conciliants avec le jeune homme ignorant de ces sortes de choses que j'étais.

Tout cela m'inspire une réflexion.

Si l'on crée une case pour les gens comme moi, venant d'un milieu très modeste et rapportant tout à coup par la grâce du destin beaucoup d'argent, on pourrait mettre dans cette case pas mal d'artistes, de sportifs et sportives. Appelons-les les *poules aux œufs d'or*. Ils arrivent de nulle part, ils chantent, jouent la comédie, au tennis, au football, peignent des toiles, ils montent des sociétés, produisent de la richesse, des emplois. Chanter dans un micro, interpréter un rôle, faire entrer des ballons dans des cages, glisser un pinceau sur une toile, ils savent faire… mais gérer l'argent que ça génère ? Ils ne savent pas. Ils ne l'ont jamais appris, car ils viennent de nulle part. Or ça s'apprend. Tout le monde n'est pas forcément bien entouré de ce point de vue là. On a bien vu ce qui s'est passé dans mon cas. Au lieu de m'accompagner, de m'expliquer, de me permettre de m'acquitter de mes dettes en douceur, on m'a braqué. Pire, par la suite, on m'a injustement accusé de frauder.

Ne serait-il pas avantageux pour tout le monde d'accompagner les *poules aux œufs d'or* plutôt que de chercher comment les punir, comment les attaquer ? Qu'elles puissent continuer de pondre avec plaisir, en France, à faire entrer de l'argent dans les caisses, à permettre à leur industrie de prospérer ?

Bon, avec tout ça, on n'a plus parlé musique depuis un moment – c'est quand même plus agréable !

***

Ailleurs land

C'est révélateur d'ailleurs. Ce qui se ressent ici, le fait que les impôts prennent trop de place, je l'ai perçu de la même manière à l'époque. Difficile de rester concentré sur sa musique lorsqu'on vous fait la misère, lorsque les problèmes d'argent pèsent sur vos nuits comme une chape de plomb.

Heureusement, je pouvais compter sur l'amour de ma famille et sur les paysages argentins pour me remettre en selle et tenir bon mon objectif de fabriquer un nouvel album. Je ne voulais pas que les impôts réussissent ça aussi : me couper les pattes. Que Pierre-Yves Lebert et Pascal Obispo m'aient écrit cette chanson, « Ailleurs land », est d'une inspiration inouïe. La plume fine et incisive de Lebert, la mélodie imparable de Pascal… Cette chanson a sans aucun doute puisé son encre et ses notes directement dans le sac d'émotions que je me trimballais à l'époque.

Pour choisir les titres qui composeront *Ailleurs land*, je me souviens avoir arpenté le désert. Ces promenades m'ont aussi inspiré l'univers visuel du disque. L'immensité, la liberté, le ciel si grand qu'on en parle au pluriel… Pour la photo de couverture, je revêts un poncho. Je veux me fondre dans le décor. Je deviens argentin mais je reste qui je suis. Je m'appuie sur une canne, empruntée à ma grand-mère. C'est un bel objet, taillé par le second mari d'Aline, parfaite exécution, bâton de bois lisse, le long duquel un serpent s'enroule sans fin. Il l'avait avec lui en rentrant des camps en 1945. Lorsque ma grand-mère est décédée, cette canne est la seule chose que j'aie demandé à garder, je l'avais toujours vue chez elle, elle m'était chère.

Lors de ces marches dans le désert j'écoute les chansons que me fait parvenir Pascal. Il m'a offert un objet alors révolutionnaire, l'iPod. Personne ne connaît cet outil à l'époque ! Il me l'a rempli de maquettes en provenance des AA-CC de son écurie. Et m'en a offert un autre avec une sélection musicale géniale : toute une bibliothèque idéale. Je découvre plein d'artistes grâce à lui. J'adore évidemment tout de suite cette incroyable machine. J'appelle Santi[1], le patron de mon label – Mercury à cette époque – qui a succédé à Yann-Philippe Blanc. « Santi, j'ai un truc génial entre les mains ! » Santi ne sait pas ce qu'est un iPod ! « J'en

1. Le nom complet de Santi est Santiago Casariego : cousin de Manu Chao, dont il a été le batteur à travers les groupes (notamment La Mano Negra) et les années avant de rejoindre Universal où il a occupé d'importantes responsabilités.

ai entendu parler… », me dit-il. Je me moque gentiment de lui : « Tu es patron de label et tu ne sais pas ce que c'est qu'un iPod ! »

Je frimais mais il faut reconnaître que je venais à peine de faire connaissance avec la machine, moi-même… Néanmoins le fait que les artistes aient été en avance sur les majors est assez symbolique de cette période où la technologie a fait basculer le métier. Les maisons de disque et plus généralement toute l'industrie de la musique ont été bouleversées par les innovations numériques qui commençaient à déferler. J'ai d'ailleurs été à deux doigts de chanter une chanson qui s'appelait *des CD DCD* sur la mort du compact disc que l'on m'avait proposée et dont le point de vue ironique me plaisait, mais j'ai abandonné ce projet lorsqu'on m'a fait remarquer que j'allais de nouveau me retrouver dans le rôle du râleur. Le streaming a pourtant bel et bien porté un coup fatal au compact disc. Les artistes se sont mis à gagner leur vie essentiellement par le spectacle vivant. Et les AA-CC ont dû reconsidérer leur schéma de vie. On peut dégager un salaire en écrivant et composant pour d'autres si les disques se vendent. Mais, pas en comptant sur le seul streaming où les droits d'auteur sont dérisoires. Les maisons de disque ne l'ont pas vu venir. Elles ont dédaigné les offres de collaborations venant des nouveaux acteurs du numérique. Elles n'ont pas su anticiper. Les majors sont de grosses usines, avec toute la solidité que cela suppose mais aussi avec leur fragilité. Celle-ci rime avec frilosité, on l'a vu, mais aussi avec rigidité et manque de réactivité. Sans parler de cette trop grande confiance en soi, acquise et on peut le comprendre, au travers des années fertiles vécues depuis l'apparition du CD.

J'enregistre mes voix, au calme, en Patagonie, au bord de la mer avec Bertrand Chatenet. Nous avons équipé une roulotte comme un studio. J'y chante les chansons d'*Ailleurs land*, debout devant le micro, les yeux fixés sur l'océan. Cet album qui parle essentiellement d'Amour et d'Ailleurs – excepté « Ma liberté de penser ».

Nos amis Kad et Emmanuelle sont venus nous rejoindre pour goûter avec nous des heures argentines. Si j'en parle ici c'est pour vous raconter une anecdote assez drôle au sujet de Kad. Mais avant cela je dois faire ici un aparté et profiter de cette visite qu'ils nous ont rendue, pour dire deux mots à propos d'Emmanuelle – même si elle avait prévu de rester discrète dans ce livre. « On ne peut pas prendre la photo et être dessus, m'a-t-elle dit. — On ne peut pas non plus ne pas parler de toi, lui ai-je répondu ! »

J'ai connu Emmanuelle lorsqu'elle a rencontré Kad, en 1994. Elle avait vingt-cinq ans. C'est Caroline Molko d'une part, Daran d'autre part, qui, neuf ans plus tard, m'ont fait passer des chansons dont Emmanuelle était, sans que je le sache, la parolière. Elle commençait tout juste à publier ses romans et je ne savais pas qu'elle écrivait des chansons. Sur l'album *Abracadabra*, je me suis retrouvé, sans l'avoir vu venir, avec trois titres signés ou cosignés par elle. Et depuis, j'ai toujours eu dans mes albums, ou presque, une ou deux chansons d'elle. Je m'étais ainsi déjà exprimé à travers ses mots. Lorsque j'ai pensé que le temps était venu d'écrire ce livre, je lui ai tout naturellement demandé de me prêter sa plume, non pour chanter, mais, cette fois, pour m'aider à vous raconter ma vie.

Et donc un soir, après environ une semaine passée à enregistrer les titres de l'album *Ailleurs land* en regardant l'Atlantique Sud, j'organise une séance d'écoute à la maison, avec tous les amis présents à ce moment-là.

Le principe est de faire entendre les chansons afin que chacun puisse donner son avis. Il faut que ce soit anonyme pour qu'on puisse tous se lâcher et se livrer sincèrement. Je donne pour consigne d'attribuer à chaque titre une note sur 20, de l'écrire sur un bout de papier à plier et à mettre dans une boîte. Pour moi, c'est intéressant de voir quelles chansons fédèrent ou au contraire divisent. Cela peut confirmer mes propres impressions et influencer le choix des singles.

Comme nous ne saurions passer à côté d'une occasion de rire un peu, je change la consigne au dernier moment et demande à tout le monde de noter en lettres de *A* pour « À la folie » à *D* pour « Pas du tout ». J'omets simplement de donner la nouvelle consigne à Kad et c'est ainsi qu'il est le seul à noter en chiffres, sur 20, quand nous notons tous en lettres. Un traquenard quoi ! La tête qu'il fait au moment du dépouillement… « Mais, je croyais qu'il fallait noter en chiffres !
— Mais oui, c'est bien ce que l'on t'avait dit, tu t'es fait couillonner mon pote ! On va savoir ce que tu penses vraiment ! »

Quel rire, il est le seul à n'être pas anonyme du tout ! Bon, en même temps, c'est vrai que moi mis à part, le moins anonyme de la tablée, c'est bien lui.

Si Pascal Obispo réalise la moitié des titres, un nouveau venu prend place et pour longtemps dans la constellation des AA-CC qui m'entourent, il s'appelle

Daran. Ça vaut le coup de s'attarder une seconde sur cet artiste, car il le vaut bien.

Notre rencontre s'est faite alors que je mixais *Châtelet-les-Halles*. À la fin de la session, l'ingénieur du son, Steve Forward[1], me dit : « Tiens, il faut que tu écoutes ça, c'est un album que j'ai mixé avant le tien. » Il s'agissait d'*Augustin et Anita*, le quatrième album d'un Daran dont je ne connaissais que le tube : « Dormir dehors[2] ». J'écoute et trouve ça d'abord très intéressant – la voix, sublime, de Daran et son interprétation valent leur pesant de cacahuètes – mais lorsque arrive le titre « L'eau », alors là, je craque complètement. *Châtelet* était fini mais je savais que je voulais travailler avec ce gars-là. Je l'ai d'abord sollicité pour un duo sur cette magnifique chanson. Nous l'avons donc interprétée dans mon album 2. Ensuite, j'ai fait savoir à Daran que j'écouterais avec plaisir d'autres titres pour un prochain album. Et c'est ainsi qu'il réalise cinq titres sur *Ailleurs land* dont quatre qu'il a composés. Et sans brûler les étapes, on peut annoncer qu'il réalisera entièrement l'album « répertoire » suivant, *Abracadabra*.

Ailleurs land est l'album de la transition vers ma septième vie. J'ai chanté l'Ailleurs et j'y suis resté. J'ai jeté l'ancre hors de France pour quelques années. Sur

---

1. Steve est anglais et a été l'ingénieur du son de Ray Charles. Nous avions déjà travaillé ensemble, notamment pour le mix de « Savoir aimer ».

2. « Dormir dehors » : premier single de l'album *Huit barré* du groupe Daran et les chaises, sorti en 1994. Paroles d'Alana Filippi et musique de Daran.

le coup j'ai vraiment pensé que c'étaient les impôts, le fisc, ces quatre horribles années qui nous avaient exilés pour longtemps, ma famille et moi.

Aujourd'hui je sais que cet exil portait un autre nom. Celui de mes enfants et d'un certain goût de l'aventure.

Chapitre 7

Ma septième vie
Thème de l'histoire : Ailleurs land

J'embarque ma famille dans un Ailleurs land.
Mes enfants grandiront entre trois continents.
Je suis toujours ce que je suis : un hyperactif.
Je signe un contrat pour dix albums, me marie
un 13 mai. Françoise Hardy m'écrit une lettre,
la Patagonie nous fait une fleur, je deviens
businessman à cause d'une moto de légende.
Barack Obama me souffle une idée d'album.
Aucun animal n'a été maltraité dans ce chapitre,
si on excepte les kilos de crevettes becquetés
à l'arrière des voitures.

Je crois qu'on court au-devant de soi.

Je cours au-devant de moi depuis mes dix ans.

J'ai couru vite. J'ai couru fort. J'ai couru dans plusieurs directions. Je me suis cassé la figure, je me suis relevé. Je suis reparti. Je marche d'un pas plus tranquille à présent et tiens mieux ma trajectoire. Tout au long de cet acte 7 le rythme de ma vie, tout en restant soutenu – on ne se refait pas –, se fait plus régulier.

J'ai des frissons en repensant à la prédiction de ma chère Berthe Plasson : *À parrrtirrr d'un moment Florrrent, je vois que tu ne cesserras de trrraverrrser les océans…*

Le chemin parcouru pour en arriver là a été long : soixante ans ! Mais vu d'ici, il paraît si court…

Voyez plutôt : j'ai onze ans, je découvre ma voix un jour de maladie d'enfant. J'ai quinze ans, je quitte mon enfance en avance, destination Paris. J'apprends à me débrouiller seul, à gagner ma vie, surtout j'apprends des autres. J'ai dix-huit ans, découvre dans mon agenda un rendez-vous avec une vie d'acteur. J'honore ce rendez-vous inattendu, mais n'en sors pas vraiment satisfait, alors je décide de forcer le destin… J'ai vingt-sept ans, j'écris ma première chanson. Elle m'ouvre les portes de ma belle vie de chanteur. Je progresse désormais sur le chemin pour lequel il me semble que je suis fait. J'essaie de faire au mieux avec ce qui m'arrive de joyeux ou de difficile, je n'y parviens pas toujours. Il me manque quelque chose de fondamental. J'ai trente-deux ans, je rencontre mon âme sœur, mon amour absolu et je sais alors que je suis un enfant gâté. Je me promets de consacrer ma vie à cet amour qui désormais habite mon corps, mon cœur, mon âme. Mon horizon s'élargit, je ne suis plus seul. Ensemble nous tenons les rênes de notre attelage. Nous sommes bientôt quatre à être sans cesse en mouvement entre les terres de mon amour et les miennes…

Quinze courtes lignes de vie plus tard, me voici avec ma famille dans ce moment où les difficultés matérielles sont derrière nous, où ma vie professionnelle paraît fixée sur de bons rails et où nous déplaçons le centre de gravité de notre existence de l'autre côté de l'Atlantique.

Azucena et moi faisons ainsi le choix de préserver l'enfance. Celle d'Inca et d'Ael. Leur apprendre la nature ; leur donner accès à leurs racines argentines. Les tenir au moins une partie de l'année hors d'atteinte des rayons de la notoriété de leur père.

Notre façon de vivre nous conduit à nous considérer non seulement comme une famille, mais aussi comme une véritable équipe aux quatre membres épris de voyages, de liberté, de créativité, de paix.

Cette équipe va grandir dans tous les sens du terme... Et, au moment où j'en suis de l'écriture de ce livre, elle ne va pas tarder à se rassembler, à l'occasion de ma tournée des soixante ans. À vingt-cinq et vingt-deux ans, les enfants n'en sont plus et chacun vit désormais sa vie de son côté... Nous chérissons donc les moments où nous nous retrouvons comme avant...

Et puisqu'il est question de tournée, voici la transition idéale pour revenir dix-huit ans en arrière, en 2003, au moment où nous nous sommes arrêtés dans ma vie numéro six.

***

Le Manouche Tour

C'est la veille de l'été... Bientôt le moment de partir pour la tournée d'*Ailleurs land*. Inca a sept ans, Ael, quatre.

Nous sommes installés principalement en Patagonie. Le matin, j'emmène Inca à l'école. Je l'installe sur mes genoux dans le hummer et lui laisse le volant. C'est lui qui dirige les opérations le long des quatorze kilomètres de piste. Il a un tel sens de la trajectoire que je n'ai qu'à m'occuper des pédales. Est-ce là l'origine de sa passion pour la mécanique automobile ? Le germe peut-être. Qui sera cultivé par la belle relation avec son grand-père argentin, leurs journées entières passées dans l'atelier de Patagonie. Tandis que nous roulons paisiblement, je ne peux pas deviner que cette passion le mènera plus tard à faire des études poussées dans ce domaine ainsi que dans l'aéronautique.

L'album est sorti en avril. Le premier single, « Ma liberté de penser », est sur les ondes depuis février. Depuis lors, les impôts se déchaînent et m'emmènent au procès dans les conditions que vous connaissez à présent.

Bien que, dès que mon assignation a été rendue publique, les ventes de billets se soient arrêtées net, les salles sont tout de même remplies à 80 % et nous parvenons à maintenir toutes les dates. Une première vague de concerts au début de l'été 2003, un bon échauffement pour ce qui m'attend à la mi-juillet : tout un mois à l'Olympia. Une deuxième vague à l'automne. La troisième m'emmènera du printemps à l'été 2004.

La première a lieu le 5 juillet.

Je suis heureux d'attaquer la tournée – l'amour et la chaleur du public pour conjurer les horribles vibrations envoyées par le fisc. « Ma liberté de penser », « Ailleurs land », « Je trace », « Le Feu à la peau », « La Folie d'un ange »[1]... Toutes les chansons de cet album sont

1. « Je trace » : paroles de Lionel Florence et musique de Calogero et Gioacchino Maurici. « Le Feu à la peau » : paroles de

des pépites de scène ! Je n'oublie pas pour autant mes albums précédents : « Châtelet-les-Halles », « Chanter », « Caruso », « Et un jour une femme »… Et fais, pour le plaisir, quelques reprises aussi : Jimmy Cliff et son magique « Many Rivers to Cross », « Hygiaphone » de Téléphone, ou encore « Requiem pour un con »[1] du grand Gainsbourg. J'enchaîne les premiers concerts avec bonheur et puis il y a le 9 juillet à Aix-les-Bains…

Une date que, malheureusement, je ne pourrai jamais oublier.

Comme tous les soirs, je finis le concert vidé mais comblé. Laurent Gerra est dans le public, nous nous retrouvons pour dîner au restaurant en compagnie de quelques amis et de Bertrand Lamblot, désormais mon directeur artistique chez Mercury. Bertrand et moi travaillons ensemble depuis qu'il a pris la suite de Caroline Molko il y a un an environ, lorsque Caroline a été appelée à la tête de Warner Chappell par Yann-Philippe Blanc. J'ai appris à connaître et à apprécier Bertrand, notamment lorsque je l'ai reçu, chez moi, en Patagonie, lors de l'enregistrement d'*Ailleurs land*… Inviter quelqu'un que tu n'as croisé de toute ta vie que dix minutes dans un bureau, dans un environnement aussi sauvage que la Patagonie, c'est comme partir pour une traversée en bateau avec une simple connaissance : tout peut se passer, le pire comme le meilleur. Avec

---

Brice Homs et musique de Daniel Lavoie. « La folie d'un ange » : paroles d'Alana Filipi et musique de Daran.

1. « Many Rivers to Cross » : paroles et musique de Bashir Naim, alias Jimmy Cliff. « Hygiaphone » : paroles et musique de Jean-Louis Aubert, Louis Bertignac, Richard Kolinka et Corine Marienneau. « Requiem pour un con » : paroles et musique de Serge Gainsbourg.

Bertrand qui est aussi discret qu'il est investi, ce fut un plaisir. C'est de cette manière que nous avons tissé nos premiers liens.

Le dîner est joyeux.

À côté de moi, Bertrand reçoit un coup de fil. Lorsqu'il raccroche, je capte tout de suite à son regard que ce ne sont pas de bonnes nouvelles. En effet, Yann-Philippe, m'annonce-t-il, vient d'avoir un accident de moto. Des amis, présents sur les lieux, cherchent à joindre sa compagne, Alexia, pour la prévenir. Ils n'ont pas son numéro et ont pensé que Bertrand l'aurait. Il l'a. Il le leur envoie. Quelques instants plus tard, Bertrand les rappelle pour avoir des nouvelles. Est-ce que ce n'est pas trop grave ? Est-ce que ça va aller ?

Non ça ne va pas aller parce que Yann est mort.

C'est la sidération. Je regarde Bertrand… Tu es en train de m'annoncer que mon pote, le mec avec lequel j'ai tout démarré, celui qui a accompagné mes premiers gros cartons, cet homme, jeune encore, qui est le père de deux mômes, qui est en train de construire une carrière, une famille, est… mort ?

Oui il est mort, sa moto s'est envolée. C'était une moto faite pour ça. Il l'avait dit aux copains, « Ma nouvelle moto elle fait des roues arrière terribles ! » Mais la bécane est partie tellement vite, tellement fort qu'il n'a pas pu la reposer dans l'axe.

Ça aurait pu n'être rien. Il aurait pu s'en tirer avec trois côtes cassées… Mais non, Yann a payé le prix fort. Il est mort ce soir-là dans Paris et j'en ai encore les larmes aux yeux aujourd'hui.

Bertrand et moi sommes dévastés.

***

Le 13 juillet, je m'installe pour un mois à l'Olympia. J'y héberge un ami fidèle, lui offrant une petite loge non loin de la mienne. Mon cher Laurent Zérat, que je connais depuis ma quatrième vie de petit acteur, y pose sa guitare. Il m'accompagnera pour un titre tous les soirs. Laurent fait partie des rares personnes que je n'ai jamais perdues de vue depuis les années quatre-vingt. Non seulement c'est un type extra, mais en plus il est docteur. Un ami docteur, s'il est bon, en amitié et en médecine, est une personne qu'on ne perd jamais de vue ! Il a bien failli ne jamais avoir son diplôme d'ailleurs. Lorsque nous nous sommes rencontrés, il aimait tellement faire la fête avec notre petite bande qu'il a planté sa première année de fac. Il a dû ensuite cesser de sortir pour se consacrer à ses études, de fait brillamment réussies. Mais il a toujours aimé la musique, et il est même devenu un excellent guitariste, si bien que je lui ai proposé cette aventure de dix-huit soirs à l'Olympia. Il a assuré grave : jamais un pain !

Avec mon groupe, nous partons sur les routes pour la deuxième partie de ma tournée que j'ai l'habitude d'appeler *Le Manouche Tour*… En effet, n'étant pas friand des impersonnelles nuits d'hôtel, je me suis organisé pour dormir dans un gros mobil-home. Cela me permet d'être proche des salles de concert, tout en profitant de la nature… qui me nourrit tellement.

Nous voyageons avec deux mobil-homes. Après chaque concert, Becker me ramène et nous dînons tranquilles, dans un coin sauvage, souvent près d'une rivière où il m'arrive le matin de me réveiller d'une petite séance de pêche… Bien agréable et ressourçant après les grandes salles qui ont avalé mon énergie.

Entre-temps, j'entre en négociations avec Pascal Nègre. Universal me faisant régulièrement signer des contrats pour deux ou trois nouveaux albums, je leur propose tant qu'à faire d'aller plus loin et de me signer un contrat pour dix albums. Ils acceptent. Nous tombons d'accord pour faire ensemble sept albums français et trois albums espagnols.

Nous rentrons en Argentine pour Noël, avant de repartir en France pour la dernière partie de la tournée.

Elle débute en mai 2004 et va durer trois mois. Je sillonne la France mais le soir du 22 mai, je reste à Paris pour honorer Charles Aznavour qui a eu la bonne idée, à l'occasion de ses quatre-vingts ans, de donner un grand concert caritatif[1] au Palais des Congrès. Il a de nombreux invités, je suis heureux d'en faire partie et de chanter en duo avec lui cette grande chanson de son répertoire, « Emmenez-moi ».

Quel honneur que Charles, qui est pour moi un monument de la chanson française, me donne des rendez-vous sur scène, en studio, ou sur un plateau de télévision. Il le fait régulièrement depuis son invitation en 1989 à participer à sa chanson « Pour toi Arménie », en solidarité avec cette république (soviétique à l'époque) alors dramatiquement touchée par un tremblement de terre.

Jacques Chirac – dans son second mandat à la présidence de la République – assiste au concert des

1. Concert retransmis sur TF1 et organisé au profit de la recherche contre le cancer.

quatre-vingts ans de Charles, accompagné de son épouse Bernadette. Il est ensuite prévu un grand dîner à l'Élysée. Tous les participants au concert sont invités. J'ai déjà côtoyé un peu Chirac. Je l'ai rencontré grâce à Jean-Claude Camus qui le connaît bien, car Camus est alors LE producteur de Johnny et Chirac aime énormément Johnny. Il manque rarement un concert.

C'est une époque où je suis assez remonté contre l'État. Je réponds tout de même à l'invitation, en pensant : *Entrons à l'Élysée, allons voir où passe notre argent.* Je me sens chez moi : après tout, ce sont les contribuables qui paient tout – et je me sens particulièrement contribuable en cette année 2004 où les impôts sont devenus omniprésents dans ma vie. Je me sens tellement chez moi qu'à la fin du repas je fais comme à la maison et roule mon joint le plus naturellement du monde. Le couple présidentiel n'étant plus là, c'est un peu comme si, les parents partis, on pouvait se détendre.

J'ai mis longtemps à être de nouveau convié à l'Élysée ! Il devait y avoir une petite note quelque part, *Pagny : ne pas inviter – fume son pét' à la fin du dîner comme si de rien n'était.*

Ma tournée me trimballe sur les routes de France jusqu'à la fin du mois de juillet 2004.

Pendant ce temps, Santi, le patron de Mercury, me glisse une phrase qui ne tombe pas dans l'oreille d'un sourd...

« Florent, pourquoi ne ferais-tu pas un album entier de chansons du type de “Caruso” ? »

Je lui ris au nez.

« Ça ne va pas bien Santi ? Tu plaisantes ?! Tu te rends compte du travail de fou que ça représente ?

— N'empêche, ce serait une bonne idée… »

Bien sûr Santi.

Je n'ai pas adhéré tout de suite à cet excellent projet : la rigueur et l'exigence que réclame le répertoire lyrique m'avaient déjà assez éprouvé lors de mon duo avec Pavarotti… Néanmoins, voilà ce qu'il se passe avec les belles idées : vous les chassez, elles reviennent au galop. Et bientôt, je n'ai plus pu m'arrêter de penser à ce que Santi m'avait suggéré. Petit à petit, le doute est devenu certitude dans mon cerveau séduit malgré moi.

***

L'aventure Baryton

Comme toujours, j'essaie d'innover. Cet album ne sera pas uniquement un album de reprises de grands thèmes : il comportera une bonne part d'inédits. Ce sera ce que l'on appelle du cross over. Ce que font, entre autres, Sarah Brightman en Angleterre, Josh Groban aux USA. Des reprises de répertoire classique qui s'affranchissent des codes du lyrique, permettant une plus grande liberté d'interprétation. On trouve dans ce champ-là des artistes pop comme moi qui reprennent du lyrique sans être des chanteurs d'opéra mais aussi des chanteurs d'opéra qui s'aventurent à l'extérieur de leurs répertoires classiques, pour aller à la rencontre d'une musique populaire. C'est d'ailleurs le cadeau que me fera la merveilleuse soprano Patricia Petibon sur ce disque.

Pour la réalisation je pense à Yvan Cassar[1] qui lui-même pense à un orchestre symphonique anglais (formidable orchestre) et aux studios londoniens d'Abbey Road pour l'enregistrement des musiques. Pour la prise des voix, ce sera, bien sûr, comme sur *Ailleurs land*, Bertrand Chatenet. Yvan et moi travaillons chaque chanson avant chaque séance d'enregistrement durant des heures et des heures. Certes je ne prétends pas être un chanteur d'opéra mais je veux être à la hauteur.

Nous devons entrer en studio début septembre, mais moi, j'y suis, avec Bertrand, dès le mois d'août. Je sais que cet album sera un challenge et je suis prêt à le relever. Nous avons écouté des centaines de titres et retenu Verdi, Puccini, Bernstein, Freddie Mercury, Lluís Llach. Pour les compositions originales, j'ai sollicité mes (devenus) fidèles Calogero, Daran ainsi que Giuseppe Giunta pour écrire les textes en italien. Giuseppe est mon beau-frère – l'époux de Marie-Pascale – et je connais parmi ses nombreuses qualités celle de sa plume. J'ai demandé aussi des textes en français, mais n'ai rien reçu de convaincant. Il est vraiment difficile de faire sonner notre langue sur des airs d'opéra…

Je réfléchis à l'esthétique de cet album. Quel look peut lui correspondre ? Je viens de tourner le rôle de d'Artagnan[2] dans le téléfilm de Josée Dayan et j'en ai gardé

1. J'avais repéré son talent lorsqu'il avait collaboré avec Johnny et Mylène Farmer.

2. Bien qu'ayant tourné le dos à ma carrière d'acteur, j'ai accepté de participer au film de Josée avant tout pour elle et pour

la coiffure : des extensions. Je décide de les conserver pour les images liées à l'album. À toutes les époques, les cheveux longs symbolisent une vie en marge de ce qui est considéré comme la normalité. Non seulement *être en marge* est une notion qui me correspond, mais elle est particulièrement pertinente avec cet album. Oui je vais chanter des airs lyriques, oui j'en suis capable, mais sans être un chanteur d'opéra, en me tenant en marge de ce monde-là.

Nous sommes en séance lorsque Jean-Marie Marion débarque avec ses appareils photo pour faire quelques images. C'est ainsi que naît la photo de la pochette. Je porte toujours un béret à cette époque. Je devrais dire que c'est pour le look mais, en vérité, mes extensions sont en fin de vie ! Le béret masque parfaitement leurs imperfections. Quant à la toile de fond, c'est encore un tapis que nous accrochons au mur. Celui qui, posé sous la batterie du studio, permet d'absorber les vibrations de l'instrument. J'ai le bon tee-shirt dans les bonnes couleurs… Tout fonctionne parfaitement à l'image. Et voilà comment, en ouvrant les yeux et en regardant autour de nous, nous avons trouvé notre visuel, sans bouger du studio.

Le destin faisant souvent bien les choses, je rencontre à ce moment-là – grâce à Azu qui avait repéré leur travail – un couple talentueux, Marc Allain et Catherine Dieu. Je suis interpellé par leur expertise et leur créativité dans le domaine de la réalisation d'images en 3D. Je souhaite leur demander de réfléchir à la pochette. Nous

---

le casting que j'aimais beaucoup : Julie et Guillaume Depardieu, Arielle Dombasle et… Azucena, à qui Josée avait proposé le rôle de la reine de France.

prenons rendez-vous. Une idée en amenant une autre, c'est pour la réalisation du clip qu'Azu et moi les missionnons en fin de compte. Leur proposition ne tarde pas. Elle est folle et je l'adore.

Leur idée : utiliser la technique du temps mort, popularisée par le film *Matrix*. Ils n'ont encore jamais réalisé de clip, c'est donc un vrai pari. Marc va disposer quarante-deux appareils photo sur une courbe autour de chaque personnage du clip à filmer ; tous les appareils se déclencheront en même temps, au moment où la personne se mettra en mouvement. C'est du bricolage mais du bricolage de génie ! Et le génie vient aussi du traitement des images. Vincent Guttmann, le fils de Catherine, gère tous les effets spéciaux – il est d'ailleurs devenu depuis un expert de ces techniques. Le résultat est bluffant. Ébouriffant même ! Comment pourrait-il en être autrement avec de surcroît Galliano aux costumes et Isabelle Luzet, cette grande styliste de cinéma, aux coiffures. Une fois encore, les bonnes personnes aux bons postes, quelques mots pour définir l'univers – festif, baroque, vintage, contemporain, éblouissant – et le tour est joué ! Les images sont superbes. Azu et moi virevoltons main dans la main. Il y a un nombre fou de figurants dans des costumes somptueux et l'on peut parmi eux reconnaître, dansant en couple, mes amis Calogero et sa femme Hortense, Bertrand Chatenet et Alexandra, Kad et Emmanuelle.

Je dédie ces chansons à ma mère et à ma grand-mère. C'est, de tous mes albums, la musique à laquelle ma mère est le plus sensible. Et ma grand-mère qui ne cessait de me dire : « Quand est-ce que tu chantes avec ta vraie voix ? » Alors, celui-là, c'était forcément pour elles.

L'album a très bien marché avec plus de sept cent mille ventes. Pour une fois, ce ne sont pas les passages radio qui ont porté le disque. Les radios ne savent pas passer cette musique. Elle ne correspond pas à leurs cases. Les télés non plus n'ont pas passé le clip, pour la même raison, alors qu'il est juste sublime ! J'ai fait quelques grosses émissions mais pas tant que cela, car il était cher de me programmer, nous étions nombreux sur scène. Heureusement, le bouche-à-oreille a été excellent. Face à ce succès, la tournée s'est imposée.

J'ai tout de suite su que celle-ci, je ne pourrais la produire que seul. Si je restais avec mon associé Jean-Claude Camus, nous ne nous en sortirions pas financièrement : il allait y avoir tant de monde sur scène… J'ai été annoncer cette nouvelle à Jean-Claude. Je savais qu'il n'allait pas être content…

Je n'ai pas été déçu.

Mais j'ai adoré sa réaction.

Il est scorpion, comme moi.

Quand il est contrarié, ça le met dans une rage… Il a du mal à la contrôler, à garder son calme, à prendre sur lui.

« Jean-Claude, je suis venu te dire que la prochaine tournée, celle de *Baryton*, je ne vais pas la faire avec toi. Je ne vais la faire avec personne. Je vais me produire seul… Je n'ai pas le choix, sinon on va perdre de l'argent… »

La réaction ne se fait pas attendre. Jean-Claude devient tout rouge, à mesure qu'une colère carabinée le gagne… Et puis tout à coup, juste avant de virer écarlate, ça s'arrête ! La colère s'en va comme elle était venue… Sa figure reprend son apparence aimable.

« Tu es venu me le dire en face. Tu as eu ce courage. Alors comme tu es venu me voir et me l'as dit en face, je ne peux pas m'énerver plus que ça… »

Nous sommes restés bons amis. Nous avions eu de belles années ensemble. Grâce à lui, j'ai appris tout ce que l'on ne t'explique jamais en tant qu'artiste : où étaient les ressources, comment négocier les prix…

La suite de l'histoire m'a donné raison. À Paris, j'ai perdu de l'argent, le spectacle coûtait trop cher. Mais heureusement en province, j'ai pu rééquilibrer. Et si je n'ai pas vraiment fait de bénéfices avec cette tournée chère, je n'ai pas fait faillite non plus. Surtout, j'y ai acquis une crédibilité de producteur auprès des acteurs de ce métier. Cela m'a permis de me produire seul depuis. Bien aidé en cela par des personnes ultra qualifiées dans l'administration de spectacles comme Philippe Mongay qui est devenu, grâce à ses grandes compétences, un personnage-clef de la gestion de mes tournées. Bien aidé également par Jérôme Langlet, qui dirige avec passion et engagement la branche entertainment de Lagardère[1], un précieux partenaire sur lequel je m'appuie aujourd'hui.

Le premier single de *Baryton* doit être une chanson originale. Nous choisissons « Io le canto per té », écrit par Giuseppe Giunta et Calogero. Le second single sera le duo avec Patricia Petibon, « Guide me home », de Freddy Mercury. Il sort en mars 2005…

Quelque temps après sa sortie, je suis saisi d'une intuition. Je lâche tout, prends ma voiture. Direction la Bourgogne. Il faut que j'aille serrer ma petite grand-mère de quatre-vingt-dix ans dans mes bras.

Aline est toute contente de me voir. C'est une période où je suis un peu flamboyant. À mon arrivée, tout

1. LULE : Lagardère Unlimited Live Entertainment.

l'Ehpad est émoustillé. Naine me chope par le bras et me dit : « Mais ! tu sais que tu es devenu un grand – avec son accent bourguignon, à rouler les *r* –, tout le monde le dit, mais c'est vrai, tu es un grand. » Elle, trop fière ; moi, trop content.

Elle est partie quelques jours après ma visite, le 2 avril. Oh ça, c'était un rendez-vous qu'il ne fallait pas rater… J'ai eu de la chance d'avoir cette intuition et d'être arrivé à temps. Elle s'en est allée en bonne compagnie comme je le disais au début du livre, le pape Jean-Paul II à ses côtés.

C'est la seule grand-mère que j'aie jamais eue. Elle était une personne précieuse. Elle l'est toujours.

***

2005

Cette année 2005 est particulière. Elle a commencé, avant la mort de ma grand-mère, avec la fin de mes démêlés judiciaires – c'est en janvier que le jugement final a été prononcé et que j'ai été blanchi de toute accusation de fraude fiscale. Voilà les épisodes de la série « impôts » bel et bien terminés. Ils m'auront marqué. Comme un boxeur qui a gagné son combat mais en sort avec le nez cassé.

Que *Baryton* marche bien et même très bien, après le succès d'*Ailleurs land*, m'enchante. C'était un pari et puis, je vois bien que, pour d'autres artistes, les choses sont plus difficiles. Le marché est en train de changer, les chiffres de ventes de disques physiques sont en baisse constante. Pas les miens… pour l'instant.

De plus, la tournée est à l'image de l'album, une réussite. Souvenir amusant : au Palais des Congrès de Paris, nous captons le spectacle en vue d'un disque live. Avec Catherine et Marc Allain, nous avons prévu en outre de faire une photo originale avec le public. Marc ayant installé ses appareils photo au fond de la salle, je demande au public de me tourner le dos et de regarder vers les objectifs. Tout le monde s'exécute, la photo va être top ! Lorsque nous la développons, nous avons la surprise de constater que les 3 700 personnes présentes dans le public ont joué le jeu. Enfin plus exactement 3 699… Une personne est restée droite et n'a pas tourné la tête. En regardant mieux, nous sommes morts de rire en reconnaissant le récalcitrant puisqu'il s'agit de… Johnny !

J'ai cependant une colère en 2005. Pourquoi ? Un gâchis. Le pire de tous : un gâchis d'amitié. Une personne qui a été si importante pour moi…

Cela fait un petit moment que Gérard Louvin n'a plus eu d'émission qui marche. Cette année-là, il en produit une en laquelle je ne crois pas du tout et, qui plus est, n'est pas pour moi. Il me demande d'en faire partie, je refuse. Ce n'est même pas une émission de variété : je n'ai absolument rien à y faire. Il insiste tant que je finis par accepter, toutefois à certaines conditions. Mais voilà, une fois le service rendu, Gérard oublie les conditions. Je me retrouve à faire son émission, que je ne voulais pas faire, sans contrepartie. Ce n'était pas la première fois qu'il était border avec moi, ne respectant pas telle ou telle promesse. La confiance fut, cette fois, brisée et pour toujours. De ce jour, je n'ai plus parlé à Gérard, c'est comme ça, la loyauté est pour moi une valeur essentielle. C'est triste, après tout ce temps. C'est tout de même lui qui a créé l'étincelle qui a lancé ma carrière. Dans un monde normal, nous aurions dû rester amis. Mais peut-être n'étions-nous pas des amis véritables ? Il est vrai que nous ne nous voyions jamais en dehors du travail. Au final, Gérard et moi n'avions qu'une relation professionnelle et c'est en 2005 que je m'en suis aperçu. Elle s'est s'arrêtée net lorsque les conditions de confiance n'ont plus été réunies.

Ce sont des liens qui me rattachent au passé qui sont alors coupés. Coupée aussi cette même année, la relation avec Jean-Marie Marion qui était mon grand pote depuis les années où j'étais un petit acteur et lui un mannequin très demandé. Quand je suis devenu un chanteur populaire, il avait viré photographe. Il a alors été sur toutes les photos pendant vingt ans, de toutes les aventures, et soudain, une brouille à la con, une très bête histoire d'argent et puis plus rien. L'histoire d'argent n'est là que parce qu'il fallait une histoire. Les racines du mal sont ailleurs.

Cela m'étonne chaque fois ces amitiés qui s'arrêtent brutalement. Ces personnes qui ont une place considérable dans votre vie et qui s'en échappent en un claquement de doigts. C'est ainsi. Ce sont peut-être des amitiés de circonstance. Les vrais amis sont rares, ceux avec qui le lien ne se coupe jamais quels que soient la distance et le temps. Probablement qu'en amitié comme en amour, nous sommes prédestinés les uns aux autres. Il faut un terrain commun, des valeurs communes. Le fun ne suffit pas.

2005 marque probablement la frontière entre mes années difficiles avec le fisc, qui furent aussi paradoxalement (ou peut-être, au contraire, y a-t-il une logique ?) des années de succès enchaînés. Depuis le carton de *Bienvenue chez moi* en 1995 jusqu'à *Baryton*, dix ans plus tard, tout ce que j'ai sorti s'est transformé en joie. C'est probablement cette joie qui irrigue mon album suivant au titre magique : *Abracadabra*.

***

Abracadabra

Sorti en avril 2006, *Abracadabra* est mon album préféré. Et quel plaisir de faire le grand écart entre *Baryton*, album atypique pour lequel je suis allé me promener en territoire lyrique, et cet *Abracadabra*, au bon son pop-rock. La réalisation, signée Daran et son complice Erik Fostinelli, particulièrement léchée, les auteurs, les compositeurs, il émane de cet *Abracadabra* une fraîcheur qui me touche toujours.

Les chiffres culminent à quatre cent cinquante mille ventes. L'album aurait mérité mieux. Certes nous subissons à notre tour la dégringolade du marché. Mais il n'y a pas que ça. Le disque est aussi réussi qu'il a été mal promu, mal vendu, mal accompagné. Universal et moi avons fait un tout-faux de ce côté-là.

Le premier single envoyé aux radios est « Là où je t'emmènerai » : la jolie ballade signée Valérie Vega pour les paroles, Daran pour la musique. Les radios adorent le titre et ne cessent de le diffuser.

Au passage, soulignons que c'est une chanson que je dois à Bertrand Lamblot. C'est lui qui a insisté pour que je la réécoute après l'avoir tout d'abord écartée. Même Daran m'avait dit qu'il pensait qu'elle n'était pas pour moi, cette chanson.

C'est une époque où je reçois environ deux à trois cents propositions à chaque album que je prépare[1]. Je les écoute et en retiens environ une quarantaine, les quarante qui me provoquent une émotion, une réflexion, une sensation inattendue… À partir de là, je me repasse ces quarante titres encore et encore, jusqu'à ce que se dessine naturellement la trame de mon album. Une trame que je vois telle une spirale de onze titres s'enchaînant avec bonheur. Cette spirale dynamique se forme à partir des chansons qui me restent en tête et en cœur et qui pourraient constituer les pièces d'un même puzzle. Le quota de onze titres, c'est parce que je me suis rendu compte qu'on ne peut guère demander à un auditeur plus de quarante minutes de concentration pour écouter un album entier. Quarante minutes équivalant à onze titres, inutile de faire plus long !

Je trouvais « Là où je t'emmènerai » vraiment jolie mais pas pour moi : elle était trop différente de mon répertoire. Je l'ai donc écartée tout de suite. C'est là que Bertrand est intervenu. Il avait une vision avec cette chanson : selon lui il y aurait alchimie. Je l'ai réécoutée mais ce fut pour mieux l'écarter encore ! Bertrand est revenu à la charge ! Il était si sûr de lui que j'ai décidé de la ré-réécouter et de lui donner une chance quoi qu'il advienne. J'ai réfléchi à la manière de la ramener

1. On était loin de l'époque où je cherchais désespérément des auteurs-compositeurs !

vers moi. À partir du moment où j'ai accepté le fait que oui, elle pouvait peut-être me correspondre, j'ai réussi à l'habiter, et dès lors je n'ai plus pu m'en passer.

Tout le monde adore ce titre. Il finit même par être récupéré pour le programme court télévisé *Edf Suez* diffusé régulièrement sur TF1, ce qui renforce sa popularité.

On a un airplay de folie. Pourtant les ventes sont loin de décoller. Nous avons un problème, mais lequel ?

C'est une jolie lettre de Françoise Hardy reçue à cette époque qui me donne la réponse.

Elle m'y écrit qu'en compagnie de son ami Alain Souchon, la radio allumée, ils ont entendu une chanson qui les a tout de suite charmés ; que cette chanson était « Là où je t'emmènerai » et que lorsque à la fin du morceau, ils ont compris que j'en étais l'interprète, ils n'en sont pas revenus ! Ils étaient tellement agréablement surpris que Françoise a voulu me l'écrire.

Je ne correspondais pas à leur univers mais avec cette chanson, nous pouvions nous rejoindre.

La lettre est superbe ; il va sans dire que je suis très touché de cette délicate et élégante attention de la part de Françoise. D'autant que, outre l'admiration que je porte à la chanteuse qu'elle est, j'éprouve un très grand respect pour ses choix de carrière et de vie.

Parallèlement, je comprends que cela va être difficile pour la suite de l'histoire. Si les oreilles averties de Françoise Hardy et d'Alain Souchon ne m'ont pas identifié, il en sera probablement de même pour le public qui achète mes disques, il risque de ne pas comprendre que c'est moi, ou de ne pas s'y retrouver. Cela peut expliquer les faibles ventes malgré le succès radio.

Je vais vous faire un aveu : cela m'était égal de vendre ou de ne pas vendre. J'étais si fier de mon *Abracadabra*. Je l'aimais tellement, je trouvais trop joli ce qu'il drainait. Cette lettre de Françoise, mais aussi des articles élogieux dans les pages culture d'une presse qui ne s'intéressait pas à moi d'habitude, *Le Monde*, *Libération*, *L'Express*... Alors bon, certes, les ventes n'étaient pas au rendez-vous, le public sensible à ce single ne voulait pas aimer une chanson de Florent Pagny, et le mien de public était dérouté – *Mais pourquoi il ne chante pas avec sa puissance ? Ce n'est pas notre Florent !* Mais, moi, j'étais heureux de me faire entendre autrement.

Après « Là où je t'emmènerai », je propose de sortir « Je suis[1] » en deuxième single. La chanson est remarquée dans la presse. Je souhaite enfoncer le clou et rester dans cette veine, nouvelle pour moi et qui me plaît.

Hélas, les maisons de disque ne font pas ce genre de raisonnement en dentelle ! La logique commerciale reprend le dessus.

« C'est simple, me dit Pascal Nègre, les gens qui aiment ce registre pop ne te voient pas dedans. Et ceux qui t'aiment ne comprennent pas ce registre : tu n'as plus de public, tu es en train de perdre les gens ! Il faut qu'on retrouve nos marques. La chanson qui te correspond le plus, c'est "Le mur[2]". On la sort en deuxième single. »

---

1. « Je suis » : paroles d'Emmanuelle Cosso et musique de Rodrigue Janois et William Rousseau.

2. « Le mur » : paroles de Pierre-Yves Lebert et musique de Daran.

Un chanteur comme moi fait confiance à son patron de maison de disque et il a raison car en l'occurrence celui-ci a prouvé la pertinence de son raisonnement à bien des reprises.

J'entends ses arguments. Nous convenons de sortir « Le mur » en second single.

Sauf qu'on ne l'a pas bien écoutée cette chanson. Parce que son propos est clairement antimédias ! C'est beaucoup mieux écrit que « Presse qui roule », mais l'effet est le même. Déjà elle propose d'arrêter de regarder et d'écouter télés et radios, mais, en outre, de s'en protéger en construisant un mur anticons. Malgré toute l'autodérision du clip où je me prends moi-même le fameux mur, elle ne fait pas rire les radios ! Le moins que l'on puisse dire c'est qu'elles ne la diffusent pas.

Mauvaise pioche.

Et pour finir le circuit des décisions malheureuses : « À tout peser à bien choisir[1] », le troisième single. Je ne m'étais pas vraiment rendu compte des messages discutables que pouvait renvoyer le texte… J'y entendais surtout l'idée que l'on puisse préférer être avec une fille véritable qu'avec une fille de magazine, ce qui me paraissait frappé au coin du bon sens… Mais la façon dont le texte est tourné laisse place à une ambiguïté que je n'avais pas repérée. Les chiffres de ventes se sont chargés de m'ouvrir les yeux. Dommage, parce qu'en plus j'adore ce titre, sa mélodie… elle est vraiment agréable à interpréter !

1. « À tout peser à bien choisir » : paroles de Patrice Guirao et musique de Bertrand Soulier/Léopold.

Il y avait tant de belles chansons à mettre en avant sur cet album… « Je suis » mais aussi « Comme l'eau se souvient », un très beau texte de Manset mis en musique par Raphaël, et encore « Vivons la paix », « Ça change un homme », « J'ai beau vouloir »[1]… Ça a eu un goût de pas fini… *Abracadabra* reste vraiment l'un de mes albums préférés… Tout l'album, et notamment « Le mur », est d'ailleurs assez génial à interpréter sur scène.

J'imagine une tournée intimiste pour cet album intimiste : douze showcases pour présenter le disque, pas de grand concert. J'ai d'abord rêvé de chapiteaux, mais cela s'est avéré trop compliqué à mettre en place, alors j'opte pour une tournée des théâtres. Un décor simple avec une grande horloge sur la scène pour rythmer l'enchaînement des onze chansons. Les musiciens, emmenés par Daran à la guitare, sont ceux qui ont joué sur l'album, des mecs venus du rock, les frères Terranova aux claviers et à la deuxième guitare, Michaël Boudoux à la batterie, Erik Fostinelli à la basse – un petit mot ici, comme un clin d'œil à Fosti, comme on l'appelait, qui était un talent et une personnalité rares, quelle tristesse ce fut d'apprendre son départ de cette terre en novembre 2017, ce bassiste flamboyant aurait dû nous enchanter encore longtemps.

Je fais toute la tournée vêtu du tee-shirt noir, rouge et blanc, floqué d'une tête de mort, de mon tatoueur Tin-Tin.

1. « Vivons la paix » : paroles d'Oxmo Puccino et Nat Alhister et musique de Benjamin Ricour. « Ça change un homme » : paroles de Miossec et musique de Daran et Miossec. « J'ai beau vouloir » : paroles d'Emmanuelle Cosso et musique de Daran.

Son logo me plaisait, je l'avais adopté comme visuel dès le début de la promo d'*Abracadabra*. Tin-Tin ? Un personnage atypique, qui est présent depuis longtemps dans ma galaxie personnelle. Je l'ai connu à ses débuts, dans les années quatre-vingt. Je lui avais confié mon second tatouage (le dragon rouge du mah-jong) et je n'ai, depuis, cessé de faire appel à lui. C'est long un tatouage, tu passes du temps côte à côte avec ton tatoueur. Il vaut mieux apprécier la personne qui manie l'aiguille. Tin-Tin a formidablement réussi ; normal, car il est super doué. D'ailleurs, son bouclard, comme on l'appelle, se trouve rue de Douai. Je sais, ce n'est pas terrible, mais il fallait une petite place pour mes jeux de mots pourris dans ce livre. Voilà qui est fait.

Je ne sais pas d'où me vient ce désir de tatouer mon corps. Ce n'était pas aussi à la mode quand j'ai commencé. Plutôt marginal même. Pourquoi avoir besoin de laisser une marque sur soi ? Je ne l'explique pas. Ce que je sais, c'est que je l'ai éprouvé. Et plus d'une fois. Tin-Tin m'a recouvert.

J'ai adoré cette petite tournée.

Quelquefois, même pour un artiste populaire, ce n'est pas aux chiffres de ventes qu'il faut s'attacher. Cet album montre une autre facette du chanteur. S'il ne m'a pas conduit à figurer au top des charts, il m'a permis de faire un pas de côté dans le répertoire français, et de me retrouver dans un endroit où je n'avais jamais mis les pieds et où je me suis pourtant trouvé bien. Un échec commercial (toutefois relatif) peut cacher une réussite artistique.

Néanmoins, à partir de là, je ne retrouverai plus les gros succès des albums précédents avant un moment. Il faudra attendre 2013 et *Vieillir avec toi* pour renouer avec un vrai succès commercial.

***

Un mariage pétillant

Peut-être que si j'aime autant *Abracadabra*, c'est aussi qu'il est la bande-son de ce printemps 2006. Car, en ce printemps 2006, abracadabra et puis voilà : mon Azu a la bague au doigt !

Elle en est la première surprise, car la dernière au courant. Azu et moi étions associés à cinquante-cinquante dans notre société, nous avions nos deux enfants, nul besoin d'une cérémonie. Nous avions très bien fait sans, jusqu'à présent. Mais voilà, à l'occasion de la sortie du single « Là où je t'emmènerai », je me retrouve en interview toute une journée, en télés, en radios. Pas n'importe quelle journée : le jour de la Saint-Valentin. Inévitablement, lors de la première émission du matin, l'animatrice me pose la question du jour : « Florent, qu'allez-vous offrir à votre femme pour la Saint-Valentin ? » Et là, je m'entends lui répondre : « Eh bien, peut-être que je vais la demander en mariage !
— Pardon ? » répond l'animatrice, ravie du scoop. Je rebondis : « Là où je t'emmènerai ? Voilà, je vais l'emmener à l'autel. »

Azu a aussitôt reçu un coup de fil de ma mère : « Ben alors ! Vous allez vous marier et vous ne nous dites rien ? » Azu a ri : « Je vous rassure Odile, je ne suis pas au courant moi non plus ! » Me connaissant évidemment, elle a compris que j'avais une fois de plus parlé sans filtre dans les médias. Ça l'a fait sourire. Finalement c'était une façon originale de demander sa fiancée en mariage !

C'est une noce intime et ultra joyeuse. Notre ami Kad emmène Azu à la mairie dans sa voiture de collection, une magnifique Austin-Healey. Azu, vêtue de turquoise, sa couleur fétiche, est d'une beauté à couper le souffle. Les enfants sont tout heureux. Kad est mon témoin et Paola, celui d'Azu. Le maire et son équipe ont anticipé : ils ont mis des barrières partout pour protéger l'événement des curieux, badauds, photographes et paparazzis. C'est bien. C'est prévoyant. Seulement… Il n'y a personne ! Et pour cause, nous n'avons invité personne. Personne n'est prévenu. *Tout va bien, on peut commencer, on est au complet.* Le maire n'en revient pas, nous sommes sept – un bon chiffre d'après ce que je sais. Alors on va s'arrêter là. Après la cérémonie, c'est en époux que nous rejoignons notre maison où quelques amis nous attendent pour un déjeuner de mariage simple et gai.

Quelques mois plus tard, c'est la fête ! Le 13 mai, ma femme, sublime dans une robe de princesse rock bleu turquoise (Azu précise *bleu turquoise pétillant* !), arrive au bras de son père, au château de Groussay, tout près de chez nous, dans une calèche tirée par quatre chevaux. Kad nous orchestre, dans le théâtre de verdure et sous un beau soleil, un office parfaitement loufoque, inventant pour nous marier un personnage mi-prêtre mi-gourou, l'une de ces figures improbables dont il a le secret. Et c'est ainsi que nous avons une célébration peu catholique mais très drôle. En guise de première partie,

Maurice, mon parrain, demande à faire un discours. *Bien sûr Maurice vas-y ! C'est gentil, on t'écoute*… Eh bien, ce n'était pas que gentil, c'était aussi très drôle. Maurice nous épate, il ne s'arrête plus, provoquant tant et plus l'hilarité de l'assemblée. Incroyable, mon parrain est un pur comique ! Je l'avais oublié. C'est vrai qu'il a transformé nombre de moments de mon enfance en comédies familiales réjouissantes. Il a ce don.

Nous nous marions donc sous le signe de la joie. La fête est belle. Tous nos amis et notre famille proche sont là. Que demander de plus ?

***

Joies et tristesses de la cylindrée

Après *Abracadabra*, tandis que je cherche comment mixer plaisir et challenge sur mon prochain projet de disque, je fais une rencontre importante.

Elle a lieu dans un autre champ, celui de ma passion pour les belles mécaniques.

C'est à Paris, en 2006, que je rencontre Patrick Godet, à l'occasion du salon de motos anciennes Motos Légendes.

Patrick est, depuis toujours, un dingue de bécanes et particulièrement de la marque britannique Vincent. Tout jeune, il a créé son entreprise de restauration spécialisée sur les Vincent et s'est ensuite orienté vers la production de magnifiques répliques. Il respecte l'esthétique du vintage, ajoute quelques cylindrées et fait d'infimes concessions aux nouvelles technologies. Il utilise les fameux cadres Egli pour le modèle Egli-Vincent dont il est l'inventeur. Fritz Egli, le fondateur de la marque, lui a donné l'autorisation exclusive d'utiliser le nom Egli sur ses motos en vertu de l'excellence de son travail, et ce sans exiger aucunes royalties – il connaît les contraintes et sait que Patrick aura du mal à faire des bénéfices… Depuis cette date, Godet Motorcycles est la seule entreprise au monde à produire de véritables Egli-Vincent.

Le jour où je le rencontre, il expose la bécane qu'il a assemblée, la mythique Café Racer. J'ai un coup de foudre pour l'engin, pièces uniques, faites à la main, et pour le passionné que je reconnais en Patrick Godet. Je lui commande une moto, verse les 20 % d'acompte et prends bien note que je devrais patienter une année pour que ce bijou me soit livré. Qu'importe, je ne suis pas pressé et je comprends ce délai en raison de la méthode de fabrication artisanale qui fait tout le sel et le luxe de l'engin.

Lorsque je sors mon carnet de chèques pour m'acquitter de ce premier versement, je suis loin de me douter que bientôt un chéquier ne suffira plus pour virer des sommes à l'entreprise de Patrick Godet parce que ce ne sera plus une moto que j'achèterai mais l'entreprise entière que je reprendrai.

Voilà l'histoire :

Au bout d'un an, alors que j'attends la livraison de ma moto, je reçois un appel de Patrick : « Monsieur Pagny, j'ai un problème, je ne vais pas pouvoir vous livrer la moto, je vais fermer la boutique, et je ne vais même pas pouvoir vous rembourser votre avance. »

Oh cela faisait beaucoup de mauvaises nouvelles pour un seul coup de fil ! « Je peux vous voir monsieur Godet ? »

Nous avons pris rendez-vous. J'ai fait connaissance avec son atelier de 600 m^2 situé dans la périphérie de Rouen, avec ses collaborateurs, avec ses stocks. J'ai été séduit par tout ce savoir-faire. Cela aurait été un crève-cœur de le laisser se perdre. Cela faisait quelques années que j'avais compris les règles de base de la gestion d'une entreprise. J'ai proposé de mettre le nez dans son organisation et d'étudier la possibilité de devenir son associé. Avoir des parts dans une boîte comme celle-ci, construisant de si belles mécaniques, était une idée qui pouvait me mettre en joie. En regardant les comptes avec attention, je me suis rendu compte que la gestion de Godet Motorcycles était plus poétique qu'efficace. Je pouvais apporter quelque chose. J'ai donc racheté 51 % des parts, pensant que je participerais ainsi à une belle aventure. Il n'y avait pas réellement d'enjeu financier, il fallait sauvegarder cet atelier exceptionnel, voilà tout. Mon ambition était juste de ne pas perdre d'argent…

Malheureusement Patrick était aussi bon dans l'assemblage de ses motos légendaires que défaillant dans sa gestion de l'entreprise au quotidien, et s'il pouvait être considéré comme un génie dans son domaine, il ne l'était certes pas dans sa stratégie commerciale. Il était si perfectionniste dans son boulot que ses motos lui coûtaient plus cher qu'il ne les vendait. La boîte ne cessait de perdre de l'argent. Cela devenait problématique mais je savais bien qu'il serait compliqué de lui faire entendre raison. Patrick Godet était un artisan génial et non un businessman. À titre d'exemple, il avait vendu une moto de course à Brad Pitt. Il fallait la lui faire et vite ! Ce pourrait être un bon prescripteur s'il était content et évidemment qu'il le serait. Mais

Patrick n'avait pas pris en compte cette donnée et avait continué à s'organiser en dépit du bon sens. Lorsqu'il a livré la moto, le délai était si dépassé que l'acteur avait même dû oublier qu'il l'avait commandée ! À cela, il fallait ajouter qu'il était très difficile pour Patrick de trouver les mécaniciens pointus que nécessitait son activité particulière.

Un jour, enfin, il m'appelle, ce devait être début 2018, « Florent, ça y est, j'ai l'équipe parfaite ! » Et en effet, il avait réussi à réunir et à former six gars excellents et complémentaires. Les bonnes personnes enfin aux bons postes, on allait pouvoir avancer.

La suite de l'année 2018 fut dramatique. Patrick avait récemment perdu sa femme d'un cancer, il l'avait accompagnée un an durant, cela avait été bien sûr très difficile. Et voilà qu'en novembre 2018 on prononce à nouveau ces mots, *cancer* et *pancréas*, cette fois, à son sujet. Il n'a pas supporté. Il s'est tué.

J'ai perdu cet ami, ce type génial, bosseur et rêveur qui méritait tout sauf cette fin tragique.

J'étais en Argentine lorsque l'on m'a annoncé la mauvaise nouvelle. J'ai encaissé le choc. Et après quelques semaines de réflexion à me demander quoi faire, je me suis décidé : j'allais reprendre l'affaire tout entière. Je savais l'équipe mise en place par Patrick solide et parfaitement formée sur la spécificité de ces motos. Elle aurait les épaules pour assurer la technique. Et moi, j'allais reprendre la gestion à zéro.

La douce Candice qui gérait Cuadrada étant partie vivre un amour en Amérique du Sud quelques années auparavant, c'est l'énergique Téodora qui tenait désormais les rênes de ma petite entreprise. Téodora a été magistrale, elle a tout remis d'équerre et s'est tant prise de passion pour cette nouvelle mission qu'elle a passé son permis moto !

Téodora et moi avons parfaitement mis en ordre de marche cette petite société, et je suis passé d'actionnaire passif à patron actif.

Cette activité n'était pas prévue à mon agenda mais je ne me voyais pas laisser la boîte dégringoler avec tout le savoir-faire d'exception que Patrick Godet lui avait légué – sans parler du cœur qu'il y avait mis.

Grâce à l'investissement de Cuadrada – et je dois dire à la détermination qu'y a mise Téodora –, Godet Motorcycles est aujourd'hui une entreprise saine, et même si la période Covid nous a mis de nouveaux bâtons dans les roues, on peut dire qu'aujourd'hui Godet est devenue une référence mondiale. Si tu as une Vincent, le bon atelier c'est Godet. Nous ne serons jamais une boîte vraiment bénéficiaire, mais si Godet continue à produire de belles choses, à faire vivre quelques personnes, sans perdre d'argent, je n'en demande pas plus… Paix à ta belle âme Patrick.

Cette aventure avec Patrick Godet est la première de mes incursions dans le monde de l'entrepreneuriat et il semble qu'elle ne soit pas le fruit du hasard mais bien d'un penchant naturel que j'ai pour le business plan – penchant que je ne me connaissais pas vraiment jusqu'alors.

C'est à partir de ce moment-là que cette septième vie me voit me transmuer en un homme d'affaires.

Chanteur et *businessman*.

C'est pour cela que je dis parfois que je ne sais pas si je suis un « artiste ». N'étant pas un musicien, n'étant pas intéressé par toute la panoplie qui va avec le mot « artiste », n'ayant pas un *ego* monstre à nourrir et possédant en outre le goût des affaires.

Je gérais déjà ma propre carrière en vrai businessman, à partir de 2006, j'investis dans des activités qui n'ont rien à voir avec le secteur artistique. Les motos en France. Le domaine agricole en Argentine. Bientôt ce sera l'industrie cosmétique avec la fabrication de produits de beauté issus des plantes de notre *campo* argentin. J'apporterai un jour aussi mon soutien financier à la création d'une entreprise au Portugal. Ce seront, chaque fois, des occasions qui interpelleront l'entrepreneur qui est en moi. Une sorte d'évidence pour ce qui est de sauver une belle entreprise pointue et artisanale, d'exploiter une fleur poussant comme de la mauvaise herbe dans notre *campo*, ou encore simplement l'envie d'aider des jeunes désireux de se lancer dans un projet particulier qui pourrait bien changer leur vie.

Je ne *joue* pas au businessman. Comme je ne joue pas au chanteur.

***

Brel

Côté musique, je veux continuer à me surprendre moi-même avec ma capacité à visiter des territoires différents. J'aime prendre des risques. J'essaie de mettre du relief dès que je le peux, de n'être pas là où on m'attend.

Le grand Jacques est un de mes chanteurs français préférés. Lorsque j'étais enfant, c'était mon grand frère qui s'enthousiasmait pour lui. C'est un artiste que j'ai donc beaucoup entendu… avant de l'écouter. J'adore ses chansons, ses textes, ses musiques, ses interprétations. Ce sont comme autant de petits morceaux d'un grand film plein d'humour, de poésie, d'humanité. Et je suis certain que le côté aventurier du bonhomme a nourri ma soif de terres lointaines. Mon admiration pour le chanteur et pour son répertoire est tout aussi vive que celle que j'éprouve envers l'homme – la belle façon qu'il a eue de tracer son chemin d'artiste et jusqu'à son échappée.

Néanmoins, j'avais parfaitement conscience que ce n'est pas parce qu'on adore un chanteur qu'il est judicieux de reprendre son répertoire.

J'étais tenté par cette idée et m'en sentais capable mais j'étais aussi prêt à l'abandonner si par ailleurs le résultat ne devait pas se révéler à la hauteur. Je suis donc entré en studio en septembre 2006, dans le but de tester quelques chansons afin de voir si le résultat plairait à mes oreilles exigeantes. Ce fut le cas.

J'ai pris énormément de plaisir à fabriquer cet album et je crois en avoir donné énormément aussi, notamment au travers de la tournée. J'ai fait appel au génial Yvan Cassar pour être le chef d'orchestre du projet. Il a mis en place une équipe de musiciens virtuoses, Laurent Vernerey à la contrebasse et à la guitare, Nicolas Montazaud qui jouait de la batterie et des percussions, Lionel Suarez, un jeune accordéoniste et bandonéoniste prodige. Yvan lui-même s'est assis au piano et a pris la clarinette. Je lui ai confié la réalisation de l'album, tout en réservant quatre titres à Daran. « Mathilde », « Au suivant », « Le dernier repas » et « Les bourgeois » me semblaient comporter un brin rock dans leur ADN. Je savais que Daran saurait exploiter ce brin-là.

Ma petite sœur va faire partie de l'aventure. Je l'avais pourtant prévenue après la tournée de *Savoir aimer* : « Marie, on ne travaillera plus ensemble, car je ne vais plus avoir besoin de choristes. » Il faut croire que je n'avais pas du tout envie de me passer d'elle : juste avant de démarrer ma tournée *Ailleurs land*, je la rappelais en lui proposant de venir m'aider pour les costumes. Je me changeais plusieurs fois pendant le concert, j'avais besoin d'une personne de confiance.

Sur la tournée du *Pagny chante Brel*, je la sollicite à nouveau : « Est-ce que tu te sens capable de gérer le prompteur », lui ai-je demandé. Bien sûr qu'elle en était capable ! Elle a adopté la machine en trois jours, et depuis c'est grâce à elle que je chante en toute sérénité.

Je ne sais pas si, de là où il est, Brel nous a entendus mais ce n'est pas impossible, l'ambiance était particulière sur cette tournée… Joyeuse et vibrante, à l'image de son interprète d'origine. Sûrement qu'un tel chanteur laisse dans ses chansons un petit morceau de son âme… J'ai essayé de ne pas trop ramener mon grain de sel pour qu'il se laisse entrevoir.

Ce disque me tenait à cœur. Moi qui n'accorde pas tellement d'attention aux critiques, qu'elles soient négatives ou même positives, j'avoue que pour celui-là, j'ai eu peur. Peur d'avoir vu trop grand. Peur de passer à côté. Peur d'avoir été prétentieux. Peur de ne pas toucher le public. Peur de me faire défoncer.

Je me suis fait défoncer. Mais très peu. Quelques plumes se sont jetées sur cette occasion pour exprimer un dédain naturel qu'elles réservent aux chanteurs populaires. Peu importe, elles n'ont pas été nombreuses et bien plus importantes ont été les critiques élogieuses. J'ai eu le sentiment d'avoir eu la caution. Et notamment celle, ô combien essentielle à mes yeux, de France, l'une des filles de Jacques Brel.

En principe, la critique qui m'intéresse, c'est celle du public. On la lit dans les chiffres de ventes des albums et des places de concerts.

Si pour une fois, je me suis soucié de ce qui serait écrit à propos de cet album, c'est que j'avais conscience de n'être pas tout seul et d'avoir embarqué avec moi un artiste pour lequel j'ai le plus grand respect…

Pour ce *Pagny chante Brel*, le public a été au rendez-vous. L'album s'est écoulé à quatre cent mille exemplaires et les représentations furent belles, pleines de moments de grâce. Je ne voulais pas faire une grande tournée. Loin de moi l'idée d'exploiter un filon : ma démarche était sincère, je voulais juste rendre hommage, et non profiter de ça pour manger plus. Il fallait que les dates aient du sens. C'est pourquoi il n'y a eu que l'Olympia, qui est en quelque sorte le temple de Brel, avec six dates, et Bruxelles, la patrie du grand Jacques, dans un lieu magnifique d'ailleurs : le Cirque royal.

***

Miami

C'est en septembre, pour la rentrée scolaire des mômes, que nous allons cette fois installer notre résidence à Miami. De là l'Argentine nous tendra les bras. Nous irons nous y blottir le plus souvent possible.

Miami m'intéresse parce que c'est l'endroit où toutes les pointures de la musique latino-américaine vivent et travaillent. Et moi, j'ai ce projet de faire un album en espagnol.

Nous sommes aussi, je l'ai dit, dans l'idée de donner à nos enfants l'opportunité d'être trilingues tout en échappant à la pression des « enfants de vedettes ». Nous voulons leur offrir autant que possible une vie familiale normale.

Il y a autre chose : cette promotion que vient d'avoir Pascal Nègre... Pour faire suite à ses bons résultats en France, on vient de lui donner une responsabilité supplémentaire, celle du marché latino-américain.

Vous ai-je dit que je parlais de mieux en mieux l'espagnol ? Autant j'ai toujours eu du mal avec l'anglais, autant je me suis mis à manier la langue maternelle de ma femme avec la plus grande facilité. Il faut dire que j'ai été motivé en cela par Azu qui m'a mis une grande pression à ce sujet... ! Et on la comprend : peu de temps après notre installation en Argentine, j'avais acheté un camion, un vieux mais splendide Chevrolet 1939. Les vendeurs m'ont expliqué des tas de trucs. Cela semblait une très bonne affaire. J'ai fait *oui oui* mais en vérité je ne comprenais rien. Je bredouillais plus que je ne parlais la langue !

Quand je suis rentré à la maison, très fier de ma négociation, Azu a regardé les papiers et m'a annoncé d'un air consterné : « Pollo[1], tu viens d'acheter un camion qui est destiné à la casse. Tu n'as pas le droit

1. Pollo (prononcer *Pojo*) est mon surnom en Argentine. Obtenu lorsque j'ai débarqué un jour avec mes cheveux déco-

de rouler avec. » Elle a planté ses yeux vert éloquent dans les miens : « Je m'en occupe mais c'est la dernière fois. » Elle avait raison, je ne pouvais pas continuer à me mettre dans la merde et l'obliger à gérer les conséquences. Comme je ne peux pas m'empêcher de faire des conneries, et que je tiens à ce que ça ne change pas, il allait falloir me donner les moyens de les assumer seul. Et pour cela il était nécessaire que j'apprenne l'espagnol. CQFD.

J'écoutais beaucoup d'artistes argentins ou latins. Des chanteurs aussi différents que Mercedes Sosa, León Gieco, Astor Piazzolla, Diego Torres, Alejandro Sanz, Juanes… Je chantais à tue-tête dans ma voiture ces sonorités hispaniques avec bonheur et gourmandise en enchaînant les kilomètres dans la *pampa*. Alors, lorsque j'ai appris que mon directeur de maison de disque préféré allait s'occuper du marché de l'Amérique latine, j'y ai vu un signe.

Pascal a essayé de me convaincre d'adapter mes succès en espagnol. C'était mal me connaître ! Je voulais du neuf. Des chansons originales, des collaborations enrichissantes. Trouver les bons auteurs et compositeurs et faire un disque spécial pour ce marché spécial qui comprend le Mexique, l'Amérique du Sud et l'Espagne. Qui étaient les auteurs des chansons des grands interprètes latinos ?

Nous nous installons à Miami dans cet état d'esprit. Je suis enthousiaste à la perspective de me coller à ce nouveau projet.

---

lorés ébouriffés période *Ailleurs land*… Les Argentins adorent les surnoms, ils ne m'ont pas loupé, *el pollo loco*. Le poulet fou !

Je déchante très vite.

Pascal m'avait donné le contact du responsable d'Universal Music Amérique, basé à Miami, un certain Jesús López. Lequel me reçoit gentiment et fait tout... pour me décourager. Je sors du rendez-vous déprimé, le mec ne va pas bouger le petit doigt pour m'accompagner dans mon projet.

Je réalise alors que si Pascal Nègre est devenu responsable du marché latino, c'est au détriment de ce Jesús López. La direction Universal Monde, estimant ses résultats insuffisants, lui a enlevé son bébé pour le donner à Pascal. Jesús López a envie de tout, sauf d'aider un poulain de Pascal et donner ainsi l'occasion à son rival de briller un peu plus.

Je me retrouve dans une configuration que je n'avais pas du tout anticipée. De surcroît je sais que le type fait la pluie et le beau temps dans la musique ici : il est un personnage important de la musique latino – j'avais regardé un jour un *MTV Video Music Award latinoamerica*, les gagnants remerciaient tous leur mère et Jesús López.

À cause de lui, j'étais destiné à ne pas vendre un disque sur le marché latin. Mais, vous me connaissez : je suis coriace, je ne lâche pas l'affaire pour autant. Je vais me débrouiller sans lui pour trouver les bonnes collaborations. Et en tout premier lieu, j'ai besoin d'un réalisateur.

Jesús López m'a prévenu :

« Il y a un mec qui serait parfait pour votre album. C'est lui qui réalise tous les beaux projets en ce moment. Il s'appelle Julio Reyes. Malheureusement il est totalement inaccessible. Ce mec-là, vous ne pourrez jamais l'avoir. Vous ne pourrez même jamais le rencontrer. Même pas en rêve. »

Et c'est là où c'est assez drôle parce que en sortant de ce rendez-vous si désobligeant, je suis récupéré en voiture par mon copain Charly Nestor[1] qui vit à Miami et que j'ai connu en 1987 lorsqu'il travaillait pour Glem production. Charly produit désormais des spectacles d'artistes français aux États-Unis. Dès que je suis dans la voiture, il me dit :

« On a un rendez-vous dans deux heures.

— Ah bon ?

— Avec un réalisateur colombien. Je lui ai parlé de toi. Il s'appelle Julio Reyes. »

Je le regarde, époustouflé par cet à-propos du destin. Ai-je bien entendu ?

« Attends, tu viens bien de dire Julio Reyes ?

— Oui…

— Charly, tu es génial ! »

Julio Reyes, qui a travaillé avec Jennifer Lopez, Ricky Martin, Kany García, Alejandro Sanz, s'intéresse à mon projet ! Le rendez-vous se passe extrêmement bien, Julio est tout de suite d'accord pour collaborer.

Fin de la déprime passagère ! Perspective d'une année de travail passionnante pour réaliser cet album !

Je n'ai pas pu m'empêcher d'aller revoir Jesús López pour lui dire en passant :

« Ah, au fait Julio Reyes s'occupe de mon album. »

J'ai senti un flottement dans son regard.

« Mais tu as fait comment ?

---

1. Charly est notamment connu pour avoir présenté l'émission *Hit Machine* avec grand succès pendant treize années sur M6, avec son acolyte Lulu.

— Le destin », lui ai-je répondu.
Et Charly Nestor ! aurais-je pu ajouter.

À partir de là, mon activité principale consiste à rassembler des chansons et voir avec Julio comment les travailler. Je connais un peu la musique de Raúl Paz. J'aime bien cet auteur-compositeur-interprète cubain. Le destin m'aide, puisque lors d'un aller-retour à Paris, je tombe sur lui en allant assister à un défilé Marithé et François Girbaud[1] (Marithé et François sont des amis de longue date, incroyablement talentueux et passionnés, avec qui j'ai plaisir à discuter chiffons, c'est-à-dire costumes de scène – ils ont longtemps conçu pour moi des tenues sur mesure pour mes spectacles). J'invite Raúl à me proposer des chansons, nous échangeons nos coordonnées. Quelques jours plus tard, il vient à la maison à Montfort. Nous passons trois heures à discuter. Le lendemain il m'envoie « C'est comme ça ».

Waouh.

J'ai écouté et tout de suite adoré. Pas seulement la chanson, mais le fait qu'elle synthétisait d'une belle manière la conversation que nous avions eue. Magique ! Il m'avait parfaitement pigé ! C'est un tel musicien, chanteur et auteur-compositeur… Il m'a ensuite fait un deuxième titre, « Me siento bien ».

Les autres chansons de l'album, je les dois à Bertrand Lamblot. Il connaissait Patrick Conseil, un éditeur français basé à Miami qui, grâce à son réseau, m'a fait passer

1. Créateurs de la marque Marithé+François Girbaud, inventeurs notamment de l'industrialisation du délavage de jeans bruts, le stonewash.

plein de morceaux. J'ai fait quelques reprises : « Que nadie sepa mi sufrir[1] », chanson popularisée en France par Édith Piaf, puisque « La foule » en est l'adaptation, ou encore « Vuelvo al sur », une chanson que le grand bandonéoniste argentin Astor Piazzola a composée pour le film *Sur* de Fernando Solanas[2]. Julio m'a aussi proposé des choses mais son truc à lui, c'était surtout la réalisation. Julio est un grand musicien et j'ai remarqué que les grands musiciens font de belles musiques mais pas forcément de bonnes chansons. Ce n'est pas le même travail. Pour faire ce que j'appelle une bonne chanson, il ne faut pas être encombré par son instrument et son savoir. Situation dans laquelle peuvent se retrouver les grands musiciens.

À la fin de l'année, nous passons un peu de temps au Mexique. Notre visa américain est arrivé à expiration, j'ai besoin d'images pour l'album… Le prétexte est tout trouvé pour passer la frontière et nous inventer un morceau de vie dans ce pays. Malheureusement, pour bénéficier des bonnes écoles pour les enfants, nous n'avons pas d'autre choix que de résider dans un coin très peuplé, très touristique qui ne ressemble guère au Mexique sauvage et inspirant dont nous rêvons. Nous profitons toutefois de l'escapade pour tourner le clip de « Amar y amar », dans la petite ville de Valladolid, et rentrons en France au bout de quelques mois, après un court passage par Miami. Année scolaire épique sur

1. « Que nadie sepa mi sufrir » : paroles d'Enrique Dizéo et musique d'Angel Cabral.

2. Film sorti en 1988 qui obtint la Palme de la mise en scène au festival de Cannes cette même année.

trois continents pour les enfants qui ont développé, je dois dire, une grande capacité d'adaptation !

« C'est comme ça » sortira en mai 2009. Le clip montre bien qui nous sommes, cette équipe familiale que j'évoquais un peu plus tôt, et comment nous vivons. Azu y est lumineuse et les enfants sont là, éclatants de gaîté. On y danse, on y chante, on fait avec le peu qu'on a dans les arides contrées qui sont les nôtres. Beaucoup de bricolages qui apportent au final beaucoup de joies.

Le disque n'a pas le succès qu'il mérite. C'est pourtant un su-per album. Ce que j'appelle un *gros* album. Il est riche de belles chansons. J'ai réussi à collaborer avec les meilleurs. Il y avait vraiment de quoi faire. C'est toujours un peu désolant quand on se dit qu'il y a de bons titres dans un disque et que son succès limité ne permettra pas de les porter à la connaissance du plus grand nombre. Désolant, pas uniquement pour moi, mais aussi pour elles, les chansons… Néanmoins je relativise, car, comme me le fait remarquer Diego Torres – l'un des auteurs de cet album avec qui je chante en duo –, deux cent cinquante mille disques vendus pour un album espagnol c'est beaucoup. « Nous, me dit-il, si on fait dans tout le marché latin un tel score, ça s'appelle un gros carton ! » Il est scié de connaître ces chiffres et de n'avoir pas vu une seule des chansons de l'album passer sur les ondes latines… Eh oui, car le résultat doit tout au marché français, qui n'était pourtant pas la cible d'origine. Mais enfin, nous savions bien que sans l'aide de Jesús López, nous ne ferions rien sur le marché latin.

J'ai fait un disque raté dans ma carrière – j'en parlerai plus tard –, mais sûr que ce n'était pas celui-là ! « C'est comme ça » méritait mieux.

En tous cas, je n'ai pas fini de collaborer avec le talentueux Raúl Paz. Je le soutiendrai dans son projet *Écoles contre ouragans*, chanterai à Paris et à La Havane avec d'autres artistes comme Yannick Noah, MC Solaar pour ne citer qu'eux, et ferai, dans quelques années, tout un album avec lui.

« C'est comme ça » signe la fin de la collaboration et du soutien de mon directeur artistique Bertrand Lamblot qui m'aura tant apporté. Tout le staff de Mercury s'en va, victime de résultats en baisse. Je suis triste de ces départs, car nous formions une belle team depuis *Ailleurs land*… Mais c'est ainsi dans les majors de l'industrie musicale, ça s'appelle *la valse des labels*. Santi était déjà parti après l'album de Brel, remplacé par Sébastien Sausset. Et maintenant voilà que ce dernier s'en va, et en même temps que lui, Bertrand Lamblot. Soit les gens ont de bons résultats et ils partent prendre de plus hautes responsabilités ailleurs, soit les résultats sont décevants et, même s'ils n'y sont pour rien, ils partent tout court. Nous les artistes n'avons pas notre mot à dire. Nous nous retrouvons alors à travailler avec des personnes avec qui nous avons plus ou moins d'affinités…

Après le départ de Sébastien Sausset, deux nouvelles figures prennent les commandes : Olivier Nusse et Éric Lelièvre (que j'appelle Pinpin – je le connais depuis belle lurette). Olivier Nusse donne pour consigne de tout voir avec Pinpin. Ce dernier est mon pote, nous

nous comprenons très bien, il est partant pour me suivre dans tous mes plans. Mais le premier met ensuite son veto partout, bloquant toutes mes propositions. Sans que personne ne me dise rien.

Je ne cherche pas à comprendre, j'appelle Pascal Nègre et demande à changer de label. Je rejoins alors AZ. J'y retrouve Valéry Zeitoun qui en est le DG. Il est la dernière personne, le dernier lien qui me rattache à la décennie passée. Il était le responsable de la promo dans l'équipe que nous formions avec Yann-Philippe. Il a connu toute ma progression, connu comme moi, tous ceux qui sont désormais partis.

Bertrand Lamblot et moi aurons fait un joli parcours et je suis content pour lui du succès qu'il aura par la suite et de ce qu'il accomplira hors d'Universal en devenant notamment le directeur artistique de Johnny, entre-temps parti chez Warner Music.

Je retravaillerai encore une fois avec Bertrand. En une jolie occasion.

***

Gérard, Big Ali et moi

Ce sera en 2011. C'est d'ailleurs intéressant que ce soit cette année-là, celle de mes cinquante ans… Bertrand m'appelle. Nous n'avons pas eu l'occasion de nous recroiser depuis deux ans qu'il est parti d'Universal. Il me propose un duo. J'ai toutes les raisons de refuser, essentiellement parce que mon agenda déborde, que je dois partir quelques jours plus tard pour Miami et que je sais que je ne reviendrai pas en France avant plusieurs mois. Pourtant, lorsqu'il me dit pour qui c'est, je sais déjà que je vais accepter.

Gérard Lenorman, qui n'a plus chanté depuis vingt ans, fait son come-back avec un album de reprises de ses plus grandes chansons qu'il veut revisiter au travers de duos. Le titre qu'il me destine parle d'amitié. Il s'appelle « Si tu n'me laisses pas tomber[1] ». Gérard Lenorman n'est pas un copain, je ne le connais pas. Mais ses chansons ont été des amies pour moi. Et notamment une, « Il », vous vous en souvenez, qui m'a révélé à onze ans ma vocation de chanteur. Bertrand ne le sait pas lorsqu'il m'appelle et me propose ce projet. Il doit être presque étonné que je réagisse aussi vite et aussi favorablement à sa demande. Il me retrouve sur le plateau d'une émission que je suis en train d'enregistrer, pour me faire écouter la version que Gérard vient de maquetter.

Il paraît que certains ont des doutes sur la capacité d'un chanteur à bien chanter après s'être tu vingt ans durant. Moi, je n'ai aucun doute en ce qui concerne Gérard et encore moins à l'écoute de sa maquette. « C'est d'accord Bertrand, mais il faut faire ça rapidement, je pars dans une semaine. »

Une semaine plus tard c'est dans la boîte. Gérard est ravi, je crois, de notre duo. Je dois dire que moi aussi, c'est ma façon de le remercier de ce qu'il m'a apporté quarante ans plus tôt, et sans le savoir…

La vie est parfois – souvent – romanesque. Si je me remets une seconde dans mon pyjama d'enfant malade,

1. Chanson sortie en 1974 sur le troisième album de Gérard : *Quelque chose et moi*. Paroles de Pierre Delanoë et musique de Paul Broussard.

qui, l'année de ses onze ans, chantait Lenorman à tue-tête et découvrait sa voix… Comment aurais-je pu m'imaginer chanter avec Gérard en duo, l'année de mes cinquante ans ?! J'adore ce genre de rendez-vous du destin.

Le disque de Gérard, intitulé *Duos de mes chansons*, sera un succès. J'en suis ravi pour lui et pour Bertrand qui en aura été le chef d'orchestre.

En 2008, j'avais fait un duo plus étonnant encore. Toujours une histoire de rencontres… Big Ali est un rappeur new-yorkais, originaire du Queens. En théorie, il y a peu de chances pour que l'on chante ensemble lui et moi, mais on s'est retrouvés sur un même plateau en Suisse et nous avons sympathisé. C'est un tel rappeur ! Il a dû bien m'aimer, car à la suite de notre rencontre, il m'a proposé d'interpréter avec lui cette chanson « Des larmes de sang ». Un titre super fort, qui mettait en valeur nos deux partitions. J'ai tout de suite dit *oui* à cette proposition enthousiasmante. J'ai enregistré les voix à Miami. On a fait le clip, tout le monde y croyait. Ce titre devait cartonner. Mais voilà, nous sommes en France et en France on n'aime pas trop le mélange des genres. Les radios qui passent du rap ne veulent pas entendre parler de moi ; les radios qui me passent ne veulent pas entendre parler de rap. C'est commode ! Aux États-Unis, ils n'ont pas ce problème… Enfin ils ont en d'autres !

Cette chanson est une claque ! Je suis certain qu'elle méritait une belle place sur les ondes… Quant à Big Ali, quel rappeur, quel chanteur ! J'ai adoré cette collaboration. Le rap est loin de mon univers mais quand il est à ce niveau-là, je trouve que nous nous rejoignons…

Certes la forme n'a rien à voir, mais l'intensité des émotions est similaire…

Souhaitant renouveler l'expérience, j'ai fait appel à plusieurs rappeurs français pour mon dernier album. Pas un ne m'a rappelé ! J'ai eu l'impression d'être le dernier des baltringues qui demande : « Je peux avoir une petite participation les enfants ? » La France quoi… On ne se mélange pas.

À mon sens c'est regrettable. Suis-je le seul à vouloir être tout et son contraire ?

***

Tout et son contraire

Moi je veux tout et son contraire
Les longs silences et les concerts
Maria Callas et Tom Sawyer
Que les extras soient ordinaires
Soient ordinaires

C'est la chanson[1] qui donne son titre à l'album.

Je ne suis pas une diva mais je veux pouvoir chanter avec elles et d'ailleurs je l'ai fait. Je ne suis pas non plus Sawyer malgré quelques points communs avec le personnage, l'enfance en marge, la liberté dans la peau…

Avant de recevoir ce titre, j'étais en train de me remuer doucement les méninges quant à mon prochain album. J'avais déjà reçu des choses intéressantes, mais je ne trouvais pas de fil conducteur. Aucune trame natu-

1. « Tout et son contraire » : paroles de Jérôme Attal et Emmanuelle Cosso et musique de Daran.

relle ne se dessinait. Quand j'ai reçu cette chanson, « Tout et son contraire », ça a été une évidence : le fil conducteur serait qu'il n'y en aurait pas ! Tout et son contraire ! Parfait.

Je dédierai le disque à Michèle, cette belle figure de mon enfance qui a tant compté pour moi et qui est alors en train de s'en aller… Et c'est à ce moment-là que je créerai cette date – dont j'ai parlé dans ma première vie – pour aller chanter près de chez elle.

En juin 2011, je booke le théâtre Marigny pour quinze jours de concerts acoustiques avec Vincent Bidal au piano, Franck Bedez à la contrebasse. Outre mon répertoire, je reprends les grands noms de la chanson française avec lesquels j'ai eu la chance de partager des moments inoubliables (que vous connaissez désormais) : Montand, Nougaro, Trenet, Bécaud, Aznavour… Je reprends également d'autres artistes dont je n'ai pas croisé le chemin mais que j'admire, Ferré, Piaf, Brassens, Perret et Barbara. Ça se passe vraiment bien à Marigny, à tel point que ce serait dommage de s'arrêter en si bon chemin.

J'ai envie de scène encore. Oui… seulement je n'ai rien prévu d'autre, rien organisé. Quelques jours de gamberge et je trouve ma solution. Je vais m'associer avec venteprivée.com qui vient justement de me solliciter pour un événement. Ensemble, nous devrions pouvoir être réactifs et créer une tournée en mode rapide. Ce sera la tournée des Cinquante. On la monte en trois mois. Avec un concept : *c'est mon anniversaire mais c'est moi qui fais le cadeau.* Les places sont proposées à des tarifs super cool sur le site venteprivée.com.

Nous partons sur les routes avec Vincent et Franck. Loïc Pontieux, le batteur de mes premiers Zénith, rejoint notre petite troupe, car il faut muscler le son pour les grandes salles. C'est parti pour réunir plus de quatre-vingt mille spectateurs !

Pendant ce temps la Patagonie nous fait une fleur.

***

Faire une fleur : accorder un privilège

C'est une fleur rose. Et nous la combattons. Nous n'en pouvons plus de cette plante qui s'épanouit sur notre *campo* à sa guise, prolifère, colonise tout. Plusieurs années durant, nous essayons de nous en débarrasser. En vain. Le bétail en raffole, s'en délecte et nourrit la terre ensuite un peu partout après l'avoir digérée. Cependant, au fur et à mesure que nous prenons des renseignements sur cette plante afin de mieux la détruire (naturellement), nous apprenons que certes, elle est envahissante, mais qu'elle a aussi de nombreuses vertus. Les Chiliens la cultivent et l'exploitent déjà. Nous commençons à la regarder d'un autre œil…

Azu revient un jour avec une information qui achève de changer la donne. Elle a consulté Astrid, une cosmétologue qu'elle apprécie beaucoup et qui connaît très bien notre plante.

Cette fleur rose est celle du *rosier rubigineux*, appelée *rosa mosqueta* en Argentine. Et c'est une véritable merveille, nous dit-elle. Si nous en avons (et nous en avons en quantité) nous ne devrions pas nous abstenir de l'exploiter. Ce ne sera pas facile, car les graines à presser sont dures comme de la pierre. Mais si nous y arrivons, nous pourrions alors produire par pression à froid, une huile pleine d'antioxydants, de vitamines, d'acides gras essentiels... Une véritable bombe de bienfaits, de beauté et d'antiâge, d'après notre cosmétologue, tout cela bientôt confirmé par les études scientifiques que nous nous procurons. L'huile fait merveille pour les cicatrices et la régénération de la peau ; quant au fruit il est bien sûr bourré de vitamine C. En France, on le connaît moins par ses vertus médicinales que par le « poil à gratter » qu'il contient et qu'on aime, enfants, à glisser sous les pulls de ses petits camarades. Mais dans d'autres pays, les pouvoirs de la rose musquée sont déjà reconnus.

Plus de doute à avoir, cette plante envahissante est un don du ciel et de la terre. Elle ne demande qu'à pousser, autant l'exploiter. Nous en convenons et aussitôt dit aussitôt fait, nous montons notre dossier. Je vous épargne les détails et la tonne de travail qui nous tombe dessus.

Azu prend l'affaire en main dans tous ses aspects.

Technique d'abord : il faut créer un espace de production pour presser les graines des cynorhodons[1] afin d'obtenir l'huile, qui sera la matière première de tous les produits (le reste du fruit est concassé pour produire tisanes et confitures).

Cosmétique ensuite : parallèlement, nous devons sélectionner les partenaires pour l'élaboration des formules et la fabrication des produits de beauté.

1. Ce sont les fruits des rosiers (qui apparaissent après la floraison).

Commerciale enfin avec la mise en activité du site rosazucena.com et de la communication.

Tout cela, sans jamais se reposer sur ses lauriers, car il est impératif de réfléchir constamment à la manière d'enrichir et d'élargir la gamme, avec l'objectif de proposer des produits pour toutes les bourses. C'est ce que nous avons réussi à faire aujourd'hui. Et nous sommes en train de développer de nouveaux produits pour que Rosazucena puisse à présent profiter aux spas.

Le luxe des produits Rosazucena est d'être naturellement bio et conçus dans une démarche d'artisans et non d'industriels. D'ailleurs le processus commence par la récolte des fruits à la main.

La production écologique étant le premier des points forts de notre *rosa mosqueta*, nous avons à cœur de préserver cette qualité tout au long de la chaîne de fabrication qui ne verra pas l'ombre d'un produit chimique altérer cette merveille de la nature. L'élaboration des produits de beauté, crèmes, eau micellaire, sérum, shampoing, lait pour le corps, se fait en France. Rosazucena est donc un bel exemple de coopération franco-argentine : elle réunit le meilleur des deux mondes !

***

Une boulette, une pirouette

L'année qui suit la création de Rosazucena, je fais une boulette et une pirouette.

La boulette, c'est mon nouvel album en espagnol qui sortira en 2012.

Baryton. Gracias a la vida, l'idée n'est pas mauvaise mais je la foire. Je réfléchis mal, je ne fais pas appel aux bonnes personnes. Je me revois, tout en enregistrant mes voix, parler en ces termes à Bertrand, mon fidèle ingé son : « Bertrand, je ne sais pas si je suis en train de faire de la merde ou un chef-d'œuvre. » Et je me revois aussi, trois mois plus tard, après avoir tout réécouté, lui dire : « Bertrand, ça y est, j'ai la réponse : c'est de la merde ! »

Bon, j'exagère un chouïa : l'album s'écoute malgré tout avec plaisir et il a de nombreuses qualités. Mais il est tellement loin de ce que je voulais. Tellement loin !

Pour un artiste comme moi, qui aime qu'il y ait du relief dans sa musique comme dans sa vie, cet album-là, je le trouve tout plat. C'est ma faute, je n'ai pas assez travaillé ma copie. J'aurais dû comprendre qu'il ne fallait pas aller chercher le philharmonique de Londres (comme nous l'avions pourtant fait avec succès pour le premier *Baryton*). Il y a dans ces chansons d'Amérique du Sud une dynamique qui n'est pas apparentée à la culture européenne et encore moins anglaise… Je m'en veux de n'avoir pas réfléchi à ça, j'ai eu trop confiance en mes choix passés… Je me suis appuyé sur un modèle qui avait fait ses preuves sans me demander s'il était approprié dans ce cas précis.

Si quelques titres sont à sauver, force est de constater qu'on est passés à côté du très bon disque qu'on voulait faire. Cette expérience prouve à quel point un album réussi n'est pas qu'une question de bonnes chansons. Il faut aussi la juste direction artistique. Elle montre en outre qu'on peut être un virtuose à Londres et à côté de la plaque de l'autre côté de l'Atlantique.

Dommage. Toutefois, c'est peut-être une très bonne chose qu'entre *C'est comme ça*, boycotté par Universal Amérique latine et *Baryton*, *Gracias a la vida*, qui n'avait pas les qualités pour convaincre un public hispanophone, j'aie raté le coche du marché latin. Parce que cela m'a épargné la notoriété en Argentine. Je vis toujours le bonheur de pouvoir faire mes courses tranquille ! « C'est comme ça » a tout de même été repéré par un animateur radio argentin qui l'a choisi comme générique de son émission. Quand un auditeur lui demande qui chante, il répond : « Je ne sais pas, un Français je crois. » Ça me va très bien. Il faut que j'arrête de vouloir chanter en espagnol ! Enfin, ce serait la chose la plus sage à faire si seulement j'écoutais mes propres conseils… Ce qui n'est pas le cas puisque en 2016 je ferai *Habana*.

***

Plus réussie est ma pirouette de 2012.

La figure porte un nom : *The Voice*.

Quelque temps auparavant, j'avais été contacté par le producteur Matthieu Grelier qui m'avait fait la proposition d'être jury dans une émission pour M6, adaptée d'un TV show britannique qui avait cartonné dans le monde entier. Pour être honnête, ce genre d'émissions n'étant pas mon cœur de métier, les raisons qui peuvent me pousser à accepter ou refuser sont d'abord économiques. Je gagne ma vie avec mes activités de chanteur. Si je signe pour une émission de télé qui va me prendre du temps, ce sera dans le but de financer mes projets et investissements d'entrepreneur. L'aventure Godet notamment et bien sûr notre grand projet : Rosazucena.

Pour en revenir à *X Factor*[1], puisque c'est de cette émission qu'il s'agissait, entre ce qu'ils demandaient comme investissement et ce qu'ils me proposaient en échange, on ne s'était même pas rappelés !

Quand ensuite Matthieu Grelier s'est retrouvé à travailler pour *The Voice*, il m'a recontacté. Cette fois, il avait en tête ce qu'il ne fallait pas me proposer. De plus, il avait TF1 avec lui. C'était un bon point, car la chaîne a l'habitude de se donner les moyens, ce qui est capital pour ce genre de show. L'autre bon point, c'est Matthieu lui-même, une pointure dans le domaine ! Une culture musicale de fou et un flair extraordinaire : c'est lui qui a amené Christophe Willem ou ma copine Amel Bent dans l'émission *Nouvelle Star*, faisant par là leur bonne fortune ainsi que celle de nombreux autres chanteurs et chanteuses. Mais, par-dessus tout, j'ai adoré, à l'instant où je l'ai découvert, le concept génial de *The Voice*, même si je n'étais pas du tout certain que l'émission allait séduire autant que ça… Je me disais qu'en France nous n'étions pas comme les Américains ou les Canadiens – ou les Italiens d'ailleurs – à chérir les grandes voix. On aime les auteurs-compositeurs-interprètes, on goûte les textes même s'ils sont chuchotés. La France est le pays des mots, davantage que celui des voix.

J'ai été le premier chanteur à donner mon accord. C'était joyeux de voir ensuite arriver Garou, une super

1. *X Factor* : émission de télé-crochet musical diffusée sur M6 de 2009 à 2011.

voice et un type très sympa ! Puis Bertignac, qui, lui, n'est pas une grande voix mais un grand guitariste, trimballant de sa démarche dégingandée l'image de son groupe passé, Téléphone. Jenifer amenait, elle, outre sa fraîcheur et son talent, son succès phénoménal après une émission de variété à peu de chose près du même acabit. J'avais été, comme on sait, le parrain de ce programme, la *Star Academy* ; Jenifer, je l'avais vue naître en télé !

S'il y en a un que je suis bien content de retrouver sur *The Voice*, c'est l'ami Nikos. Nikos m'appelle son « parrain ». Et pour cause, j'étais là à ses débuts, lorsqu'on lui a confié son premier prime, la présentation en direct de la *Star Ac'*. On s'est tout de suite très bien entendus. Je trouvais qu'il avait quelque chose en plus. À la *Star Ac'*, je venais comme je voulais sur le plateau, je pouvais débarquer si l'envie m'en prenait. L'ambiance était détendue et, avec Nikos, il n'était pas rare qu'on se lâche un peu, qu'on ait envie de s'amuser. Il raconte souvent que, lors de la première coupure pub de la première émission, Étienne Mougeotte, patron de la chaîne à l'époque, a débarqué. Il s'est dirigé vers nous et s'est adressé à moi : « C'est super Florent, tes petites vannes, très sympa… » Puis il s'est tourné vers Nikos et, d'un ton sec : « Et toi, tu ne sors pas du prompteur. »

J'étais soufflé. C'était drôle. Nikos a ri aussi. Il n'est plus sorti du prompteur. Il le fait tellement bien… Johnny l'appréciait également. Il disait avec son phrasé particulier : « J'aime beaucoup Nikos. » C'est vrai que c'est un bon oiseau, ce gars-là. Et j'aime notre relation particulière.

Nous ne savions pas à quel point cette émission serait tout bénef pour tout le monde. Et grâce à tout le monde. Derrière les caméras, outre Matthieu, l'équipe de choc de *The Voice*, c'est Pascal Guix, balèze aussi pour trouver les bonnes chansons et qui fait le lien avec les talents et les coachs, et Rania Bedia, la directrice artistique et programmatrice : une machine de guerre et une personne de grande qualité qui s'occupe très bien et beaucoup de moi ! Mais avant tout ce sont les talents qui font la qualité du show. Eux qui font que, depuis nos fauteuils, nous pouvons avoir des choses intéressantes à dire et apporter une valeur ajoutée.

La première année, je coache Stéphan Rizon qui va remporter le concours. Pour la finale il décide de chanter un titre qui ne me paraît pas assez fort. Je lui souffle de s'emparer plutôt de « Caruso » et bingo ! La chanson magique, vous vous souvenez ?

Ce jour-là, Stéphan gagne bien sûr mais il prend surtout une leçon : le choix des chansons prime sur tout.

Au fil des saisons, j'ai fait de jolies rencontres sur cette émission. Je ne pensais pas autant. C'est vrai que le fait d'avoir un emploi du temps chargé, de ne pas être un auteur-compositeur et de ne produire personne d'autre que moi ne me conduit pas naturellement à poursuivre les relations avec les talents au-delà de l'émission : je ne veux pas faire de promesses que je ne serai pas en mesure de tenir. En revanche, tout ce que je peux faire pour les aider à grandir dans ce métier, je le fais. Je leur file tous les tuyaux que je peux. Et bien sûr, il y a un lien qui reste, surtout avec les finalistes avec lesquels je fais tout le parcours… Je continue à échanger par texto avec eux et à donner mon avis sur leurs œuvres lorsqu'ils me le demandent. C'est un plaisir de voir leurs carrières se dessiner… De choisir par exemple une chanson pour l'un de mes albums et de découvrir qu'elle est de Slimane[1]. Cet artiste, je le vois prendre de plus en plus sa place dans le métier, et il ne la doit qu'à lui-même.

Avec Anne Sila c'est encore autre chose. J'ai voulu ce duo avec elle dans mon album *Aime la vie*, parce qu'elle est surdouée vocalement et qu'elle excelle à transmettre de l'émotion. Elle a ce cocktail irrésistible.

Quand elle est arrivée à l'émission, elle était déjà au top. En 2015, au moment où je découvre qu'elle n'est pas la gagnante de la saison 4, on peut lire en direct la contrariété sur mon visage.

C'est une déception sincère. J'ai le sentiment désagréable de quelque chose d'injuste contre quoi on ne peut rien – le vote du public est la vérité du moment. Alors quand la saison *All stars*, six ans plus tard, est annoncée, j'y vois l'occasion de rétablir l'ordre des choses. Dès la première émission, elle et moi sommes chargés de ce qui ne s'est pas passé en 2015… Cette fois-ci, elle gagne et d'une façon magistrale !

Ma mission, envers Anne, a été de lui donner confiance. C'était son point faible. Il faut réunir beaucoup de facteurs pour réussir dans ce métier. Elle a tout. Il lui manquait juste un peu de foi en elle.

Je me suis employé à lui faire comprendre qu'elle pouvait, et même devait, se débarrasser de pas mal de craintes et de doutes. Elle a une telle voix, une telle oreille… alliées à une technique hors norme. Il est rare

1. Dans l'album *Le Présent d'abord*, sorti en 2017.

d'entendre quelqu'un utiliser sa voix sans jamais, jamais faire une note à côté. Le seul que je connaisse à ce point musicien, c'est Daran.

Anne est un passeur extraordinaire. Cette capacité d'interprétation qu'elle a, c'est tellement rare… Ça provoque tellement de choses…

Après avoir fait sept saisons, j'ai crié pouce pour les saisons 8 et 9 afin de me consacrer à mes autres projets, albums et entreprises. Et regagné mon fauteuil à partir de 2020 pour les 10e et 11e saisons. Et je ne suis toujours pas blasé. Je demeure ému par ces jeunes et moins jeunes artistes qui arrivent de tous horizons, animés par la même passion. C'est vraiment beau à voir. La saison 11 peut-être encore plus, les battles ont été superbes ! Il y avait tellement d'amour… Les tableaux toujours plus artistiques, les performances des talents, la bienveillance entre eux, les liens qui se sont tissés… C'était à la fois touchant, joyeux et prometteur.

Mes petits camarades Marc Lavoine, Amel Bent, Nolwenn Leroy et Vianney étaient heureux comme moi de la qualité de cette promotion 2022.

Je n'ai pas parlé de ce dernier : un amour ! Il a fait ma première partie au moment où il débutait avec sa chanson « Pas là ».

***

Première partie

J'écoute toujours discrètement, derrière le rideau, les artistes qui font ma première partie. Je suis à un mètre cinquante d'eux et je vois comment le public réagit. Vianney était jeune, il démarrait, on avait dû lui dire, *Va les chercher* – en parlant du public. Il arrive avec sa petite guitare, il chante « Pas là » qui commence à passer en radio, mais que personne ne connaît vraiment… Et il se met à ambiancer le public : « Allez ! tapez dans les mains ! »

J'entends trois *clap clap* timides… Je comprends qu'il est en train de se prendre une tôle. Il sort de scène, flippé.

Alors le soir suivant, je le chope juste avant qu'il fasse son entrée et lui donne un conseil : « Ne va pas les chercher. Ne leur demande pas de taper dans les mains. Ou alors un peu plus tard, quand eux seront venus à toi. Parce que ce que tu proposes c'est bien, mais fais-le tranquille. Fais ton truc. Ils viendront, mais avec ta façon de leur demander de participer, tu les déranges… C'est presque impudique… Si tu y vas plus cool, tu vas voir, à la troisième chanson, ils risquent de commencer à débarquer. Alors là, tu pourras terminer en les faisant taper dans les mains… »

Il l'a fait et ça a marché. On a senti les applaudissements progresser. Puis le public a tapé dans les mains et Vianney est parti sous une ovation. Parce que c'était super. Il avait tout, mais il s'y prenait mal, il coupait les courants, il ne faut jamais couper les courants. À partir de là, toutes ses premières parties ont été des succès. Ce petit nouveau, on sentait qu'avec lui il allait se passer quelque chose…

La scène… Quelle aventure…

***

Les tournées

Une tournée, c'est un marathon mais un marathon qui durerait plusieurs mois, avec de courtes périodes de une ou deux journées de récupération. C'est un rythme spécial auquel il faut se préparer. Je ne peux pas arriver moins en forme un jour. Puisque je dois remettre chaque soir mon nom en jeu. Je dois donner chaque soir aux spectateurs ce qu'ils sont venus chercher. Certains seront déçus que je ne chante pas leur chanson préférée, mais je sais qu'ils savent que je ne peux pas tout chanter et que je mets ce que j'ai de meilleur en moi dans chaque performance. Je ne la leur fais pas à l'envers. Je ne triche pas. Je suis ce que je suis. Et ce que je suis, je l'ai mis dans mes choix de chansons, d'albums, de collaborations. Je le dépose également sur chaque scène, dans chaque interprétation, à chaque rendez-vous avec le public.

Ces périodes de tournées sont des moments compliqués pour moi. Leur rythme est contre ma nature. Je dois être rigoureux sur ma préparation physique et psychique. Je fais particulièrement attention à mon alimentation et à mon rythme de sommeil. Pas très rock'n'roll n'est-ce pas ?! Mais tellement vrai. Pour tenir la longueur, je me crée des rituels avant et après chaque concert. Certains de ces rituels sont vraiment intimes ! Mais ça me fait marrer de les partager avec vous.

Voyons l'envers du décor ! J'arrive à la salle assez tôt. À 16 heures, je mange des pâtes. Des sucres lents qui vont m'aider à dépenser mon énergie jusqu'à la fin du concert. Ensuite à 17 heures, je fais ma balance. C'est une séquence d'une demi-heure environ, parfois plus, faite de répétitions, reprise des passages difficiles, enchaînements entre les chansons… Et à 19 heures, je prends ma tisane. Pas n'importe quelle tisane.

TISANE DU CHANTEUR
Recette Florent Pagny

Faire infuser un thé avec du miel, du citron, de la menthe, du gingembre et pour finir une cuillerée de beurre salé. Boire à petites gorgées. Vous êtes prêt pour la scène !

C'est une recette de grand-mère qui a fait ses preuves. Le beurre salé c'est pour bien graisser les cordes vocales. Dans mon histoire, la grand-mère s'appelle Jean Abitbol. Il s'agit de mon oto-rhino. C'est lui qui m'a donné cette recette très efficace. Je vous parlerai de lui dans quelques lignes – il est important – mais si je veux être exhaustif, je n'en ai pas fini avec les rituels.

Il est 21 heures, je saute dans le vide.

Enfin, je monte sur scène. Ce qui revient au même.

C'est pareil chaque fois. Ce courage qu'il me faut. Ce trac toujours pile à l'heure au rendez-vous.

Je me mets la pression, c'est vrai, parce que avec mes antennes je ressens ce que le public ressent. Les spectateurs sont acteurs du concert. Ils espèrent des émotions. Celles qu'ils ont déjà eues avec mes chansons dans le passé. Je ne dois pas les décevoir. Et pour ne pas les décevoir, je dois faire ce saut dans le vide. Ça, c'est stressant. Je dois leur montrer que je suis toujours leur fameux champion, leur fameux chanteur. Que je provoque toujours ce quelque chose d'indéfinissable qui va les faire tressaillir dans un coin de leur âme. Quelque chose que je connais bien parce que cela me fait tressaillir moi aussi au même endroit. J'ai la chance d'avoir de grandes chansons. Je n'ai pas droit à l'erreur, je dois les porter à la même hauteur que lorsque je les ai créées.

Je ne pense jamais que c'est gagné. Quand je vois le monde qui a répondu présent, je ne me dis jamais, *C'est normal, c'est moi, ils viennent me voir*. Non, non, ce n'est pas normal et ce n'est pas moi ! C'est une magie. Une étincelle provoquée par ma voix, un feu nourri par les chansons, entretenu par l'émotion qu'elles procurent et que nous partageons, le public, les musiciens et moi-même.

Après le concert, je suis vidé.

Je prends un court temps de récupération puis je sors signer des autographes – il y a des personnes pour qui c'est si important qu'elles sont capables de patienter des heures, alors j'essaie de ne pas trop les faire attendre. Lorsque je repars, il est environ 1 heure du matin.

J'ai faim.

Vous savez que je n'aime pas spécialement dormir à l'hôtel, alors, surtout si Azu n'est pas là, dès que la géographie le permet, après les concerts, je m'éclipse rapidement pour la rejoindre – sauf si je fais plusieurs dates au même endroit bien sûr – et je rentre chez moi. J'ai longtemps été conduit par mon ami Becker. C'est depuis plusieurs tournées dans la voiture de mon cher Totof *alias* Christophe Feve que je m'engouffre, voiture dans laquelle m'attend mon plateau-repas.

Nous y voilà. Quitte à peut-être enterrer définitivement mon image glamour, il faut que je vous dise, j'ai une histoire avec les crevettes. Elles sont là, fidèles, dans leur glacière, dans la voiture qui me ramène chez moi après les concerts…

Petites crevettes, moyennes crevettes, grandes crevettes, tout me va. En tournée, j'en mange tous les soirs. J'ai élu la crevette parce que c'est un aliment particulièrement nutritif ! Elle est riche en protéines, pauvre en graisses, source d'oméga 3, de phosphore, de magnésium. Bon j'arrête l'article, c'est surtout que j'aime ça. Je les mange dans la voiture conduite par mon chauffeur. Parfois, nous nous arrêtons sur une aire d'autoroute pour les déguster, tout seuls, dans la nuit noire à laquelle nous apportons une touche marine !…

Azu ne comprend pas ce rite odorant, elle a raison, on se trimballe un léger parfum de marée ensuite. Mais elle est contente que son chanteur rentre à la maison, alors elle ne dit rien !

C'est vrai que je ne suis pas un fan absolu des sorties postconcerts. Il en a toujours été ainsi. Oui, un restau de temps en temps, avec les amis présents. Mais la plupart du temps, rentrer, retrouver ma famille, ma maison, c'est ce qui me rend heureux.

Je ne traîne pas dans les boîtes après le spectacle non plus, d'où le surnom donné à mes tournées par mes musiciens et techniciens : le No Sex Tour ! Comme on ne sort jamais, pas de plans séduction possibles !

Après le concert, je rentre à la maison avec mes crevettes, et puis voilà.

Ces rituels et la fidélité de mon entourage musical, technique, logistique et médical sont des éléments précieux de la réussite de ma tournée.

Je ne me suis pas attardé sur mon fidèle ORL tout à l'heure, car je voulais en finir avec ce chapitre gastronomie-crevettes, mais il vaut vraiment la peine qu'on s'arrête un peu sur lui : Jean Abitbol.

C'est un des plus grands spécialistes mondiaux des cordes vocales, un professeur émérite. Il enseigne à l'American Academy of ORL et il est membre du comité scientifique de la Voice Foundation (USA), de la Royal Society of Medicine of England. C'est lui qui, pour la première fois, a permis de regarder la voix humaine par télé-vidéo-endoscopie. Lui qui m'a expliqué d'où me venait ma voix, et sa spécificité, que je dois à la partie gauche de mon larynx, presque deux fois plus musclée que celle de droite. C'est dans cette architecture de mon larynx que réside ma puissance. Ai-je hérité cette anatomie particulière de mon grand-père paternel ? Je ne le saurai jamais mais j'aime à penser que oui.

Avant d'avoir connaissance de cette distinction, je m'appuyais instinctivement sur mon côté gauche pour chanter. Je sentais bien que c'était plus confortable pour moi. Depuis que le professeur Abitbol a promené ses caméras dans ma gorge, j'ai mieux compris mon fonctionnement vocal, j'ai pu visualiser le trajet de l'air. Depuis, je cherche à mieux doser, à ne pas me reposer trop dans ma zone de confort afin de « mixer » en direct, lorsque je chante, le côté droit et le côté gauche. Cela me permet d'offrir une plus grande variété de son. Un côté droit plus doux, un côté gauche plus puissant.

Jean Abitbol est captivant lorsqu'il raconte le pouvoir que possède la voix. Il m'a appris par exemple que lors de son procès en 1794, Danton, orateur hors pair, a tant plaidé sa cause qu'il en a eu une extinction de voix. Et que c'est probablement cette extinction de voix qui lui a coûté sa tête : il ne pouvait plus se défendre. Jean a écrit plusieurs livres sur le sujet dont le passionnant *Le Pouvoir de la voix*[1].

Il est évidemment très apprécié de nombreux chanteurs et chanteuses. Je me souviens m'être retrouvé sur un plateau de *Sacrée soirée* en train d'évoquer en plein tournage de l'émission les qualités du professeur Abitbol avec Céline Dion qui le connaissait très bien aussi. Nous avons fait tous les deux sur TF1 l'apologie du grand oto-rhino qui la suit toujours comme il me suit toujours. Il peut t'arriver n'importe quoi à m'importe quelle heure du jour ou de la nuit, on appelle Jean et même de loin, il te rassure et te règle le problème ! Grâce à ce qu'il m'a enseigné, je comprends dans les détails ce qu'il me dit et les traitements qu'il préconise.

***

Céline

Céline et moi avons d'autres points communs et ça a toujours été une joie de chanter avec elle. Nous avons eu plusieurs occasions de le faire, malgré que l'on ait, entre nous, un problème de tessiture : elle est bien plus haute que moi. Nous ne nous sommes retrouvés véritablement dans une belle harmonie qu'une seule fois, et c'est sur « Caruso ». C'était à Montréal, en 2007.

Céline est tellement talentueuse, à tous les niveaux… C'est une virtuose. Elle est le joueur et le stradivarius. Elle a un son comme personne. Et elle l'utilise comme personne. Que ce soit en français, en anglais, en ita-

1. *Le Pouvoir de la voix*, publié en 2016, aux éditions Allary.

lien, cette nana chante toujours avec une excellence rare.

Ce fut l'un de mes meilleurs duos sur « Caruso ». Céline est de plus une femme très fun et toujours bienveillante, comme le sont d'ailleurs les plus grands, je ne sais pas si vous avez remarqué. Ce sont toujours les plus forts dans leur domaine qui sont les plus humbles. Et les moins talentueux qui se prennent pour un autre dès qu'ils ont un peu de succès…

Il y a aussi eu cet autre duo, que je trouve pour ma part moins réussi que le « Caruso ». C'était lors d'une émission sur France 2, présentée par Michel Drucker : *Le Grand Show*. Nous avons chanté une de ses chansons, écrite par Jean-Jacques Goldman : « J'irai où tu iras ». Et c'est là qu'on voit sa gentillesse naturelle, parce que je lui dis tout de suite :

« Céline, je souffre avec toi ! Tu es tellement haute pour moi !

— Oh c'est pas grave bébé, on descend !

— Oui j'ai demandé de descendre d'un demi-ton…

— Mais enfin, c'est pas grave ! on descend de deux ! »

Voilà qui est Céline ! Céline : je t'adore !

Sur ce duo-là on a pu faire chacun un bout du chemin, elle est descendue, je suis monté, et l'on s'est retrouvés à faire notre prestation de manière satisfaisante.

C'était en 2013, ce qui nous permet de retomber sur nos pattes après cette digression *Tournées et crustacés*.

Repartons en Patagonie.

***

Connexions

Après l'album inégal qu'est *Baryton. Gracias a la vida*, nous quittons les États-Unis et rentrons en Argentine pour deux ans. Les enfants ont déjà fait la moitié de leur année à Miami et vont réattaquer l'année scolaire argentine qui, elle, commence en mars. Ils ont l'habitude de s'adapter, mes courageux enfants tout-terrains ! Ce coup-ci, ils recommencent pour six mois en espagnol, ce qu'ils viennent de faire en anglais… pas si mal !

La vie au *campo* a changé en douze ans. Il n'y a pas si longtemps, je devais prendre un cheval, ou un quad pour rejoindre un endroit précis, une colline, une hauteur et pouvoir tenir correctement mes conversations avec la France ou avec les États-Unis. Nous n'avons jamais réussi à faire venir les lignes téléphoniques à nous. Mais nous avons à présent le Wi-Fi à la Fabrique, non loin de la maison, et cela change tout. C'est tout de même pratique, même si le quotidien perd un peu de son charme.

Je me souviendrai toujours de ce moment : le jour où le monde m'a rattrapé. J'étais assis, tranquille, près d'un lac, à deux kilomètres de la maison, j'utilisais mon téléphone pour écouter de la musique, quand j'ai reçu un SMS. Un SMS ! Ici ! Alors qu'il n'y avait jamais eu de signal ! J'ai sursauté ; la civilisation venait me chercher. Mais que se passe-t-il ? Maintenant on peut m'appeler ?! Heureusement le système s'est vite grippé et le silence est revenu, mais on se doute qu'un jour ou l'autre ça fonctionnera. Ce qu'il ne faut pas non plus redouter d'ailleurs, car ce sont des endroits si retirés… La communication est ce qui manque le plus, ne serait-ce que pour des raisons de sécurité.

En tout cas, dans notre quotidien, on ne pourrait désormais plus se passer du Wi-Fi. Nous apprécions toutefois que ce ne soit qu'à la Fabrique. Sitôt que nous en sortons, nous nous retrouvons face à la nature et à nous-même.

Il y en a un qui profite de la connexion cette année-là, c'est Calo.

J'étais tranquille, prêt à mettre un peu de distance entre moi et mon prochain album, bien décidé, pour un temps, à me consacrer uniquement à la *rosa mosqueta* et à son exploitation. Et puis je reçois un coup de téléphone du patron de mon label, Julien Creuzard : Calogero leur a fait écouter sept titres pour moi. C'est une bonne nouvelle et j'ai hâte de les entendre, mais je ne suis pas dans l'état d'esprit de réfléchir à un nouveau disque pour l'instant, je veux me consacrer à ma vie ici. « Je serai en France dans deux mois, leur dis-je, je les écouterai à ce moment-là. »

Je suis alors, je le reconnais, dubitatif. Sept titres ? Peu de chances que les sept m'intéressent ! J'ai cette habitude de préférer prendre le meilleur de ce que chacun peut me proposer… La maison de disque me rappelle plusieurs fois… Mais je tiens bon : je veux être en France pour écouter les chansons de Calo et me projeter sur un nouveau projet. Et tant qu'à faire, j'irai les écouter avec lui, cela me fera plaisir de le voir.

Le jour J – deux mois plus tard comme prévu –, il me fait écouter en premier « Les murs porteurs[1] ». Ah oui, nous sommes d'accord, cette chanson est pour moi !

1. Paroles de Christophe Cirillo et musique de Calogero.

Puis il envoie dans les enceintes « Vieillir avec toi[1] ». Bien sûr, Calo, je la prends ! Alors il me dit : « Florent, cette année, c'est le centenaire de la guerre de 14... » Je le vois venir mais je ne m'imagine en revanche pas du tout sur ce terrain-là. Il me fait écouter « Le soldat[2] ». Ah, en effet Calo, je vais rendre hommage aux soldats de la Grande Guerre parce que ta chanson, elle est terrible !

Calo me passe ainsi ses sept titres l'un après l'autre et je n'en vois aucun qui ne me plaise pas infiniment. Sauf que...

« Calo, tu ne vas pas t'arrêter en si bon chemin, n'est-ce pas ?

— Eh bien... je crois que je suis allé au bout là...

— Mais non ! Tu m'as apporté sept chansons, tu vas m'en faire trois de plus. Ce serait dommage de laisser la place à quelqu'un d'autre. Tu as écrit l'histoire... Termine-la ! »

L'album est un succès ! Treize ans après *Châtelet-les-Halles*, je renoue avec les gros chiffres de ventes et ce, dans un contexte de marché assez bas. L'alchimie a opéré. *Vieillir avec toi* sera mon cinquième plus gros album en termes de ventes derrière *Châtelet* et avant *Baryton*.

Une grande tournée m'emmène sur les routes. Elle donnera un album live, *Vieillir ensemble*. C'est à cette occasion que je travaille pour la première fois avec le fougueux guitariste Michel Aymé. Il sera le directeur

1. Paroles de Marie Bastide et musique de Calogero.
2. Paroles de Marie Bastide et musique de Calogero.

musical de la tournée. Et amènera avec lui une équipe de musiciens formidables. Nous vivrons ensemble cette belle aventure sur les routes entre 2014 et 2015.

***

From Cuba

À Miami, calé dans mon hamac préféré, je regarde les nuages défiler, méditant mon prochain album. Quel projet musical pourrait m'emballer ? Fidèle à mon envie de visiter des territoires inexplorés, je me pose la question suivante : que n'ai-je jamais chanté ? Les nuages filent vers l'ouest américain. Mes pensées aussi…

Et si la réponse à ma question se trouvait par là-bas, derrière l'horizon ? Que n'ai-je jamais chanté ? Des chansons de crooner ! J'ai le son de voix qui va bien, mon nouveau label est Capitol qui détient le répertoire de Franck Sinatra, ce serait un bon début.

Je m'organise comme pour mon album de reprises de Brel : je rentre en France et en studio pour tester l'idée. Je choisis quelques standards, convoque Bertrand à la console et c'est parti ! Enregistrons ! Écoutons ! Décidons ! Et…

Oublions ce projet.

Très vite l'évidence s'impose, il n'est pas pour moi. Rien ne sonne comme il faudrait. Contrairement à ce que me disait mon ami Nougaro pour me pousser sur le dance floor, je n'ai aucun groove ! J'aime Sinatra, Tony Bennett, Bing Crosby, les grands orchestres, le jazz, mais il me faut m'y résoudre, je ne suis pas fait pour chanter avec un big band. Je ne serai jamais à la hauteur de mes attentes questions swing ! Même Pascal Nègre est épaté :

« Florent tu n'as pas de swing !

— Je sais. Même le mot swing, j'ai du mal à le dire ! »

C'est déçu, mais sûr de mon fait, que je referme la porte du studio et de cette idée. Retour à Miami et à la case départ. Je me rallonge dans mon hamac.

Il y a une autre porte qui se referme en cette année 2015. Et je dois dire que, celle-là, je ne l'avais pas vue venir. Elle se ferme sans bruit et nous laisse dans une maison silencieuse, Azu et moi. Nous nous regardons, émus : les enfants viennent de partir. Inca pour son université en mécanique à Orlando et Ael, tout juste quinze ans, qui a souhaité finir sa scolarité en internat à New York, dans une école spécialisée en arts. Ce silence qu'ils laissent derrière eux inspirera à Raúl Paz ma chanson « Falta el ruido[1] ».

Oui car entre-temps, faute de reprendre Sinatra, j'ai eu une idée. Elle m'est venue en regardant Obama faire un discours à la télévision américaine. Il évoquait Cuba et expliquait qu'il souhaitait libérer les relations entre l'île des Caraïbes et les États-Unis. Une visite officielle allait avoir lieu. Voilà une bonne idée, me dis-je ! Et si, pour ma part, je faisais une visite officielle à mon ami Raúl Paz ? De Miami, je suis à quarante-cinq minutes ! Et avec ce qu'annonce Obama, plus besoin de passer par le Mexique pour se rendre à Cuba ! Et si je proposais à Raúl de me faire tout un album comme vient de le

1. « Il me manque le bruit », un titre que je n'ai pu écouter sans verser une larme !

faire Calo ? Je pourrais le rejoindre à La Havane pour en discuter ? Voilà comment est né *Habana.* Une belle combinaison entre les chansons de Raúl et la réalisation de Julio Reyes qui nous a rejoints sur le projet. Cela tombait sous le sens de demander à Julio de réaliser cet album. Julio me fait penser à Yvan Cassar. Tous deux sont de très grands musiciens… Ils ont même en commun une certaine façon d'écouter la musique, en penchant un peu la tête, comme pour mieux laisser entrer les notes dans leurs oreilles…

Nous séjournons quelque temps dans la belle ville de La Havane, afin de tourner les images du clip. Azu et moi voyons aussi dans ces voyages le moyen de quitter la maison dépeuplée. C'est une évidence : bouger le plus possible nous dispensera de nous retrouver comme deux cons face au vide laissé par le départ des mômes… Nous remplissons notre agenda ras la gueule. Nous sommes vite débordés mais cela vaut mieux que de risquer cette déprime, qui, nous semble-t-il, nous guette sur le pas de la porte de la maison familiale. C'est ainsi que nous atterrissons un jour au Portugal.

Nous tombons amoureux de ce pays en allant rendre visite à Florence, une amie chère qui vient de s'installer là-bas. Les paysages sont magnifiques, le climat clément et nous y connaissons du monde. Le mécanisme générateur de nouveaux programmes s'emballe sous mon crâne : et si nous écrivions un autre chapitre de notre vie dans ce beau décor ?

Ce projet portugais a plusieurs avantages. Déjà il se construit sans les enfants, occupés ailleurs à leurs études, ce qui nous permet de tourner cette page de la vie sans eux. Et puis, les Portugais ne connaissant pas trop le chanteur que je suis, le quotidien est facile pour moi. Je peux vivre la vie d'un quidam, ce qui me repose de celle du chanteur. Il y a aussi et je ne m'en suis pas caché bien au contraire – peut-être aurais-je dû ? – un mini-avantage fiscal. Mais il me concerne si peu que je ne sais pas pourquoi j'ai été en parler ouvertement – toujours mon côté sans filtre. Il s'agit d'une exonération sur les droits d'auteur pendant dix ans. Le pays veut attirer des artistes. C'est un petit plus, mais comme je ne gagne pas ma vie sur les droits d'auteur qui ne représentent qu'un faible pourcentage de mon revenu, cela ne va changer ni ma vie, ni celle du Trésor public français. Car, attention, très important : nous installer (un peu, car de toute façon nous bougeons tout le temps !) au Portugal ne nous empêche aucunement de continuer à déclarer nos revenus en France et donc à payer l'essentiel de nos impôts en France.

J'ai parlé sans filtre en off à un journaliste qui m'interviewait, des raisons pour lesquelles j'achetais un terrain au Portugal. « Ça, tu le gardes pour toi, tu le mets pas dans ton journal », lui ai-je dit. Pourquoi ai-je fait ça ? me suis-je demandé après coup. Peut-être pour amener ce journaliste à se dévoiler. J'avais eu plusieurs fois affaire à lui par le passé – il était très présent dans le milieu de la musique – et je sentais confusément qu'il ne fallait pas lui faire confiance. Je pense que j'ai voulu en finir avec lui une fois pour toutes. Ça n'a pas loupé. Ah il ne l'a pas mis dans son journal papier mais il a envoyé la vidéo de notre entretien sur le site du journal en prenant bien soin de couper ma réplique afin de ne pas passer pour le traître qu'il était. Aussitôt le buzz est parti :

Florent Pagny ne paye plus ses impôts en France... Il a pris une ampleur folle, à cause des réseaux sociaux et de la désinformation qui touche tous les milieux, y compris les plus sérieux... « Florent Pagny, revenez ! », ai-je entendu. « Je suis là, je ne suis fiscalement jamais parti », aurais-je pu rétorquer. Enfin, passons. Encore beaucoup de bruit pour rien.

***

Prends la bagnole !

Pour bien commencer l'année 2017, le 15 janvier, je me fais braquer.

Il est peut-être minuit, je rentre de studio, une séance pour mon futur album, *Le Présent d'abord*, pour lequel je collabore avec Maître Gims. J'ai mon ordi, je ne le trimballe jamais en principe mais exceptionnellement je l'avais embarqué pour faire écouter des choses aux compositeurs. Je conduis ma petite Porsche favorite, avec quelques 610 chevaux dans le ventre ! Je ne les lance pas tous en même temps, mais comme la route nationale est déserte et que j'ai hâte d'être à la maison, je ne lambine pas. C'est pourquoi je ne suis pas trop étonné lorsqu'un gyrophare bleu se met à me suivre alors que je sors de la nationale. *Et merde, c'est pour moi...*, je me dis. Fataliste, je me range sagement sur le côté, le long d'une grande ligne droite, non loin de la maison. Je n'arrête pas le moteur, je n'enlève pas le bonnet que j'ai sur la tête, j'attends tranquillement. J'ai la bagnole en prise, le pied sur le frein. Je ne me doute alors de rien. Ce que je prends pour une voiture banalisée de flics, une simple AX blanche, se range derrière moi, personne n'en sort. Elle passe alors lentement sur le côté ; les vitres sont fumées, je n'aperçois rien mais commence à trouver la procédure et le *tempo* étranges. Mes sens se mettent en alerte. Tout à coup : pam ! pam ! les deux portières droite et gauche de l'AX s'ouvrent en même temps avec fracas. Deux types cagoulés en jaillissent – ils me font penser à des mecs du Raid – l'un, petit et trapu, se dirige vers ma portière tandis que l'autre, grand et longiligne, sort un gun et me braque. Oh putain ! Je baisse mon bonnet au max pour ne pas être reconnu et, à partir de là, vais m'attacher à ne jamais croiser leur regard. Ensuite, je sais qu'il faut que je me tire au plus vite ! Ce qu'ils veulent, c'est évident, c'est la caisse. Et la caisse, on s'en fout, on la leur laisse ! Ni une ni deux, j'ouvre ma porte et m'éjecte. J'y parviens avant que le mec soit arrivé à ma hauteur. Je suis si rapide que j'ai même le temps de me raviser pour récupérer mon sac. Je l'attrape et me casse en gueulant : « Prends la bagnole, prends la bagnole ! » Laquelle bagnole, toujours en prise, ne cesse d'avancer, déstabilisant l'équipe des malfaiteurs. Le petit trapu est venu pour me mettre une patate et me virer de la caisse, mais les choses ne se sont pas passées comme il le pensait, j'ai déjà filé et la bagnole leur rentre dans les guibolles ! Le grand avec son calibre, il a le pare-chocs dans les genoux, le petit il faut qu'il monte vite ! Ma vitesse de réaction les prend au dépourvu, ce qui me permet de détaler comme un lapin, pour rejoindre la nuit, m'y fondre et me mettre hors de portée des balles du calibre pointé sur moi. Dix mètres au minimum, c'est ce qu'il faut que je mette comme distance – je le sais – entre son Glock et moi. Au-delà, son gun perd son pouvoir de précision. J'avise un porche dans l'ombre et me planque sous les feuillages. Je quitte une Porsche pour un porche ! De là, je me fais oublier et respire au plus bas. Le danger est passé… Les mecs sont bien trop dépassés par la situation et les 610 chevaux qu'ils essaient de maîtriser – sans succès au début – pour faire encore attention à ma personne. J'entends les tête-à-queue, je ne peux m'empêcher de sourire : eh oui, ce n'est pas une voiture qui se laisse facilement apprivoiser, plutôt un avion de chasse ! Je parie qu'ils vont me la plier sur-le-champ mais enfin, ils finissent par réussir à faire leur demi-tour et à partir, les pneus crissant sur le bitume. Dieu merci, aucune autre voiture n'est passée à ce moment-là, ce qui aurait pu changer, et pas en bien, la trajectoire de la situation. Ils sont partis comme… eh bien comme des voleurs !

J'appelle Azu.

« Ma chérie il vient de m'arriver un truc, on vient de me braquer…

— Tu es où ?

— Au carrefour après la nationale, viens me chercher s'il te plaît ! »

Je ressasse les événements le temps qu'Azu arrive.

Un détail est incroyable. Si j'ai pu savoir qu'il me fallait mettre dix mètres entre l'arme et moi, c'est que deux jours auparavant nous avions été invités, Azu et moi, à venir nous entraîner dans un stand de tir de la police. Ce qui ne m'était jamais arrivé de ma vie. J'avais passé la journée entouré d'armes, me familiarisant avec le fonctionnement de certaines d'entre elles, et notamment le fameux Glock avec lequel je venais d'être braqué. Comme si mon destin ne pouvait empêcher que je sois braqué ce soir-là, mais m'avait donné les armes pour me défendre, en l'occurrence, la capacité d'identifier le pistolet qui me menaçait. On est toujours moins effrayé lorsqu'on sait à quoi s'en tenir.

Azu vient me chercher, nous nous rendons à la gendarmerie. Elle est fermée.

Je ne suis absolument pas traumatisé, parce que j'ai réussi à me sortir de cette situation dangereuse sans me faire mal, ni coup, ni balle. Je suis même plutôt satisfait de moi, je suis parvenu à voir clair dans l'intention des braqueurs. Les mecs venaient pour la bagnole, qu'ils la prennent ! Qu'ils se démerdent avec ! J'ai finalement mieux maîtrisé la situation qu'eux, ce qui peut me consoler d'avoir perdu ma voiture. Ce n'était que du matériel. Non, c'est plutôt la suite qui m'a déboussolé.

Rendu à la maison, j'appelle la police. Une demi-heure après, on sonne à la porte. J'ouvre et n'en crois pas mes yeux : dans la rue, une véritable discothèque ! Cinq camionnettes de flics pour nous tout seuls ! De vrais gyrophares ce coup-ci.

Je sors. Les mecs sont en ligne avec le ministère. Ils veulent que je fasse ma déposition, commencent à me demander je ne sais quels papiers… Ils sont à fond, et moi je suis crevé. « Écoutez les gars, c'est vraiment fort là ce que vous faites et je vous remercie… Mais moi, je suis fatigué. Je suis la victime, pas le coupable alors je vais aller me coucher et je viendrai demain tranquillement faire ma déposition. »

L'histoire aurait pu s'arrêter là, mais c'eût été compter sans les réseaux sociaux, marqueurs de notre époque. Le lendemain à mon réveil, j'allume mon téléphone : il explose de messages ! Je suppose que la police et les médias sont bien connectés. L'histoire est dans tous les médias numériques avec force détails. *On a volé la voiture de Florent Pagny !* Tu parles d'une info. Et ça ne s'arrête pas là, car juste après avoir fait ma déposition aux gendarmes, avoir bien décrit la voiture, je retrouve toute la transcription dans la presse. Une Porsche noire, turbo S, un modèle qui est le seul à avoir des pinces de freins jaunes et non rouges comme dans les Turbo classiques. Deux jours après le braquage, la voiture est une star. Une star noire avec des pinces jaunes. Tellement identifiable qu'elle n'est plus revendable. C'est ainsi d'ailleurs que je la récupère. Les mecs la larguent, deux nuits plus tard, au milieu d'un village.

C'est Cathy, la patronne de mon fan-club, qui m'envoie la photo : « C'est ta caisse ?! Tu la reconnais ? » — Mais oui ! C'est bien ma caisse ! » J'appelle tout de suite les flics : mon interlocuteur n'en revient pas que je sois au courant avant lui ! Il vient à peine d'avoir l'info, la personne qui a découvert la voiture a préféré appeler le fan-club avant la police !

Les flics vont passer la voiture au crible, relevés d'empreintes, recherche d'ADN, tout le truc, et mettre la main sur les trois gars – les deux que j'avais vus et un troisième qui conduisait l'AX. Un gendarme, tout sourire, m'avait prévenu : « On va les avoir monsieur Pagny » ! En effet, ils ont réussi. Quant à moi, j'ai récupéré ma voiture. Je l'ai toujours d'ailleurs.

Toute cette histoire parce que j'avais été faire écouter des morceaux à Gims un dimanche !

S'il y en a un qui ne m'a pas braqué, c'est bien lui. Cet album s'est finalement construit avec son équipe, car il s'est assez peu montré dans les séances de travail. En revanche, le très stylé réalisateur Dany Synthé a su rassembler les énergies pour faire naître un album atypique dans ma discographie qui me donne par ailleurs l'occasion de faire une très belle tournée. Le *55 Tour*. Avec Michel Aymé à la guitare et Remy Léger à la basse – que je retrouve tous deux après la tournée de *Vieillir avec toi* –, Loïc Pontieux, qu'on ne présente plus, à la batterie, et un nouveau venu dans ma sphère de musiciens : Romain Berguin aux synthés.

***

Adieu Marcel

La tournée démarre en septembre.

En octobre, j'ai une vive émotion.

Bonneville, la ville de mon enfance, veut me faire citoyen d'honneur.

Je vais accepter ce cadeau. Prendre la décoration. Devenir, à cinquante-cinq ans, officiellement haut-savoyard ! Mais avant de recevoir la médaille, je retrouve mes vieux potes Thierry et Christian Dronne, les fils de Marcel et Suzy, et leur demande de m'emmener voir leur père.

Quelle émotion…

Marcel est dans un Ehpad. Plusieurs années auparavant, Suzy a été atteinte par la maladie d'Alzheimer et Marcel, ne voulant pas vivre sans elle, a décidé de s'installer dans le même institut médical. Après quelques années, Suzy a tiré sa révérence. Lui est resté vivre là-bas…

Quand j'entre dans sa chambre, je vois un tout petit bonhomme de quatre-vingt-douze ans, comme rétréci par rapport à mes souvenirs. Recroquevillé sur lui-même dans son lit, il semble si vieux ! Je ne sais que dire, surpris que je suis d'à peine le reconnaître. Mais tout à coup, il y a ce moment extraordinaire : ses yeux se plantent dans les miens… ils s'allument. D'une voix faible, à peine audible, comme revenue d'un silence éternel, il prononce :

« Toi ! Mais toi ! Tu aimais chanter, toi ! »

J'en ai les larmes aux yeux. Derrière moi, je sens tout un Ehpad en ébullition d'avoir la visite de Florent Pagny. Mais Marcel et moi, nous savons très bien que ce n'est pas Florent Pagny qui se tient là, juste Florent, un petit môme qu'il a un jour accueilli sur sa scène et à qui il a donné sa chance et sa confiance. Ce moment fou se prolonge… je lui envoie tout l'amour que je peux. Et puis il nous dit :

« Je suis fatigué… Allez, il faut me laisser maintenant… »

Peu de temps après, il s'en est allé.

***

Matthias

Après la tournée du *55 Tours* qui est plutôt un *75 Tours*, car c'est le nombre de dates que nous faisons, j'avoue que j'ai envie de me reposer.

Cinq minutes.

Parce qu'il y a entrée par effraction de mon neveu Matthias Giunta dans mes projets de retraite !

Je dis *par effraction*, parce qu'il me surprend et non parce qu'il a forcé la serrure. Je ne suis pas quelqu'un qu'on peut forcer à faire quelque chose dont il n'a pas envie. Je n'attendais pas Matthias, c'est ça le truc ! J'ai toujours vu mon neveu, une guitare à la main, je savais qu'il écrivait. J'écoutais en passant ses productions, il y avait de jolies choses, mais je n'ai jamais pu me projeter. À cause d'une certaine mélancolie, une tristesse, un côté sombre vers lequel penchait toujours sa musique.

Depuis un certain temps, Matthias me courait après avec de nouvelles chansons. De mon côté, je voulais souffler, laisser passer du temps avant de repartir sur un projet. De toute façon, il m'envoyait ses titres sous des formes numériques que j'étais bien incapable de faire fonctionner. Je me cachais derrière ça. Et puis un jour un CD m'attend sur mon bureau. Un bon vieux CD. Matthias avait compris qu'il fallait me la jouer à l'ancienne ! Plus d'échappatoire possible. Je vais donc lui répondre. Et lui répondre *non*. Je ne veux pas faire d'album en ce moment. Mais bien sûr, avant de lui répondre, je vais écouter ses chansons.

Je mets le disque dans ma voiture.

Je l'écoute une fois.

Je l'écoute deux fois.

Je l'écoute trois fois.

Merde, c'est bien.

Je laisse passer quelques jours. Un matin, je me réveille et fredonne sa chanson « Rafale de vent[1] ». Je suis cuit.

1. Paroles de Matthias Giunta et musique de Manu Martin.

J'appelle Matthias. Well done guy ! Je t'en prends six !

Il était fou de joie. Et ravi que je demande à Daran, dont il est fan, de réaliser l'album.

Je le revoyais, bébé, en Italie, à Guadamello, alors que je travaillais à l'écriture de mon premier disque. Il était dans sa poussette, venu avec ses parents. C'était en 1989. Joli que, pile trente ans plus tard, en 2019, sorte *Aime la vie*, cet album dont il est à l'origine.

Sur ce disque figure aussi ce titre, « Si une chanson »[1], qui avait fait tilt à l'époque où je l'avais écouté. J'étais alors en préparation de mon album *Le Présent d'abord*, et la chanson n'avait pas de connexion possible avec la direction que prenait mon projet. Je l'avais donc mise de côté. Mais je savais qu'elle était pour moi. Lorsque j'ai commencé à travailler sur *Rafale de vent*, elle a trouvé sa place tout naturellement. Nous l'avons sortie en deuxième single.

Il faut reconnaître qu'elle n'a pas vraiment été comprise. On l'a confondue un peu vite avec « Chanter », dont elle diffère pourtant. Mais un peu plus tard, elle a eu une occasion de délivrer son message avec beaucoup d'à-propos. Je n'aurai jamais accepté d'aller chanter dans une émission alors que j'avais commencé ma chimiothérapie. Je n'avais pas le cœur à ça. Mais il se trouve que c'était pour l'Ukraine, que la guerre venait de bouleverser. Et Didier Varrod[2], qui s'occupait de la programmation, m'a demandé de venir avec cette chanson-là. Pas une autre. Que ce soit pour cette cause, et que ce soit avec ce titre, qui avait tout son sens dans ce

1. Paroles d'Emmanuelle Cosso et musique de Daran.
2. Didier Varrod est le directeur musical des antennes de Radio France.

moment grave, m'a décidé à me rendre sur le plateau. J'y ai chanté :

Si une chanson a le pouvoir de faire oublier un instant la douleur
Si une chanson a le pouvoir de faire communier tout le monde en douceur
Alors il faut chanter.

Comment mieux dire dans ces moments-là ?

***

Nous approchons du présent et même de *L'Avenir* qui sortira en 2021. Mais avant cela un duo me réjouit.

Patrick et les vertus de la persévérance

Cela fait longtemps, dix ans au moins, que Patrick Fiori m'a exprimé son envie de chanter en duo avec moi. Ça tombe bien, car j'ai une grande estime pour ce chanteur. Il est très opératique, il a un bon volume. Je suis plus serré, j'ai plus de grain ; lui est plus large avec une voix plus claire, plus clean… C'est un cador ! Il chante super bien, il est fait pour ça. C'est pourquoi je lui ai toujours dit : « Ce sera avec plaisir Patrick, mais il nous faut LA bonne chanson. Toi et moi, avec les voix que l'on possède, on ne peut pas se contenter d'une petite chanson qui peut aller à tout le monde. Il faut en trouver une qui soit une évidence pour toi, pour moi, pour nous deux. » Patrick était d'accord.

En dix ans, il ne m'a jamais rien fait écouter de moyen. Il ne m'a jamais rien fait écouter du tout en fait !

Il a pris le temps de chercher et le jour où il a trouvé, il m'a appelé et m'a envoyé « J'y vais » qui ne s'appelait pas encore ainsi, puisqu'il n'avait que la musique. J'ai pris ma décision en cinq minutes et l'ai rappelé dans la foulée.

« C'est très bon Patrick, j'ai envie de chanter ça ! Mais il nous faut les paroles maintenant !

— Je m'en occupe ! »

Il avait composé lui-même le titre, l'avait arrangé ensuite avec « Patou » Hampartzoumian et pour les paroles, il a demandé à l'auteur Bruno Guglielmi de se mettre à la tâche.

Le titre a cartonné. Un vrai bonheur.

Et la voilà notre transition vers le présent et vers *L'Avenir* puisque Bruno Guglielmi est également l'auteur de « L'Instinct », premier single extrait de mon vingt et unième album, le dernier à ce jour !

***

L'Avenir

Calogero et moi nous étions dit, compte tenu du succès de *Vieillir avec toi*, qu'un jour nous y retournerions !

Je pouvais néanmoins avoir un doute, car il venait de sortir son album ; allait-il encore avoir du jus ? Pas évident quand on a passé des mois et des mois à composer, arranger, réaliser douze titres… Mais rien n'est impossible pour Calo ! C'est vrai qu'à l'époque de *Vieillir avec toi*, c'était le contraire, il avait travaillé à son propre album après avoir fait le mien. Je m'étais demandé s'il allait réussir… Quand sont sortis *Les Feux d'artifice*, j'ai compris que oui, il était capable d'enchaîner deux beaux albums. D'autre part, même si elles ont des points communs, certaines de ses chansons sont sans aucun doute pour lui et d'autres ne sauraient être que pour moi… Ce ne sont pas les mêmes.

Comme sur *Vieillir avec toi*, Calo m'a tout d'abord fait écouter huit titres. J'ai fait changer totalement le texte de l'un d'entre eux qui était vraiment loin de moi. Et j'ai demandé quelques modifications sur un autre qui parlait de rupture amoureuse. Je ne chante pas les ruptures. Ce n'est pas un thème qui m'inspire !

Les productions de Calo sont magnifiques. Et c'est intéressant, parce que, sur cet album qui est celui de mes soixante ans, je me suis retrouvé à chanter avec une tessiture rajeunie ! Sur « L'Instinct », c'est flagrant. En vieillissant, la voix, en principe, descend dans les graves. Pas la mienne, dirait-on !

La chanson a mis toutes les radios d'accord. Elles la jouent toutes, j'entends par là : toutes celles qui correspondent à mon public. J'aime le message de « L'Instinct » qui est de faire confiance à sa sensibilité. La vie est loin d'être une affaire de statistiques. On ne sait pas pourquoi tout à coup, on se méfie d'une personne, ou d'une situation. Une petite voix intérieure nous souffle de faire demi-tour, de dire *non* ou au contraire de foncer, de faire confiance. Nous sommes faits de tellement d'expériences… Peut-être même d'expériences des générations qui nous ont précédés. Tout ce que nous avons éprouvé laisse une trace dans un coin de notre âme, de notre cerveau. Le plus souvent c'est inconscient. Suivre son instinct, c'est ni plus ni moins respecter notre passé, le prendre en compte. C'est lui qui peut protéger notre futur.

Récemment, on m'a demandé en interview de citer un exemple de quelque chose que j'avais refusé sans raison précise, juste par instinct. J'ai pensé à ce téléphone. Ce putain d'objet sans lequel on ne peut plus vivre aujourd'hui. Nous sommes devenus nos téléphones ! Si pratiques… et si toxiques. Le temps que je perds parfois, le cerveau aspiré par les conneries que l'engin charrie jusqu'à moi qui n'ai rien demandé ! Comme je m'en méfie, je m'exprime assez peu dessus. J'ai mon compte Instagram et c'est tout. Je m'en sers pour communiquer mes dates, envoyer quelques photos officielles. Mais pas trop ! Parce que j'ai compris que tout ce que tu publies sur Instagram, par exemple, ne t'appartient plus à l'instant où tu le postes. Cela devient la propriété d'Insta et tout le monde peut utiliser tes images.

Au début, je ne savais pas ça, alors il m'arrivait de poster des photos plus personnelles – l'idée d'être en direct, comme un média, avec les gens me charmait plutôt. Oui, sauf qu'un jour je me suis retrouvé avec un paquet de cookies dans la main. Et sur chacun des gâteaux il y avait une photo que j'avais postée sur Insta. On me voyait avec mon chien par exemple. Que je puisse mordre mon chien, même à la vanille, ou qu'on me becquette avec des pépites de chocolat m'a moyennement fait sourire. J'ai arrêté les photos trop perso.

C'est aussi pour cette raison que je ne chante pas en live pour les téléphones… je continue de croire qu'un concert, en tout cas pour moi, c'est de la préparation, du bon son, des images que l'on travaille pour que les chansons nous transportent. Je ne suis pas un auteur-compositeur qui peut gratter sa guitare ou pianoter sur son clavier, en improvisant un bœuf pour faire passer le temps ou divertir une minute… Je comprends que l'on puisse s'approprier l'outil différemment, mais moi, je n'ai pas envie de courir le follower. Au passage, courir après un follower, c'est le chien qui se mord la queue non ? Voilà, vous m'avez compris ! Mon instinct me recommande de me méfier de ce téléphone. Et jusqu'à présent, cela m'a plutôt réussi.

En revanche, j'ai été approché par des boîtes pour donner en streaming des concerts privés à leurs employés ou à leurs clients. Ils reçoivent alors un lien privé pour se connecter, tel jour, à telle heure, ça c'est plutôt sympa. Et de mon côté, je propose une vraie performance comme sur scène, avec des musiciens et de bonnes conditions de son !

… Le second single « L'Avenir » est envoyé aux radios en septembre 2021. C'est drôle, quand Calo me l'a fait écouter, j'ai trouvé le titre très beau et en même temps très naïf. « Qui est le petit jeune qui a écrit cela ? ai-je demandé. — Un petit jeune qui s'appelle Serge Lama », m'a-t-il dit en éclatant de rire. Serge Lama ? J'étais scié ! La preuve que ce grand artiste a su rester plein d'optimisme !

L'album, mon vingt et unième opus en trente-deux ans, sort en même temps que le second single, et m'emmène sur les routes en novembre. Je n'ai pas tourné depuis cinq ans. La Covid est passée par là et les salles de concert ont rouvert depuis peu.

La tournée des *Soixante* ! Soixante ans, soixante dates. Et même un peu plus, car j'ai ouvert les festivals.

Je souhaitais repartir avec ma formation de musiciens guidée par Loïc Pontieux. Michel Aymé à la guitare, Romain aux programmations et synthés… Mais au clavier, j'ai eu envie d'inviter Alain Lanty… Depuis le 20 aux Halles, nous nous sommes beaucoup croisés, il a tracé son sillon de pianiste avec succès, composé quelques titres pour moi. Partir en tournée ensemble manquait à notre histoire commune.

Alors voilà, nous nous retrouvons, non pas comme en 40, mais comme quarante ans plus tôt dans notre piano-bar de l'époque, lui au clavier, moi au micro… avec un peu plus de monde dans le public toutefois !

Je pensais m'arrêter là pour ce qui est des invitations de vieux potes à jouer sur la tournée lorsque j'ai reçu un coup de fil de mon copain bassiste Patrick Dupont *alias* Dudu.

« Florent ! Tu pars en tournée ? Tu vois, j'adorerais…

— Dudu, tu es sûr ? Tu n'as pas fait de tournée depuis combien de temps ?

— J'arrête pas de jouer Florent, je suis en pleine forme musicale ! Justement… tu sais, j'ai soixante-cinq ans, il m'en reste pas beaucoup à assurer, des tours… J'aimerais bien que la dernière grande tournée, ce soit avec toi.

— Bon, laisse-moi y penser… je te rappelle ! »

Comment dire *non* ? Que Dudu fasse partie de la tournée des *Soixante*, qui reprend tellement de chansons que nous avons fait exister ensemble pendant mes trois premières grandes tournées… C'était la logique même ! Alors welcome Dudu.

Et puis, Patrick, on s'en souvient, a cette chance d'être un showman… Il s'est un peu calmé avec l'âge, c'est vrai, mais il apporte pas mal de fantaisie à la tournée, même si c'est parfois au détriment d'une certaine rigueur, n'est-ce pas Dudu ?!

C'est ainsi qu'à part Romain, le jeunot de la bande – il a vingt-sept ans –, c'est vraiment la tournée des vieux briscards ! Enfin des vieux briscards au taquet, quarante ans de piano dans les mains de Lanty, de cordes dans les doigts de Michel Aymé et de Patrick Dupont, de baguettes dans celles de Loïc… Cinquante ans de chant dans ma voix… Tout cela vaut son pesant de décibels. Quant à Romain, c'est un petit génie de la programmation. Il rattrape toutes mes erreurs – même si j'en fais peu, je reste humain ! Je l'aperçois qui transpire… Si je démarre à côté alors qu'il a envoyé une programmation, je le sais qui la retravaille pendant qu'elle passe et hop, il la renvoie et personne n'a rien remarqué ! Un surdoué !

La set list de la tournée a été assez simple à concevoir. Un concert, c'est vingt-quatre chansons. J'ai vingt et un albums. Si je prends le titre phare de chaque album, j'ai quasiment mon concert. Le public a, en grande partie, mon âge, plus ou moins. Chacun a envie d'écouter des chansons qui lui rappellent des moments de sa vie. Je dois donc faire la place belle à mes grands succès. J'ai ainsi conçu un déroulé chronologique comme un livre, son et images de ces trente dernières années, que l'on feuilletterait ensemble. Certains albums ont droit à plusieurs extraits : je ne peux pas faire « Et un jour une femme » sans faire « Châtelet » par exemple.

Pour faire plaisir à *mi amor*, j'exécute une cascade sur scène. Je vire Lanty du piano et prends place devant le clavier. Le temps de quelques mesures, je joue « Le

Blues », cette chanson que j'ai écrite et composée pour Azu à l'heure de nos premières amours. Mes maladresses au piano, sa faute de français, tout y est !

J'ai fait appel à Stéphane Jarny pour la mise en scène. Il a eu cette idée formidable de deux écrans géants cerclant la scène, pouvant monter et descendre de manière dissociée, ayant la faculté de laisser voir les musiciens en transparence et sur lesquels on peut projeter des visuels pour emmener le public dans l'univers de chaque titre. Je voulais rester fidèle à l'esprit des chansons et surprendre ! Que le résultat soit ultra léché et festif ! Je ne suis pas déçu.

Lorsque la set list a été dressée s'est posée la question de faire une reprise. Là aussi, elle ne s'est pas posée longtemps.

***

Johnny

Mon cher Johnny,

Je n'ai pas vraiment parlé de toi plus tôt, j'attendais le bon moment.

Je souhaitais faire une place à part dans ce livre, à l'homme et au chanteur qui aura toujours eu une place à part dans la chanson française, dans le cœur des Français, moi compris.

Je sais que tu sais.

Et je sais que tu sais que je sais que tu sais.

Entre toi et moi, ça a toujours été comme ça.

Pas besoin de beaucoup parler pour se comprendre parfaitement.

Lorsque tu as quitté cette Terre, j'ai été, comme tout le monde, sonné et infiniment triste. On avait beau savoir que c'était foutu depuis un petit moment déjà, on ne pouvait pas concevoir une vie sans nouvelles chansons de toi. Le calendrier de l'année, sans un concert de Johnny ? Pas possible ! On ne pouvait pas imaginer que ton sourire pouvait s'éteindre et ne jamais se rallumer.

On m'a appelé, on a voulu m'interviewer, on m'a demandé de venir porter ton cercueil. J'en étais bien incapable. Je me suis retiré en moi-même. Tout en pensant à toi, tous les soirs, quand je chantais – j'étais en tournée à cette époque.

Je sais que tu sais.

Tu aurais fait pareil, si les rôles avaient été inversés.

Sur certains points, nous nous ressemblons.

Nous avons vécu tellement de moments fous ensemble. Tu étais unique Johnny, alors forcément les moments avec toi étaient particuliers.

Tu étais déjà une immense star, alors que je débutais. Tu m'as traité comme tu as traité les autres, en me challengeant d'abord. J'ai raconté plus tôt comment tu as essayé de me sécher lors de notre premier *Sacrée soirée* ! En vain. Tu as adoré le match. Tu avais un nouveau partenaire de jeu avec du répondant. Alors, tu n'as cessé de m'inviter à jouer. On se renvoyait la balle équitablement, ça te plaisait et à moi aussi. Sur scène et dans les émissions de télé, je suis devenu ton guest préféré. Nous avons fait un parcours de vingt-sept ans ensemble… La première fois que ma future femme m'a entendu chanter, c'est à l'occasion d'un duo avec toi. Et lorsque je démarrais et que j'ai eu droit à un numéro spécial de *Sacrée soirée*… tu étais là.

Cela m'a permis de passer beaucoup de temps auprès de toi. J'ai aimé ça. Nous avons tissé cette relation qui ne ressemblait à nulle autre. Je me suis tenu à distance – tu le sais et je crois que tu l'as apprécié. Je n'ai pas voulu faire partie de tes successives « bandes de potes ». Je n'ai pas voulu faire partie de tes meubles. Connaître les grandes soirées chez toi, les vacances, pleines de monde, dont tu avais besoin mais où tu n'arrivais pas à ne pas te sentir seul. J'ai préféré cultiver nos tête-à-tête, pleins de sens. Ces moments de vérité, sur scène, à chanter toi et moi, à vivre ce truc si spécial qui consiste à envoyer le maximum de son, le maximum d'émotions ensemble et à tour de rôle, pour le maximum de personnes. Et on sait, qu'avec toi, il pouvait y avoir du monde. Tu avais réussi ce tour de force de te faire aimer de tous. Tu avais avec toi le public populaire et le gratin. Tous les branchouilles, les politiques, les industriels, il fallait qu'ils soient là dans les tribunes et dans les loges présidentielles. Et ton public, fidèle jusqu'au bout… Un million de personnes, lors du concert au Champ-de-Mars, un million de personnes pour suivre le cortège de ton dernier road-trip… Il n'y avait que toi pour rassembler autant. En suivant la cérémonie à la télévision, je repensais aux funérailles d'Ayrton Senna, à Rio. Comme pour toi, un adieu au roi.

Nous avons connu fous rires et moments de tension.

Je me souviens de ce jour où j'étais venu déjeuner dans ton restau, le Balzac. En sortant, je n'avais plus de voiture, la fourrière était passée par là. Tu m'as proposé :

« Allez Florent, viens, je t'emmène, j'ai mon chauffeur. »

Tu avais une voiture américaine, une Chrysler je crois, peut-être la PT Cruiser. Pas vraiment le genre de bagnole dans laquelle on pouvait t'imaginer – ce détail a son importance.

On descend la rue Balzac pour rejoindre les Champs-Élysées. Au bout de la rue, au feu, le chauffeur mord un peu sur le passage piéton avant d'immobiliser la voiture. Et là, il y a un mec, qui a dû flipper de se faire rouler dessus, qui pète un plomb et s'énerve tout de suite comme un fou. Et moi, je regarde le type et je n'en crois pas mes yeux : c'est l'archétype même du fan de toi ! Je me demande d'ailleurs s'il n'a pas le tee-shirt ! En tout cas, il a le reste : le blouson en cuir, les cheveux longs, les bagouzes… Le chauffeur est déjà en train de faire marche arrière quand le rockeur du passage piéton nous fait un doigt ! Mais en même temps qu'il fait son doigt d'honneur, il regarde dans l'habitacle et réalise que derrière son doigt, il y a le pare-brise, et que derrière le pare-brise, il y a toi : son idole ! Aussitôt le mec se liquéfie sur place ! Et moi, je lis tout ça, c'est parfaitement clair, et je pars dans un fou rire… Le type passe de « en colère » à « liquide » avec une étape « mortifié » et j'assiste à ce changement en direct. C'est magnifique ! Toi, tu n'as pas capté, tu commences même à vouloir sortir de la voiture pour t'expliquer… Le chauffeur et moi on te retient : « Laisse tomber, pas besoin, regarde, il est en train de réaliser qu'il vient de faire un doigt d'honneur à son dieu… C'est une journée de merde pour lui ! » Quel gag ! Le mec était consterné de ce tour que la vie venait de lui jouer !

Beaucoup moins marrant, cette fois où tu m'as invité à chanter avec toi à Carpentras.

« Tu viens Florent, ça va être sympa ! On va chanter et puis faire une virée en Harley. Il y aura une moto pour toi.

— Chouette alors, d'accord ! »

Quand je suis arrivé, il n'y avait pas de moto pour moi.

Bon.

L'après-midi, on a fait la balance, une petite répétition, tu étais content. Je n'ai même pas parlé de la moto. Tu avais zappé, ce n'était pas très grave.

Mais le soir, sur scène, tu m'as carrément oublié. Tu es arrivé un peu tard, un peu bourré… tu as chanté sans moi.

Oh je m'en souviens bien, tu parles d'un week-end pourri… J'étais venu chanter et faire une virée en Harley avec mon pote : je n'ai rien fait.

Je ne pouvais même pas repartir le soir même, il était trop tard… Le lendemain matin quand on s'est retrouvés au petit déjeuner, tu as baissé la tête. Tout le monde a regardé ailleurs, je me suis planté devant toi :

— Tu m'as oublié ?

— Ah oui… Excuse-moi… On m'a dit… Je suis désolé… »

Ça ne t'a pas empêché de m'en vouloir, le jour où, bien malgré moi, je ne suis pas arrivé à temps sur la scène du Parc des Princes. L'épisode est connu, il a même été filmé. On me voit, de plus en plus inquiet, suivre un assistant qui est en train de me perdre dans les méandres du stade. Le gars est venu me chercher.

J'ai demandé une pause pour aller aux toilettes, et à ma sortie, nous sommes partis droit dans le mauvais escalier. Ce qui aurait dû être une simple formalité, aller de ma loge à l'entrée en scène, est devenu un chemin de croix.

Au début, nous marchons, puis nous nous retrouvons dehors, nous revenons sur nos pas, nous traçons alors de plus en plus vite… Pas assez cependant : juste après avoir traversé le catering, j'entends les premières notes d'une chanson… que je reconnais aussitôt avec effroi : c'est ma chanson, celle que je dois interpréter avec toi ! Je me mets à courir comme un fou, j'arrive enfin au bon endroit, ton équipe son veut m'équiper, mais toi, tu es déjà en train de finir de chanter le premier couplet. J'hallucine ! C'est à moi ! Qu'est-ce que je suis en train de vivre ! Je n'en reviens pas, j'ai le cœur à cent mille… Je ne peux empêcher mon stress de s'exprimer : « Bande de blaireaux comment vous m'amenez là comme ça à cette heure-là ? » On me donne un micro. C'est trop tard ! « Je n'y vais pas », je fais. Et j'ajoute, « je n'y vais pas, je n'ai pas de *ears*[1] ». On veut m'équiper avec les *ears*, mais il n'y a pas le temps. Je ne veux pas y aller… Et voilà, arrive le moment où je suis censé entrer sur scène… Je ne suis pas équipé, j'ai les *ears* à la main, je suis essoufflé, énervé. Je les jette à terre et… me tourne vers la scène. Mon corps m'y emmène tout seul. J'attaque :

1. Ce sont des oreillettes qui donnent un retour son super propre même au sein d'un environnement très bruyant comme l'est une scène de concert rock. Cette technique permet de chanter juste et en place.

Pense à moi
Quand ses yeux te caressent
Pense à moi
Quand ses gestes te blessent
Pense à moi
Quand son ombre te laisse
Pense à moi
Pour autant de ce temps qui me reste[1]

On t'avait dit dans l'oreillette : *Il n'est pas là.* Tu avais commencé à chanter et puis, finalement, j'arrive et je chante avec un temps de retard, parce que sans les *ears*, je dois m'appuyer sur le retour son du stade, qui arrive un temps trop tard. Inévitablement je chante en décalé.

Le soir, après le concert, nous sommes une vingtaine à nous retrouver à une table de ton restaurant. Je commence à peine à me détendre de ma mésaventure. Je suis au bout de la table. Tu viens me voir et sans me jeter un regard, tu me dis : « T'étais en retard et tu as chanté à côté. » Et tu t'en vas. Waouh. Double peine ! Alors là, je bouillonne ! *Ne me demande pas pourquoi surtout !* J'ai envie de te dire : *Va te faire foutre Johnny !* À la place je me lève et je m'en vais. Je rentre chez moi. Dégoûté.

Le lendemain matin, mon téléphone dégouline de messages de ton producteur Jean-Claude Camus et de Laeticia, ta femme. Tous ont en commun de m'expliquer que tu regrettes, que tu ne savais pas ce qui s'était

---

1. « Pense à moi » : paroles de Didier Golemanas et musique de Rick Allison. Chanson sortie en 2002 sur l'album de Johnny *À la vie à la mort*.

passé, on vient de tout te raconter et maintenant tu veux à tout prix que je revienne chanter avec toi le soir même.

Le soir même, c'est l'enregistrement du concert pour la télé. C'est d'ailleurs ce qui t'a stressé la veille. Car il y a eu de nombreux ratés. Pas uniquement le mien. Je n'étais pas prévu sur cette télé, et voilà que tu m'inscris au programme pour qu'on ait une chance de bien chanter ! J'accepte.

Le soir, je ne te croise pas en arrivant. Je ne te vois qu'une fois sur scène. Cette fois, bien à l'heure, bien en place, bien équipé, avec mes *ears* ! C'est joli, parce que c'est une vraie scène de réconciliation. Nous chantons, puis tu m'envoies ton putain de sourire de gamin et moi, que veux-tu que je fasse, derrière mes dreads, mes lunettes, mon attirail, je suis touché. Et pour finir, tu es content, tu me fais un baisemain. Et tu ramasses un petit nounours en peluche qu'un fan t'a lancé et tu me le donnes, car tu as vu qu'Inca était avec moi à la répétition. J'ai la photo de ce baisemain, on me l'a donnée et je l'ai gardée dans mon bureau. Elle fait partie de mes meilleurs souvenirs avec toi.

Johnny, j'ai toujours aimé notre relation. Amicale, avec une distance respectueuse. Tu as toujours été *le Taulier* – je crois même être l'auteur de ton surnom. Celui qui tient la Taule. Ça t'allait bien. Tu n'es plus là. Plus personne ne tient la maison. Personne ne peut te remplacer mon ami. Tu avais tout. Tu vivais la chanson d'une manière tellement… animale. Tes grands spectacles, tes stades… Qui peut faire ça aujourd'hui ? Personne. Tu parles !

Je ne t'invitais pas sur mes concerts, car de mon côté, je n'invite personne. Je déteste ça ! J'aime respecter mon organisation. Et ne pas avoir à en changer. Il n'y a que Kad qui parfois déboule mais c'est lui qui le décide, et qui l'organise. Il est capable de ça, les sauts dans le vide, ça ne lui fait pas peur ! Mais moi, il ne faut pas me demander de bousculer le déroulement de mes concerts. Tout est calibré, décidé, pensé. On ne bouge rien !

Pour finir, cher Johnny, tu ne m'en voudras pas de partager avec les lecteurs l'un de mes plus beaux fous rires, non pas avec toi mais grâce à toi.

C'est une anecdote que tous mes amis connaissent. Le genre d'anecdote que l'on me demande de raconter de temps à temps à la fin du repas…

Une de mes plus belles anecdotes !
Une rencontre de Titans !
Sur le ring : Johnny Hallyday et Philippe Starck.

Elle implique des paramètres de destins bien précis. Il fallait que ce soir-là Philippe Starck soit un peu perdu, en pleine rupture avec une femme dont il était amoureux. Il fallait aussi, chose rare, que nous soyons en tête à tête, au restaurant. Il fallait ensuite que par hasard, nous croisions Johnny et que ce dernier ait envie de finir la soirée avec nous.

Tous ces éléments rassemblés, la scène peut avoir lieu. Car il s'agit d'une véritable séquence de cinéma !

Au restaurant, je suis heureux de ce moment d'intimité avec mon pote Starck, et quand je suis heureux, je ne compte pas, alors je commence à sortir les grands vins, ce qui est idiot, car Starck n'en est pas amateur. Il ne boit que des vins à deux balles, bio certes mais vraiment pas terribles. Mais là je dis *non*, ce soir est un grand soir alors château-latour ! Même le patron du restaurant, Jean-Louis Costes, passe à côté et me dit :

« Florent, attends, tu sais ce que ça coûte ça ?

— Et alors ? je lui réponds, ça me fait plaisir ! Je suis avec mon camarade Starck, il m'a beaucoup invité par le passé, j'ai les moyens aujourd'hui de le faire donc : château-latour. »

Il me regarde, moi le gamin, en train de payer le grand vin… alors il nous en met une deuxième ! Et celle-là il nous l'offre. Et on se descend les breuvages. Ce restaurant étant une adresse prisée du show-business, nous apercevons quelques connaissances. Voici Laurent Taïeb, un homme d'affaires que connaît bien Philippe, accompagné de son grand ami Guillaume Canet. Ils viennent nous dire bonjour et s'installent un moment avec nous. La soirée ne semble pas partie pour se terminer tôt, d'autant plus que je suis invité au VIP. Jean Roch, le directeur de cette boîte, m'a proposé une table. *Allons-y ensemble ?* je propose. Tout le monde est partant !

Nous nous apprêtons à sortir du restau quand tout à coup, dans un des salons j'aperçois Johnny et Laeticia avec Eddy Mitchell et toute une bande. Je vais les saluer… Et là Johnny :

« Oh Florent je t'aime, reste avec moi. »

Il faut savoir que Johnny ne supportait pas l'alcool. Ça a été sa chance ! Il était ivre tout de suite. Un verre lui suffisait. C'est grâce à ça qu'il a vécu ses soixante-quatorze ans, sinon, il serait peut-être mort bien avant. Mais comme Johnny était un grand timide, et que tout le monde voulait lui parler, le truc qu'il avait trouvé pour encaisser, c'était de se mettre un petit coup dans la gueule. Cinq minutes après, tout l'amusait, tout le faisait rire et il vivait tout joyeusement. Il arrivait parfois vers moi… « Ah je t'aime ! » Combien de fois je me le suis retrouvé sur le dos :

« Ah je t'aime !

— Oui Johnny, moi aussi je t'aime mais là tu es un peu collant…

— Ouais mais je t'aime, je t'aime… Reste avec moi…

— Non non… »

C'était drôle.

Ça a commencé comme ça, ce soir-là.

« Non Johnny, je ne reste pas avec toi, regarde, je suis avec mon pote. J'ai jamais vécu une soirée comme celle-ci, je suis en virée avec Philippe… On va au VIP.

— Allez je te rejoins !

— D'accord, si tu veux… »

On est à peine arrivés au VIP avec Starck que Johnny et Laeticia débarquent. Ils viennent vers nous et s'assoient à notre table où se trouvent déjà Guillaume Canet, Laurent Taïeb, Jean Roch, le patron du VIP… Laeticia s'installe à côté de moi, Johnny, face à moi. Il a Starck à sa droite. Starck est très impressionné. Parce que Johnny à côté de lui, ça lui fait tout drôle. N'oublions pas que personne n'a plus de charisme que Johnny !

Tout à coup Johnny se rapproche de moi et me dit à l'oreille :

« Euh… c'est Philippe Starck ?

— Oui oui, c'est Philippe, et c'est sympa que vous soyez là tous les deux, là devant moi, c'est un drôle de moment… Parce que lui c'est mon pote depuis un bail et toi aussi, et te voir là avec lui, ça me fait plaisir, tu vois…

— Ah ouais… »

Il se recule et… je le vois faire :

Il se penche vers Philippe :

« Ça va ? »

Je me marre d'avance (je connais les deux animaux)… Starck démarre la conversation. Starck ? C'est tout de suite une logorrhée, il ne peut pas parler en trois mots. Et Johnny, il ne faut pas lui dire plus d'une phrase. Si tu commences à t'étendre, il tourne la tête, il ne peut pas avoir une conversation soutenue avec un développement élaboré. C'est le syndrome TDA[1] (je connais un peu !). Si Starck avait pu faire une phrase concise et simple, répondre par exemple *Oui ça va, ça pourrait être mieux, mais ça va*… La soirée aurait été plus calme, mais il n'y aurait pas eu d'anecdote. À la place, il part dans une aventure littéraire vocale avec, pour sujet central, ses histoires malheureuses de femmes :

« Oui… Non… Les femmes… Tu comprends… Bla-bla-bla… »

Et ça dure, et ça dure…

Et l'autre le regarde, il l'arrête :

« Attends… »

Il se penche vers Laeticia et dit à sa femme en se levant pour lui céder sa place :

« Laeticia, viens, parle au monsieur, il a des problèmes. »

Oh misère, c'était tellement drôle ! Je me suis dit, *Merde, ça s'est pas bien passé*. Philippe en a trop raconté,

1. Trouble de l'attention.

il a été trop loin : c'est Laeticia qui va terminer la conversation.

Johnny ne lui explique même pas ! Il fait venir Laeticia à sa place et il vient s'asseoir à côté de moi ! Quelle rigolade !

Et Laeticia prend en charge la conversation avec Starck à la place de Johnny !

Ça n'est pas fini. Parce que alors Johnny se penche vers moi et me dit :

« Il est pédé ?

— Eh bien non, justement là tu vois bien, il te parle de ses problèmes avec sa fiancée. »

Et Johnny, à côté de moi, me dit :

« Il est pédé. »

Ça n'était pas du tout une question en fait. C'était une affirmation.

« Eh bien en fait… je sais pas à la fin… t'as peut-être raison, pourquoi pas ! »

Ah là là, quelle crise de rire…

Deux mondes qui se rencontraient. Tellement opposés, tous les deux impressionnés l'un par l'autre mais incapables de se rejoindre, engoncés qu'ils étaient, chacun dans leur propre trouble… Et moi, spectateur privilégié de ce spectacle absurde… J'ai adoré.

Mon cher Johnny,

Nous avons vécu vingt-sept années captivantes. Tu me manques. Tu manques à tout le monde. Et si, sur ma tournée de *L'Avenir*, j'ai un hommage à faire, c'est bien à toi, mon vieux pote.

***

C'est « Je te promets » que je choisis de reprendre sur scène pour rendre hommage à mon ami.

Le premier concert de la tournée de *L'Avenir* a lieu le 6 novembre 2021 à Bordeaux, le jour de mes soixante ans. C'est parti pour un tour qui va m'emmener dans toute la France pour ces soixante dates jusqu'en mars 2022 puis dans les festivals d'été. Dès le premier soir, je sens les gens heureux. Je le suis aussi ! C'est tellement d'amour ! Et les réservations ne désemplissent pas... Nous ouvrons de nouvelles dates... Novembre, décembre, Bordeaux, Nice, Aix-en-Provence, Montpellier... C'est étrange : je ne me suis jamais senti aussi bien en tournée, un bonheur. Je suis à l'aise, en pleine possession de ma puissance vocale et moins traqueux que d'habitude, face à un public comme toujours extraordinaire et fidèle au rendez-vous...

C'est un moment de ma vie hyper agréable. J'ai conscience d'être en train de clore en beauté le chapitre 7 de mon existence.

En même temps que je tourne cette nouvelle page de l'épais livre que j'ai écrit, que nous avons écrit, ma famille, mes amis, mon public, mon entourage professionnel, et moi-même, je me demande ce qui m'attend pour la suite. De quoi sera faite ma huitième vie ? Qu'est-ce qui va guider désormais ma plume dans le chapitre à venir ?

J'envisage de nombreuses options, toutes aussi intéressantes les unes que les autres... Bref, pendant la tournée, je fais des projets. Si je réfléchis à lever le pied, je n'ai pas pour autant envie d'abandonner ce métier de chanteur qui me semble avoir son utilité... Peut-être même de plus en plus... Je me pose beaucoup de questions, présume qu'il me faudra un peu de temps pour trouver les réponses…

Seulement voilà, dans le même temps, dès le début de la tournée, je tousse. Et cette toux va m'obliger à ouvrir un chapitre qui n'était pas prévu au sommaire. Ce ne sera pas le chapitre 8. Celui-là je me le garde pour la suite. Et puisque le chapitre imprévu n'a pas de numéro, on va lui donner un nom.

L'interrupteur

L'interrupteur c'est celui qui interrompt. C'est ce qui m'est arrivé.

Un cancer a interrompu ma tournée. Ma vie. Ce livre. L'ordre des choses.

Il est venu se poser dans ma destinée, il y a marqué un avant et un après. Même alors qu'il sera parti, subsisteront les stigmates de cette interruption.

La toux n'est d'abord pas méchante. Intermittente, elle ne me pose pas de problème. Et puis, il n'est pas rare de tousser lorsque tu attaques ce genre d'exercice qui consiste à solliciter autant, tout d'un coup, tes cordes vocales et ta colonne d'air. Sur scène, je suis dans un confort vocal total, pile dans mes tonalités. Je chante comme un rossignol. Je n'ai aucun mal à faire le voyage des deux heures que dure le concert. Avant cette tournée, je n'ai jamais pu être au top plus qu'une heure et quarante-cinq minutes. Là, je ne fatigue pas, c'est merveilleux. Réjouissant.

Outre que je suis en pleine forme vocale, il y a d'autres raisons à cet état de grâce. La première, c'est la chronologie du concert : je reprends mes plus grandes chansons dans l'ordre où elles sont sorties ; cela se fait naturellement. Je suis un chemin que j'ai déjà emprunté, facile, logique… La deuxième raison, c'est que j'ai moins de pression que d'habitude. À chacune de mes tournées, j'ai toujours eu cette sensation que je devais tout à tout le monde. Qu'il fallait que je rembourse chacun du prix qu'il avait payé. Terriblement stressant… Cette peur que le public reste sur sa faim… Cette fois, je suis apaisé. Les chansons sont *nos* chansons, au public et à moi. Celles qui ont été plébiscitées. Je viens simplement transmettre le message qu'elles portent. Je me sens d'ailleurs de plus en plus *messager* dans mon approche du métier.

La première partie de la tournée se termine avant Noël ; j'enchaîne, tout de suite après, les tournages de *The Voice* – dont les premières émissions sont enregistrées avant d'être montées et diffusées, au contraire des dernières qui ont lieu en direct. Nous mettons dans la boîte, jusqu'au 24 décembre, toutes les auditions à l'aveugle. Il est prévu de poursuivre début janvier avec les épisodes suivants : les *Battles* et les *Cross Battles*.

Si ma toux était la conséquence d'une sursollicitation de mes muscles vocaux, elle devrait s'arranger, mais ce n'est pas ce qui se passe. Au contraire elle s'aggrave. C'est surtout lorsque je fume mon pétard qu'elle survient. Je commence à penser que quelque chose ne va pas. Fumer devient si désagréable que j'arrête. Ce n'est pas très difficile, car je n'ai jamais mis que des plantes à fumer avec mon herbe et n'ai donc pas de dépendance à la nicotine. Nous devons partir en vacances en famille juste après les fêtes, mais la Covid s'invite chez nous, alors nous restons tranquilles à la maison… Je vais en profiter pour passer un scanner, je dois avoir une bronchite sévère…

***

Lorsque l'information tombe, je suis assommé.

Je me prends une claque qui me fout en l'air avant de me plaquer au sol, la gorge si serrée que j'ai du mal à respirer. La terre s'effondre. Qu'est-ce qui m'arrive ?

Tous les clichés liés au cancer dansent en ronde dans ma tête. Je pense *je suis mort*. Heureusement Azu est là pour me relever et me rappeler que nous n'en sommes pas là. Ce que confirment les nouvelles rassurantes du lendemain : il n'y a qu'une tumeur, la maladie est détectée à temps. J'ai de la chance dans ma malchance. On m'explique le programme et le fait que je dois encore attendre des résultats d'analyse qui donneront toutes les informations utiles pour décider du protocole. Il y a, dans mon cas, plusieurs scénarios possibles qui vont de franchement bon – notamment si on peut opérer pour ôter la tumeur – à très mauvais.

Je ne suis pas encore mort, c'est donc que je suis méchamment vivant. Je me remets debout, prêt au combat.

Il va me falloir recalculer tout mon programme. Ou plutôt même l'oublier, pour ne plus avoir en tête qu'une seule chose : guérir. Tuer la tumeur sera mon seul ordre du jour. En un claquement de doigts tout le reste est devenu secondaire. J'étais en train de surfer sur de vagues idées de projets de vies futures. Me revoilà sur terre. Je ne suis plus un chanteur, je ne suis plus un rêveur, je suis un homme et qui plus est un homme dont la santé est menacée. Je viens de me prendre une claque dans la gueule.

Je suis malade. Et ce n'est pas une métaphore.

Je dois régler ce problème.

La tournée ? Annulée.

La date de sortie de ce livre ? On verra après.

Les différents projets ? On n'en parle plus.

Le cancer balaie tout ce que j'ai autour de moi, en moi. Je fais place nette. Il me faut concentrer mes forces pour le combattre. Tout ce qui faisait ma vie devient anecdotique. C'est le truc le plus bluffant de l'histoire. On se prend la tête à vouloir faire des carrières et puis quelque chose arrive presque du jour au lendemain et tout est revu et corrigé. Le plus important n'est plus de remplir des salles, de faire lever le monde et d'être acclamé, le plus important est d'être en bonne santé.

Ce cancer m'a chopé alors que j'étais en pleine forme. C'est peut-être pour ça qu'il s'est développé si vite. C'est le cancer hyperactif d'un type hyperactif.

Le jour où on me transmet les dernières analyses est complexe à vivre. D'abord, on met un temps de dingue à me donner les résultats alors que je sais qu'ils sont arrivés. Je pressens le pire et tourne comme un lion en cage, car le professeur Khayat, qui me suit et dont j'attends l'appel, est en déplacement à New York. Le décalage horaire ne joue pas en ma faveur et je suis en train de devenir fou. Azu passe des coups de téléphone en tous sens pour tenter d'accélérer le processus. L'information que nous attendons est trop importante.

On va m'annoncer la nature exacte du cancer dont je suis atteint et les protocoles possibles. Je suis à la Plaine Saint-Denis, en studio, en train d'enregistrer un épisode de *The Voice*. Ce sentiment de devoir faire comme si tout allait bien, en sachant que mon pronostic vital est inscrit sur un bout de papier qui se trouve quelque part dans Paris… Hum… c'est horrible.

Le professeur Khayat m'appelle enfin. C'est une mauvaise nouvelle. De tous les scénarios, le pire. La nature du cancer fait qu'il est inopérable. Et le protocole qui lui correspond est unique. En gros, ça passe ou ça casse.

Seul dans ma loge, je reçois l'uppercut. Je ne prends pas le temps de l'encaisser. Je raccroche. Dix secondes plus tard, je pousse la porte de la loge et me dirige vers le plateau. Un peu comme quand, juste après avoir frôlé la fin du monde en Roumanie, je suis allé tranquillement tourner la scène inscrite au programme sur le plan de travail. Moteur… Action.

Je devrais plonger. Pourtant je ne le fais pas. Car c'est mon Azu qui plonge. Ce faisant, elle me protège encore. Elle est en larmes : « Nous avons perdu notre chance. » C'est grâce à elle que je trouve ma force : « Non, non mon amour, nous n'avons pas perdu notre chance, tu vas voir, je vais m'en sortir, surtout avec toi à mes côtés. »

Ce moment de doute qu'elle a, je l'avais eu juste après l'annonce. Je m'étais laissé couler presque sciemment pour pouvoir taper du pied au fond et remonter vite, avec la volonté farouche d'en découdre. Azu m'avait aidé à me relever lorsque j'étais en bas. C'est mon tour de lui tendre la main.

Ensuite nous avons fait tout le parcours ensemble, main dans la main, comme depuis le début, me direz-vous… C'est une vraie chance et j'en suis tellement conscient. Azu, ma chance.

Mon autre chance, c'est l'équipe médicale qui s'est occupée de moi. Mon cher docteur Abitbol m'a dirigé vers le professeur Khayat. Cet éminent oncologue a réagi au quart de tour. Grâce à lui, et à sa remarquable équipe, j'ai été pris en charge très vite. C'était crucial dans mon cas. La tumeur était particulièrement virulente et se développait à une vitesse à laquelle je préférais ne pas penser.

J'ai été soutenu de toutes parts.

J'ai suivi, là encore, mon instinct ainsi qu'un certain sens pratique en rendant public ce qui m'arrivait. J'ai pensé que le moyen le plus direct d'expliquer aux personnes qui avaient acheté leur billet pour les quarante concerts restants que je ne pouvais pas honorer mes dates était de leur dire franchement les choses. J'ai choisi Instagram, le seul réseau social que j'aie sur mon portable, pour communiquer. Je ne l'aurais probablement pas fait si je n'avais eu à prévenir que le spectacle n'aurait pas lieu. Je serais alors rentré dans mon tunnel en solitaire, me serais soigné sans en parler, il y aurait eu quelques rumeurs… Somme toute, je suis content d'avoir été en position de devoir raconter mon histoire et de l'avoir fait moi-même sous forme de vidéo enregistrée. Instagram aura servi à ça. Révéler ce coup du sort. Puis donner des nouvelles rassurantes en cours de route. J'avais pensé enregistrer une troisième vidéo lorsque ce serait le moment d'annoncer la date de mon retour sur scène, et de déclarer la fin de cette interruption du son et de l'image. Je me suis ravisé. Je vais reprendre la parole bien sûr, mais pas sur un réseau social. Ce procédé a eu ses avantages, mais ensuite, les choses m'ont échappé. J'ai retrouvé mon image exploitée un peu partout, et parfois n'importe comment. Mon intention n'était que de communiquer avec le public. Le contenu Instagram étant libre de droits, n'importe quelle personne, et surtout n'importe quel média – y compris ceux qui ne méritent pas cette appellation –, peut venir se servir et diffuser ton image dans n'importe quel contexte. J'ai trouvé que cela devenait impudique. Je me voulais simplement honnête et sincère, pas omniprésent dans les médias, avec mon cancer. C'est pourquoi, tout en ne regrettant pas d'avoir eu recours à ce canal pour prévenir de ma maladie et, ensuite, pour me faire voir un peu avant les directs de *The Voice*, je préfère à présent revenir à des voies de communication traditionnelles, et surtout réglementées. Instagram a de très bons côtés. Mais ne sous-estimons pas les effets pervers qui peuvent découler de son utilisation.

Dans la première vidéo que j'ai postée, je me suis adressé à tous en expliquant mon problème tel qu'il s'est présenté à moi. Je n'ai pas cherché à l'adoucir ou à le dramatiser mais à dire les choses comme elles étaient.

Dans mon entourage, on a pu me conseiller de dire que j'annulais ma tournée « pour raisons médicales », j'avoue que ça ne me serait pas venu à l'idée de chercher à dissimuler une chose assez banale finalement puisqu'elle touche chaque année en France des centaines de milliers de personnes.

Outre que la communication a été utile pour prévenir ceux qui avaient acheté leur ticket pour la tournée, les effets secondaires de ce post ont été incroyables.

L'interrupteur, c'est celui qui interrompt, mais c'est aussi celui qui ramène la lumière.

J'ai été submergé par les messages d'amour que j'ai reçus après ma première vidéo. Ma vie entière est remontée. Rendez-vous compte : j'ai le même numéro de téléphone depuis trente-cinq ans, tout le monde s'en est souvenu ! En France, à l'étranger. Ça a été comme une vague d'amour insensée, sublime, et je suis certain que l'énergie de cette vague a contribué à ma guérison. C'est peut-être un peu « mystico-machin », mais cette harmonie d'esprits qui, tout à coup, se mettent à penser à toi en même temps, qui veulent que tu t'en sortes… c'est quelque chose de fort et d'influent. En tout cas, c'est ainsi que je l'ai ressenti.

Du côté du personnel médical, ils étaient aussi satisfaits des effets de mon initiative. J'ai pu me rendre compte à quel point cette maladie pourtant présente, fréquente, est toujours taboue. Le fait d'en parler très simplement a ouvert une fenêtre. Beaucoup de malades ne le disent pas autour d'eux. Ils ont peur, s'ils en parlent, qu'il y ait des conséquences. M'être exposé de la sorte a permis, chez certains, de libérer la parole… Soudain, des personnes malades ont trouvé le chemin pour se confier à leur entourage, lui permettant ainsi d'être présent et « soutenant ». Même des amis proches – trois amis proches ! – m'ont révélé le cancer qu'ils avaient jusqu'alors gardé pour eux, ayant choisi de régler leur truc dans leur coin… Je suis tombé des nues. S'ils en avaient parlé, nous aurions pu les entourer… Des médecins, des malades m'ont dit : « Ça fait un bien fou ! On se sent moins seul ! » On est tellement plus fort en exposant les choses et en les disant, plutôt qu'en les gardant à l'intérieur de soi. Je ne peux m'empêcher de penser avec tristesse à mon ami Patrick Godet, qui s'est suicidé et ne s'est pas donné la possibilité d'être soutenu…

D'autant plus qu'aujourd'hui les traitements progressent. Bien sûr que l'on meurt toujours du cancer, mais de moins en moins. En parler permet de vider son sac. C'est un drôle de sac celui-là… Tu ne sais pas pour combien de temps tu es en voyage avec lui, alors autant qu'il soit le moins lourd possible.

Une fois les dates de la tournée annulées, j'ai commencé le traitement par chimiothérapie. Nous nous sommes concertés avec l'équipe de *The Voice*, et avons décidé que j'enregistrerais les *Battles* tant que je me sentirais en forme, puis me ferais remplacer pour la suite du programme. Mais, dans la mesure où les premières séances de chimio sont passées sans trop de mal, j'ai décidé d'être aussi présent sur les *Cross Battles*. Je n'avais plus de cheveux, mais ce n'était pas la première fois dans ma carrière que j'arborais un crâne lisse ! Je suis ensuite entré dans le dur du protocole médical, avec des doses lourdes pour pilonner la tumeur et ne lui laisser aucune chance, puis me suis vite retrouvé gris-vert, sans plus un poil sur le visage. Pourtant, à ce moment-là, je ne voulais plus me faire remplacer. Je me trouvais suffisamment vaillant pour assurer le spectacle… Je voulais montrer aussi que la vie ne s'arrête pas parce qu'on est abîmé par les traitements. Alors j'ai dit banco pour les « directs ». J'ai même organisé une séance photo pilotée par ma fille afin de montrer un peu ma gueule de chimio dans un magazine, avant qu'elle n'apparaisse sur les écrans de télévision… Afin que les gens ne soient pas trop impressionnés par mon changement physique. Bien sûr, je ressentais les effets secondaires des thérapies, la chimio tous les vingt et un jours et la radiothérapie dont je subissais les rayons chaque après-midi entre les séances de chimio. C'est vrai que les effets secondaires étaient difficiles à supporter – nausées non-stop, et ton œsophage qui devient si sensible que tu souffres le long du trajet de chaque aliment. C'est très chiant, affirmons-le, mais pas insurmontable. Et en fin de compte, si ces effets étaient très présents pendant dix, douze jours après la séance, le reste du temps, cela allait à peu près. Disons qu'il reste une semaine environ sans effets secondaires avant de repartir pour un tour. Sans compter que les ressentir me donnait à penser que j'étais en train de me battre et de guérir.

Après la finale de *The Voice*, j'ai fait mon ultime séance de chimio. Le *petscan* qui a suivi était très favorable. Plus de trace de la tumeur. J'ai eu la chance que le protocole fonctionne. Il n'y avait pas de plan B.

Big up au professeur Khayat et à son équipe, les docteurs Zerbib, Guetta, Bollet, Sokoloff et Delgado, sans oublier Richard, Phone et Sylvie. Admiration. Respect. Reconnaissance éternelle.

Évidemment chacun sait que ce n'est qu'une première étape dans la guérison et qu'il faut à présent prévenir une récidive. Et contrôler, contrôler.

Il est trop tôt pour dire ce que ce passage m'aura appris exactement. Et même trop tôt pour savoir si cette interruption est désormais derrière moi. Mais je peux déjà affirmer que tout n'est pas négatif.

Quand j'ai reçu la mauvaise nouvelle – tumeur cancéreuse – après mon premier scanner, une fois remis de la claque violente que c'était, je me suis demandé pourquoi. Pourquoi ce croche-patte du destin qui me flanquait par terre, alors que tout allait bien et que j'avais réussi à tracer ma route jusque-là sans trop de bobos ? Je me suis vu tout à coup chuter, très bas. Qu'est-ce qui faisait que j'avais droit à cette épreuve ? On essaie toujours de trouver un sens à ce qui nous arrive, n'est-ce pas ?

Et puis, finalement, je me suis aperçu que je me trompais de raisonnement. Je n'allais pas vers le bas, j'allais plutôt ailleurs. Cette maladie m'a emmené ailleurs, m'a forcé à remettre en question mes fondamentaux. À me battre pour ma peau. À me reconstruire. Je me suis construit jusqu'à mes soixante ans. Maintenant je me reconstruis. Et ça me donne tellement de force…

Le fait d'avoir été utile en en parlant m'interpelle aussi. Peut-être que je devais choper cette maladie pour véhiculer un autre type de message que ceux que j'ai délivrés en chansons jusqu'à présent. Et sous une autre forme. Comme si la fonction « messager » que j'attribuais à ma qualité de chanteur pouvait s'exprimer d'une autre manière. Comme si je devais en passer par là. Surmonter ces épreuves pour montrer qu'on peut les traverser, que c'est possible. Je ne suis pas un surhomme. Si je les ai passées, c'est qu'on peut les passer. Je sais bien que les cas sont tous différents. Il y a des cancers plus faciles que le mien et d'autres bien plus durs. Il y a ceux contre lesquels tu ne peux pas grand-chose, ceux qui t'enlèvent des êtres chers, j'en ai connu. L'important est de ne pas partir battu.

Alors, pour parler de mon cas, oui bien sûr, ça a été pénible. Oui je me suis mangé des séances de chimio aux effets secondaires très désagréables. Oui j'ai perdu mes poils pendant quelques mois et oui j'ai eu une sale gueule. Mais la souffrance passe et ne laisse pas tant de traces.

Cette maladie m'a aussi apporté de belles choses, de bonnes choses… Aujourd'hui je ne peux même pas dire si, au final, cette histoire n'aura pas été plus positive que négative.

Cette réflexion elle-même me paraît folle, pourtant c'est précisément ce que la maladie me conduit à penser…

Chapitre 8

Ma huitième vie
Thème de l'histoire : On ne sait pas !

Ça a été une aventure de revivre mes vies pour ce livre. Une aventure parfois étonnante. Moi qui ne regarde pas tellement dans le rétroviseur, qui aime voir autour de moi et devant, je me suis rendu compte que les souvenirs étaient là. Accessibles. Je ne pensais pas. Je croyais avoir beaucoup oublié. Mais non, il suffisait de les convoquer pour qu'ils répondent présent et reviennent, gonflés de sensations et d'émotions.

Il y a eu des moments difficiles dans cette aventure littéraire ; il y a eu des moments lumineux… Il y a quelque chose de magique à mettre en scène son passé tel qu'on l'a vécu, à chausser ces pompes que l'on avait à l'époque.

Écrire a consisté à refaire quelques pas avec, puis à les enlever avec précaution, à les frotter pour qu'elles brillent et à les ranger soigneusement. À regarder, vu d'ici et d'aujourd'hui, le gamin, le jeune homme, ou l'homme se démener avec les cartes qu'il a eues en main. Comment il s'est dépatouillé des situations, les paliers qu'il a franchis… Les moments d'idéal qu'il a pu avoir, comment il a été les chercher parfois facilement, parfois avec les dents, parfois en rampant au sol, en s'écorchant le corps et l'âme à l'âpreté de la réalité… Il y a eu tout ça dans ma vie, de la magie, du sang, des larmes, des soirs où j'ai voulu mourir, des accidents de bagnole, des tremblements de terre, un cancer et beaucoup d'amour…

La vie peut être tellement belle… Ça vaut la peine d'essayer de comprendre pourquoi et comment. À quoi tout cela peut bien servir ? Pourquoi ce passage éphémère sur Terre ? Comment peut-il être une joie, comment peut-il être un enfer ? Comment peut-il être une joie *et* un enfer ?

Écrire ce livre a été ma façon de tenter de répondre au *comment ?* À défaut d'être en mesure de savoir *pourquoi*.

Mais ce n'est pas fini, il reste une question… Celle-ci est simple : Et demain ?

Demain sera un autre jour. Dans le flux de mes réflexions : je ne vais certainement pas m'arrêter de chanter. Un cancer m'a sorti de scène. Ma volonté est d'y remonter le plus vite possible. Je vais même chanter encore plus fort après avoir passé cette épreuve – plus fort ne s'interprétant pas en décibels, mais en émotions. Je vais revenir sur scène. J'aime trop ça finalement ! Les deux heures où nous sommes en communion, le public et moi, ces deux heures-là me plaisent infiniment...

Rappeler les musiciens. Inviter les gens à venir me retrouver en concert. Tourner en rond dans ma loge.

Boire ma tisane fétiche. Sentir le trac qui me tord le bide. Sourire à Azu qui m'embrasse juste avant que je monte sur scène. Entrer dans l'arène, m'émerveiller de toutes ces personnes qui ont répondu présent au rendez-vous. Chanter. Leur envoyer ce qu'elles sont venues chercher : messages, partage, joies, frissons. Créer avec elles une harmonie, un de ces moments de grâce qui font la vie plus belle. Tout cela m'a manqué. Je trépigne.

Il m'arrive de plus en plus souvent de croiser des inconnus dans la rue qui m'arrêtent un instant et me disent :

« Il faut revenir ! On a besoin de vous !

– C'est gentil, leur dis-je.

– Non, non, insistent-ils, c'est vrai ! Il faut que vous reveniez chanter, on a besoin de vous, vraiment. »

Je ne peux pas fuir ça. Je ne veux pas.

***

En attendant de remonter sur scène, il faut finir ce livre.

Comment conclure ?

J'ai tourné et retourné dans ma tête toutes les issues possibles. Je ne peux pas mettre le point final que je voudrais à cette histoire. Ni, comme je l'avais prévu en commençant à écrire, tourner une page et passer à autre chose.

La réalité m'a rendu humble. La conclusion de ce livre ne m'appartient pas… Il faut accepter cette non-fin, accepter d'avancer au jour le jour. Je ne manque pas d'idées de projets, mais la patronne désormais s'est fait connaître, c'est ma santé. C'est elle qui tient les rênes pour quelque temps.

Je ne suis plus seul aux commandes. Ce n'est pas moi qui décide. Quelque chose doit donc peut-être jaillir dans ce livre. Ou *de* ce livre. Une dernière phrase.

Je regarde le manuscrit.

Si j'ai appris quelque chose, en traversant ce que j'ai traversé entre ces lignes, c'est qu'on ne peut être sûr de rien... Le plus important n'est pas de planifier ce que l'on va faire, mais d'être en capacité mentale de tout affronter... En cela aussi, cette récente épreuve m'aura renforcé.

Je n'ai pas été un étudiant. Je n'ai pas fait de philosophie, mais comme les élèves d'Aristote, je marche. Et, en marchant, je pense. Il me semble qu'à chaque danger que l'on brave, à chaque bataille que l'on livre, à chaque obstacle que l'on affronte, il y a quelque chose de positif... Premièrement, on apprend et, si on comprend, alors on grandit. Je voudrais ne donner de leçon à personne, mais si je peux montrer un chemin… tout cela n'aura pas été inutile.

Je regarde le manuscrit. Il me regarde aussi. On dirait qu'il se moque un peu de moi, *alors tu ne sais toujours pas comment boucler l'histoire ?* semble-t-il me dire.

Ben non, je ne sais pas.

« Tu es un chanteur, poursuit-il. Que fait un chanteur à la fin du spectacle ?»

Je souris : « Il salue. »

Un salut. Le salut. Le mot me plait. Il dit à la fois au revoir et bonjour. Il est un éternel recommencement. Il est aussi la chance, l'optimisme, la guérison. Il ferme une porte, ouvre l'avenir.

Alors je vous dis « salut » les amis, et je vous salue, bien sincèrement, bien amicalement, quittons-nous ici, sur cette joyeuse perspective, de chanter encore ensemble.

Paris, janvier 2023
Florent

Remerciements

Florent Pagny

Je souhaite d'abord remercier les personnes sans lesquelles il n'y aurait rien à raconter. Mes parents – je le dis toujours et je le redirai toujours – m'ont donné la vie, mais surtout la liberté dont j'avais besoin pour aller provoquer mon destin. Ensuite, par ordre chronologique, merci à Gérard Louvin, il est à l'origine de l'étincelle qui a changé le cours des choses pour moi. À Philippe Starck aussi, il a été là, il a répondu présent au moment précis où j'en avais besoin. Ce sont des personnes pivots dans ma destinée. Si je ne les rencontre pas, je ne vis pas les mêmes choses après. Ensuite, Dieu merci, j'ai rencontré ma Moitié ! Sans Azu, c'est simple, je ne suis rien.

Et d'ailleurs, avec elle, je voudrais remercier ici quelqu'un qui, sans faire de bruit, m'a beaucoup appris. Son père. Dante Caamaño. Dante, tu es un beau-père, un grand-père et un homme formidable mais, en plus, tu as été un professeur très important pour moi. Si, quelques années avant que je ne te rencontre, j'ai investi mon ami Philippe Starck du rôle de « maître à penser », il ne m'a pas fallu longtemps pour te choisir comme un autre maître. « Maître à agir » est l'expression qui me vient. Tu ne parles pas beaucoup, mais tes actions parlent pour toi. Te rencontrer a été déterminant dans ma vie et tu m'as beaucoup inspiré. Il se dégage de toi une telle force ! Mieux que dire, c'est faire[1].

Pour le livre en lui-même, je m'aperçois que je me suis entouré d'amies autant que j'ai pu. Et que j'ai bien fait.

Mon *Pagny par Florent* n'aurait pas vu le jour sans Emmanuelle Cosso. Merci Emma de ta patience, de ton écoute et d'avoir su trouver les mots justes pour écrire le roman de ma vie.

Il aurait été moins beau sans Sylvie René Fatien, à qui je dois ma bonne gueule sur la couverture. Et si vous l'avez entre les mains aujourd'hui, c'est aussi grâce à Emmanuelle Ribes qui en a assuré la communication et les relations médias.

Florent Pagny et Emmanuelle Cosso

Merci tout d'abord aux équipes des éditions Fayard pour leur accompagnement confiant et bienveillant tout au long du voyage qu'a été l'écriture de ce livre et notamment à Sophie de Closets, Isabelle Saporta,

1. *Titi, eres un suegro, un abuelo y un hombre maravilloso, pero además has sido un profesor muy importante para mí. Hace unos años antes de conocerte, mi amigo Philippe Starck tenía el papel de « maestro intelectual », no me llevó mucho tiempo elegirte como otro maestro. « Maestro a actuar » es la expresión que me viene. No hablas mucho, pero tus acciones hablan por ti. Conocerte ha sido determinante en mi vida y me has inspirado mucho. Se desprende de ti tal fuerza ! Hablar es bueno pero actuar… es aún mejor.*

Damien Bergeret, Noémie Hourat, Iris Néron-Bancel, Anne-Marie Belondrade, Catherine Bourgey et René Clémenti.

Un merci enthousiaste aux personnes, précieuses, qui nous ont donné de leur temps, nous ont ouvert leurs archives photos ou ont été chercher dans leur mémoire des dates, des détails nécessaires à la qualité de la narration : Odile Pagny, Marie-Pascale Giunta, Frédéric Pagny, Ael Pagny, Pascal Nègre, Caroline Molko, Bertrand Chatenet, Bertrand Lamblot, Carlyn Butaud, Daran, Alain Lanty, Michel Jankielewicz, Michel Aymé, Loïc Ponthieu, Jean-Yves D'Angelo, Christophe Feve, Jacques Veneruso, Christophe Renaud, Bernard Mouillon, Gilles Griesmar, Serge Sarve, Dominique Colonna, Jean-Pierre Alessandri, Claire Pilisi, Matthieu Lamoure, Dominique Hascoet-Brunet et Cathy Tiennot (le fil biographique que Cathy a écrit pour le site de Florent est super détaillé, il a été très utile).

Emmanuelle Cosso

Merci Florent. Pour ta confiance. Pour la qualité des moments passés ensemble à Paris, à Montfort, en visio depuis tes « ailleurs lands » – New York, Buenos Aires ou la Patagonie. Ce furent deux années d'écriture passionnantes.

Ma chère Azu, comment aurais-je fait sans toi ? Je me suis sentie soutenue du début à la fin. Merci du fond du cœur.

Merci particulièrement à vous, Sophie, Isabelle et Damien pour votre soutien et pour l'élégance de nos échanges durant ces deux années. Merci Iris pour ton regard avisé sur le texte. Merci René Clémenti pour votre gentillesse et votre talent. Et merci Pascal Nègre, d'avoir accepté de faire entendre votre voix dans le livre.

Merci, pour leurs éclaircissements indispensables, au professeur Olivier Revol, neuropsychiatre, pédopsychiatre, chef du Centre des troubles des apprentissages à l'hôpital neurologique de Lyon, au professeur Laurent Karila du Centre d'enseignement, de recherche et de traitement des addictions – hôpital universitaire Paul-Brousse, université Paris-Saclay, ainsi qu'au docteur Tarragano, psychiatre, pédopsychiatre et directeur du pôle santé de Sciences Po.

Merci à Matthieu Normand qui m'a permis de découvrir une des meilleures autobiographies[1] que j'aie pu lire pour me mettre dans l'ambiance. Enfin, le passage du livre concernant l'origine de la chanson « Caruso » a pu être écrit grâce aux souvenirs de Florent ainsi qu'aux travaux de recherche réalisés par Philippe Usseglio, professeur d'italien passionné du lycée Montgrand de Marseille.

1. *Open*, André Agassi (traduction de Suzy Borello et Gérard Meudal), Plon, 2009.

Épilogue

Emmanuelle : Et voilà Florent, une page se tourne…

Florent : Une page… cinq cents pages tu veux dire ! Quand je pense que tu m'as obligé à les relire quatre fois !

E : C'est peut-être le destin qui a voulu te punir de n'avoir jamais lu.

F : C'est ça ! en mode : « Tiens, ça t'apprendra ! »

E : Florent, je te laisse le mot de la fin.

F : Hum… Je pensais à un titre… *Mes vies d'après*… Pour le tome 2… Pas mal, non ?

Discographie

Albums studio :

1990 – *Merci* (Glem Philips)
1992 – *Réaliste* (Phonogram Philips et Mercury)
1994 – *Rester vrai* (Phonogram Philips)
1995 – *Bienvenue chez moi* (Mercury)
1997 – *Savoir aimer* (Mercury)
1999 – *RéCréation* (Mercury)
2000 – *Châtelet-les-Halles* (Mercury)
2001 – *2* (Mercury)
2003 – *Ailleurs land* (Mercury)
2004 – *Baryton* (Mercury)
2006 – *Abracadabra* (Mercury)
2007 – *Pagny chante Brel* (Mercury)
2009 – *C'est comme ça* (Mercury)
2010 – *Tout et son contraire* (AZ)
2012 – *Baryton. Gracias a la vida* (AZ)
2013 – *Vieillir avec toi* (Capitol Music France)
2016 – *Habana* (Capitol Music France)
2017 – *Le Présent d'abord* (Capitol Music France)
2018 – *Tout simplement* (Capitol Music France)
2019 – *Aime la vie* (Capitol Music France)
2021 – *L'Avenir* (Capitol Music France)

Filmographie

Cinéma :

1980 – *Inspecteur la Bavure*, Claude Zidi
1981 – *Les Surdoués de la 1re compagnie*, Michel Gérard
1981 – *L'Amour nu*, Yannick Bellon
1982 – *T'es folle ou quoi ?*, Michel Gérard
1982 – *L'As des as*, Gérard Oury
1982 – *La Balance*, Bob Swaim
1982 – *L'Honneur d'un capitaine*, Pierre Schoendoerffer
1983 – *Effraction*, Daniel Duval
1984 – *Fort Saganne*, Alain Corneau
1984 – *Les Fauves*, Jean-Louis Daniel
1985 – *Blessure*, Michel Gérard
1986 – *La Femme de ma vie*, Régis Wargnier
1987 – *Les Keufs*, Josiane Balasko
1990 – *La Fille des collines*, Robin Davis
1995 – *Tom est tout seul*, Fabien Onteniente
2003 – *Quand je vois le soleil*, Jacques Cortal

Télévision :

1982 – *Télé folies tous en Chaîne*, Jean-Pierre Alessandri, Dominique Colonna

1982 – *Non récupérables*, Franck Apprédéris
1982 – *Marion*, Jean Pignol (Mini-série de six épisodes)
1982 – *Les Maupas*, Jean-Philippe Toussaint
1983 – *Fou comme l'oiseau*, Fabrice Cazeneuve
1984 – *L'Ennemi public n*° 2, Édouard Niermans
1984 – *L'Embranchement*, Guy Olivier
1985 – *Mariage blues*, Patrick Jamain
1985 – *Un père anonyme*, Daniel Moosmann
1985 – *Néo Polar*, Michel Le Bris
1987 – *François Villon, poetul vagabond*, Sergiu Nicolaescu
1987 – *Le Loufiat*, Michel Boisrond
1987 – *La Nuit du coucou*, Michel Favart
1988 – *La Chaîne*, Claude Faraldo
1992 – *Jo et Milou*, Josée Dayan
2004 – *Milady*, Josée Dayan
2010 – *Blackout*, René Manzor

Crédits musicaux

P. 12-13 : « Il », interprété par Gérard Lenorman, paroles et musique de Guy Skornik © 1972 PRÉLUDE ÉDITEUR et ALLO MUSIC ÉDITIONS. / P. 26 : « Quand il est mort le poète », paroles de Louis Amade et musique de Gilbert Bécaud © 1965 LE RIDEAU ROUGE. / P. 36 : « Le téléphon » (by Nino Ferrer) © ÉDITIONS BEUSCHER ARPÈGE. / P. 46 : « Feu de bois », écrit et interprété par Jean-Naty Boyer. / P. 111 : « Châtelet-les-Halles », interprété par Florent Pagny, paroles de Lionel Florence et musique de Calogero Maurici, Francis Maggiulli et Goacchino Maurici © 2000 PILOTIS ÉDITEUR. / P. 144 : « The Rose », interprété par Bette Middler, musique d'Amanda McBroom © 1986 WARNER CHAPPELL MUSIC FRANCE. / P. 153-155 : « N'importe quoi », paroles de Florent Pagny et Marion Vernoux, musique de Florent Pagny et arrangement de Jean-Yves D'Angelo et Kamil Rustam © 1988 CUADRADA PRODUCTIONS. / P. 189 : « Heureux de vivre », écrit et interprété par Florent Pagny, musique de Marc Meunier et arrangement de Kamil Rustam et Jean-Yves D'Angelo © 1990 GLEM SA ÉDITEUR. / P. 190 : « Presse qui roule », écrit et interprété par Florent Pagny © 1990 CUADRADA PRODUCTIONS. / P. 207 : « Presse qui roule », écrit et interprété par Florent Pagny © 1990 CUADRADA PRODUC-

Crédits photographiques

Premier cahier :

Pages 1, 2 et 3 : coll. part. © D.R. Page 4, haut : *Télé folies tous en chaînes*, Jean-Pierre Alessandri et Dominique Colona © 1982 INA ; milieu : *Fou comme l'oiseau* © 1983 Fabrice Cazeneuve ; bas : *Fort Saganne* (réal. : Alain Corneau) © 1984 STUDIOCANAL – APPALOOSA Dvpt – France 2 Cinéma. Page 5, Haut : *Blessure* © 1985 Jacques Prayer / Gamma-Rapho / Getty Images ; milieu et bas : © Bernard Mouillon. Page 6 : haut © Bernard Mouillon ; milieu : coll. part. © D.R. ; bas © Serge Arnal / Gamma-Rapho / Getty Images. Pages 7 et 8 : © Bernard Mouillon.

Second cahier :

Page 1, haut : coll. part. © D.R. ; bas : © Bertrand Rindoff Petroff / Angeli. Page 2 : coll. part. © D.R. Page 3, haut : © Christian Simonpiétri / Sygma / Getty Images ; milieu à gauche : © Davy / Valente / Prestige ; milieu à droite : © Stéphane Cardinale / Corbis / Getty Images ; bas : coll. part. © D.R. Page 4, haut à gauche et à droite : coll. part. © D.R. ; milieu : coll. part. © D.R. ; bas : © Bertrand Rindoff Petroff / Angeli / Borde / Castel. Page 5 : coll. part. © D.R. Page 6 :

en haut à gauche : © Benjamin Girette / Bureau 233 ; en haut à droite et en bas à gauche : coll. part. © D.R. ; en bas à droite : © Jean-Marie Marion. Page 7, haut et milieu : coll. part. © D.R. ; bas : © Ael Pagny. Page 8 : © Ael Pagny

Tous les efforts ont été faits en vue de retrouver et remercier les propriétaires des droits de copyright. Nous nous excusons à l'avance pour toutes éventuelles omissions et nous ferons un devoir, le cas échéant, d'ajouter les crédits appropriés dans toute édition ultérieure.

Table des matières

Cet ouvrage a été imprimé en France par
CPI Brodard & Taupin
Avenue Rhin et Danube
72200 La Flèche (France)

pour le compte des Éditions Fayard
en avril 2023

Photocomposition Nord Compo à Villeneuve-d'Ascq

PAPIER CERTIFIÉ

fayard s'engage pour l'environnement en réduisant l'empreinte carbone de ses livres. Celle de cet exemplaire est de :
900 g éq. CO_2
Rendez-vous sur www.fayard-durable.fr

N° d'édition : 70-6971-4/09 - N° d'impression : 3053170